江戸の俳諧説話

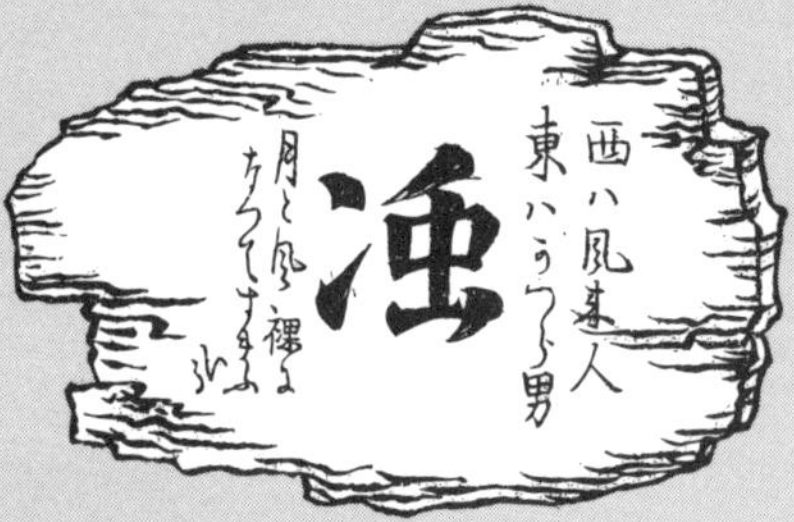

伊藤龍平
Ito Ryohei

翰林書房

江戸の俳諧説話◎目次

序章 ――言霊の幸はふ国の近世――

「一期一会」という床しい語を耳にする度に想いだすのは、『おくのほそ道』金沢の条、松尾芭蕉が加賀の俳人・小杉一笑を悼んだ一節である。

北陸の地で蕉風俳諧の普及に尽した一笑は、芭蕉に追慕の念を抱いていたが、生前はついにまみえる機会に恵まれず、元禄元年暮に三十六年の生涯を閉じた。芭蕉が金沢を訪れたのは、翌元禄二年七月。曽良の随行日記の記述から、芭蕉が一笑の死を知らなかったことが判る。(1) まことに、世の中に人と人との邂逅ほど不思議なものはない。次に記すのが、その『おくのほそ道』の一節である。(2)

卯の花山・くりからが谷をこえて、金沢は七月の五日也。爰に大坂より通ふ商人何処と云もの有。それが旅宿をともにす。

一笑と云ものは、此道にすける名のほの〴〵聞えて、世に知人も侍りしに、去年の冬、早世したりとて、其兄追善を催すに、

塚も動け我泣声は秋の風

淡々とした筆致のうちに、会うことの叶わぬまま、幽明境《さかい》を異にした友を悼む気持ちが伝わってくる。追善の句「塚も動け我泣声は秋の風」はまさしく絶唱。この句には真跡の詠草もあり、そこには「とし比我を待ける人のみまかりけるつかにまうでゝ」との前書があるという。死者への哀惜の念を、これほど直截に、これほど烈しく詠み上げた句を、私は他に知らない。

この句の上五「塚も動け」という呼びかけからは、単なる追悼の念にとどまらず、死者を甦らせようという強い意志が読み取れよう。(3) その祈りは中七と下五で「我泣声は秋の風」と無力化されるわけであるが、ここには「塚」に象徴される個人の悲しみを「秋の風」として普遍化し、解消させる作用があった。塚の数だけ人々の悲嘆はある。その度に繰り返される啜り泣きの声は、みな風に乗り宙に散った。下五に「秋の風」を置くことによって生ずる「塚」の添景化こそ、この句の要諦であろう。その芭蕉も、僅か五年後に泉下の人となる。

「塚も動け」の句を詠むことによって生ずる一連の感情の動きは、古代以来の〈言霊《ことだま》〉の発動でもあった。

思えば、千数百年に及ぶこの国の文学史において、その由来が最も古く、なおかつ、いつの時代も中心の座を占めていたのは和歌であった。この国の文学は和歌とともに発生し、和歌とともに歩んできたとしても過言ではない。殊に和歌のうちでも、三十一文字の短歌は、今日に至るまで人々の心を慰め続け、慈しみ続けてきた。その本義は歌を詠み上げることによって発動する言霊の力の称揚にある。言霊の力で生者（主に異性）に呼びかけるのが相聞歌、同じく死者に呼びかけるのが挽歌、古代人の言霊に対する感覚は信仰以前の信仰である。『万葉集』にいう――「虚みつ倭の国は、皇神のいつくしき国、言霊のさきはふ国」（山上憶良）、あるいは「しきしまの倭の国は、ことだまのたすくるくにぞまさきくありこそ」（柿本人麻呂）――わが国の有りうべき姿は、言霊の威力に導かれて実現するというのが一つの信仰としてあったのである。

時は下って、『古今和歌集』仮名序には「力をも入れずして天地を動かし、目に見えぬ鬼神をもあはれと思はせ、男女の中をも和らげ、猛き武士の心をも慰むるは歌なり」という有名な一節があり、古くから言霊の信仰に基づく〈歌の徳〉、ひいては〈歌徳説話〉を根拠づけるものと捉えられてきた。とりわけ、中世以来、盛んになった『古今集』の注釈活動のなかで、この見解が定着していったのは、夙に先学の説いているところである(4)。

一例を挙げると、藤原為家は「これは哥の徳をあぐるなり」と述べたのち、右の一節が『毛詩』の序「動二天地一感二鬼神一莫レ近二於詩一」を典拠としていることを指摘し、「詩徳かくのごとし。哥又しかるべし。漢土の詩・和国の歌、ことばことなりといへども、こゝろかはることなし」と結論づけている(『為家古今抄』)。はからずも中国の例が引かれているが、言葉に霊が宿るという汎世界的な発想が、日本にも息づいていた証左である。以降も『古今集』仮名序の一節を歌の徳と結び付ける理解が脈々と受け継がれていき、権威を増していった。

実際のところ、これは後付けの解説であるらしいが(5)、この国の長い説話史のうえで、歌徳説話と呼ばれる一群が大きな位置を占めていたのは疑いない。〈歌〉という最も始原的な芸能が、その併せ持つところの呪術性とともに日本人の心の奥底に深く沁みわたり、数限りない説話を生んだ。現在、文献に見いだせる例など、氷山の一角より幽かなものであろう。歌徳説話では〈歌の徳〉は〈説話〉によって具現化し、個々の〈説話〉は〈歌の徳〉という概念に抽象化される。言霊を尊ぶ心性の薄れた今日では窺うべくもないが、われわれの先祖にとって、歌とは人と神とが交信する手立てであり、歌徳説話とは人と神との交信記録に他ならなかった。先に言霊信仰は「信仰以前の信仰」であると述べたが、その意味では、歌徳説話も一種の宗教説話である。仏教説話や神明説話のなかに、歌徳説話と結びついた例があるのも諾えよう。

では、歌徳説話がその生命力を失い、僅かに墨痕の間にしか見いだせなくなったのは、いつの頃からであったろうか。

言霊の零落は、言葉を単に情報伝達の手段としか見做せなくなったことに始まる。一朝一夕にして言霊の信仰が衰微したわけではなかろうが、時代の忙しなくなった近代以降というのが、一つの目安にはなろう。維新後の文明開化と大正デモクラシーを経て、文芸としての和歌は残ったが、背景にあった歌徳信仰は著しく後退した。歌徳説話が字義どおりの〈歌の徳を説く話〉として語られたのも、この頃まででであったろう。以後、歌徳説話は他の多くの伝統的な説話と同様、文芸作品としてのみ鑑賞され、読み継がれていくことになる。

以上のように考えると、近世とは歌徳説話が生きて語られた最後の時代といえる。

この国の歴史上、初めて支配階層以外の人々が文化を担ったとされる時代に、永らく神々との架け橋であった言霊の燈が消えようとする刹那に、歌徳説話はどのような変貌を遂げていたのか。私が興味を惹かれるのは、まさにこの点なのである。

ところで、俳諧という近世に勃興した文芸を素材とした説話であるからには、当然のことながら、俳諧説話も近世説話の範疇に入る。近世の俳諧説話である。しかし、研究史を振り返ってみれば判るように、久しく〈近世〉という語と〈説話〉という語は相性の悪いものであった。説話といえば中世のもの、あるいは、遡って中古・上代のものというのが学界の暗黙の了解であった。(6) 現在でも『国文学年鑑』の「中世文学」の部に「説話」が立項されていても、「近世文学」の部に「説話」の項はなく、近世説話研究が傍流、もしくは、異端の分野であったのを象徴している。(7) 〈説話〉がそもそも〈ハナシ〉の謂であるのを思えば、説話研究が特定の時代に偏っているのは、甚だ遺憾な事態であった。今日では、さすがにそうした状況は是正されつつあるが、それでも仏教説話以外の近世説話

研究に関しては、未明の領域としても過言ではないのである。(8)

さて、俳諧説話の出自は和歌説話に求められるが、〈和歌説話〉という語が一般に用いられるようになったのは、比較的最近のことである。上岡勇司「和歌説話研究小史」によると〈和歌説話〉の語が学術用語として定着したのは昭和四十年代以降という。(9)もちろん、用語がなかったというだけで、和歌説話の意味するところと同義の語も先行研究も、ともに戦前からあった。近世以前においても、説話集における和歌の部の存在から、漠然と〈和歌説話〉というジャンルが意識されていたことが判る。

和歌説話の研究史については、前掲上岡論文に詳しいのでそちらに譲るが、(10)和歌説話という語の示す範囲については今後の論の対象とも深く関わってくるので、先学の意見を見ていきたい。

まず、久保田淳による五分類（「名歌説話・歌徳説話」「悲歌説話」「落首説話」「託宣歌説話」「歌集説話」）がある。(11)久保田自身、便宜的な分類であると述べているように、説話の内容による前二者と、説話の伝承形態による後三者とで、基準にズレが見られる。

一方、上岡は九分類を提唱した（「歌徳説話」「悲歌説話」「名歌説話」「落首説話」「和歌風流譚」「和歌好色譚」「和歌人情譚」「歌論議説話」「亡者歌説話」）。(12)久保田案で一緒くたにされていた「名歌説話」と「歌徳説話」とを分けて捉えている。また、説話中の和歌の機能から「和歌がエピソードとしての役割を果すもの」「説話の構成上、あるいは性格から何らかの役割を示すもの」「説話と形式的にばかりでなく、内容的にも深くかかわるもの」の三種に分類している。しかし、これと先の九分類との関わりは不明瞭であるし、「――説話」と「――譚」とが混用されている理由も不明である。

この他に、森本元子の六分類案（「和歌に関する興味ある話」「歌人の評伝や逸話」「名歌にちなむ挿話」「いわゆる歌徳説話」

「悲歌説話」「その他」があるが、「その他」を項目として立項しているのはいただけない。(13)

三人の分類案で、共通してあるのは「歌徳説話」「悲歌説話」「名歌説話」(ただし、森本はこの語は使用していない)の三つで、この辺りが和歌説話の最大公約数となろう。

「名歌説話」とは、森本の言う「名歌にちなむ挿話」である。名歌が如何にして詠まれたかが主題となる話で、これには史実に基づいたものと、そうでないものがある。従来ならば、前者を対象としたのが国文学の研究者で、専ら説話研究者が対象にしたのは後者であったが、今後は両者を取り込んだ説話研究が肝要になってこよう。史実と伝説を切り離して考えるのは、近代になってからである。近代以前の、いわゆる知識人階層に属さない人の前では、両者は横並びにあった。混沌とした説話の実相を把握するのには、史実もまた説話であり、説話もまた史実であるという立場をとる必要があろう。

名歌説話のなかには、名歌を詠んだ人物の描写に焦点が絞られているものがあり、それらは一般に「歌人説話」と呼ばれる。森本分類案でいうと「歌人の評伝や逸話」が相当する。具体的には、小野小町や西行法師、柿本人麿、蟬丸、和泉式部……といった人物の逸話を指す。和歌説話のなかでは最も研究の進んでいる分野である。

次の「悲歌説話」とは、悲劇的な話のなかに和歌が挿入されたものである。この場合、和歌は話の悲劇性を強調する役割を担っており、ときには辞世となっている例もある。

そして和歌説話のなかで中心を占めたとされるのが「歌徳説話」である。森山茂の定義によれば、「和歌を詠ずることによって、もしくは、その詠じた和歌によって、何らかの利益、何らかの功徳を得たという説話」。具体的な〈歌徳〉の内容は千差万別で、経文に匹敵する霊力を認められるものから、頓才の秀句に類するものまである。

森山はそれらの歌徳説話を十種に分けているが、これは今日に至るまで最も詳細な分類である。(14)

一方、歌徳説話の場合、内容よりも詠歌の場に着目すべきであるという渡辺昭五の見解があり、傾聴に値する。(15)

これから提唱する〈俳諧説話〉や〈俳徳説話〉、あるいは〈俳人説話〉等々の語句も、それぞれ和歌説話・歌徳説話・歌人説話の末孫と位置づけるなら、さほど奇矯な物言いともとられまい。和歌説話の中核に歌徳説話があったように、俳諧説話の中核には俳徳説話があり、そこには僅かながらも言霊信仰の残り香が漂っていた。和歌——連歌——俳諧という韻文学史に寄り添って説話を眺めてみると、そこには日本人の精神生活の断面が透けて見えるのである。それは一面では民俗学のテーマでもあった。(16)

さて、和歌説話や連歌説話の場合と同様に、俳諧説話研究も、既存の分野の枠組みで捉えるならば、俳諧研究と説話研究の両分野に跨がることになる。当然、論述も双方向からなされねばならないが、小論では、論者の資質により、専ら説話研究の方面から俳諧説話を照射している。結果、俳諧研究者の方には自明のことを説明するなど煩瑣な箇所もあるかと思われるが、ご容赦ねがいたい。

したがって、論述中に名のあがる文学史上に名立たる俳人たちの行跡についても、いわゆる事実性には必ずしも拘泥していない。問題とするのは、あくまでも〈伝承上の人物〉として説話に登場する彼らの言動である。それは、けっして軽視されるべき存在ではない。生身の西行の生涯は七十年、伝承上の西行の命脈は七百年。実際の西行に会った人よりも、伝承上の西行の言行を耳にした人のほうが遥かに多いのである。それは同時代の人にとっても同じである。在世中、一度も芭蕉に会えなかった加賀の一笑も、伝承上の芭蕉にならば幾度も会っていたであろう。

それにしても、説話研究の視点から眺めた俳諧説話は、非常に示唆に富んでいる。

芭蕉の俳諧理念である「不易流行」は、「不易（永遠に変らぬこと）」と「流行（時々に変化すること）」の両者を併せ持つのが重要であるということを端的に著した言葉であるが、この語の意味するところは、そのまま説話研究についても当てはまる。時代を超えて伝承されていく要素と、各々の時代を反映した要素の、双方に目配りをしておかねば、説話を立体的に捉えることはできない。つまりは、通時的視点と共時的視点を持つことが重要だということである。

俳諧説話もその例に漏れず、俳諧という、当時の新興芸術が題材になっているという点では、まさに一過性の話柄である。口頭でなされていたとはいえ、伝承性は薄く、これだけでは伝承文学とは言い難い。けれども、追い追い紹介していく資料を見ていくと明らかであるが、これらの説話に貫かれているのは、古代より連綿と続く歌徳信仰である。共時性を有する説話に通時的視点を見出すことにより、あるいは、通時性を有する説話に共時性を重ね合わせることにより、おのずと見えてくるものがあろう(17)。

以上のことを踏まえたうえでもう一言述べると、小論では、俳諧説話を研究するというよりは、俳諧説話で研究するという立場をとっている。俳諧説話と呼ぶべき話群の存在を指摘したうえで、その俳諧説話を通して仄見える諸々の説話の生理を解明することが本書の主な目的である。いわば、方法としての俳諧説話の提唱である。例えば、俳諧説話を通して、説話の生成や変容を、あるいは通時性や共時性を、伝播や伝承の様相を、説話の管理者や伝承母体の有り様を、逸話というジャンルの可能性を、文芸その他の触媒との接点を、事物や風物との関連を、俗信としての機能を、話型やモチーフの問題を、消費活動と伝承の関連を、縁起や注釈などの説話の場を、〈世間〉との関わりを、書承と口承との関連を、それぞれ考えてみたいのである。

その際に、キーワードとして〈世間話〉という語を多用する。柳田國男が提唱したこの術語は、昔話や伝説などと並んで口承文芸研究ではよく用いられるが、国文学の方面ではまだ馴染みが薄いようである(18)。歴史時間の枠で話される伝説と、生活時間の枠で話される世間話との関連の解明もまた、小論のテーマである。

そういうわけで、本書は一般的な近世文学の研究書とは、いささか肌合いを異にしている。それは偏えに、説話研究を専門とする論者の関心によるものである。先に述べたように、今後、この方面の研究を進捗させるためには、俳諧研究の側からのアプローチが必須となろう。

私のささやかな試みによって、遥かなる近世説話の海に一筋の航路を発見できれば、また、結果として、俳文学研究に多少なりとも寄与できれば、これ以上の幸いはない。

註

（1）一笑については、李炫瑛「加賀の俳人小杉一笑の俳歴」（『日本文学』五〇巻九号、平成十三年）に詳しい。同論考は、のちに『加賀俳壇と蕉風の研究』（李炫瑛、平成十四年、桂書房）に収録された。

（2）荻原恭男校注『おくのほそ道』（付『曽良旅日記』『奥細道菅菰抄』）昭和五十七年、岩波書店

（3）矢島渚男「『奥の細道』の推敲（三三）」（『梟』平成十二年四月）でも、上五の「塚も動け」を「死者が蘇ることをいったもの」と受け取り、全体の句意を「それ（お前が生き返ること）が不可能だとわかってはいるが、それでも私は塚よ動け（生き返れ）と言いたい」と解釈している。

堀切実『『おくの細道』解釈事典――諸説一覧』では、矢島説を紹介するに際して「従来から、一笑への追悼句として解釈も諸説一致しているが、矢島渚男のみが唯一「塚もうごけ」について斬新な解釈を提示している」と記している。

（4）上岡勇司「注釈書と歌徳説話」『和歌説話の研究・中古編』（昭和六十一年、笠間書院）にある指摘。

（5）渡辺昭五「歌徳説話の発生」（『説話文学研究』第二十三号、昭和六十三年）にある指摘。渡辺と上岡の論争については、菊地仁「〈和歌説話〉の研究をめぐる諸問題――上岡勇司・渡辺昭五両氏の論争に寄せて――」（『國學院雜誌』九二巻一号）に詳しい。

（6）前田雅之は「説話研究の現在」（『國文學・解釈と教材の研究』第四十六巻十号、平成十三年八月、學燈社）において、「「説話」という学術用語および説話という言説は誤解・錯覚・固定観念といった不幸な眼差しの下で今日に至っている」として、いくつかの問題点を挙げている。次に、その一部を引用する。

最後に、国文学内でも説話研究にはある特定のイメージがあることを指摘しておかねばならない。その顕著な例は、「説話＝中世文学」というカテゴリーが暗黙のうちに出来上がっているという事実である。（……中略……）説話研究者は中世文学に属するという常識を国文学は作り上げたようである。

（7）数少ない例外に、『日本の説話』（益田勝実・松田修編、昭和五十年、東京美術社）第五巻（近世）がある。ただ、同書にも近世説話プロパーの執筆者はいなかった。また、『説話文学の世界』（池上洵一・藤本徳明編、昭和六十二年、世界思想社）にも、「近世」の部が設けられ、井上敏幸が執筆している。

（8）例えば、『國語と國文學』平成八年五月号では、「近世説話」特集が組まれ、十三編の論考が寄せられているほか、『説話論集』第十集（説話と説話文学の会、平成十三年、清文堂）も「説話の近世的変容」を特集している。また、『時代別日本文学史事典・近世編』（平成九年、東京堂出版）や『日本説話小事典』（平成十四年、大修館書店）等の事典類にも「近世説話」の項が立てられている（文責は、前者が堤邦彦、後者が矢野公和）。近世の仏教説話に関しては、堤邦彦『近世仏教説話の研究』（平成八年、翰林書房）、同『近世の禅僧』（平成十一年、和泉書院）参照。

（9）上岡勇司「和歌説話研究小史」『和歌説話の研究・中古編』（昭和六十一年、笠間書院）

（10）同右。

（11）久保田淳「和歌説話の系譜」『日本の説話』第四巻　昭和四十九年、東京美術社

（12）前掲、上岡論文（註9）

（13）『日本伝奇伝説大事典』（昭和六十一年、角川書店）の「和歌説話」の項において示されたもの。

（14）森山茂「歌徳説話の伝承について――歌徳説話論その一――」『尾道短期大学紀要』第二十四号、昭和五十年

以下に、森山による歌徳説話分類案を提示する。

①名声栄誉の徳　イ、勅撰和歌集に選ばれ、歌人としての名を後世に知られること
ロ、すぐれた歌人という名声を、広く世間に認められること

②神仏納受の徳　イ、神仏や非人間的存在が返歌すること
ロ、神仏や非人間的存在が現形したり行動したりすること

③褒賞拝受の徳　イ、褒賞を得たことで終わるもの
ロ、褒賞を得たことがさらに大きな功徳につながるもの

④愛情獲得深化回復の徳　イ、男女の間に愛情が成立すること
ロ、男女の間の愛情が強められ深められること
ハ、男女の間の移ろいかけていた愛情がよみがえること

⑤任官昇進の徳　イ、官位僧位の任官や昇進を果すこと
ロ、子孫一族が繁栄すること

⑥赦罪釈放の徳　イ、犯した罪の処罰を軽減されたり、拘禁や流謫地などから釈放されたりすること
ロ、無罪の罪であることが証明されること

⑦悪行禁止変更の徳　イ、悪行をやめさせること
ロ、無風流な行為を戒めること
ハ、禁忌を許されること

⑧病気治癒回復の徳　イ、自分の疾病を治療し、快復すること
ロ、他人の疾病を治療し、快復させること
ハ、非人間的存在の災厄を除去すること

⑨鎮魂慰霊往生の徳　イ、自分の往生に役立つこと

ロ、他人を鎮魂往生させること
ハ、他人を仏道に帰依させること
⑩気象好転の徳　イ、晴天に変えること
ロ、雨天に変えること

(15)　前掲、渡辺論文（註5）

(16)　俳句嫌いの柳田國男も、近世以前の俳諧には関心を寄せており、「数百年前の我々の先祖の静かな内部生活を窺うに、これほど大切な材料もないと思う」（「俳諧とＦｏｌｋ―Ｌｏｒｅ」『日光』四月号、大正十四年）と述べ、『木綿以前の事』（昭和十三年、創元社）等で実践しているほか、『俳諧評釈』（昭和二十二年、民友社）のような連句の評釈書も書いている。

柳田以降、この路線に位置づけられる研究としては、清崎敏郎『俳諧と民俗学』（昭和四十二年、岩崎美術社）があるが、本格的に論じられる機会は少なかった。小池淳一『伝承歳時記』（平成十六年、飯塚書店）は、この路線の研究の後継に位置づけられるものとして注目に値する。また、今泉準一「俳諧の民俗」（日本民俗研究大系第9巻『文学と民俗学』（平成元年、國學院大學）は、この問題について考える際、見逃せない論考である。

(17)　俳諧説話について正面から言及した論考は皆無といってよいが、和歌説話を論ずる際に、資料の一つとして取り上げられることはあった。そうしたなかにあって、藤澤衛彦「伝説と俳句」（『俳句講座』特殊研究編、第七巻、昭和七年、改造社）の問題提起は、本書の目的に適った数少ない先例である。

(18)　世間話の研究史についてここで触れる余裕はないが、この昔話・伝説・世間話の定義は、長野晃子「世間話の定義の指標――世間話は、伝説、昔話とどこが違うか（1）」（『世間話研究』第二号）に拠る。

第一章　和歌説話の末裔

一　狂歌の徳

初めに紹介するのは『東海道中膝栗毛』初編（十返舎一九、享和二年＝一八〇二）に冠せられた序文の一節である。(1)

筥根八里の長持唄には、猛き宰相の心を和らげ、竹に雀の馬士唄には、鬼殺を燗せしむ。是その哥の徳利酒、呑や謡の旅衣都をさして行がけの駄賃帳を繰返し、筆の建場に雲駕の、息杖をして、ゑいやらやつと、書編たる東海道……（以下略）。

言うまでもなく、これは『古今和歌集』仮名序の一節「力をも入れずして天地を動かし、鬼神をもあはれと思はせ、男女の中をも和らげ、猛き武士の心をも慰むるは歌なり」を洒落のめしたものである。この仮名序の一節は、永らく歌徳伝承を支える根拠の一つとなっていた。それを承知で一九は『膝栗毛』の序文を書いた。当の弥次喜多がそれを知るわけもないが、たとえ「徳利酒」と掛けられる程度のものであっても、「哥の徳」という文言が用いられている以上、そこに歌徳説話の基盤となる発想が受け継がれていたのは疑いない。

時しも享和年間、紀貫之が仮名序を書いてからすでに千年を経ている。泰平を謳歌する江戸の読者を相手にするにはずいぶんと古風なもの言いに思えるが、実際のところ、かかる発想はけっして一九の独創ではなかった。狂体の和歌たる狂歌には、多分に歌徳の発想が見られるのである。実際、狂歌作者にはいわゆる知識人階層に属する人が少なくない。先の一節を茶化した狂歌「歌よみは下手こそよけれあめつちの動きだしてはたまるものかは」を詠んだ宿屋飯盛の別の顔は、『雅言集覧』や『源注余滴』などの著作を遺した国学者、石川雅望である。狂歌には古典に通じていなければ面白さを理解できないものも多く、『膝栗毛』の序文もその一例といえる。

ただ、そうした作家の側の流行りはべつにしても、近世の文献には〈狂歌の徳〉にまつわる話が散見され、これが当時の世間話であったのが窺えるのである。例えば『閑窓瑣談』（佐々木貞高、天保十二年＝一八四一）には、「狂歌の徳」の題でいくつかの話がまとめられている。次に紹介するのもその一つである。[2]

　昔名高《むかしなだか》かりし狂歌師《きやうかし》の都《みやこ》に登《のぼ》り、稲荷山《いなりやま》に詣《まふで》し時《とき》、彼山《かのやま》の神木《しんぼく》へ呪《のろ》ひ事《ごと》の願《ぐわん》かけ、丑《うし》の時参《ときまゐり》てふ所為《わざ》をなし〻者《もの》ありて、紙《かみ》に眼《め》を画《ゑが》きて、これを杉《すぎ》の木《き》へ大釘《おほくぎ》にて打付《うちつけ》たり。東《あづま》より登《のぼ》りし狂歌《きやうか》の風雅人等《ふうがじんら》、這《これ》を見《み》て戯《たはむ》れに、此呪《こののろひ》を止《やめ》させんと言出《いひいで》て、其木《そのき》へ狂歌《きやうか》の短冊《たんざく》を付《つけ》たり。

　眼《め》を書《かい》て祈《いの》らば鼻《はな》の穴二《あなふた》ツ耳《みゝ》でなければ聴事《きくこと》もなし

此歌《このうた》を看《み》て祈《いの》りし人《ひと》か、いたづらものか。又《また》もや紙《かみ》に耳《みゝ》を書《かい》て張《はり》しゆへ、再度《ふたたび》、

　眼《め》を耳《みみ》にかへすぐ〲も打釘《うつくぎ》の聾《つんぼう》程も猶《なほ》きかぬなり

斯《かく》てまた藁人形《わらにんぎやう》を拵《こしらへ》て釘《くぎ》を打直《うちなを》しければ、戯《たはむ》れ事《こと》ながら、意地《いぢ》をはるやうに思《おも》へば、捨《すて》もおかれず、狂歌《きやうか》の人々《ひとぐ〲》うち笑《わら》ひて、

　稲荷山《いなりやま》きかぬ祈《いの》りに打釘《うつくぎ》も糠《ぬか》にゆかりの藁《わら》の人形《ひとがた》

此狂歌《このきやうか》に邪《よこしま》なる咒《のろひ》を折《くぢ》きしは、余所《よそ》ながら罪《つみ》つくる人《ひと》を異見《いけん》せしに似《に》て、教訓《きやうくん》の一助《いちぢよ》となりしならずや。

通例、丑の刻参りといえば藁人形が定番であるので、この話のような「紙《かみ》に眼《め》を画《ゑが》きて、これを杉《すぎ》の木《き》へ大釘《おほくぎ》に

て打付《うちつけ》」るという方式は珍しいように思う。それにしても、この鬼気迫る状況を狂歌に詠むほうも詠むほうだが、それを承けて紙に耳を描き足すほうも相当の者である。筆者は耳を描いたのが「祈《いの》りし人《ひと》か、いたづらものか」判断つきかねる旨のことを述べているが、仮に前者だとするとなかなかの洒落者で、こうした人物が他人を呪うとは信じがたい。そこら辺りに、この話の笑話としての面白さがあるのだろう。そうして、描き足した耳にも狂歌で難癖をつけられたので、今度は横着をせず藁人形を作って呪いをかけ直すが、それも狂歌で揶揄される。しかとは書かれていないが、「此狂歌《このきようか》に邪《よこしま》なる咒《のろひ》を折《くぢ》きし」とあるので、おそらく呪詛は阻止されたのであろう。当初から主人公は「此呪《こののろひ》を止《やめ》させん」として狂歌を詠んだのである。なるほど、これは〈狂歌の徳〉である。

この話を記録した佐々木貞高は、為永春水の筆名で知られる人情本作家である。当代の流行作家の筆になるだけに、記事の信憑性を疑うきらいもないではないが、これが単なる戯作者の創作でないことは、他にも類話と見做せる話が報告されていることから判る。類話というのは『耳嚢』（根岸鎮衛、近世後期）所収の「狂歌滑稽の事」である。(3)

安永寛政のころ、狂名もとの木阿弥と名乗りて狂歌を詠める賤民ありしが、麻布の稲荷へ、人の形をえがきて眼へ釘をさしあるをみて、

目を書きて祈らば鼻の穴二つ耳でなければきく事はなし

と書きて札を下げければ、あけの日、右の人形の耳へ釘をさしけるゆえ、

眼を耳にかへすぐ〳〵もうつ釘は聾《つんぼう》ほどもなほきかぬなり

と又々札を下げければ、このたびは絵をやめて、藁人形へ一面に釘をさしけるゆえ、

稲荷山きかぬ祈りに打つ釘はぬかにゆかりの藁の人形

と札をさげければ、その後は右の形も見えずなりぬと。

相違点として、前者(『閑窓瑣談』)において「昔」としか記されていない時代設定が、後者(『耳嚢』)では「安永寛政のころ」と明記されている点、前者の主人公が「名高かりし狂歌師」と固有名が記されていないのに対し、後者では「もとの木阿弥」という具体的な人名が記されている点、また、前者の舞台が「都」の「稲荷山」とされているのが、後者では「麻布の稲荷」となっている点……等々が挙げられるが、両者が類話であるのは明らかである。推察するに、狂歌師が主人公の小咄に、当時の著名な狂歌師「もとの木阿弥(=元木網)」の名が冠せられたものであろう。

ちなみにいうと、元木網は文化八年に八十八歳で没。狂歌結社「落栗連」を率いた天明狂歌壇の中心人物の一人である。代表作『新古今狂歌集』が刊行されたのは寛政六年(一七九四)であり、確かに時期的には辻褄は合うが、右の話にあるような「賤民」階層に身を置いていたわけではない。京橋で湯屋を営んでいた人物である。話の展開上、主人公が「賤民」である必要はなく、この辺りは伝統的な歌徳説話の主人公が、しばしば物乞いに身をやつした姿で描かれるという心意が生きていたものと思われる。

紹介した二つの〈狂歌の徳〉の話は、『醒睡笑』などに多く見られる狂歌咄とは若干異なる。秀句譚である狂歌咄においては、話の重点は主人公の頓智・機転にあるが、右の話の場合(もちろん秀句譚の要素もあるが)、話の重点は狂歌を詠むことによって生ずる事態の好転にある。これは〈歌の徳〉の延長線上に位置する〈狂歌の徳〉の発想に基づいたものである。和歌も狂歌も同じ三十一文字の文芸、和歌に徳あらば狂歌にも徳ありとする発想の起こるのも、また自然なことであった。丑の刻参りを題材とした笑話を生んだのは、一千年の伝統を誇る歌徳説話の発想なのである。

同じく『耳嚢』に書き留められた「狂歌にて咎《とが》めをまぬがれし事」も、同趣向の話である(4)。

天明のころ世に狂歌、もてのほかにはやりて人々もてあそびしが、そのころの事にはあらず、明和安永のころなりしが、品川高輪《たかなわ》のあたりに何とやら名は忘れたり、狂歌俳諧などして世を渡る貧僧ありしが、或時品川宿の知れる旅篭屋へ見廻《みまい》しに、捉飼《とりかい》御用にて御鷹匠大勢右の宿にあり。御鷹匠はさもなければ、そのほかに附きて軽きものは、御鷹の御威光に任せ、かれこれやかましきものなり。かのはたごやの門にも架を置きて御鷹を休め居しに、かの僧門を出ずるとて右の架にさわりしゆえ、御鷹大きに驚きければ、かの僧を御鷹匠の者召捕り、「いかなれば御鷹を驚かせし」とて以てのほか憤りけるゆえ、右僧はもちろん旅籠屋の家内も出でて、しな〴〵詫び言などしけるに、御鷹も別条なければ、御鷹匠も少しは憤りをやめて、「何者なるや」とたずねけるに、狂歌よみの由答えければ、「さあらば狂歌せよ」といいしに、「かしこまり候」とて、一首を詠じけるにぞ、御鷹匠も称歎してゆるしけるとなり。

一ふじ《富士》に《二》鷹匠さん《三》になす《茄子》粗相《そそう》あわれこの事夢になれかし

主人公は「狂歌俳諧などして世を渡る貧僧」である。この人物設定が、先刻の話の主人公「もとの木阿弥と名乗りて狂歌を詠める賤民」と通ずるものであるのは言うまでもない。鷹を驚かせた咎で「御鷹匠」に身元を尋ねられた件の僧は、自身が「狂歌よみ」である旨を告げ、命じられるままに初夢を題材にした狂歌を一首詠む。その出来栄えに感嘆した鷹匠が僧を許し、ことが円く納まったところで話は終っている。主人公が当意即妙の狂歌を詠む点は、秀句を主題とした狂歌咄に通ずるが、その一方で、身に降りかかる厄難から逃れるのは、歌徳説話の話型に他ならない。また、初夢という近世的な習俗が題材に選ばれている点にも留意すべきであろう。

かかる話柄がひろく世に流布していたのは、これに類した話が『浪花見聞雑話』(著者不詳、文化十四年＝一八一七)に見いだせることから判る。長い話なので梗概のみ記すと、安永の頃、心齋橋南久太郎町で屛風屋を営む塵丸なる人物が、狂歌の会に出席し、夜更けて帰路についたところ、夜廻り衆に不審者と疑われたので、「小町ならでおち廻りにとらゑられ即席寺で歌はよまれん」と詠み、放免されるという筋である。

先ほどの鷹匠を相手に狂歌を詠んだ僧の話と比較すると、主人公の狂歌師が権威者に目をつけられる点、その相手が狂歌を詠むように指示する点、最後に主人公が狂歌を詠んで難を逃れる点など、基本的な話の筋は同じである。また、時代設定が同じ「安永の頃」であることからも、この手の話が流行していたことが窺える。

もっとも、これまで紹介してきた話は、人が人を相手に狂歌を詠んでおり、事態が好転するのも、相手の人物が狂歌の文句に感心した結果である。言霊の発露たる歌徳説話に通ずる要素も見られるが、秀句譚の性質を強く帯びているのも確かである。もとより両者の間に境界線を引くのが好ましいとは思えぬし、筋目正しい歌徳説話で詠まれる歌にも、言葉遊びの側面はある。しかしながら、この種の話群を歌徳説話の末裔に位置づけるには、いま少し狂歌の神秘姓が強調された例を挙げねばなるまい。

その意味では、次に紹介する話などは、人ならぬ者を相手にしている点で条件に適っていよう。『宮川舎漫筆』(宮川政運、文久二年＝一八六二)所収の話である。(5)

又左に記《しる》す一章《いっしゃう》は、いつの頃《ころ》にや有けん。蜀山人《しょくさんじん》の妻なるもの出産《しゅっさん》ありし処、乳《ちゝ》少も出ず、詮《せん》すべなく乳《う》母《ば》を頼めども、折あしくあらざりしに、子の恩愛《おんあい》にはいか成者も憂《うれ》ふるならひなれば、先生大きに歎《なげ》き、一心に氏神《うぢがみ》をいのり奉《たてまつ》りて、

舌《した》つゞみうつほどたんと出ずともちゝといふほど乳の出よかし

斯読《かくよみ》て捧《さゝ》げしかば、神も哀《あはれ》とや思《おぼ》しけむ。其日より乳《ちゝ》十分に出しこそ、いと不思議《ふしぎ》に尊《たう》とき事どもなれ。

この話は「和歌の感応」と題された一連の記事のひとつである。引用はしなかったが、同記事は「我日《わがひ》の本《もと》に歌《うた》ある事は、もろこしに詩《し》あるが如《ごと》し（……中略……）凡大和歌《およそやまとうた》は、人の心を種《たね》として天地《てんち》をも動《うご》かし、目《め》に見へぬ鬼《き》神《じん》をも感《かん》ぜしむるに至《いた》る」云々と、やはり『古今集』仮名序を意識した言葉で書き起こされている。右の話が紹介されるのは、天明年間の連歌による雨乞説話や、異国船の難破を防いだ寛政年間の歌徳説話などが記された後で、〈狂歌の徳〉を説いた話が歌徳説話の系譜に位置づけられているのが判る。

右の話の主人公・蜀山人こと大田南畝については、説明の必要はなかろう。天明狂歌の三大家の一人に数えられ、近世後期を代表する文人の一人である。文学史上、もっとも有名な狂歌作者であったとしても過言ではない。その蜀山人が、乳が出ずに困っている妻を憂いて狂歌を詠み、氏神に捧げたところ、見事、願いが叶ったというのが話の筋である。この「舌つゞみ……」の狂歌は、昔話「鼓峠」のなかで詠まれる歌に酷似しており、一種の伝承歌であったことが窺えるが、[6] それが人気狂歌師・大田南畝の作とされているのが興味深い。南畝が世を去った文政六年（一八二三）は、『宮川舎漫筆』の書かれる僅か四十年前である。つまり、この話は口承文芸研究の用語でいうところの世間話なのである。この話に限らず、狂歌にまつわる話の多くは世間話の範疇に入る。この点に注目すると、説話研究者にとって示唆的な問題が見えてこよう。

『狂歌現在奇人譚』（国立公文書館所蔵）

もう一例、狂歌に神秘性を見いだした例を紹介する。『狂歌現在奇人譚』（岳亭定岡、文政七年＝一八二四）に見える「要義園近住の傳」という話である。要約すると、夜半、川越から八王子に至る途中の山中を急いでいた旅人が、山犬の群れに囲まれて進退に窮していたところ、いずこよりか、普門品を唱える声が聞こえてくる。以下、原文を引用する。(7)

山の犬《いぬ》はます〳〵数《かず》まして、とびかゝらむとするにぞ。いまは身躰《しんたい》こゝにきはまり。いきたるこゝちもせでありしに、いづこにかありけん、経《きやう》よむ声《こゑ》きこえければ、こも又ふしぎとおもふ所に、うしろの方より人のきたりけるが、普門品《ふもんぼん》をとなへながらにきけり。この人ちかづきければ、かの山の犬《いぬ》はみなにげはしりて、ひとつもをらずなりけり。旅人《たびひと》はふしぎのことにおもひ、はじめていきいでつるこゝちして、岩《いは》にしりかけていきつぎゐたり。ふもんぼんよむ人は、これを見かへりもせで、いそぎゆきぬ。旅人こゝろにおもふ、「この人はまさに佛《ほとけ》などにて、己れをすくひ給ひしならん」と。やがてあとにそひて行けるに、其人《そのひと》はます〳〵普門《ふもん》ぼんとなへながらに行。しかるに其人の身《み》より、何《なに》にかありけんものゝおちけるを、やう〳〵にちかづきて見れば、手なれたる扇《あふぎ》をおとしたり。とりてひらき見るに、

たのしみしわらはもあはれ吹落すあらしの庭の雀の子の柿

とかきてあり。こはおもしろきうたなりかしと、うち見《み》つゝ行《ゆく》ほどにかの人を見うしなひぬ。

この後、残された「手なれたる扇《あふぎ》」の手跡から、普門品を唱えて山犬を追い払い、主人公の窮地を救った人物が「要義園近住」なる狂歌師であったことが判明して、話は終る。なお、要義園近住は実在した狂歌師で、本名は長島吉兵衛、武蔵の国出身、天保頃の人とのことである(8)。

右の話の場合、山犬の群れが退散した理由は、直接には仏教の功徳であろうが、俗塵にまみれるのを潔しとする狂歌師が、旅人から「まさに佛《ほとけ》などにて。己れをすくひ給ひしならん」と思われるほどに神さびた存在に描かれたのは、歌徳説話における歌人が、時として宗教者と同じ役回りを演じているのと通ずる。滑稽が旨の狂歌咄とは程遠い話であった。右の話が編者の創作か否かは判定しがたいが、同様の発想のあったことは『耳嚢』の次の記事からも判る(9)。

京都にて隠逸を事とせる縫庵といえる者、隠宅の庭に狸ならん、折々腹鼓など打つ音しければ、縫庵琴を引寄せて右鼓に合せて弾じける。一首のざれ歌をよめる、

やよやたぬまし鼓うて琴ひかん我琴ひかばまし鼓うて

そのほど近きに住める加茂の社司に信頼といえるありしが、

ほうしよくたぬ鼓うてわたつみのおきな琴ひけ我笛ふかん

かく詠吟なしければ、その後は狸の鼓うつ事止みけるとなり。

この話には「戯歌《ざれうた》にて狸妖を退けし由の事」なる題がつけられており、狸が腹鼓を打つのを止めたのは、明らかに主人公の隠者が詠んだ狂歌の力による。しからば、この狂歌の呪術性はいずこにあろうか。

まず「やよやたぬまし鼓うて……」の歌のほうであるが、全体としては歌意が通ずるものの、第一句が意味不明である。「やよ」は感動詞、「や」は間投助詞で、ともに呼びかけるときに発する語、この話を注した鈴木棠三は「おい」「こらこら」と訳している。第二句の「まし」は「汝」すなわち「お前」の謂。意味がとれないのは、その間にはさまれた「たぬ」という語である。しかし、次の歌にも「ほうしよくたぬ鼓うて……」とある点から、この「たぬ」が「狸」を指すであろうことが察せられる。

思うに、この狂歌の呪術性は「たぬき」という語から「き」の一字を落とす点にあったのではないか。すなわち、相手の名をあえて不完全に詠み込むことによって、呪術としての効用を発揮させたのである。

次に紹介する『三養雑記』（山崎美成、天保十年＝一八三九）の記事でも、同様の解釈がなされている。(10)

物を伏するには、そのものゝ名をきりて、歌によめるよしなり。北条氏康の城中にて夏のころ、狐の鳴きければ、氏康よめる歌、

夏はきつねになく蟬のから衣おのれ〳〵が身のうへにきよ

かゝればそのあくる日、狐多く死してありとかや。この歌、狂歌咄に見えたり。近く横田袋翁の、しる人の厩に、狸の夜ごとに来りて、馬をおどろかしけるに、神仏の護符をはり、祈禱、まじなひなど、さまぐのわざすれども、しるしなかりけるに、

心せよ谷のやはらだぬきかはのみなれてこそは身も沈むなれ

と一首の和歌を詠じ、かの廐にはりおきけるに。その夜よりして、狸のきたること止けるといへり。この歌は、催馬楽の貫河に、ぬきかはの、せゝのやはらだ、まくらやはらかに、といへる詞にてよめりとかや。

北条氏康の詠んだ狐除けの呪歌は、『常山紀談』（湯浅元禎、元文四年＝一七三九）や『醒睡笑』（安楽庵策伝、元和九年＝一六二三）等々に載る著名なもので、『耳嚢』にも記載があるほか、『鄙都言種』（森島中良、寛政八年＝一七九六）にも小咄の類話として載せられている。『三養雑記』の編者・山崎美成がいうように、この歌の呪術性は「そのものゝ名をきりて」詠み込むことにあった。つまり「夏はきつ／ねに鳴く蝉の……」と「きつね」の語を切っているところが味噌なのである。結果、「狐多く死してあり」という仕儀に相成った。

続けて『耳嚢』に記された狸除けの呪歌も、同様の趣向に基づいており、「谷のやはらだ／ぬきかはの……」と「たぬき」の語を二つに切り離している。ただし、催馬楽の一節に依拠したというこの歌は、北条氏康のような歴史上の人物ではなく、ごく最近の出来事とされている点が特徴である。これもやはり世間話であった。そして、先の狸除けの狂歌における呪いの方法が、この変形であったことも察せられるのである。

山犬を退散させた狂歌師の話も、こうした話を背景において読みかえしてみると、けっして突飛な空想ではなかった。近世後期に、生まれるべくして生まれた〈狂歌の徳〉を説いた話なのである。

二　発句の徳

そもそも狂歌とは、狂体の和歌の謂である。それを思えば、狂歌が題材の話のなかに、歌徳説話の残滓が見いだせるのも当然であった。これから取り上げる〈発句の徳〉をめぐる話も、俳諧の本義が俳諧歌・俳諧の連歌であったことを鑑みれば、やはり生まれるべくして生まれた話群であったといえる。これらの話は、雅びやかな歌徳説話を世俗化させたパロディーと捉えるよりも、むしろ文芸の担い手が庶民層にまで降りてきた時代に、必然的に現れた歌徳説話の正統な後継者と考えるべきであろう。(11)

〈発句の徳〉というのは造語ではない。〈狂歌の徳〉とともに近世の随筆類に見られる言葉である。例えば、『宮川舎漫筆』には「発句《ほっく》の徳《とく》」なる題の話が載せられている。(12)

　夫大和歌《やまとうた》はあめつちをも動《うごか》し、目《め》に見えぬ鬼神《きじん》をも感《かん》ぜしむるは、和歌の徳《とく》とかや。爰《こゝ》に歌にはあらで、発句もて人の心をやわらげしは、去《さ》る嘉永五子のとし二月の事成しが、予《よ》が莫逆《ばくげき》の友島田子《ともしまだし》の同勤大岡《どうきんおゝおか》某《なにがし》の婢《はした》女《め》は、越後《えちご》の生《うま》れなりしが、其親《そのおや》なるもの、其頃《ころ》江戸え出て、其帰国《そのきこく》の折《おり》、大岡氏へ来《きた》り、少《すこ》し願《ねがひ》の義有之候得共、我儘成儀《わがまゝなるぎ》と御咎《おんとがめ》も恐入《おそれいり》候得ども、娘《むすめ》義いまだ御暇時前《いとまときまへ》ながら、御いとま給わらんには、何卒《なにとぞ》同道《どう〳〵》にて帰国《きこく》いたし度よし願《ねがひ》ければ、大岡氏のいわく、今中途半途《いまちうとはんと》にては、甚《はなは》だ差支《さしつかへ》になるなれば、暇の儀遣《ぎつかは》し難《がた》き旨断《ことはり》ければ、詮方《せんかた》なく立帰《たちかへ》り、其後《そのご》又候来り、此たびは暇の義は言《い》わずして、短冊《たんざく》に一句をしるしてさし出しぬ。

　　はるゝまて佇《たゝずむ》む軒《のき》や春の雨

大岡ぬしこれを見て深《ふか》く感《かん》じ、直《すぐ》さま暇さし出しければ、其もの九拝頓首《きうはいとんしゅ》して悦《よろこび》ける。其後礼《れい》として来り、亦々《また》

　　梅《うめ》が香《か》を袖《そで》につゝみて越路《こしぢ》まで

ア〻此者鄙《ものひな》の生《うま》れながら、いと風流《ふうりう》にしてやさしき心ばえかな。と同人《どうじん》の物語《ものがたり》なりき。

冒頭の「夫大和歌《やまとうた》はあめつちをも動《うごか》し、目に見えぬ鬼神《きじん》をも感《かん》ぜしむる」という和歌の徳について述べた箇所は、先ほど話題にした『古今和歌集』の仮名序を意識して書かれている。『東海道中膝栗毛』において、この言葉が狂歌に転用されているのは見てきたとおりであるが、右の話では「爰《こゝ》に歌にはあらで、発句もて人の心をやわらげしは」と、発句の霊力を説明するのに用いられている。話の内容は能の「熊野」を髣髴とさせるものであるが、和歌ではなくて発句である点が〈発句の徳〉たる所以であった。

宮川政運がこの話を書きとめた文久二年といえば、明治維新の五年前。話の設定である嘉永五年（一八五二）も、そこから遡ること十年に過ぎない。西欧列強の足音が否応なく近づき、文明開化を明日に控えた時世にあっても、いまだ貫之の時代の心持ちで世を眺めていた人がいたことは忘れてはなるまい。しかもそこに記されているのは出所不明の噂ではなく、執筆者の「莫逆《ばくげき》の友島田子《ともしまだし》の同勤大岡《どうきんおゝおか》某《なにがし》の婢女《はしため》」というきわめて身近な女性にまつわる世間話であった。娘の親の素性は不明ながらも、「鄙《ひな》の生《うま》れ」の者が「いと風流《ふうりう》にしてやさしき心ばえ」を有していたというのは、やはり和歌説話の類型の一つである。かかる古風な話柄が世間話の装いをまとって話されていた時代が、存外、最近まであった点は少しく強調しておく必要があろう。

もう一つ『宮川舎漫筆』から、発句の徳にまつわる話を紹介する。「餓《が》死《し》の者発句《ものほつく》」と題する話で、舞台は信州、時代は先の話よりやや古い天保七年（一八三六）であるが、執筆者にとっては同時代の話とみて差し支えあるまい(13)。

天保七申年の飢饉《ききん》の折《おり》、信州《しんしう》水内郡丹波村《たんばむら》にひとりの行倒《ゆきたを》れ死せし者あり。歳《とし》は五十才位にて、傍《かたはら》に杖笠《つへかさ》あ

り。其杖に切割紙に一句を記す、

　死水《しにみづ》は沢山《たくさん》なるぞ草《くさ》の露《つゆ》

哀《あわ》れにもいとやさし。右真田侯《さなだこう》領分ゆへ、領主より検使《けんし》の者来り、此句を見て此者義さだめてよしある人と見へたり。不便《びん》の至り葬遣はすべしと申渡されしは、実《じつ》に人の心を和らぐるとの言《こと》の葉空しからず。発句《ほっく》たりとも歌の片《かた》はれ、人と生れ歌《うた》は詠《よみ》たき物なれ。歌よまずば発句なりともいひ習ふべし。行倒れ死ものは非人の手にかゝり取《とり》捨なるは通例なりしを、斯厚く葬られ印《しるし》まで建《たて》らるゝは風流《りう》の徳《とく》なるべし。

行き倒れの者が破格の待遇をもって葬られたのは、杖に残していた辞世と覚しき発句を「哀《あわ》れにもいとやさし」と感じた担当の役人が「さだめてよしある人」と判断したためである。佳句を詠む者は人格も優れていると受け取られるのが説話の文法であった。まさに「言《こと》の葉空しからず」である。

つけ加えていうと、この話の旅人が詠んだ「死水は沢山なるぞ草の露」とほぼ同じ句が、別の人物の逸話にある。出典は明らかではないが、郷土の資料を集めた『東上州の昔話し』（しの木弘明、昭和55年、桜井出版）にある話で、そこでは「死水はよほど余りて草の露」という句を吐いた乞食が、実は金英という名のある俳人であったという内容になっている[14]。ここから察するに、『宮川舎漫筆』の記事も実話ではないにせよ、創作でもない。世上、流布していた世間話であったことが窺えるのである。

さて、先の暇乞いの娘は無事に郷里へと帰れたようであるが、入り鉄砲に出女の時代、関所で役人に呼び止められたら如何なることになるか。想像であるが、句作に長けた親が同道していれば、そうした心配は杞憂であろう。何故ならば、発句を詠んで関所を越えた話もいくつか報告されているのである。

例えば『諸國周遊奇談』(15)（昌東舎真風、文化三年＝一八〇六）には、「俳諧《はいかい》并たはれ哥《うた》よみて関守《せきもり》の心和《こゝろやわ》らきし事」という話が載せられている。

長門国《なかとのくに》長府といふ所にひとり女あり。をとめの時よりも、はゐかいてふことを好みて、近国《きんこく》を巡《めぐ》り東路《あつまち》に下れる。折から、箱根《はこね》にて尤入事は、女なりとも一通り御尋《たつね》ありてとおることとぞ。其名を菊車《きくしや》と呼ふ。

関《せき》の戸《と》を叩《たゝい》てはなく水鶏《くゐな》もわれも

また、こは男にてありけるか、御関所にかゝり、御通し被下とねかへば、何者なればと問せける時、たはれ哥《うた》読《よみ》とこたへてよめる。

證文《章門ニ疑》はゆるさせたまへふじ三里すゐてのほりしあたゝらの関

とよみて御免しを蒙《かふむ》しとなん。

前半は発句を詠んだ「菊車」という女が主人公、後半は狂歌を詠んだ男が主人公である。蟬丸の「これやこの」の歌を例に引くまでもなく、古来、関所と和歌とは縁の深いものであった。したがって、同じ三十一文字の文芸である狂歌が関所に馴染むのは不思議ではないし、それは三十一文字が十七文字になっても同じことであった。少女の頃から俳諧を好んでいたという彼女が、関を越えられたか否かは記されていないが、後に続く話から察するに、おそらくは無事に旅を続けられたのであろう。題にも「関守《せきもり》の心和《こゝろやわ》らきし事」とある。(16)

なお、「菊車」こと田上菊舎は実在の俳人で、実際に俳諧修行のため、諸国を旅した。菊舎が没したのは文政九年（一八二六）であるので、右の話は彼女が在生中の世間話である。しかしこれが実話でなかったのは、右の話の類話が、歌舞伎役者の逸話を集めた『俳優畸人伝』二編（立川焉馬、天保四年＝一八三三）にあることから判る。主人公は当代の人気役者、瀬川菊之丞。引用は、手形を忘れて関を越えかねていた菊之丞[17]が「歌川国貞のかきたる瀬川菊之丞か素顔の似顔」を見せたところ、関守から一句詠むよう要請される場面である。

いひあらそふをかたはらの関守《せきもり》すゝみ出て、「まつしばらく待《まち》給へ。是《これ》この画《ゑ》の上にも自筆《じひつ》としてほつ句《く》あり。我《われ》も在番《さいばん》の折《をり》からきゝし事あり。菊之丞は俳諧《はいかい》の上手《しやうず》にて手跡《しゆせき》も見事なりといふ。誠《まこと》の菊之丞ならんには一句詠《くよみ》てみせよかし。幸《さいは》ひ手鑑《てかゝみ》もこゝに有り。いざとく〳〵」と云ひて硯《すゝり》に紙《かみ》を取《と》りそへ出しけり。菊之丞もせんかたなく、「いなまば似《に》せ者《もの》といはれんも口《くち》おし」とて硯引《すゞりひき》よせさら〳〵と書《かき》て差出《さしいだ》せり。関《せき》守《もり》、取《とり》て是《これ》を見るに、

関《せき》の戸《と》をたゝいては啼水鶏《なくくゐな》哉　路考

とあるに、かの絵《ゑ》の筆《ふで》と引合《ひきあは》せ見れば、露《つゆ》たがはず。関守《せきもり》、大きにかんじ入、「誠《まこと》に御身《み》は俳諧の名人《めいじん》也。当《たう》意即妙《いそくめう》といひ、手跡《しゆせき》の見事」としばしかんじて止《やま》ざりけり。かくて関守《せきもり》はことばを改《あらた》め、「いさ瀬川《せかは》ぬし、こなたへ来り給へ」と先《さき》に立つて、関《せき》を通《とほ》し、かたはら成杉《すぎ》の立たる家《いへ》にいたりて座敷《ざしき》へとうし、酒肴《さけさかな》をとゝのへ、さま〴〵にもてなしけるとぞ。

先刻の『周遊奇談』の話に較べると冗長ではあるが、話の構成はもとより、詠まれた句もほぼ同じである。とはいえ、両者の直接的な伝承関係の有無を問うよりは、背景に共通した伝承の存在を想定すべきであろう。右に紹介した話の前には、旅上で歌舞伎を奉納した菊之丞がその科で役人に捕縛されるも、霊夢により難を逃れるという話

があり、旅役者にまつわる説話伝承の世界が垣間見られるのである。
なお、歌舞伎役者には俳諧をも嗜む者が多く、右の話の主人公の瀬川菊之丞も、八朶園寥松に師事する俳人であった。この話に登場するのは五代目であるが、先代も先々代も俳諧を能くし、俳号の「路考」も代々受け継がれている。他にも歌舞伎役者の逸話には、俳諧にまつわるものが多い。『耳嚢』にも、江島騒動のおりに、市川団十郎（俳号は「白猿」）が「景清は桟敷へ顔を出さぬ者」と句を詠んで難を逃れた話がある。
これらの話が近世の都人士の創作ではない証拠には、同様の趣向の話がほかにも確認できる。例えば、佐渡の堀左山という漢学者の話がそれである。

金井町中興の堀左山（名は邦典、字は佐治、通称退蔵）は漢学者で、詩や書をよくしたが、また俳諧にもたくみであった。これは父金城が連歌をたしなんでいたためであろう。
ある年、江戸から佐渡へ帰る途中、大戸という関所で、関所切手を忘れた時
越えかねて啼くや関山ほととぎす
と、一句を詠んだ。関所の役人も、その風流に免じて、関所を無事通してくれたという。
この話を、本荘了寛氏の「竹窓日記」や本間周敬氏の「佐渡人名辞書」には、越後の関山の関所としてあるが、荻野由之氏の「佐渡人物誌」には大戸としてある。
この大戸は現在のどこであろうか。

『佐渡百話――半窓閑話――』（山本静古、昭和五十四年、佐渡郷土文化の会）に拠った。同書は昭和五十四年に出版さ

れたものだが、原著者の山本静古は幕末の生まれで、昭和十二年に七十三歳で亡くなっている。右の話は、静古が子の修之助に話したのをまとめたものである。最後の三行は修之助の言葉と思われ、右の話がよほどポピュラーなものであったことが窺える。ただし、この話の関所はおそらく実在するものではなく、伝承上の関所であろう。発句を詠んで関を越える話が、佐渡では郷土の文人が主人公の話として受けとめられていたのである。

参考になりそうな話が、『仮寝の夢』[18]（諏訪頼武、文政四年＝一八二一）にある。題は「安藤對馬守事」で、著名な二人の俳人の逸話の形式をとっている。

> 冠里ト言俳名。
> 　初雪やあれも人の子樽拾ひ
> と言ハ此人の句也。ばせを其角嵐雪常に立入る。庭に草庵を建、其途中ニ關をすへ、是を哥の關といふ。詩哥發句をいはざる者ハ此關通さず。其角が妻秋色（按ニ秋色ハ其角が妻ニハアラズ）歩み掛たるに、其事をいひて通さず。折節時鳥鳴けれバ、
> 　一聲ハ勸進帳かほとゝぎす
> 此句にて關をゆるさる。

先ほどの話と同様、ホトトギスが詠まれている。『周遊奇談』の箱根の関を越える女の話では水鶏が詠まれていたが、自由に大空を往き来する鳥と、関所の不自由さとは、よい取り合せになるようで、古来、よく歌の題材とされていた。右の話の場合、風流を愛する俳人が自宅の庭に戯れに造った関所を「哥の關」と名づけ、「詩哥發句を

いはざる者ハ此關通さず」としている。根底にあるのは、歌と関所をめぐる伝承である。

さて、庭に「歌の関」を設けた冠里も、その関を越えるために、わが身を「安宅」の義経主従になぞらえて発句を詠んだ秋色も、ともに宝井其角門下の俳人であった。二人とも右の話を載せた『假寝の夢』が成る百年ほど前に他界している。すでに生前の二人を識る者もなく、話は世間話から伝説へと移行しつつある時期であった。

注目すべきは、冠里という人物の素性である。冠里こと安藤信友は、備中松山藩の藩主であった。其角没後には、幕府の老中にまで進んだ人物である。右の話にいう「庭」も、普通一般の感覚でいう庭ではなく、江戸大塚にあった下屋敷の庭園・含秀亭を指すと思われる。同じ其角門下とはいえ、冠里と相対する秋色が、世俗的な権力とは無縁な女性であることを思い合わせると、この配役には相応の意味が見いだせよう。

前節で〈狂歌の徳〉の例として、『耳嚢』の貧僧や『浪花見聞雑話』の塵丸が、狂歌を詠んで難を逃れた話を紹介したが、それらの話で彼らの身に降りかかった困難は、すべて社会的強者が弱者に対して加えた圧力であった。発句で関を越える俳人の話でも、根底にあるのは、社会制度のなかで立場を異にする者同士の相克である。そして秋色をはじめとする俳人たちは、おのれの矜持するところの発句を詠みあげることにより、関所という制度をやすやすと越えてゆく。こうした現実世界の反転は、歌徳説話の本質であると同時に、徳川二百年の平和がもたらした現実であったことも見逃してはなるまい。冠里という幕藩体制の中枢にいる人物と、一説には菓子屋を営んでいたといわれる一介の町女である秋色とが、文芸の名のもとに平等であったという事実を前提として押さえておかねば、この話は理解できない。思うに〈発句の徳〉にまつわる話は、われわれが想像する以上に、リアリティーをもって受けとめられていたのではあるまいか。

関所が舞台ではないが、諸国行脚中の俳人が発句を詠んで自由を得た話が、『燕居雑話』（日尾荊山、天保八年＝一

八三七）にある。(19)

下総国結城を、しろしめしける水野日向守殿と聞えしは、俳諧を好みたまひて、表徳を清秋とぞまうしける。其頃陸奥の俳諧師なにがしと云者、行脚して結城に至りけるが、侯の下吏あやしき者よとて執へけるを、否我はさるあやしきものに侍らず、俳諧といふことを楽しみて、行脚すなる何某といふ者なり。清秋君御名のかぐはしさを、兼て聞及び奉りけるまゝ、いかで見え奉らばやと思ひて、是までさまよひ来りしと云ひければ、さらば発句せよといひし時、

蟋蟀おにひとくちの夜はながし

とうめきしを、侯へかくと聞え上しかば、ことに感じおぼしめし、かしこくも御前に召されて、くさ〲物賜ひて、かの下吏して下野国宇都宮まで送らせたまひける。其時に、

秋の蝶つまむで高くはなしけり

といふ御句ありしとぞ、とり〲みやびなることとなりけり。俳諧師の名聞かまほし。

「蟋蟀（きりぎりす）」の句には捕えられた心境が、「秋の蝶」の句には自由の身になった心境が、それぞれ詠まれている。「水野日向守」という為政者（史実の清秋は本多忠永といい、神戸藩主であった）と、無名の俳人という取り合わせは、先刻来紹介してきた話と同じである。やはり、現実世界における力関係がなければ成り立たない話であった。つけ加えていうと、この名も知れぬ俳人が、陸奥の国の出とされているのにも相応の意味が見いだせる。辺鄙な地方に生まれ育った者が、土地柄に似合わぬ風雅の心を有していたというのも一種の現実の反転であり、かつ次章で

とりあげる〈風流な田舎人〉の話型に沿った人物設定である。

この話の場合、発句を詠んだ俳諧師はもとより、句の価値を認めた俳諧好きの領主・水野日向守の振る舞いも称賛に値する。この話型における権力者は、一方の主役でもあった。そのためかどうか、名奉行・大岡越前守の逸話にも類話がある。次に紹介するのは『陰秘録』(著者不詳、明和六年＝一七六九)にある話で、連歌師が主人公であるが、詠まれたのは発句である。[20]

あるとき江戸を出よりして、博奕せし者四五人捕られ禁ごくせられしか、其中に壱人坊主有り。奉行尋に「己は俗にもあらすして、何とて博奕には仲間入したるや。甚だ不届成」と叱られて彼者申様「私は曾て博奕は不仕也共、身極めて貧窮故イ方なく博奕仕候共に養れて居申候。私は連歌師にて御座候」と申けれは、奉行大に笑ひ玉い「連歌と博奕とは大いなる違ひ也。誠連歌師ならば連歌致せ」と有けれは、時是十月の始めの事なれば、

初霜やまたとけやらぬ縄手道

と申けれは、大に感心し其罪をゆるし玉ふとなり。


「縄手」に「畷(なわて＝田の畔道)」が掛けられている。ここでは、話の重点は発句を詠んだ坊主よりも、罪を許した大岡越前のほうにある。江戸市民に人気の大岡バナシのなかにも〈発句の徳〉の発想に裏打ちされた話があったのである。

縷々紹介してきたように、近世後期、〈発句の徳〉の発想が芽生えていた。狂歌の徳。連歌の徳。発句の徳。あ

まり広まらなかったものの、今様の徳というのもある。(21)柳田國男に倣って言うなら、これらの説話は、いずれも歌徳説話のひこばえたちである。歳月は流れ、新たな文芸が勃興するたびに、同工異曲の説話が生まれたのである。

三 凶句・呪句

こうした〈発句の徳〉の発想が、古く説話集や歌物語、歌論書などに見られる〈歌の徳〉の発想を継承したものであるのは言うまでもない。ただし、これまで紹介してきた話は、人対人の間に発句の徳が発動した例で、神仏のような超越的な存在を介しているわけではない。歌徳説話にも人心に作用した例が多いので、これらを発句の徳と呼ぶことに躊躇はしないが、なかには、より直截的に発句の神秘性を説いた話もある。

例えば、『燕石雑志』(滝沢馬琴、文化八年＝一八一一)には「詩歌の吉凶」と題された一連の記事がある。いずれも不吉な語を含む句を詠んだ者が命を落とすという内容で、言霊の力がマイナスに作用した例といえよう。詠歌が原因で身に災厄が降りかかる和歌説話を〈歌禍説話〉とするならば、〈句禍説話〉とでも呼ぶべき話群である。

実際、馬琴は寿命を縮める発句の話に先立って、中務宮宗尊が不吉な歌を詠んだために「御身のうへにまさなき世のうれひ出来」た話と、長崎九郎左衛門尉師宗と工藤次郎左衛門尉が、不吉な連歌を詠んだために「高時入道鎌倉に滅亡」した話を先例に引いている。古記録を持ち出して説明をするのは、考証随筆の常套とはいえ、これらの話が歌禍説話の末裔に位置づけられることを現しているといえよう。

最初に馬琴が紹介したのは、次のような話である。(22)

近世《ちかごろ》松崎蘭如《らんじよ》といふもの、大腹《おほふく》といふ題《だい》は復《ふく》と服《ふく》と通《つう》ずるによりて、俳諧の歳旦には忌《いむ》べき事なりとある人いひけるに、大腹《おほふく》と作《つく》るとも何の禍《わざはひ》あらんとて、

大ふくや三口にちやうど寿福禄

と詠《えい》ぜしに、その年類孫《としるいそん》の愁《うれひ》にかゝりて、服《ふく》をうくること三度なりしといひ伝《つた》へたり。

解説すると、「服《ふく》」には「喪にこもる」の謂がある。「服喪」の「服」である。その前に置かれた二つの歌禍説話に較べて卑近な内容になっているが、話の骨格を支える心意が通底しているのは疑いない。冒頭に「近世《ちかごろ》」という語が置かれ、末尾が「いひ伝《つた》へたり」と結ばれていることから判るように、近過去の話ではあるものの、かなり遠い伝聞であるらしい。この点、いささか心許ないが、続けて載せられているのは、すべて馬琴と同時代の出来事で、それもごく近しい者の身に降りかかった凶事である。

予が物のこゝろおぼえては、安永九年の歳旦《さいたん》に、俳諧師葵足《きそく》が、

竹の式《しき》かの式《しき》もなし宿《やど》の春

と詠ぜしかば、これを聞く人爪弾《つまはぢき》して、こは甚しき警句《けいく》なり。よしや世に立まじらはぬ隠者《いんじや》なりとも、この世にあらんもの、それ程の式《しき》なからずやはと譏《そし》たりしが、果《はた》してその年身まかりぬ。

先刻の蘭如の話と同様、これも句の詠まれた日時は歳旦である。句意の通じにくい部分もあるが、後の文章から察するに、「竹の式《しき》」とは、正月に飾る門松の風習を指し、旅先で新年を迎えたために、そういう面倒なことをせ

ずに済んだ、という意味であろう。けれども、門松は歳神が来臨するための大事な依代である。これを厭うては、新年を迎えることはできない。葵足がその年のうちに亡くなったのは、かかる理由によるのであろう。件の奇禍の起こったのは安永九年、馬琴は数えで十四歳であった。葵足の死にまつわる話は、馬琴にとって、まぎれもなく世間話だったのである。

これに続く記事は、さらに新しい天明年間に起きた出来事である。当時、馬琴はすでに十代半ばから二十代はじめであった。

亦天明の年間《ころ》、俳諧師存義《ぞんぎ》が歳旦の発句に、
　信濃なる浅黄布子《あさきぬのこ》やとし男
と詠《えい》じけるを、ある人難《なん》じて、浅黄布子《あさきぬのこ》は凶服《けうふく》なり。これゆゝしき発句《ほく》かなと呟《つぶや》く程に、この年存義はむなしくなりぬ。

めでたかるべき年始の日に、心ならずも不吉な発句を詠んでしまった者が、結果として不幸に見舞われたという話は思いのほか多かったらしい。右の例の場合、死装束を示す「浅黄布子《あさきぬのこ》」を詠み込んだのが元凶であった。ここでも、凶句を凶句として認知したのは、詠者とは別の人物であり、十七文字の短い言の葉に霊妙不可思議なる力を見いだす発想が、なかば俗信のようにして、近世の庶民階層に浸透していたことを示唆している。

それにしても「浅黄布子《あさきぬのこ》」とは、不吉な語を選んだものである。この場合は意図せざる行為であったろうが、仮にこうした忌み言葉を意識的に発句に詠み込ませられたならば、発句をもって自在に人の命を奪うことも可能とい

うことになる。呪いの発句である。幸か不幸か、管見に入った資料のなかにそうした例は見当らないが。

次の記事も同じ天明年間の話である。

亦天明五年、俳諧師蓼太《りやうた》が歳暮の発句に、

われ見ても売《う》れぬ石あり年のくれ

と詠《えい》じて次《つぐ》の年身まかりけり。その門人某甲《なにがし》、予《よ》にこの事を物がたりて、わが師去年《しこぞ》の暮《くれ》売れぬ石ありと詠《えい》ぜしは、今茲《ことし》墓碑《ぼひ》を建《たつ》る前象《ぜんしよう》なりしといへり。

発句の解釈をするのが、当の蓼太の門人という身近な人物である点に、この話の世間話性が見てとれる。句中の「売れぬ石」を「墓碑《ぼひ》を建《たつ》る前象《ぜんしよう》なりし」と説くのは、後付けの解釈としても牽強付会に過ぎるように思われるが、不可解な現状を結果と目し、そこから過去に遡って原因と見做し得る出来事を掘り出して整合性をもたせるのは、世間話生成の一つのパターンであった。右の話の場合、蓼太の死という結果がまず先にあって、しかるのち、その原因として故人が生前に詠んだ発句が浮上してきたのである。

原因と結果が逆転した架空の因果関係を設けることにより、現実を把握し直そうとするのは、民俗学でいうところの〈解釈装置〉の問題とつながる。(23)一例をあげると、人が溺死したとき、心臓麻痺を原因とするのが今日的解釈であるが、かつては、河童や川獺などの水妖に原因を求めた。そして、そうした解釈で人々が納得していた時代が、ごく最近まであったのである。このとき、河童や川獺は不可解な現象を解釈するための装置として機能していた。もう一例あげると、人が山中で道に迷ったとき、方向音痴という個人の資質を原因とするのが今日的解釈であるが、これも以前は狐狸狢といった小動物に原因を求めるのが普通であった。溺死や山中の彷徨といった非日常的な体験を、何らかの装置を用いて解釈することによって日常世界へと転化しているのである。その意味では、妖怪変化による解釈もいわゆる科学的な解釈も、等価ということになる。

誰しもが避けて通れぬ生老病死も、本人とその近親者にとっては理解しがたい謎であり、非日常の経験である。これを事実として受け入れるために因果律の幻想に頼るのは、昔も今も変わりなかろう。ここで留意すべき点は、解釈装置として持ち出されたのが、故人の言動のうちでも、発句を詠む行為であったということである。すなわち、江戸の文人仲間の間では、解釈装置としての発句が浸透し、生活のなかで機能していたのである。

さて、馬琴は一連の話を紹介した後で「この三人はおの〳〵稀古《きこ》に及《およ》べる翁どもなれば、をしくもあらぬ齢《よはひ》なるべし」と述べ、無闇に俗信を信ずるのを戒めているが、一方では「仮初《かりそめ》にいひ捨《すて》たる歌連歌も、時として思ひあはすることありけり」と、偶然の符合の不思議さを記している。さしもの皮肉屋も、何か不吉なものを感じたのであろう。それもそのはず、実は馬琴もこれと同様の体験をしていたのである。

安永乙未の春、わがかぞのうし兵法発会《へいはうはつくわい》の日に、ハシメといふことを句の五七五のをりにおきて、

あら玉のとし〳〵わかし老の梅

と口吟《くちずさみ》給ひけるに、この年弥生《やよひ》の末の六日に、ゆくりなく失怙《しっこ》の憂《うれひ》あり。

安永年間といえば、先刻の葵足が「竹の式」の凶句を詠んで落命したのと同時期である。つまるところ、馬琴にとって、これまで紹介してきた凶句を詠んで死期を早めた人々の話は、けっして他人事ではなかった。かけがえの

ない身内を失った悲痛な経験が、これらの話を書き留める動機となったのであろう。これに続くのも、やはり馬琴の体験談である。

亦寛政十年の八月八日《はつき》、家兄《いろね》病中の吟《ぎん》に、

秋風や秋を手わけの森《もり》の露《つゆ》

と聞《きこ》えて、これはこの春、

青柳や春のけしきの森はやし

と作《さく》せしと一対《いつつい》の趣向《しゆこう》なり。森《もり》の陰《かげ》とすべきかと問れしかば、予露といふ字を忌て、森の陰といはんこそ、こと葉ひろくてしかるべけれといらへ侍りたるに、この句竟《つひ》に辞世《じせい》となりにければ、やるかたもなく悲《かなし》かりしか。

これまでの話と異なるのは、句の内容に不吉なものを感じた馬琴が、兄に語句の訂正を促している点である。けれども、結局、運命を変えることはできず、この句が辞世となってしまった。末尾に「やるかたもなく悲《かなし》かりしか」と記されているように、悔やんでも悔やみきれないことであったろう。

馬琴と同じ時代の空気を吸っていた蜀山人こと大田南畝は、『一話一言』(安永~文化年間)に「凶句」の題で、以上の『燕石雑志』の記事を丸ごと引用したのち、さらに蓼太の末期に関する異伝と、自身の体験談とを付け加えて記している。興味深い例であるので、南畝が書き足した話のみを次に紹介する。(24)

蜀山云、蓼太病のとき医師日向東庵の薬を服せしに、東庵いはく、蓼太は水気さりて命なが丶るまじと。そ

の年の名月の句に、

　名月や四ツ手におもき水ばなれ

といふ句をきゝて東庵嘆息して、いよ〱水気の去る事をしれり。後の月は見るに及じといひしが、果して九月十二日に身まかりぬ。天明六年の事也

蓼太の死に関する異伝は、この話が巷間広く囁かれていたことの証左になる。先の話では、蓼太の門人が話し手であったが、こちらでは蓼太を看取った医師が話し手となっている。これはどちらが正しいかという問題ではなく、蓼太と親しかった二人の人間が、彼の死を受け入れるために、それぞれ別の句を原因として見いだしたと理解するのが穏当であろう。いずれにせよ、解釈装置として発句が機能していたことに変わりはない。

一方、南畝の体験談は次のようなものである。

予が廿五歳の時安永二年発巳歳旦

　春たつや二十五絃の山かつら

　初鶏も去年にはあかぬ別かな

二句とも忌はしき句也。そのとし正月五日の暁、去年の冬十二月に生れし女子うせにき。

これらの話の恐ろしさは、忌まわしい発句を詠んだ本人に自覚がない点にあるが、右の例では、凶句を詠んだ者とは別人が命を落としており、いっそうの不気味さがある。不幸に見舞われたのが詠者の肉親であったというのは、

本節の冒頭で紹介した蘭如の話と同様である。馬琴の記事を引用する過程で、当然、南畝も蘭如の死にまつわる話を読んでいるはずで、それが執筆の動機であったのは想像に難くない。馬琴の場合は、兄の死が動機であったが、南畝の場合はわが子の死である。ごく短い記述ながら、みずからの血を分けた稚い命が失われた理由を、発句を介して受けとめようとしている南畝の姿が見てとれる。また、過去の文献を渉猟して考証をするという作業自体が、解釈装置として機能している点にも気をつける必要があろう。

さて、これまで紹介してきたのは、すべて発句のもっている霊力がマイナスに作用した話――すなわち句禍説話であった。けれども、言霊の力が正負両面に働くならば、発句で人を助けた例もあってしかるべきである。例えば、『思ひ出草』（池田定常、天保三年＝一八三二）には、次のような話が採録されている。(25)

又拾遺、年の暮に宴を開き、左右に酒給はりける時、如何なるうつけものが此方様には御書物數々御座候が、服忌令と申は何を書たる御本にあるやと申ければ、拾遺甚だ氣掛られ、年忘とせばやとて、宴を催したる坐敷にて、忌々しき申事なりとけしきよからぬを、其角其席にありて、某一句仕りたりとて、

服忌令ことしも見ずに暮にけり

と申しければ、朝臣機嫌直り、かのものも罪をのがれたりとなりしも、今年もとあれば、今年も来年も見ずに暮るゝと云ふ意なる祝の發句なり。てにをはわ平生の辭にも心得べき事なり。

無遠慮に発せられた忌まわしい言葉を逆手にとって、「祝の發句」を詠んだわけである。当意即妙の秀句譚の要素も見られるが、背後にあったのは、馬琴や南畝らが体験し、記録した凶句の発想と思われる。年末年始という状

況も、偶然の一致ではなかろう。主人公が宝井其角であるのは、機知に富んだ句作を得意とする彼の個性が、話の内容にふさわしかったからである。後で触れるが、其角にはこの手の逸話が多い。

参考までに付け加えると、〈狂歌の徳〉を説く話にも、次のような例がある。『理斎随筆』（志賀忍、文政六年＝一八二三）にある話で、やはり言霊の信仰が零落を遂げながらも、ハレの日にあっては相応の力を発揮していたのを示している。[26]

むかし太閤秀吉ふかく秘蔵ありし庭前《ていぜん》の松枯《かれ》たりしかば、はなはだ憂《うれい》給ふ気色《けしき》なりしに、滑稽者《こっけいしゃ》曾呂利新《そろりしん》左衛門《ざえもん》これを祝したてまつりて、

　御秘蔵《ごひぞう》の御庭《おには》の松《まつ》は枯にけり千代のよはひを君《きみ》にゆづりて

奚に於て大に感じ喜び給ひしとぞ。文化《ぶんくわ》年中竹橋《たけばし》なる松の、風もなきに大《おほい》なる枝折れたり。こは何事やらんと人々異変《いへん》の思ひをなして色々風聞《ふうぶん》せしに、ある人の祝し奉りし狂歌に、

　千代の松折《をれ》なば臼《うす》と杵《きね》にせんつく共尽《ともつき》じ君がよはひは

是等は曾呂利にも劣るまじき詠《えい》なり。またある人年賀を祝しけるに、寿《じゅ》の字餅数《じもちかず》四十九《しじゅうく》あまりければ、四十九の餅《もち》の唱《とな》へを忌《いみ》て不興《ふけう》なりしを、ある人祝して、

　七ツ宛《づゝ》七福神《ふくじん》に配《くば》らばやかづは四十九あらう賀のもち

と申たりしと。いづれもよき祝し様《やう》なり。或人八十の年賀を祝ひけるに、人々に賀章《がしやう》を請《こ》ひけるとて、松契《まつちぎる》二千歳《せんざいを》一とかいへるをもて、諸君子《しよくんし》に勧進《くわんじん》せるよしを聞て、蜀山人《しよくさんじん》が読るとかや、

　八十の賀《が》らくたおやぢ生《い》き延《のび》てまたも齢《よわひ》を松に契《ちぎ》るか

と聞へたるはをかしからずや。

右の記事は四つの話から成っている。そのうち最初の話は、伝説上の御伽衆・曽呂利新左衛門が主人公の秀句譚であるが、後に続く三つの話は、すべて同時代が舞台の世間話、もしくは噂話である。内容については事々しく解説を加えるまでもなかろう。最後の蜀山人の話以外は、凶兆と見做し得る出来事を逆手にとって、相手を言祝ぐ歌を詠んでいる。

これらの話は、予想される危難を未然に防いだ話である。それでは発句で人を救うことは可能であろうか。『摂陽落穂集』（近松歌国、文化五年＝一八〇八）には、臨終の芭蕉の枕元で弟子たちが「賀会祈禱の句」を作った話が載せられている。芭蕉が亡くなる前日、看護にあたっていた門人が夜伽の句会を設けた事実はあるが、祈禱のためではなかったろう。けれども、句を詠んで命を永らえさせようとする発想があったことは、この記事から判る。もっとも「かゝる名句も甲斐なくて、十二日の申の刻計りに、死顔うるはしく、ねむるがごとく臨終」するという結果になるのだが。

また、発句の呪術性ということで気にかかるのは、近世に流行した回文の発句のことである。『毛吹草』（松江重頼、寛永十五年＝一六三八）などに多数収録され、鈴木棠三がはやく注目していた回文の発句には、単なる言語遊戯という以上の意味があった。(27)

回文の歌としては、正月の初夢の夜に、枕の下に入れて寝ると吉夢を得るという宝船の歌「なかきよのとおのねふりのみなめさめなみのりふねのおとのよきかな」が有名である。かつては「初夢売り」といって、右の歌と七福神を印刷した絵をセットにして売りまわる商売があった。『貞丈雑記』（伊勢貞丈、天保十四年＝一八四三）や『倭訓栞』

（谷川士清、近世後期）、『守貞謾稿』（喜多川守貞、嘉永六年＝一八五三）……等々に載るこの習俗は、近世の風俗として取り上げられることが多いが、明治四十年生まれの私の祖母も、子供の頃に買ってもらったことがあるという。比較的近年まであった習俗である。回文の発句も、これに類した効果を期待してのものではあるまいか。

現に『年波随草集』（近衛尚嗣、近世前期）には「試筆」の題で、正月に詠まれた回文の発句が記されている。宝船の歌の習俗と同じ発想に根ざしているとみて過つまい。また、『耳嚢』には、文化年間、俳諧の点者をしていた「得器（島氏、号は方円庵）」なる「滑稽の頓才」が「田舎渡り」をした先で、梅花とお多福の描かれた奉納の額に讃句を請われ、「めんのみかしろしにしろしかみのむめ」という回文の句を詠んだという。やはり回文の発句の祝儀性の窺える話である。近代に至るまで続いた、神社に俳句額を奉納する風習も、同様の心意によるものと捉えてよいだろう。

四　禁裏に召される俳人

「俳諧」とは「滑稽」の意である。この語が文芸用語として使われだしたのは、滑稽味のある和歌を「俳諧歌」と呼んだことによる。やがて連歌が文芸史上に現れると、同様に、滑稽味のある連歌を指して「俳諧の連歌」と呼ぶようになった。これがのちに「俳諧」となり、連歌とは別個の文芸形式が誕生した。

このように、俳諧の発生の経緯を見ていくと、発句に歌の徳を見いだした古人の心情も了解できるだろう。庶民文芸として定着する以前の俳諧は、その他の文芸と同様、一握りの人々が愉しんだ高尚な芸術であった。貞門俳諧の祖となった松永貞徳は、古今伝授を受けた歌人である。

けれども、近世に俳諧に興じた多くの人々にとって、五七五の十七文字の文芸は、何よりも馴染み深く懐かしい娯楽であり、身の廻りの風物に事寄せておのが心情を吐露できる格好の道具であった。俳諧を好んだ人のなかには俳諧の来歴を知らなかった者もいたろう。

確かなのは、俳諧という文芸の由緒が忘れ去られたのちも、無意識裡に歌徳の思想は伝承され、発句の徳にまつわる話群が耳新しいものとして人々に供されたということである。『矢立墨』（高力種信、年次不詳）にある次の話などものも、その一例である。(28)

後水尾院《のゐんてい》帝の御《ご》狂句なる由にて、平岩晩翠翁の予に見せられしを、奚に其一句を出せり。

清十郎聞け夏が来てなく時鳥

是等は下賤《げせん》にて、いふべき事なるを、かゝる御身《おんみ》にて下《した》ざまの事をよくしろしめさせられしものなりと、其頃諸人恐れ入ながら感心奉りしとぞ。

後水尾天皇は文禄五年（一五九六）生、延宝八年（一六八〇）没。徳川幕藩体制が整えられてゆく過程に在位したため幕府との軋轢も多く、譲位したのちも院政を敷きつづけた。政治史上でも重要な人物であるが、文学史のうえでも、学識文才ともに優れた希代の風流天子として知られる。古今伝授を受け、『伊勢物語』や『源氏物語』など数々の古典の講義を学者に命ずるかたわら、みずからも講義をし、注釈書も多々遺した。連歌に関する造詣も深く、後水尾帝が発句を詠んだこと自体は間違いない。

一方、商家の娘・お夏と、手代・清十郎の密通事件が起きた時期については諸説あるが、万治二年（一六五九）

から寛文二年（一六六二）の間にあったことらしい。同事件を題材にした文芸作品の最初といわれる井原西鶴の『好色五人女』が刊行されたのは貞享三年（一六八六）で、後水尾帝の没後のことであるが、これが歌舞伎として上演されたのは寛文年間のことであるので、確かに帝の在世中であるし、事件の舞台も都に近い姫路ではある。

とはいうものの、時の帝が「お夏清十郎」を題材に句を詠むことはなかろう（「夏がきてなく」の「夏」には「お夏」が掛けられている）。ただ、事の真偽はさておき、この句が御製であるとの噂が広まっていたのは、末尾の「其頃諸人恐れ入ながら感心奉りしとぞ」の一文から窺えるし、噂が広まった理由が「かゝる御身にて下ざまの事をよくしろしめさせられしものなり」という世人の感嘆の思いにあったのも諾えることである。俳諧の出自を知らぬ庶民にとって、畏れ多くも天朝様が、下々の者と同じように句をお詠みなさるというのは、まぎれもなくひとつの奇事異聞なのであった(29)。

けれども、少しでもこの方面に明るい者であるならば、清十郎の句が後水尾院の御製であるという説に疑問を抱いたに違いない。例えば、『甲子夜話』（松浦静山、近世後期）には「両院御製俳句」の題で、次のような記事が載せられている(30)。

明和の初、白露と云《いへ》る人の著《あらは》せし俳論の中、両院の御製を挙《あげ》しに、
首夏の頃ほひ時鳥の一声を聞《きこ》し召て
清十郎きけ夏が来てなく時鳥　後水尾院
笠がよう似たみじか夜の月　後西院

かくの如く本院新院ともに翫び給ひければ、月卿雲客も盛んに云云と記す。又この頃柳亭と云る者の云しは、

播州姫路但馬屋の娘於夏、手代清十郎と私情を通ず。親九左衛門是をさけんが為に、清十郎に盗賊の名を負《おは》せ退ぞけんとすること公に聞え、遂に清十郎無実におちいり罪せられしかば、於夏狂気となり、則但馬屋も身上是よりおとろへしとおぼしく、於夏老年におよび僅に茶屋をかまへをりしこと、『乱萩三本鎗』といふ冊子に見えたり。『玉滴隠見』十五の巻に寛文二年のこととあり。『五人女』に四月十八日とあり。此二本をあはせ見れば、清十郎が罪せられしは寛文二年四月十八日なるべし。

清十郎きけお夏来てなく時鳥

御製といふは誤《あやまり》なるべし。『江山子筆記』に江戸徳元が句とあり。『江山子筆記』は寛文十年の奥書ありて、清十郎罪せられて後はづかに九年、徳元は現在の人なればうたがふべからず。然《しかれ》ども俳論の言も廃すべからず。且御製の誤なること其證なし。又後西院の崩御は貞享二年なれば、寛文二年の後二十四年なり。去れば此卑事は勿論知《しろ》し召されしなるべければ、若《もし》くは徳元が句に其次を製し給《たまひ》しか。

又この御句の出所は、俗間の道行と称る謡ひものに、待地山ゆふこえくれば庵崎や、向ふとほるは清十郎じやないか、笠がよう似た菅笠が〈此謡、もとは義太夫浄瑠璃なるべし〉と云ふこと有《ある》なり。

この後には後水尾院の御製が例として挙げられているが、省略した。静山が目にしたという「白露と云る人の著せし俳論」が何を指すのかは不明であるものの、その書でも件の清十郎の句を後水尾院の御製とし、のみならず、後西院の詠んだという脇句「笠がよう似たみじか夜の月」をも記していることが判る。

清十郎の句の真偽について、静山は「御製といふは誤《あやまり》なるべし」とし、その根拠に『江山子筆記』なる書に「江戸徳元が句」と記されていることを挙げている。しかし、管見に入った斎藤徳元の句に、これに類するものはない。

察するに、この句の作者を徳元とするのも後水尾院とするのも、二つながら事実性の保障されない俗説であろう。つまるところ、この句は出所不明のいかがわしいものである。静山も結局、結論を保留している。なお、後西院の御製とされている「笠がよう似たみじか夜の月」は、明らかに当時の俗謡「清十郎節」の文句「向ひ通るは清十郎でないか。笠がよく似た菅笠が」に拠っている。静山もこの俗謡が発句の典拠であると考えていたようで、その点は同意できるが、これを御製とするのは、噂につきものの尾鰭に過ぎない。しかし、尾鰭がついたということは、その噂が人の口から口へと自由に泳ぎはじめた証拠ではある。

このように出所不明の句、あるいは別人の詠んだ句が、特定の俳人の作として世に広まっていた例は珍しくない。次節で紹介する秋色の「井の端の桜あぶなし酒の酔」の句や、捨女の「雪の朝二の字二の字の下駄の跡」の句もそうした例であるし、また、近世後期の狂歌師・田原坊の詠んだ「松島やあゝ松島や松島や」を芭蕉の作とする説は、いまでも信ずる人が多い。

他に例を挙げるなら、滝瓢水の「扨はあの月が鳴いたか時鳥」がある。『続俳家奇人談』（竹内玄玄一、天保三年＝一八三二）によると、瓢水が後徳大寺左大臣の和歌「ほとゝぎす鳴きつる方を眺むればたゞ有明の月ぞ残れる」を本歌取りして詠んだものというが、一方で、同書にはこの句の上五「ほとゝぎす」を「一声は」とした「一声は月が鳴いたか時鳥」という句が、芭蕉、もしくは其角の作として流布されていたことも記されている。同書の割注には「温故集には藻風とあり、不審。瓢水、初名藻風と云たるか不知」とあり、伝承歌ならぬ伝承句として広まっていたことが窺える。

同様の例としては、其角の作と伝えられる「梅が香や隣は荻生惣右衛門」の句も有名である。この句の真偽についても、早い時期から考証随筆家らが取り沙汰しており、いまだに決着はついていないようである。一例を引けば、

『近世奇跡考』でこの句を紹介した山東京伝は、「此句、いづれの集にも見えざれども、もっぱら人口に残れり。実否はしらず」としている。ただ、そこはかとなく漂う梅の香りと、古書の匂いの染みついていそうな大儒学者の取り合せに興趣のあるこの句の作者を、機知に富んだ作風で知られた其角としたのは絶妙の人選といえよう。いつの時代でも、その人物のパーソナリティーに最もふさわしい話が、逸話として伝記に折り込まれていく。

面白いことに、その其角が詠んだ発句を、後水尾院の御製とする話が『耳嚢』にある。内容は次の通りである。[31]

　後《ご》水《みの》尾《お》院《いん》は、近代帝王の歌仙とも申しける由。名は忘れたればもらしぬ。俳諧に名あるもの御前にめされ、「下《しも》ざまにて俳諧といえるはいかなる姿のものなるや」と、御たずねありければ、「かゝるものにはべる」とて一句を御覧にいれければ、（つら〳〵御覧の上）、

　　干瓜や汐の干潟の捨て小舟
　　うじなくて味噌こしに乗る嫁菜かな

　右両句をあそばされて、「かくあるべしや」とみことのりありけるにぞ、かの諸老も恐れ入りて退きしとなり。

禁裏に招かれた俳人に、「下ざまにて」流行している俳諧について尋ねた後水尾院は、即興で二つの発句を詠む。前者の「干瓜や」の句が其角の作で、『句兄弟』（元禄七年＝一六九四）に収録されている。これを御製の句とする巷説の流布していたのは、其角本人にとっては光栄このうえないことであったろう。他方、後者の「うじなくて」の句のほうは作者不明であるが、これに類した川柳に「氏なくて兄はこは〴〵馬に乗り」というものがある。初代川

柳の撰した『川傍柳』（安永九年＝一七八〇）所収のものだが、当事の俚諺に「氏無くて玉の輿」という言い回しがあったという。(32)

また、後水尾院自身が、伝承を引き寄せる人物であったらしく、『三養雑記』には、巷間に伝わる「雨の長短を知る歌」を「この歌のしらべよろしからず」として詠み直した話がある。後で述べるように、近世にも雨乞説話は多く、この話もその変種といえよう。ただ、雨天がいつまで続くかを詠んだという点と、御製であったという点に、暦法を司り、時を支配した往年の天皇の力が垣間見えて興味深い。

いずれにせよ、『耳嚢』に記された話の存在は、後水尾院の御製の発句の噂が、相応の伝承圏を有していたことを示している。話も動植物と同じで、変種の多さがその種の繁栄を示す。口頭の伝承が文字に残されるのが盲亀の浮木の割合であった時代の資料ならば、なおのこと、背後に拡がる伝承の層の厚さを想像する必要がある。かかる発想は、文献を用いてかつての口承文芸の動態を明らめようとする立場をとる際に、忘れてはならぬことであろう。

注意しなければならないのは、この『耳嚢』の記事がこれまで紹介してきた後水尾院の話と異なり、単なる噂から噂話へと昇華している点である。後水尾院と対峙する「俳諧に名あるもの」（後に「諧老」とあるから老人なのだろう）の登場に顕著であるが、もはやこの記事の内容は、出所の不明な発句の作者を後水尾院とする未確認情報（噂）の域を越えている。頓智をきかせて秀句を吐く人物を主人公とした話の型、すなわち話型に則っているのである。後水尾院の話が、宮中という閉ざされた世間で話されていたかどうかは知る由もないが、少なくとも、俳諧師仲間という世間で口の端にのぼった世間話であったのは間違いあるまい。

さて、この話の老俳人は御製の発句の出来栄えに感嘆し、「恐れ入りて退」いたために、後水尾院の引き立て役に終始しているが、考えてみれば、「近代帝王の歌仙」と称される院に招かれて禁裏に召されたのであるから、なかなかの人物のはずである。もし、相手が後水尾院ほどの人物でなければ、いくぶん違った展開になったのではなかろうか。そう予想させる話が、立羽不角の逸話にある。

『当世武野俗談』（馬場文耕、宝暦七年＝一七五七）には、「禁庭にて」「堂上の人々に発句を望まれ」た不角が「頼政の拾ひのこりの椎もがな」と、一句詠んだ話がある。この話における不角は、単に禁裏に召されて発句を詠んだだけであるが、『雨窓閑話』（著者不詳、近世後期）等では、この句を詠んで位を得たことになっている。森山茂の歌の徳の分類案によるならば〈任位昇進の徳〉である。一方、『老のたのしみ』（市川白筵、享和二年＝一八〇二）に載る話では、不角の詠んだ句を「折られてはけく露をかぬ野ぎく哉」としており、異伝の多さも窺える。

『新編歌俳百人撰』「不角」
（東京都立中央図書館所蔵）

句に詠み込まれた「頼政」とは、むろん鵺退治で有名な頼政のことである。源三位頼政と通称されるこの人物が三位の位階に進んだのは、その武勇によるものではなく、「のぼるべきたよりなき身は木のもとに椎を拾て世をわたるかな」の歌を詠んだがゆえであった。これを本歌取りしたのが不角の発句である。この頼政の説話は『平家物語』に載るものであるが、近世に刊行された『和歌威徳物語』（著者不詳、元禄二年＝一六九九）には、「哥の徳にて官位をすゝむ事」と題して和歌出身譚がいくつも載せられている。話の内容はどれも大同小異、いちいち紹介するにはあたらないが、各話の主人公の名前を列挙していくと、紀友則、藤原高光、顕照法師、俊光法眼、藤原定家、後堀河院、但馬守家長……といった面々である。不角が禁裏で句を詠み、位を得たという話も、通時的に眺めれば、これらの話の系譜に位置づけられよう。これもまた、歌の徳の後継たる〈発句の徳〉の発想のなせるわざであった。

立羽不角は寛文二年（一六六二）生。別号を千翁といい、江戸で書肆を営んでいた。その稼業ともあいまって、俳諧を商品として扱うことに長けており、多くの俳書を刊行している。結果、俳諧の大衆化に貢献したが、反面、俗物との謗りを受けかねない面もあったらしい。先の逸話もまんざら根も葉もない噂ではなかったようで、『俳文学大辞典』（平成七年、角川書店）には「備前国岡山藩主池田綱政（俳号、備角）に従い上京、綱政や西本願寺大僧正寂和上人の後援で法橋を勅諭される。俳席で貴人とまみえることを理由に官位に強い執着を見せ、享保一五年（一七三〇）に法印となる」とある。(33) こうした知識を前提にして不角出身の逸話を読み返すと、話のリアリティーも伝わってこよう。

その不角には、もう一つ任位昇進にまつわる話がある。次に紹介する『俳家奇人談』（竹内玄玄一、文化十年＝一八一六）の話がそれである。もっとも、位を得たのは不角本人ではなく、冠里こと安藤信友である。彼が老中職にして、其角門下の俳人であることはすでに述べた。(34)

初《まず》め家貧しかりし時、かつて冠里《かんり》公の御館《みたち》に守歳《しゆさい》〔としごもり〕し、明くる元旦《がんたん》節の相伴《しようばん》するとて、

御雑煮《おぞうに》やなもいもあがる今朝の春

として奉《たてまつ》りける。その年の夏、公執政《しつせい》の職《しよく》に補せられ給ふ。すなはち御喜悦《ごきえつ》斜ならず、それより寵遇《ちようぐう》他に異なり。

必要箇所のみ引用した。発句の解釈をすると、中七の「なもいも」は、雑煮に使われる「菜も芋」と「名も威も」を掛けたもので、安藤信友の今年の運勢を言祝いだのである。発句の徳というべきか、この年の夏、冠里は出世し、不角は寵愛を受けたという。

安藤信友の出世にまつわる話は、ある程度、人気のある話柄であったらしく、『真際随筆』（中山業智）嘉永五年（＝一八五二）の条にも、[35]次のような話がある。やはり「芋菜」の発句の話であるが、先の話とは違い、句を詠むのは安藤信友自身である。

元美濃加納の城主安藤信友執政し給ふ。此朝臣俳諧を好みて、冠里と号給ふ。或時の句に、
　雪の日やあれも人の子樽ひろい
又或年の元朝、雑煮の句をせよと命在りしに、
　元日や芋《威》菜《名》も上る雑煮餅
其年、御冠位、御昇進有しと云。

元旦に「雑煮の句をせよと命」じたのが何物であったのか、右の記事からは窺えない。しかし、「元美濃加納の城主」の安藤信友に命ずるわけであるから、相当、位の高い人物でなければ辻褄は合わず、これもまた〈禁裏に召される俳人〉の類型に分類されるべき話であったとみてよい。

「芋菜」の句の出身譚はずいぶんと好まれたらしい。[36]『甲子夜話』にある次の話は、出世した後に句を詠む話であるが、発想としては通底するものがあろう。

この春雑煮餅《ざふにもち》の噺ありけるとき、或人曰ふ。細川重賢朝臣は〔限本侯〕世に賢明の聞へあり。何れの年の暮か、俊廟の特旨にて四位の少将に進まれ、其明年歳旦の発句に、

　元日やゐ《位》《芋》もな《名》《菜》もあ《揚》《食》がる雑煮かな

と口ずさまれしと云ふ。

『甲子夜話』を著した松浦静山もまた、俳諧を能くした趣味人大名であった。大名衆が俳諧に親しんだ時代にあっては、俳人が禁裏に招かれるというのも、現実味のない話ではない。安藤信友の師である宝井其角の門人には、他にも大名がいたことは知られている。其角の発句には、実際に城に招かれ、大名の前で詠まれたものもある。加えて、武家社会の伝承に、正月に芋や菜を入れた雑煮を食する習俗があることも、話の前提として押さえておく必要があろう。

同じ『甲子夜話』には「中根半七、狂歌にて出身の事」なる話がある。題名がそのまま話の梗概となっており、祐筆を勤める中根半七なる男が、歳末に我が身の不遇を嘆いて、「筆とりて天窓《あたま》かく山五十年男なりやこそ泣《ナカ》ね半七」と狂歌を詠んだところ、翌年、出世したという内容である。禁裏に招かれたわけではないが、狂歌の徳にまつわる話にも、同様の話があるのが判る。俳諧も狂歌も近世に発生した文芸であるので、これを題材とした話が相似形をなすのも、当然といえば当然の仕儀であった。

もう一つ狂歌の例を挙げると、『耳嚢』に「油煙斎狂歌の事」という話がある。油煙斎なる人物と曽呂利新左衛門とを較べるという内容であるが、留意すべきは、話の冒頭で「油煙斎は京都筆屋なりしが、狂歌に妙あって、右

斎号も禁中より下されしという」と来歴が紹介されていることである。実際の油煙斎貞柳の稼業は菓子屋であり、その点も事実と異なるが、狂名を「禁中より下されし」というのも謬見で、油煙斎の号は彼の狂歌「月ならで雲の上まですみ登るこれはいかなるゆえん成らん」の狂歌に拠ったという。ただ、かかる俗説が生ずる背景に、従前述べてきたような話群があったのを忘れてはならない。

五　俳蹟と俳枕

このように近世においては、やんごとなき御方に招かれて禁裏に上がった俳人の話が、そこかしこでなされており、それらの話は奇事異聞の一種でありながらも、相応のリアリティーをもって受けとめられていた。ただ、話としての面白さを強調するならば、禁裏に召される俳人の出自は、より卑しいほうがよかろう。次に紹介するのは、一介の菓子屋の娘の詠んだ句が宮様のお耳に入り、お褒めにあずかったという話である。世上名高い「秋色桜」の話で、禁裏に招かれたわけではないものの、こちらのほうが意外性はある。

清水の堂のうしろ、井の端にあるさくら也。これを秋色桜と云。小あみ町菓子屋の女おあきと云もの、十三の年、花見に来りて、

井戸ばたの桜あぶなし酒の酔　　秋色

此句いかゞしてか、宮様の御耳に入、御感遊されしと也。此少女、後に秋色といふて誹諧の宗匠となれり。誰いふとなく、このさくらを秋色桜と呼来れり。ひとへに和歌の徳、本望の事なり。

近世中期の地誌『江戸砂子』（菊岡沾凉、享保十七年＝一七三二）に載る記事で、見出しには「大般若」とある。「井の端にあるさくら也」とあるように、「大般若」とは上野寛永寺にある桜の名前であった。「秋色桜」はその別称であったという。話の内容は至極簡単なもので、ことさら説明は要しないが、付言すると、明和九年（一七七二）刊の再版本では、見出しが「大般若」から「秋色桜」に改変されている。この四十年の間に「秋色桜」の逸話が世に浸透していったことが窺える。末尾の「和歌の徳」の語も再版本では「俳歌の徳」と改変されている。けだし、発句の徳の人口に膾炙した結果であろう。

主人公の秋色は宝井其角の弟子にあたる人で、別号を菊后亭という。近世を代表する女流俳人で、先の引用にあるとおり、宗匠としても活躍した。享保十年（一七二五）没。享年は不明なるも、五十代の半ばであったという。右の記事が書かれたのは、秋色の没後七年目のことで、まだ生前の彼女を識る者が多くいた時分である。編者の菊岡沾凉は俳人であるので、もとは俳諧仲間のうちの世間話であったとみて大過あるまい。

察するに、春爛漫の桜の花に「秋色」の語を冠したあたりに人々は興趣を感じたのであろう。当時の桜が、いまの染井吉野のような白っぽい花ではなく、山桜のような赤い花を咲かせていたのに気がつけば、桜花を紅葉に見立てた心持ちも無理なく理解できる。

右に紹介した『江戸砂子』の記事は、数ある「秋色桜」の話のなかでも、最も古い部類に入る。この話は、その後も『墨水消夏録』（伊東蘭洲、文化二年＝一八〇五）、『俳家奇人談』（竹内玄玄一、文化十三年＝一八一六）、『江戸名所図会』（斎藤長秋、文政十二年＝一八二九）、『俳人百家撰』（緑亭川柳、嘉永八年＝一八五五）等の諸書に見えるが、内容は大同小異、なかには『江戸砂子』の文をそのまま引用したものもある。一方、秋色が某侯邸に招かれたおりに、屋敷の庭を見たいという父親の願いを叶えるため、父親を供者に身なりをさせて連れて行き、帰路、用意された駕籠に父親を乗せ、自身は雨中を歩いたという美談も伝えられている。いわゆる孝子説話の範疇に入れられる内容で、第二節で紹介した「歌の関」の話ともども、秋色をめぐる逸話の多様さを示していよう。

ところで、秋色の「井戸端」の句を称賛した「宮様」とは誰を指すのであろう。『江戸砂子』では特に名は挙げられていないが、後世、輪王寺宮が宛てられるようになった。いずれ信憑性の薄い話ではあるが、遥か京の都に御座します御方よりは、話の舞台である上野にお住まいの輪王寺宮様のほうがもっともらしく感じられる。江戸っ子にとって、最も親しい「宮様」といえば輪王寺宮であった。文化の中心が上方から江戸へと移ろうてゆくにつれ、〈禁裏に召される俳人〉の話も軌道修正を余儀なくされたようである。

事実、「秋色桜」の話は江戸庶民の人気を集めて川柳や錦絵の格好の題材となり、明治になってからは、歌舞伎芝居にさえなった。逸話が消費されつつ伝承されていくさまは、彼女の師匠である其角の雨乞説話を思わせるものがある。

さて、「秋色桜」の話のスタンダードとなったのが、先刻の『江戸砂子』の記事であるわけだが、ここに一つの異伝がある。『読老庵日札』（岡田考樗軒、年次不詳）所収の「秋色桜の弁」という記事である。(38)

> 咫尺斎蓼和翁のかひつけおかれし秋色桜の弁てふものを、このごろ紙屑の巣中より得たり。こゝにかひつけぬ。秋色桜の弁、
>
> ある年上野の花見に参りし道にて、沾洲、序令に逢。互によきつれ得たりと、山王、清水なんどさまよひけるに、また秋色、一□、百里も落合ぬ。兼て催したるも、かくは有まじきなる花見なりと、茶屋むしろをのべさせ、ささよふのものとりひろげける所へ、市川団蔵、市村玉松市紅加游来れるにて、猶々酒興しけるに、秋色か

たへの桜に階子さゝせ、枝を折せ、めん〳〵へ土産に給ふ。当山におきてかやうの事はあるまじきを、殊に女性のふるまひには、奇い事也と云あへり。其後世の人、秋色ざくらといひけるを見れば、かの一木也。さては秋色女の植たまひしならんと覚ゆ。此人々、皆今は黄泉の徒にして、我ひとり活たり。

後に、この「紙屑の巣中より得た」という「咫尺斎蓼和」の書き付け「秋色桜の弁」は、『富士拾遺』(蓼和、宝暦四年＝一七五四)を指すことが判明したが、ここでは考槫軒の記事のほうを引用した。ちなみに『富士拾遺』の成立したのは『江戸砂子』刊行から二十年後、秋色桜にまつわる話としては比較的早いほうの部類に入れられよう。しかしながら、話の内容は先の『江戸砂子』の話とは著しく異なる。以下に、両者を比較してみよう。

相違点の一は、『富士拾遺』の話のほうには肝心の「井戸端」の発句が記されていないことである。実は秋色の作として有名なこの句は、近世に刊行された句集のなかに見いだせず、伝記研究者の間では早くからその真偽が疑問視されていた。

相違点の二は、秋色の句に賛辞を述べる「宮様」が『富士拾遺』の話には不在であるということである。発句がない以上は当然のことであるが、結果として〈禁裏に召される俳人〉の話型から逸脱している点は意に留めるべきであろう。

相違点の三は、秋色桜と名づけられた理由である。『江戸砂子』の話には、しかと理由は記されていないが、秋色が発句に詠んだ桜であるから秋色桜と呼ぶようになったというのが由来であったろう。対して『富士拾遺』の話では、秋色がこの桜の枝を折って、各人の土産としたからとされる。この挿話を民俗学的に解釈して、桜の花を手折り神前に捧げる神事や、花の枝を持ち歩く遊女の存在と関連づけるのも面白かろう。

相違点の四は、『富士拾遺』の話には歌舞伎役者が登場することである。現実の其角門下にも歌舞伎役者はおり、さして不思議な人選ではないが、ここから右の記事における秋色の年齢が知れるのが興味深い。というのも、市村玉柏の芸歴から、秋色一行が上野で花見をした「ある年」が、享保元年（一七一六）から享保二年（一七一七）の間の、ごく短い期間に絞られるからである。この頃、秋色はすでに四十代であり、十三歳の頃の作とする通説とは大いに異なる。[39]

比較してみると、総じて『富士拾遺』の話は『江戸砂子』以降の話よりも類型性が薄く、そのぶん、今日的解釈でいう真実に近いように思われる。けれども、ここで考えるべきは、事実か否かを云々することではなく、何故に「井の端」の句が、秋色の少女時代の作とされたかということであろう。

秋色と同じく、近世を代表する女流俳人であった捨女も、少女の頃からその才能を発揮した。殊に『続俳家奇人談』等に載る話は有名で、六歳の冬に「雪の朝二の字二の字の下駄の跡」という句を詠んだ捨女が、「やんごとなき御方」から「萱原にをしや捨ておく玉の露」なる句を賜ったという。話の骨子は、秋色の逸話と同じといってよい。なお、先に述べたように、巷間に流布した「雪の朝」の句も、実際に捨女が詠んだという保証はない、いわば伝承句であった。この点も、秋色の逸話と共通している。

また、『摂陽奇観』（浜松歌国、年次不詳）には、同じく女流俳人、園女が十一歳のとき、花見の折りに、桜の枝を手折る人々をたしなめる歌を詠んだという逸話が載せられている。やはり話の骨子は「秋色桜」と同じい。

洋の東西を問わず、著名な芸術家の逸話には、幼少時の神童ぶりを説くという類型がある。女性を例に引けば、和泉式部の娘、小式部の逸話が著名であろう。この話型は、時には作者の未完の才能を惜しむ、夭折の天才にまつわる逸話となる場合もある。『佐渡奇談』（田中葵園、文政天保頃）に載る、当年十四歳で世を去った亀鶴（幼名おかめ）

という俳諧に長じた少女の話もその一つである。同書の記述を信ずれば、彼女は神に祀られた由である。
「井の端」の句が秋色少女時代の作とされた背景には、そうした芸術家の逸話を好む心性があったと思われるが、一面では、宮様を驚かすほどの名句を吐くのは、小童でなくてはならなかった。昔話において、西行法師を歌で負かせたのが女子供であるのを思い合わせると、これもひとつの定められた話の型であるのがわかる。

話が類型化するということは、史的事実から遠ざかるということでもある。現在の俳諧研究者はもちろんのこと、すでに近世期から秋色説話の真偽を疑う者もいた。高尾知久こと柳亭種彦もその一人で、『還魂紙料』（文政九年＝一八二六）のなかで、次のように述べている。(40)

俳諧《はいかい》をもつて其名《そのな》を知《し》られたる秋色《しうしき》は、江戸小網町《こあみちやう》菓子屋《くわしや》の女《むすめ》なり。幼名《えうみやう》を阿秋《おあき》といふ。十三歳《さい》のとき上《うへ》野《の》の花見《はなみ》にまかりて、清水堂《きよみずだう》の辺《ほとり》井《ゐ》の端《はた》にありし大般若《だいはんにや》といふ桜《さくら》を見《み》て、○井《ゐ》のはたの桜《さくら》あぶなし酒《さけ》の酔《ゑひ》」と口《くち》ずさみぬ。しかりしよりその桜《さくら》を秋色桜《しうしきざくら》といひけるよしは、諸書《しよしよ》に載《のせ》て、たれ〳〵も知《し》るところなり。其《その》刻《とき》の老樹《らうじゆ》は枯《かれ》たれど、今《いま》も其跡《そのあと》に糸桜《いとざくら》を植《うゑ》て秋色桜《しうしきざくら》といふ。観音堂《くわんおんどう》の辰巳《たつみ》にて側《かたはら》に井《ゐ》あり。井《ゐ》は御供所《ごくうじよ》とかいふ所《ところ》の板垣《いたがき》の裏《うち》なり。昔《むかし》は此垣無《このかきな》かりし故《ゆゑ》、かゝる発句《ほつく》をなしゝなるべしと思ひをりしが、つら〳〵考《かんがふ》れば此説《このせつ》おぼつかなし。

要約すると、種彦が「つら〳〵考《かんがふ》れば此説《このせつ》おぼつかなし」とした論拠は二点ある。
一点目は秋色桜のある清水寺の観音堂の建立時期からの疑義である。種彦は『江戸絵図』（寛文～貞享年間）、『安見之図』（延宝年間）、『東叡山の古図』（天和～貞享年間）、『紫の一本』（戸田茂睡、天和二年＝一六八二）等々に載る記事を駆使し、当時の観音堂の位置が現在と異なることを指摘し、翻って秋色桜の存在を疑問視している。

二点目は「井の端」の発句自体に対する疑義である。種彦は秋色の享年を「まづこゝろみに没年《ぼつねん》を五十と定《さだ》むるときは、十三歳《さい》は延宝八年にあたれり」と、句の詠まれた時期を同定したのち、「譬《たとへ》をさなげなる口《くち》つきにても、其時代《そのじだい》の調《しらべ》は自然《しぜん》としるゝ物《もの》なれど、かの桜《さくら》あぶなしの句は、延宝の調《てう》にもあらず」としている。先に述べたように、この句の信憑性が疑われているのは確かで、種彦の説もまんざら的外れではない。さらに「今の地に観音もたゝせ給はず」と繰り返し、「おそらくは後人《こうじん》この句《く》をつくりて、附会《ふくわい》の説《せつ》をまうけしなるべし」と結論づけている。

秋色桜（平成十五年撮影）

真実は大筋では種彦の言うとおりであろうが、ここで考えるべきは、何故「附会の説」を設けたのかである。桜が枯死した跡に、また新たに桜を植えて「秋色桜」と名づけたのは、この話が具体的な事物を必要としていた証である。この点は、秋色桜の逸話が世間話から伝説へと変質していったことの現れであろう。後でも述べるが、伝承された世間話が伝説化するのは、まま起こることである。

秋色桜はその後どうなったろう。右に引用した種彦の記事では「其《その》刻《とき》の老樹《らうじゆ》は枯《かれ》たれど、今《いま》も其跡《そのあと》に糸桜《いとざくら》を植《うゑ》て秋色桜《しうしきざくら》といふ」とある。ここから察するに、『還魂紙料』の刊行された文政九年（一八二六）の時点で、すでに何代目かの秋色桜が花を咲かせていたことが知れる。

一方で、山東京伝の『近世奇跡考』(文化元年=一八〇四)の、「秋色桜并短冊」の項には「彼桜老木《らうぼく》にて、六十年ばかり以前《ぜん》はありしとぞ」と記されている。京伝が何を根拠にしたのかは不明であるが、文化元年の時点で、すでに桜は枯れていたらしい。種彦の記事が書かれたのは約二十年後で、その間に二代目の秋色桜が植えられたことが判る。ただし、京伝の言う「六十年ばかり以前」という時期は、いま一つ信用できない。何故なら、先ほど紹介した『江戸砂子』の再版本が刊行されたのが、明和九年(一七七二)だからである。初版本において「大般若」とあった見出しを、わざわざ「秋色桜」と改めたくらいであるから、この頃までは上野名物のこの桜はあったはずで、時期が合わない。確かなのは、桜が植え継がれた事実のみである。

さて、時は移って平成の世、いまでも上野の清水観音堂には秋色桜があり、春になると満開の花を咲かせる。傍らには秋色の詠んだ井戸と「井の端」の句の句碑もある。案内板によると、この秋色桜は昭和五十三年に植樹されたもので、数えて九代目になるという。いずれこの桜木も枯れようが、そのおりにはまた新たな秋色桜が植えられるであろう。私も何度か秋色桜の咲くのを観に行ったが、花見客の集う場所から離れた所にあるので、どこか寂しげである。ただ、秋色女を偲ぶには、このほうがふさわしいかもしれない。

秋色桜の話が話されたのは、おそらく年に一度の花見のおりであったろう。それも農事習俗としての花見ではなく、江戸の町人たちの好んだ娯楽としての花見の席こそが、この世間話、もしくは伝説の伝承される場であった。思い起せば、浮世絵の秋色が爛漫と咲き乱れる桜の木の下に立つ姿で描かれること自体、百万都市・江戸に定着した花見の民俗の一つである。(41)

例えば、江戸近郊の花見の名所を紹介した『真際随筆』の弘化四年(一八四七)の条の筆頭に来ているのが東叡山の桜で、そこには秋色の句と、秋色桜の逸話が記されている。そこでの記事は「此句に因て名しす。秋色十三才の時の句也」という簡潔なものであるが、「井の端の桜あぶなし酒の酔」の句と、それにまつわる秋色の話は、実際に桜の木の下で、酔漢によって口ずさまれていたとするのが、正しい理解であろう。

この句に詠まれた心情は、ほろ酔い気分の花見客のそれと同じであった。俳諧の民俗学的研究とは、単に句を民俗学の知識を用いて解釈することではなく、俳席においてその句が詠まれた理由や、句の後世における享受のされ方をも考究するものでなければなるまい。花見の民俗に組み込まれた「井の端」の句と、それにまつわる伝説などはその好例である。

思えば「西行桜」「業平桜」など、歌人ゆかりの木には不思議と桜が多かった。これら伝説のよすがとなる桜の木に満開の花が咲いたとき、人々は一献の酒を酌み交わしながら、往昔の歌人の話をしたことであろう。桜花とともに話の花も咲いたのである。こうした伝統が「秋色桜」の話を生んだ。そう判断して、まずは間違いはなかろう。

秋色の井戸（平成十五年撮影）

俳人の逸話に合わせて古跡が作られたのは、秋色桜に限った話ではない。俳諧史上、最も有名な、松尾芭蕉の「古池や蛙飛び込む水の音」の句に詠まれた古池も近世には復元されている。この辺りの事情については、すでに復本一郎に詳細な考察があるので贅言は要さないが、簡単に事実関係を述べてみよう。(42)

『再興集』（蓼太、明和八年＝一七七一）によると、当時、芭蕉の古池は「其処（注・深川芭蕉庵）諸侯の御うち構と地を変てよりむなしく、古池に影見る人だになく、星うつり霜経りぬ」となっており、一般人は古池を見ることはできなかった。べつに池を見たからといって芭蕉の句境を理解できるわけではなかろうが、すでに神格化されていた芭蕉の代表作とされる「古池」句の池とあれば、事情は異なるのだろう。ついに門人たちは「江都の人々を始、社中力をあはせ、彼寺の門前引入たる所に再びはせを庵を結、あたりにくぼかるところをうがち、忘水のわすれぬ古池の吟をうつす」という行動を起こす。時は明和八年(一七七二)、所は深川の芭蕉庵付近にある要津寺であった。復本論文によると、これが後に本物の古池と誤解されるようになったという。

それにしても「江都の人々を始、社中力をあはせ」て池を掘り、水を引いているさまは、当人たちが真剣なだけに、どこかしら滑稽な感じがしてならない。秋色桜を植え継ぐのに較べても、その労力は比較になるまい。事物が先か、説話が先か。各地に点在する俳蹟と俳枕については、俳人にまつわる説話を伝承伝播させる触媒としての側面から捉えなおす必要があろう。(43)

六　近世の俳徳説話

ともかくも近世において、俳諧および俳諧師を題材とした話がさまざまな場面で話され、聞かれ、読まれ、書き留められていたのは疑いない。それらの話の一部は発句に神秘的な力を認める〈発句の徳〉の発想に支えられており、また、話としての結構が整っていない記事においても、なかば俗信のようにして、発句に霊妙な力を見いだす発想が見いだせる。繰り返しになるが、これが千年来のこの国の文学のなかでも、有力なモチーフの一つである〈歌の徳〉の流れを汲むものであるのは論を俟たない。

以上の事々を踏まえたうえで、本書では便宜的に、俳諧、ならびに俳諧師を題材とした一連の話を〈俳諧説話〉と総称し、それらのうち、発句の徳の要素が見られる話を〈俳徳説話〉、文学史上に名を残す特定の俳人の逸話の型式をとる話を〈俳人説話〉と名づけ、近世説話の一分野として提言してみたい。つまりは、和歌説話に対する俳諧説話、歌徳説話に対する俳徳説話、歌人説話に対する俳人説話である。後二者を俳諧説話の下位に分類にするのは、歌徳説話・歌人説話を、和歌説話の下に置いた従来の分類法に沿ったものである。むろん、俳徳説話と俳人説話には重なり合う部分がある。

このように新たな概念を導入すると、従来は看過されてきた近世説話の一側面が顕在化してこよう。そのことは、また、伝統的な和歌説話の再発見にもつながる。

例えば、『俳人百家撰』（録亭川柳、嘉永二年＝一八四八）収載の俳人の逸話の数々は、本稿で定義するところの俳諧説話に相当するものである。これらの話は、既成の研究の枠組みでは説話と捉えられることはなかったし、また、同書のような性格の本もついぞ説話集に数えられることはなかった。けれども、俳諧説話という視点を取り入れたとき、にわかに説話研究の資料としての輝きを発するのである。

試みに、『俳人百家撰』から「桃隣安産符を作れる事」という話を紹介する。(44)

元禄の始春かすみたつるやいつこと江戸をたち、芭蕉の旅装ひせしに、太白堂桃隣同道せんと言へは、伴ひて江の島に詣んと、その日は藤澤の驛に宿るに、旅店の女房其夜産所に臨めるに、宵より虫氣つき、數刻苦しめどもいまだ産の様子なし、家内心をいため、二人のものを出家と思ひ、安産の符を乞ふ。桃隣聞ていと安き事なりと、盃に符の一句を書て遣しけるが、早速に安産ありければ、亭主悦びたゞちに出家両人を九拝して、

禮をのぶる。翁ふしぎに思ひ、何と書しと問ふに、桃隣こたへて、
とく出て又乙見せよ花の兄
翁是を聞て、汝は道を行ひかしこきものなり、とすこぶる感心せしとかや。

この話などは、句の出来ばえ如何はべつにして、発句に霊的な要素を認めている点、句を詠むことによって事態が好転する点など、俳徳説話の資格十分である。元禄年間、二人が江の島を訪れた記録はあるものの、右の話が事実とは思われない(45)。伝記研究の立場をとった場合、等閑視されてしかるべき話であるが、説話研究を旨とする者には、実に興味深い話である。何となれば、この話には歌徳のほかにも、古典的な説話に典型的な要素が見いだせるからである。

まず「藤澤の驛」に宿泊した芭蕉と桃隣が「出家」に間違われている点が興味深い。廻国の僧侶が説話の主人公の類型の一つであるのは、もはや例証するにも及ぶまい。ましてや主人公の僧侶が、旅上で遇った人の厄難を除くというのは、よりいっそうの類型性を帯びている。有り体にいえば、話型に則っているのである。

さらに言えば、主人公が芭蕉と桃隣の二人連れであるのも、宗祇・宗長の説話などによく見られる一つの話の型である。実際、『俳人百家撰』と同年に刊行された『新編歌俳百人撰』(柳下亭種員、嘉永二年＝一八四八)には、宗祇と宗長の二人連れが、旅先で難産に苦しむ宿の主人の妻を救うため、「摩訶般若はらみ女の奇特かな／一二もすんでさんの紐とく」という連歌の付合を詠む話がある。話の骨子は、先刻の安産の句の話とまったく同じである。

ちなみに言うと、この付合は「摩訶般若」を「大般若」に変えたかたちで『俳家奇人談』にも載り、やはり宗祇の作とされている。もとより作者不詳の伝承歌であるが、ほぼ同じ付合が『竹馬狂吟集』(編者不詳、明応八年＝一四

九九）や『新撰犬筑波集』（宗鑑、年次不詳）等にもあり、由緒は古い。(46) 飯尾宗祇を作者とした例の早いものとしては、安永九年（一七八〇）以前成立の『新旧狂歌誹諧聞書』があるが、一方では、これを里村紹巴の作とする話もある。『理斎随筆』（志賀忍、天保八年＝一八三七）や『石山軍記』（著者不詳、近世後期）、『虚実見聞記』（和智東郊、明和七年＝一七七〇）等に載る話がそれで、前二者では淀殿が豊臣秀頼を懐妊した際に、後者では秀頼の簾中が懐妊した際の祈禱に詠まれたとされている。

先の話で、登場人物としては何ら機能していない芭蕉が、わざわざ江の島まで引っ張りだされるのも、こうした一群の連歌説話の存在があったればこそである。ごく短い話ではあっても、背後に控えているのは無辺際の説話世界であった。かかる古風なモチーフが、表面的には新しい衣をまとって、われわれの前に姿を現しているのである。

安産の句の話は『譚海』（津村淙庵、近世後期）にもある。(47)

又同藩家司に駒木根三右衛門と云人、俳諧を好て朝夕口に誦せざる事なし。いつのとしにや八月十六日晴光なれば、同僚をいざなひて、矢橋といふ所の茶屋に月みんとて、折ふし茶屋の娘難産にて、宿をかしがたきよし申せしに、三右衛門我よき安産の守をもちたりとて、ひそかに、「いざよひやなんの苦もなくはぢき豆」といふ句を短冊に書て、枕上におかせしに、やがて平産せしかば、一家大によろこびて、酒肴をとゝのへ馳走しければ、月見の興酣にして帰りたりとぞ。又年のくれに友達来て今日無尽会なり。兼て不如意の我々なれば、此鬮にあたらざれば、春のもふけ事ゆかず、難義きはまりたりとかたりしかば、三右衛門やがて、「十に十皆とらるゝや寒団子」といふ発句をいひて、是持ていませとてやりけるに、はたして其友くじにあたりぬるとて、よろこび申つかはしけるとぞ。

主人公の「駒木根三右衛門」については識るところがないが、先ほどの話の芭蕉と桃隣がそうであったように、史実はさておき、彼もまた伝承上の人物であったとみてよかろう。そのことは安産の発句の話に続いて記されたもう一つの俳徳説話、発句で当り籤を引いた話もまた、駒木根三右衛門を主人公としているから判る。想像するに、「俳諧を好て朝夕口に誦せざる事なし」という駒木根三右衛門には、この手の逸話が多々あったのであろう。得して、個性的な人物には逸話が集中するものである。

『俳人百家撰』からもう一つ、「午心鳥除句作の事」という話を紹介する。主人公の午心は文化十四年（一八一七）に没しているので、安産の句の話よりさらに時代は下っている。(48)

俳師午心は雲門の順序を継ぎ、文雅の人なり。相州行脚の頃、大磯に止宿せしに、社中のすゝめて古き庵の主たらん事を云へは、午心も性質隠栖を好めば、移りて住に、庭のさま心なぐさむるに足れりと思ひ夜は帽の火を友として日を送りけるに、ある日俄雨にわらふきの家根奚かしこ漏ば、うつわならべてもりうけとすれど防かたし、是此頃烏の来りてやねをついばむ故なり。午心此れを追はらへど、日々にむれ来て、家根のわらをちらしさまたくるにこまりはて、午心たんざくに、

おのが巣を斯せば如何に旅烏

此句を竹にはさみ家根にさし置きければ、其後からす一羽も家根にとまらず、心なき烏すら風雅を感ず、いともふしぎの事なり。

この話の主人公・午心も、先ほどの話の桃隣や芭蕉と同様に旅をしている。異なるのは、主人公が定住する点で

あるが、これもまた説話にありふれた話型であった。

さて、本話の主題は、屋根をついばむ鳥に悩まされていた主人公が烏除けの発句を詠み、その短冊を「竹にはさみ家根にさし置」いていたところ、見事その効力が顕れて「其後からす一羽も家根にとまらず」という結果を招いたことにある。烏除けの呪具に竹を用いるのは民間習俗として知られるが[49]、そこに発句を詠んだ短冊が添えられるのが味噌であった。末尾は「いともふしぎの事なり」と結ばれているが、発句を詠むことによって事態が好転し、さらにそこに神秘性を見いだすのは、まさに俳徳説話と呼ぶのにふさわしい話である。

烏除けの句の話からおのずと想起されるのは、世に知られた虫除けの呪歌である[50]。「千早振る卯月八日は吉日よかみさげ蟲を成敗ぞする」という歌がそれで、四月八日の朝、甘茶で磨った墨汁で右の歌を紙片に書き、厠に貼っておくと虫が湧かないという。近世にはずいぶんと流行った俗信で、一茶の『おらが春』（文政二年＝一八二〇頃）にも見えるほか、川柳にもよく詠まれている。

この虫除けの呪歌は、短句の部分を省いた「千早振る卯月八日は吉日よ」だけでも効力があるとされ、報告例も多い。さしづめ呪歌ならぬ呪句である。形式上は午心の烏除けの発句と何ら変わるところはない。一例を挙げると、山東京伝は『百人一首初衣抄』（天明七年＝一七八七）に、これを「毒虫去ル歌」として紹介している。同書では句を逆に記しており、いわゆる、逆さまの習俗のひとつと判ぜられる。『柳多留』にも「壁に張る四月八日はお逆さま」（「お逆さま」は「お釈迦様」の掛詞）とあり、広く知られた習俗であったことが判る。京伝の図に注釈を加えた山中共古は、「逆に虫という字のみかいて張」るという呪いの方法についても記しており[51]、類似の俗信の多くあったことが察せられる。

呪歌から生じた呪句については、他例がある。古来、柿本人麻呂の作として有名な「ほのぼのと明石の浦の朝霧に島がくれゆく舟をしぞ思ふ」の歌は、『古今和歌集』には「読人知らず」として載せられる一方、『今昔物語集』には小野篁の作とあり、もともと伝承歌であったものと覚しいが、民間にはこれを寝起きに唱えると良いとする俗信があったせ[52]。そして、各地の伝承のなかには上の句「ほのぼのと明石の浦の朝霧に」だけを詠むと良いとする例もある。例えば、『小野寺賀智媼の昔話』（近藤雅尚編、昭和五十六年）には、「柿本人麿」と題された話があるが、それによると、「ほのぼのと」歌の下の句を詠まずに寝ると、予定通りの時間に起きられるのだという。これも〈発句の徳〉の俗信と見做せる。

かかる俗信のあったことを念頭において、先の鳥除けの発句の話を読み返してみると、こうした読み物的要素の強い作品でさえも、案外、在地の伝承を反映したものである可能性が高いことが判る。むろん、話の改作・創作は少なからぬ割合で行なわれていようが、それを踏まえたうえでも、類話の多い例については、相応の伝承世界の存在を念頭において接する必要がある。

この午心の鳥除けの句の話も、『耳嚢』にある次のような話の存在を思えば、人の生活に害を及ぼす鳥獣を、発句の力で追い払う一連の話のひとつに位置づけられる[53]。

> 或人正月の支度とて、麻上下あたらしく製し置きけるを、鼠付きて肩を喰い破りしを、妻子などは心に掛け、その家従などは怒り罵り、「憎き鼠の仕業かな。鼠狩りせん」とて、或いは舛落《ますおと》し、わななどひしめきけるを、あるじ堅く制し、「鼠は糊あるものは喰いうちなり。食事をあてがわざるがゆえかゝる事もなしなん。更に心に掛くべき事にあらず」と、「今より食事与えよ」と切に申付け、「ゆめ〱鼠狩りなどせじ」と堅く申付け、
>
> 　つゞれさす虫にも恥じよ嫁が君

と一句なしけるなり。かゝる仁義の徳なるゆえ、程なく仕合せも宜しく、又鼠もかゝるわる事なさ《(ママ)》ゞるとなり。

題は「仁義獣を制する事」という。題名にあるように、この話だけを取り出して読んだとき、鼠が悪さをしなくなったのは、この家の主人の「仁義の徳」に鼠たちが感じたからという解釈になる。けれども、その実、鼠が大人しくなったのは、発句の力によるところが大きかったろう。鳥除け虫除けの呪句の例を思えば、そう捉えるのが自然であるし、そう捉えねば、この話のなかで発句が詠まれる必然性がない。

ところで、発句の徳の恩恵を受けるのは何も人間とは限らない。これまで紹介してきた話では、鳥獣たちはひたすら駆逐されるのみであったが、なかには、発句の徳を有効利用した賢い動物もいた。『三州奇談』（堀麦水、近世中期）に記された「家狸の風流」という話では、醤油屋の縁の下に棲んでいた狸が、発句をしたためた短冊を腹に貼りつけて腹鼓を打っている。編者の言を信ずるならば、この家の先代の主人は「里冬」という号をもつ俳人であるという。里冬は『七さみだれ』（正徳四年＝一七一四）なる俳書も撰した地方の名士であった。世に、狸の遺したといわれる書画は多く、『今古奇談』（煙波山人、文化二年＝一八〇五）や『兎園小説』（滝沢馬琴、文政八年＝一八二五）、『甲子夜話』（松浦静山、近世後期）等に記事があるので、俳諧に趣味のある狸がいても不思議ではない(54)。

発句で害獣を退けた例としては、『閑田次筆』（伴蒿蹊、文化三年＝一八〇六）所収の次の話が有名である。主人公は神道家の吉川惟足、駆逐されるのは狐となっている(55)。

同云、江戸の御瓜《ウリ》畠に、狐《キツネ》来りて瓜《ウリ》をとり喰ひければ、吏大きに迷惑し、吉川惟足に祈りてたまはれとたのみしに、惟足夫ほどの事にも及ばじとて、何やらん書付て与へられしを、其畠に建置しかば、其夜よりとらざりし。是は「おのが名の作りを食ふ狐かな、といふ発句なりしとぞ。

引用中の「同云」とは、桃井塘雨の発言であることを指す。詠まれた「おのが名の」の発句は、烏除けの話の「おのが巣を」の句と句体がよく似ている。発句を紙に書き付けておくのも烏除けの句の話と同じである。この辺り、虫除けの呪歌、および呪句を貼り紙に記す習俗の影響を指摘できよう。

異なるのは、烏除けの句が直接訴えかけているのに対し、狐除けの句のほうは「狐」という文字の成り立ちに拠っている点で（「狐」は獣偏「犭」に「瓜」と書く）、言葉遊びの要素があるぶん、より俳諧的といえる。銃声で威嚇したり鉄線を張りめぐらせたりする昨今の害獣対策に較べると、惟足の狐除けの発句はいかにも雅やかで、さすがに当代の知識人の振る舞いらしい。この話は『真際随筆』嘉永六年（一八五三）の条にも引用されるなど、相応に人気はあったらしく、類話も多い。『虚実見聞記』（和智東郊、明和七年＝一七七〇）にある話では、宝井其角が主人公となっている[56]。

其角廻國之節、木曽路にて何村歟狐田畠を荒し、毎夜出てゝ瓜を喰。百姓共及難儀、祈祈禱等仕候へ共、其験無之。折柄其角通り一宿仕、右之儀を聞候て「いつれより出候哉」と聞候へは、「東の山合より出由」申候。「さらハ此發句、を其山合へ竹の先へ挟み立よ」とて、

　おのが名の作りをあらす狐かな

其後、狐瓜を喰不申候。

中七が若干異なるものの、句も話の内容も同じである。狐除けの発句を「竹の先へ挟み立」てる行為も先の話に通ずる。相違点は、吉川惟足の話の舞台が江戸であったのに対して、こちらの話は木曽が舞台となっており、いきおい主人公・其角の言動も諸国行脚の途上、一宿の恩に報いるという、類型性を帯びたものになっている。

いずれにせよ、さして時代が違わぬのに、同じ話が別の土地で、別の人物を主人公として書き留められているのは、本話が個人の創作ではなくして、一個の伝承であった証左になる。割注に「何村歟」と記しているところをみると、『虚実見聞記』の著者は、この話をある程度の真実味をもって受け取っていたらしい。しかし、類話の存在から、この村は伝承上の村であり、其角も伝承上の人物としての〈其角〉であるのがわかるのである。

俳人の逸話集『歌俳百人撰』（海寿、明和年間＝一七六四〜七二）にも、この狐除けの呪句は収載されている。[57]ただし、主人公は惟足でも其角でもなく、先ほど〈禁裏に召される俳人〉の話の項で触れた立羽不角となっている。

又或時不角伊豆の熱海へ湯治に行れしに宿の主、真桑瓜を饗応殊の外厚味にて甚賞玩せられしかば、主の曰く、是は手作にて御座候へ共、此間は狐毎夜来りて取喰ひ申候故、番を位置候へ共何時の間に過取喰ひ瓜も残りすくなになり申候、と申にぞ、不角聞てそれはこまりし事なり、其呪に発句して見るへしと、今宵その瓜畑に立置かるべしと、有合せし短冊に、おのが名の作りを喰ふ狐かな、と書てやられけるを、瓜畑に結付て置しに其夜より狐再び来らず、妙といふべし。狐といふ字は犭に瓜と書なれば、瓜を喰ふは則己が身を喰ふなり。字の作りを耕作のつくりにかけたる所、小町が雨乞の歌、さりとてはまた天が下とは理をせめたる所篭れり。

これらの話からおのずと連想されるのは、先にも触れた北条氏康の狐避けの呪歌の説話である。氏康の逸話は

『絵本小夜時雨』（蓬左文庫所蔵）

『醒睡笑』や『耳嚢』にも採られ、近世文人の人気を博していた。『歌俳百人撰』の著者も、右の話を紹介したのちに氏康の説話を紹介し、「俳諧は和歌より出たれば感ずる所は同じなり」と結論づけている。

思うに、俳諧隆盛のおりに発句に威徳を見いだす〈発句の徳〉の発想が起こり、そこから種々の凶句・呪句にまつわる俗信と話が生まれ、やがてそれが類型的な話へと変貌していったのであろう。近世の俳徳説話の誕生である。

狐避けの句の話は、当節流行の奇談絵本にも採られている。次に紹介する『絵本小夜時雨』（速水春暁斎、寛政十二年＝一八〇〇）の話では、詠まれる発句も話の内容も従前のものと同じであるが、絵本の詞書だけに記述は簡潔、そのぶん説話としての完成度は高くなっているように思われる。ここでの主人公は松尾芭蕉。吉川惟足、宝井其角、立羽不角ときて、この話型はもっともふさわしい人物を主人公に得たといえよう。あまたの紀行文を遺し、俳聖として称揚された芭蕉ならば、〈旅先で奇蹟をおこす聖者〉という説話に類型的な人物造形にも沿う。後述するように、近世後期には、芭蕉説話とでも呼ぶべき話群が確かに存在していた。狐除けの句の話も、その話群のなかに収まっていったのである。(58)

俳諧師《はいかいし》芭蕉翁《ばしようおう》、曾《かつ》て一村に宿《やどす》す。村人《むらびと》の云《いゝ》けるは、「此所の狐《きつね》、真桑《まくわ》瓜を盗《ぬす》み喰《くら》ひとる。何とぞ翁《をきな》の一句《いつく》を得《え》てこれを禁《きん》じたまへ」と頼《たのみ》しかば、翁《おきな》やがて、「己《おの》が名《な》の作《つく》りを喰《くら》ふ狐《きつね》かな」と認《したゝ》め出《いだ》しければ、村人、此《この》句《く》を書《しよ》して田《た》の畔《あぜ》に立《たて》しかば、その後《のち》、狐《きつね》、瓜《うり》を喰《くら》はざりしとなん。

俳徳説話の多くが伝統的な話型をもち、著名な俳人の逸話という形式をとっているのは見逃せない事実である。逸話と話型の連携という点は、これ以前の和歌説話や連歌説話とても同じであったろう。元来、逸話とは話型を引き寄せやすいものであり、また、話型も逸話に近づきたがるものである。相互補完的な関係といえようか。

次章では、文学史に名を刻んだ俳人たちの逸話、すなわち俳人説話と話型との関連について考察してみたい。

註

（1）日本古典文学大系62『東海道中膝栗毛』麻生磯次校注、昭和三十三年、岩波書店
（2）『日本随筆大成』第一期十四巻、昭和五十年、吉川弘文館〈新装版〉
（3）東洋文庫『耳袋』鈴木棠三校注、昭和四十七年、平凡社
（4）同右。
（5）『日本随筆大成』第一期十六巻、昭和五十一年、吉川弘文館〈新装版〉。なお、『鳥取・日野地方昔話集』（昭和五

十二年、立命館大学説話文学研究会）には、「蜀山人の祝い直し」と題する話がある。昔話化した狂歌説話の例として興味深い。
（6）昔話「鼓峠」については、次の二論文に詳述されている。なお、「鼓峠」という話型名は花部論文に拠る。
花部英雄「西行咄と説教」『呪歌と説話』平成十年、三弥井書店
小林幸夫「鼓の秀句」『しげる言の葉』平成十三年、三弥井書店
（7）内閣文庫所蔵本に拠った。
（8）『狂歌人名辞書』（狩野快庵編、昭和三年、廣田書店）には、「要義園近住、初號瓢畦舎、通稱長島兵衛、武蔵川越南町の人、天保頃」とある。
（9）註（3）に同じ。
（10）『日本随筆大成』第二期六巻、昭和四十九年、吉川弘文館〈新装版〉
（11）岡雅彦は「初期咄本の世界――言葉の洒落の咄――」『日本の説話』第五巻（益田勝実・松田修編、昭和五十年、東京美術社）において、「この期の咄本には、かなりの数の滑稽和歌説話と称すべき咄が採られている。それは同じ三十一文字形式の狂歌・落首と截然とは区別出来ないものであるが、中世の説話集などに出て来る笑いの濃い和歌説話が、ここにも顔を出しているのである」と述べている。
（12）註（5）に同じ。
（13）同右。
（14）出典は不明。しの木氏の没後、蔵書は館林市に寄付され、俳山亭文庫として一般公開される予定とのことであるが、いまだ整理中とのことで、閲覧はかなわなかった。
（15）国立国会図書館所蔵本に拠った。
（16）金森敦子は『関所抜け・江戸の女たちの冒険』（平成13年、晶文社）で、「義太夫・落語家・講釈師・猿回しなどの芸人も、その芸を見せれば無手形で通ることもできた」とし、『日本九峰修業日記』にある、発句を詠ませて関

所を通す役人の話を紹介している。岐阜県吉城郡神岡町のことという。この種の話がそれなりのリアリティーをもって受け止められていた証拠である。

(17) 東京都立中央図書館所蔵本に拠った。

(18) 『随筆百花苑』第七巻、昭和五十五年、中央公論社

(19) 『日本随筆大成』第一期十五巻、昭和五十一年、吉川弘文館〈新装版〉

(20) 国立公文書館所蔵本に拠った。なお、同書の存在は、岡田哲氏のご教示によって知った。

(21) 『古今著聞集』等に事例がある「今様の徳」については、渡辺昭五が「歌徳説話の発生」(『説話文学研究』第二十三号、昭和六十三年)で言及している。

(22) 『日本随筆大成』第二期十九巻、昭和五十年、吉川弘文館〈新装版〉

(23) 民俗学における分析概念「解釈装置」については、小松和彦・關一敏編『新しい民俗学へ—野の学問のためのレッスン26』(平成十四年、せりか書房)冒頭の座談会で詳述されている。

(24) 『日本随筆大成』別巻第四巻、昭和五十三年、吉川弘文館〈新装版〉 ※要確認

(25) 『随筆百花苑』第七巻、昭和五十五年、中央公論社

(26) 『日本随筆大成』第三期一巻、昭和五十一年、吉川弘文館〈新装版〉

(27) 鈴木棠三『ことば遊び』昭和五十年、中央公論社

(28) 『随筆百花苑』第十一巻、昭和五十六年、中央公論社

(29) 「お夏清十郎」伝承の生成と発展の過程自体、文芸メディアに乗って話が形づくられていく近世説話の特色がよく現れている。第三章で論ずる「雨乞其角」伝承もまた、同じ枠組みで捉えられる。

(30) 東洋文庫『甲子夜話』中野三敏校注、昭和五十二年、平凡社

(31) 註(3)に同じ。

(32) 『江戸川柳文句取辞典』(清博美編、平成十七年、三樹書房)

(33) 文責は安田吉人。
(34) 『俳家奇人談・続俳家奇人談』雲英末雄、昭和六十二年、岩波書店
(35) 『内閣文庫所蔵史籍叢刊』平成元年、汲古書院
(36) 註(30)に同じ。
(37) 國學院大學図書館所蔵本に拠った。
(38) 『鼠璞十種』上巻 昭和五十三年、中央公論社
(39) 秋色の事歴については、次の論考に拠った。
　玉林清明『秋色と秋色桜』昭和十六年、自刊
　志田義秀「秋色櫻と「井戸端」の句」『芭蕉前後』(昭和二十二年、日本評論社)
　永井道子「秋色年譜稿」『立教大学日本文学』第三十号、昭和四十八年
(40) 『日本随筆大成』第一期十二巻、昭和五十年、吉川弘文館〈新装版〉
(41) 宮田登『ヒメの民俗学』(平成五年、青土社)で、同様の指摘がなされている。
(42) 復本一郎『芭蕉古池伝説』昭和六十三年、大修館書店
　また、堀切実「俳聖芭蕉像の誕生とその推移」(『創造された古典』平成十一年、新曜社)は、芭蕉の句や著作の「カノン化」の問題を、近代以降まで追っており、伝承文学研究の立場からも啓発されるところが多い。
(43) 俳跡と俳枕についても先行研究は多いが、なかでも、市橋鐸『俳文学遺蹟探求』(昭和五十二年、泰然文堂)は、民俗学を嗜んだ人物の著作として興味深い。特に郷里の俳人・内藤丈草の逸話については、母親から寝物語に聞かされたという(市橋鐸『俳人丈艸』昭和五年、白帝書房)。
　「内藤丈艸没後三〇〇年記念シンポジウム」(平成十五年、犬山市・同教育委員会後援)に招かれた私は、ゆかりの俳跡「丈草産湯の井戸」(二種ある)、「丈草の座禅石」を見て回った。興味を惹かれたのは、丈草没後二百五十年を記念して建てられた「丈草別れの岩」で、ここから新たな説話が生まれる可能性がある。

なお、市橋鐸については、高木史人氏からのご教示によるところが大きい。また、シンポジウムの席上、塩村耕氏、篠崎美生子氏からは、多大なご教示をいただいた。
(44) 俳諧文庫20『俳諧逸話全集』明治三十三年、博文館
(45) 今栄蔵『芭蕉年譜大成』平成六年、角川書店
(46) 「摩訶般若」もしくは「大般若」の呪句については、楠元六男「俳諧の担い手——其角の雨乞い句をめぐって——」(『韻文学〈歌〉の世界』平成七年、三弥井書店)に言及がある。
(47) 『日本庶民生活資料集成』第八巻　昭和四十四年、三一書房
(48) 註(44)に同じ。
(49) 『日本俗信辞典』動・植物編　鈴木棠三編、昭和五十七年、角川書店
(50) 阿達義雄「川柳江戸俗信志(一)」『高志路』第一二九号(昭和二十四年、新潟民俗学会)には、川柳に現れた虫除けの呪歌の事例が多数紹介されている。また、野本寛一『言霊の民俗』(平成五年、人文書院)にも事例が紹介されている。
(51) 『砂払』中野三敏校訂、昭和六十二年、岩波書店
(52) 花部英雄「「ほのぼのと」歌と古今伝授」『呪歌と説話』平成十年、三弥井書店(初出『日本私学教育研究所紀要』第二十八号、平成五年)
(53) 註(3)に同じ。
(54) 狸の書については、野村純一『江戸東京の噂話』(平成十七年、大修館書店)に言及がある。
(55) 『日本随筆大成』第一期十八巻、昭和五十一年、吉川弘文館〈新装版〉
(56) 『長周叢書』明治二十四年、村田峯次郎編、稲垣常三郎発行
(57) 俳諧叢書6『俳人逸話紀行集』大正四年、博文館
(58) 名古屋市蓬左文庫所蔵本に拠った。図版は、近藤瑞木編『百鬼繚乱』(平成十四年、国書刊行会)からの転載。

第二章　俳人の逸話と話型

一　路通入門

古今東西の別を問わず、我々の共通して抱くイメージに〈放浪の芸術家〉というものがある。一つ所に居を定めず、生涯流浪の身にあって創作を続け、それがゆえに世俗的な栄達や幸福と無縁であるのを宿命とする人種である。芸術家のなかでも筆と紙だけで創作のできる詩人に、このイメージを抱かせる人が多い。日本でいえば、歌人や俳人の類である。

『俳文学大辞典』（平成七年、角川書店）の「放浪俳人」の項には次のような解説がなされている。(1)

俳句用語。昭和四六年（一九七一）秋ごろから種田山頭火ブームが起り、その代名詞のようにいわれはじめた言葉。折から日本の社会は、経済の高度成長に伴う弊害として産業公害の問題に悩み、環境汚染の深刻さにようやく気づきはじめる。時代の気運としては放浪指向でディスカバージャパンなどの流行語もあった。伝統として西行や芭蕉など漂白詩人の系譜もあるが、物質文明の社会において、そこから意識的に逃避しながら大自然の中へ融合していこうというのが放浪俳人の姿勢であろう。先行者として、井上井月、尾崎放哉らがいたが、山頭火によって顕在化した。

高度経済成長に翳りが見え始めるにつれ、〈日本的なるもの〉を求める気運が高まっていったのは、民俗学に身を置く者ならば容易に了解せられるであろう。解説を読む限りでは、昭和四十六年頃に始まったという「種田山頭火ブーム」も、根底に物質文明批判がある点で共通しているようである。

右の解説に登場する三人の俳人のうち、山頭火と放哉については触れるまでもあるまい。ともに自由律の俳人で、世捨て人同然の暮らしをしながら句作を続けた人物である。この二人ほど著名ではないにせよ、井月もつげ義春が漫画『無能の人』で取り上げてから、知名度が上がった。幕末から明治初期にかけて信州伊那谷に住んだ俳人で、乞食井月と揶揄されながら野垂れ死んだ人物である。山頭火がこの井月を敬慕していたのは有名な話である。いわゆる「コロリ往生」を夢見ていた山頭火にとって、井月の生きざま・死にざまは理想とするところであったろう。

その井月より百五十年ほど前に死んだ人物で、山頭火が敬愛した俳人がもう一人いた。これから取り上げる斎部路通である。

昭和十四年九月十六日の日記に、山頭火は「私は芭蕉や一茶のことはあまり考へない、いつも考へるのは路通や井月のことである、彼等の酒好や最後のことである」と書き残している。山頭火が客死するのはこの一年後、もう晩年といってよい時期である。日記によれば、この日の天候は「曇――雨」。それを「よいかな、よいかな」と眺めつつ、「彼等の酒好や最後」を想う山頭火がいた。(2)

山頭火が雨中のつれづれに思いを馳せていた路通もまた、放浪の俳人の系譜に連なる人物であった。本章の目的は、路通と幾人かの俳人の逸話を説話研究の視点から考察することにある。そして〈逸話〉というジャンルを提唱することにある。そうすることによって、より俳諧説話研究に陰影がつけられると思われるからである。

まずは先学の仕事に則りつつ、路通の人生を概観する。斎部路通(姓は八十村氏とも)は、慶安二年(一六四九)生、元文三年(一七三八)没。神職の家の出ともいうが、その出生は明らかではなく、生年にも異説がある。山頭火の憧れた放浪生活は延宝二年(一六七四)頃から始まった。その後、天和二年(一六八二)に筑紫、貞享元年(一六八四)

には京・大津と漂泊を重ね、貞享二年（一六八五）に『野ざらし紀行』の旅上の松尾芭蕉に逢い、以後、俳諧師としての人生を歩み始める。元禄元年（一六八八）には芭蕉の住む江戸に移り、門人として俳諧修業に励んだが、その放逸な性格ゆえに他の門人たちと反りが合わず、芭蕉からも一時破門のような扱いを受けている。(3)

向井去来の『旅寝論』（元禄十二年＝一六九九）には「猿蓑撰のころ越人をはじめ諸門人路通が行跡をにくみて、しきりに路通をいむ」とあり、また、各務支考の『削かけの返事』（享保十三年＝一七二八）にも「野水と越人と京へ登り、凡兆をかたらひ、路通事あしざまにいひて、祖翁の機嫌を大きにそこなひ」云々とある。後者の記述から、芭蕉の面前でも路通批判が行なわれていたこと、および、芭蕉が路通に同情していたことがわかる。

殊に有名なのが、森川許六編の俳文集『本朝文選』（宝永三年＝一七〇六）に「其性不実軽薄而長二師命一」と評されたことで、越人の『猪の早太』（享保十四年＝一七二九）に、これを読んだ路通がたいそう立腹し、ついに『本朝文選』を絶版せしめたことが記されている（その後、路通に関する記述を削除し『風俗文選』の名で再版）。また、同じく許六著の『歴代滑稽伝』（正徳五年＝一七一五）にも「勘当の門人」と紹介されており、その評判の悪さが知れる。

これらの記述がどれだけ公正なものかはともかく、ここでは路通という男が、蕉門俳人のうちでも、とりわけ異彩を放つ、特異な存在であったことを押さえておけばよいだろう。個性的な人物には、得てして多くの逸話が集るものだが、路通もまたその例に漏れない。本章では路通の逸話のなかでも、次の二つの話に焦点を絞って話を進めたい。

一つは、先に触れた、乞食姿で行脚中の路通が、旅上の芭蕉に会って意気投合し、入門するという話。いま一つは、夢に発句を得た路通が、夢の告げにしたがって俳書を編んだという話である。ともに世に知られた路通の逸話である。後者については後で触れるとして、まず「路通入門」の逸話について論じたい。

最初に紹介するのは、『芭蕉翁頭陀物語』[4]（建部綾足、寛延四年＝一七五一）所収の「翁近江行脚并路通入門」である。いささか長い話であるが、次に全文を引用する。

おきな一とせ、草津・守山を過て、松陰に行やすらふ。かたへをみれば、いろしろき乞食の草枕涼しげに、菰はれやかにけやりて、高麗《こま》の茶碗のいと古びたるに瓜の皮拾ひ入、やれし扇に蠅をひながら、一ねぶりたのしめる也。あやしくて立どまりさしより給へば、目をこらき又ふさぎ、鼾なをもとのごとし。さはなにものゝはふれにたる、おして名をきかまほしく、目のさむるまで腰打かけ、

　昼皃に昼寝せふもの床の山

折からの吟も此時也。所は琵琶の海ちかく、比良のねおろし薫りはれ（マヽ）ば、なみ木の古葉こぼれかゝりて、蟬の声あたりをさらず。涼しと思ふほどに、空たけたり。おのこずと起あがり、何夢や見つらん、膊を打つてひとりゐみゐたる、猶ゆかし。松-風聞了テ午-睡濃ヤカ也とはさとれる人の口すさびなるを、今此人を見ることよと、こゝろをきせられ、ちかく寄てしか〴〵のあらましをとふ。おのこいとをかしがりて、君の宝を費すものは剣の下に目をふさぎ、親のたからを費すものは松原に袖を乞と。我其袖を乞もの也。只今出口の柳をくゝつて、襟にひやりとさめたる夢は、鴉の糞にてありし物を、むかしを手枕にたのしむ身は、八珍の舌打より瓜の皮の蟻をはらつて、朝夕無味の禅にほこる。御坊もしらざる所也と、白き歯をあらはして笑ふ。翁荷へる昼笥をひらひて、このめしのいとしろく味ことにすぐれたるも、人の食を乞へるは同じ。我も亦乞食也。たとへば、やはらかなるしとねに夢み、こまかなるきぬに身をつゝむも、もとより我ものにあらずとしらば、この松がねも相おなじく、かづける薦もひとしからん。只、元をしるとしらざると、実に見ると仮にみると、是を迷悟の二

義ともいふ。おのこもし我にしたがはゞ、茶碗を旅籠屋の膳にかへ、こもをかり着の小袖にかへ、廓の夢を風雅にかへて、老の杖をたすけよや。楽又その中にあらん。おのこうなづひて、翁にむかひ、その昼笥を給らんと、清水にひたして是をくらふ。首を叩て曰、誠に此飯五味を欺き、咽に甘露を通すがごとし。実、雪の日は寒くこそと、むまきはむまきにきはまりたれば、けふより御坊のことばにそむかじ。さもあれ、むかし腰折をこのみ、みそひともじの数をもしる。御坊笑ひ給ふなとて、矢立を乞て、扇にしるす手つたなからずとみえて、

　露とみるうき世を旅のまゝならばいづこも草の枕ならまし

翁歎じて曰、我伊城につかへし時、洛の季吟がうた枕をたゝき、しきしまの道にいざなはれし。今は俳諧のみじかきに遊んで、生涯の計とす。汝に路通の名を与へん。汝に我頭陀をかくす事なし。日も暮ぬ。しりへに来れと、それより師弟のあはれみふかく、しばらく蕉門の人なりしか路通絶交ノ事。後に見へたり

『芭蕉翁頭陀物語』は、一名を『蕉門頭陀物語』ともいう。書名の通り、芭蕉とその門人たちが主人公の逸話集である。明らかな小説的創意の働いている話も多いが、なかには当時の風説に基づいたと思われる話もある。右に引用した「翁近江行脚并路通入門」もその一つで、作家論の立場に拠った研究でも、右に引用した話を、しばしば路通の逸話として挙げている。

この話の路通は、松陰で昼寝を楽しむ「いろしろき乞食」として登場する。色白であるという点は、後に続く「菰はれやかにけやりて、高麗の茶碗のいと古びたるに瓜の皮拾ひ入」云々の描写と合わせて、彼に脱俗の風が漂っていたことを示している。その風貌に常の乞食とは異なるものを見いだした芭蕉は、一句詠みつつ彼が目覚めるのを待つ。やがて目を覚ました路通と芭蕉の会話が話の大部分を占める。その言葉に共感した芭蕉は「我も亦乞食

也」と言い、彼に「路通」の名を授ける。話は二人が師弟の交わりを結ぶところで終っている。

末尾に「路通絶交ノ事後に見へたり」とあるのは、同じ『芭蕉翁頭陀物語』にある「鬼貫貧にせまる并路通が事」を指す。この話の内容は、貧窮のあまり自殺まで考えていた鬼貫に同情した路通が、「我にひとつの術あり」と耳打ちをし、その結果、鬼貫は幸いを得たというものである。この後に「路通はにせ筆の上手といはれて、社中の憤をうけしなり」と続くことから、路通が鬼貫に授けた方策が、偽筆を書いて売るというものであったのが判る。(5)先学の説くところによると、路通が芭蕉の伝書を偽作し、伝授料を得ていたという風説が当時あったらしい。実際、芭蕉が執筆し、後になって破棄した伝書を、路通が勝手に広めるという事件があり（前記の『旅寝論』にある記事）、噂のもとになるような行為はしていたようである。鬼貫に偽筆を売るよう勧めたという話は、この辺りに拠るのであろう。話の中の鬼貫の事情を考えれば、路通の行為にも同情すべき面もあるが、この割注が一話の興を削いでいる感は否めない。

ただし、矛盾する話が同じ書物のなかにあるのは、これが当時の世間話である可能性が高いことを示しているともいえる。例えば『俳諧世説』（半化房闌更、天明五年＝一七八五）では、「路通蕉翁の勘気を受く並に鬼貫が説」と題して、路通・鬼貫の偽筆事件に触れ、これを「大いなる偽りなり」と退けている。この他にも、『俳諧世説』ではいくつかの路通の名誉を損なう逸話を「妄談」としているが、乞食行脚中の入門の逸話については「路通はもとよしある者なりしが、若き時放蕩の餘り、既に人の下にくだり臥したりしを、祖翁の憐れみにて、ふたたび世に出づる事を得侍りし」と、大筋で認めている。

乞食行脚については路通自身も次のように記しているので、事実ではあったのだろう。(6)

おの〳〵三ッの物。求ざりしむかし。髪すり足をかろくして。容《カタチ》も潤《ウルホ》ひ。心もさかむなりしかば。十とせ余り。こゝろざしの至るに任せて。乞丐《コツガイ》のまねをしあるきけり。しかありしも。其境にいらざればなや。あるは風雅に魂うごき。あるは人情にすがた轉ぜられて。いまだ止《ヤミ》ぬる道をしらず。折から深川の翁。行脚のついでに。かり初の縁を結び。その様もゆかしかりければ。過し比の春。江戸の府まで尋ね来れり。六十余州あまねく人挙《コソ》り氣のあつまる所なれば。ゆゝしき事の數くにして悲しき品をかくせり。まづはとて。翁を訪《トブラ》ひまいらせければ。古郷の方に斗藪し給ふと。あたりの人くこたえ侍りぬ。むなしき跡は草ふかき庵を閉て。はせを一もとを残せり。薮梅のにほひ簾《スダレ》にちり。小鳥の聲軒にあそぶ

俳文集『本朝文選』（許六編、宝永三年＝一七〇六）所収の「返店ノ文」の一部である。「こゝろざしの至るに任せて。乞丐のまねをしあるきけり」という箇所と「折から深川の翁。行脚のついでに。かり初の縁を結び」という箇所が、乞食行脚の最中に、芭蕉と巡り合った「路通入門」の逸話に相当する部分である。あいにく、路通が江戸を訪れたとき芭蕉は留守であったが、この後、二人はめでたく再会することになる。

さて、『芭蕉翁頭陀物語』の「路通入門」の話は、路通の人となりを示すものとして、その後も幾多の逸話集に引用されている。たとえば、『俳家奇人談』（竹内玄玄一、文化十三年＝一八一六）の「路通」の項には次のようにある。(7)

路通は、いづれの所の人なることを知らず。若かりし頃放逸《ほういつ》のあまり、すでに人の下に臥《ふ》したりしを、蕉翁近江行脚《あんぎゃ》の道のかたはらに物いひ、ふと風流《ふうりゅう》の談に及ぶ。幼《いとけな》きより好みし腰折《こしおれ》なればとて、一首の歌を扇に書きて翁に呈す。書もいやしからずして、

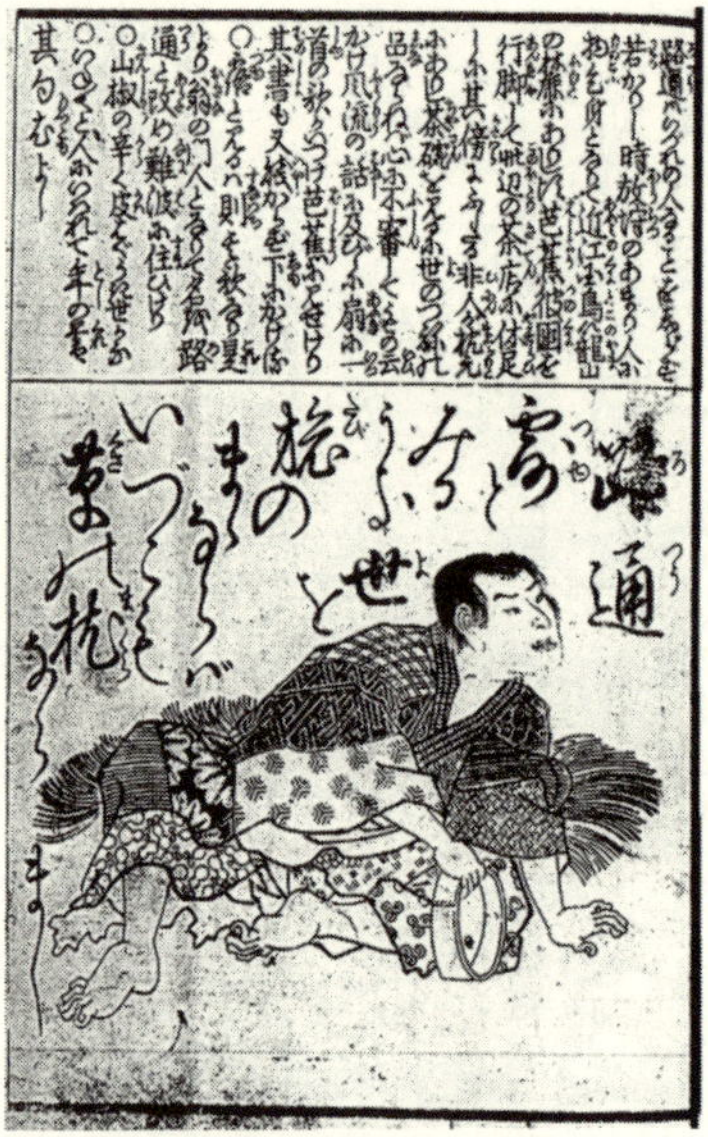
『新編歌俳百人撰』「路通」
（東京都立中央図書館所蔵）

露と見る浮世を旅のままならばいづこも草の
枕ならまし

翁歎《たん》じて曰く、われいまだ君家《くんか》につかへし時、洛の季吟の歌枕《うたまくら》を叩き、敷島の道に誘《いざな》はれしに、今は俳諧のみじかきに遊んで、生涯の楽しみとす。汝われに従うて来るべしと。師弟《してい》の憐れみふかく、それより路通の名をばあたへられける。

読んでのとおり、内容は『芭蕉翁頭陀物語』の話のダイジェストといった趣きであるが、一部、『俳諧世説』の文章も混入している。話が短いぶん要素が絞られており、説話としてまとまっている印象がある。

もう一つ例を挙げる。『新編歌俳百人撰』（柳下亭種員、嘉永二年＝一八四九）の記述である。(8)

路通《ろつう》はいづれの人なることをしらず。若《わか》かりし時、放埒《ほうらつ》のあまり人に物乞身《ものこふ》となりて、近江国鳥籠山《おうみのくにとこのやま》の麓《ふもと》にありし頃、芭蕉《ばしよう》、彼国《かのくに》を行脚《あんぎや》して、此辺《このほとり》の茶店《さてん》に休《やす》らひしに、其傍《かたはら》にふしたる非人《ひにん》が枕元《まくらもと》にありし茶碗《ちやわん》を見るに、世《よ》のつねの品《しな》ならねば、心に不審《ふしん》してもの云《いひ》かけ風流《ふうりう》の話《はなし》に及びしに、扇《あふぎ》に一首《いつしゆ》の歌かいつけ芭蕉《ばしよう》に見せけり。其書《そのしよ》も又賤《いやし》からず。下《しも》にかける　○露《つゆ》と見るは、則《すなはち》其歌なり。是《これ》より翁《おきな》の門人となりて名を路通《ろつう》と改《あらた》め、難波《なには》に住《すま》ひけり。

話の内容は例の如くであるが、画図が中心の娯楽色の強い作品となっている。こうした通俗的な読み物が、路通像の普及に寄与したところが大きかろう。

『俳家奇人談』も『新編歌俳百人撰』も、起筆の一文は『本朝文選』巻頭の「作者列伝」にある「路-通者不レ知ニ何-許者一トイフコトヲ不レ詳ニ其姓-名一」という文章に拠っている。この点について、穎原退蔵はこう述べている。[9]

> 「路通はもと何れの所の人なるかを知らず」——この一句は路通を語る冒頭の言葉として、最もふさはしいとある詩人は言つた。路通といへばすぐにも浮んで来るのは、世に捨てられ人にすねたやうな悲しい漂泊児の姿である。

確かに「路通入門」の逸話を念頭におくと、この一節は鮮烈な印象を与える。しかし、後半の「不レ詳ニ其姓-名一」という表現は、『本朝文選』では嵐雪と嵐蘭についても用いられており、路通を特別視したものではない。ここから察するに「路-通者不レ知ニ何-許者一トイフコトヲ」の一節に深い意味があったか否かは疑問である。にもかかわらず、「路通を語る冒頭の言葉として、最もふさはしい」と受け取ったために、『俳家奇人談』や『新編歌俳百人撰』の作者はこれを起筆の語に採択したものと思われる。

それでは、実際の路通はどういう人物であったろうか。中村俊定は「彼は生涯乞食路通を名乗つてゐたらしいが、そしてそこに後世の人々の興味がつながれ、江戸時代の畸人趣味が、彼の出自不明を利用して憶測し脚色してしまつたのであるが、別に奇行のあつた人でもなく、むしろ平凡な煩悩人であつたにすぎない」と述べている。[10]

結局、問題となるのは、実在した路通その人ではなく、「後世の人々の興味」の赴くままに「憶測し脚色してしまつた」伝承上の人物としての〈路通〉なのである。そして、往々にして史実は伝承を取り込む。右の文章に続けて中村はこう述べる。(11)

芭蕉は路通を乞食姿で発見した。彼の眼のかゞやきに『薦着ています』聖の俤を見たかもしれない。彼は三史文選を語る乞食であつた。疏食をくらひ水をのみ、肘を枕として眠る市井の隠者の姿を見たかもしれない。が彼に對するイメエヂは時と共に一枚一枚剝がれていつた。そこには烈しい意欲と弱い意志と、傲慢と怯懦との凡そ矛盾した煩悩人間路通があるのみだつた。

その後の印象の変化は別にして、初対面のときの乞食姿の路通に、芭蕉が「聖の俤を見」「市井の隠者の姿を見た」というのは、その通りであろう。路通の風体は芭蕉が敬慕してやまなかった、西行（仮託）の『撰集抄』に登場する聖たちのそれであった。芭蕉はそのとき、伝承上の聖たちのイメージを眼前の路通に重ねていたと覚しい。路通の虚像の部分は、彼の死後、次第に拡張していき、ついには路通自身が、伝承上の人物の系譜に名を連ねるに至った。山頭火が愛した路通も、やはり伝承上の人物としての〈路通〉であったろう。そして、かく言う山頭火自身も伝承上の〈路通〉や〈井月〉の人生をなぞることにより〈放浪の芸術家〉の話型の主人公に納まっていったのである。

しかし、そうした通時的視点から「路通入門」の逸話を考えるのと同時に、共時的視点から、すなわち同時代の資料に散見される話から、この話を考えてみる必要がある。

二　乞食の名句

実際のところ、乞食の境涯に身を落として詩歌を詠むというのは、路通に限らなかった。近世の随筆に目を通していると、しばしばこうした人物に出会う。例えば『懐宝日札』（小宮山楓軒、近世後期）の次の話も、その一つである。(12)

八代太郎、一年間々ノ紅葉ヲ観ニ往キシニ、乞丐者ノ如キ女先ニ来リ、紅葉ヲ観テ疏紙ニ何ヤラ書テ、枝ニムスベリ、往テ観タルニ、

　マヽナラバ都ニ観タキ紅葉哉

トアリ。何人ゾト尋シニ答ヘズ。強テ再三問ヘバ、麾下ノ人某ノ女ナルガ、人ノ再嫁ヲスヽムルノハヅラハシサニ、其家ヲ出タリト云フ。何故ニ如レ此ノ形トハ成リタマフト問ヘバ、女ノ身ハ如レ此ナラネバ、旅行ハナラヌコト故、如レ此ト答ヘタリトゾ。

文化三年（一八〇六）から文化四年にかけての記事という。再婚の縁組の煩わしさに家を出て、「乞丐者ノ如キ」風体となってさすらう彼女の姿には、ふっきれたような自由さがある。この話を楓軒にした「八代太郎」が興趣を抱いたのは、女性の生き方の不自由な時代に、独自の価値観に基づいて身を落とした彼女の生きざまにあったろう。話し手が彼女の素性を「再三」尋ねたのは、詠まれた句の善し悪しよりも、乞食が句を詠むことの不思議さによる

ものと思われる。詠者の人生観が作品と結びつけられて評価される点、伝承上の路通と通ずるものがある。

さて、この話に記述者の創意は働いていようか。文献資料を扱う際に、かならず沸き上がるのがこうした問題であるが、私はこの紅葉の句を詠む女乞食の話に関しては、彼女の実在はともかくも、著者の楓軒が聞いたままを記したものと考えている。水戸藩士・小宮山楓軒の『懐宝日札』は全十五冊から成る大著であり、そこに採録されている当時の街談巷説は膨大な量になる。その隅々にまで編者の意図が行きわたっていると見るのはかえって不自然であるし、また、類話と見做せる話が他にも見いだせることを思えば、右の話も偶然に採録された資料として扱うのが適当であろう。

例えば、『筆漫加勢』(亀屋文宝亭、近世後期)には、文化三年(一八〇六)正月、日野大納言資枝卿の娘、衛門姫が上州で無宿人として捕らえられるという事件について記されている。この姫君も、獄中で歌を詠んだ由。京を出奔してから六年後のことという。この記事を見出した日野龍夫は、事件を「貴女流離」と名づけ、風変わりな姫君の言動を「閉ざされた生活にたえきれなくなった柔らかい魂の、この現実を超えようとする願望」によるものと解釈している。(13)

一方、日野は『玉川砂利』(大田南畝、近世後期)に載る、品川宿の飯盛女・ことが日野大納言家の息女を名のり、追放の刑に処せられた記事にも言及している。出自は不明であるものの、この自称姫君も歌を詠んだというから、それなりの教養はあったものとみえる。何が虚で、何が実か。先の話と合わせて、江戸の世間話伝承の世界が垣間見られる。

類話は他にもある。次に紹介するのは、『藤岡屋日記』(須藤由蔵、近世後期)収載の記事である。(14)

此頃乞丐の女、辞世に、

漸出二非人界一　今日帰二天上一
去二破衣蓑笠一　浮二暁寺門前一
蚊をいとひ犬に喰るゝ骸かな

あまりに簡明な記述なので、ことの仔細はまったく不明と言わざるをえないが、「乞丐の女」が身分に似合わぬ発句を詠んだというのは、先刻の話と同じである。異なるのは、『藤岡屋日記』の記事では発句の他に五言絶句も詠まれている点と、それが彼女が世を去るにあたっての辞世の句であったという点である。相当の教育を受けた女性であったと想像されるが、彼女の辿り来たった人生遍歴には一切触れられておらず、その点が、いっそうの余韻を残している。路通の晩年も寂しいものであったというが、胸中の思いを吐露する文才を持ちながら、人知れず世を去ったのは彼女ばかりではない。

『歌俳百人撰』（海寿、明和年間＝一七六四〜七二）に「読人不知」の題で載せられた次の記事を読むと、近世にこの種の話が好まれていたことがよくわかる[15]。

くれ〳〵ぬうさ嬉しさも果ぬればおなし裸の元の身にして

是は予先年京都へまかりし頃、誓願寺の門前に朝夕起臥して居たる非人のよみし歌なり。年の頃四十歳許の非人に似合はざる取廻し、色白にくつきりとして、いかさまよしある者の果と見へて馨しかりし。予其頃誓願寺の門前綿屋與三郎といふ者の所にしばらく旅宿して居たりし故、其非人にも折々一飯一銭のあたへしかば丁寧に一礼いふて、折々門などへ来り、掃除なとしたりしが、幾程なく、傷寒を病み相果ぬ。残りし孤なんどの中に此歌と詩を反古の裏に書付け置たり（……中略……）程なく死て、辞世と詩を残せり、詩は、

漸去非人界　今即帰上天
破蓑與破笠　夢覚寺門前

何所如何なる所の人のかくなりしや、泥中の蓮砂中の黄金とは是ならん。近頃残念なる事なり。予折々今に思出せり。

この誓願寺の門前に寝起きする「非人」が「色白」で「よしある者の果と見へ」たと描写されているのは「路通入門」と同じで、類型的な表現であったことが知れる。中略した部分には、「非人」を「只ならぬ人」と思った筆者が、彼の素性を聞き出そうとする様子が記されているが、けっして自身の来歴を明かすことはなかった。この辺りも「いづれの所の人なることを知らず」とだけ記された路通の人物素描と共通する。

さて、本話は「予先年京都へまかりし頃……」と書き起こされているように、筆者の体験談の形式をとっている。しかし、この「非人」が詠んだという辞世の詩「漸去非人界／今即帰上天／破蓑與破笠／夢覚寺門前」は、先刻の『藤岡屋日記』の女乞食の詠んだ辞世「漸出㆓非人界㆒／今日帰㆓天上㆒／去㆓破衣蓑笠㆒／浮㆓暁寺門前㆒」とほぼ同じで、軽々に信ずるわけにはいかない。では、このことをどう捉えるべきか。

一つは、記事を事実と考えたうえで、乞食たちの間で処世術としてこの詩が伝わっていたとする考え方である。実際、誓願寺門前の「非人」は、詩歌の才を仄めかせて糊口を凌いでいたらしい。小町伝説の担い手が、いわゆる社会制度の外にいる人々であったとする説のあることを思い合わせれば、ない話ではなかろう。

あるいは、この話自体が『歌俳百人撰』の筆者の創作であったとする説も成り立とう。『藤岡屋日記』の成立は『歌俳百人撰』よりもずっと後である。『歌俳百人撰』の記事を典拠としたとするか、もしくは『歌俳百人撰』の記事を種として生じた伝承をもとにしたとすれば説明はつく。

また、この話そのものは巷間に流布されていたもので、筆者がそれをもとに体験談形式の小説にまとめあげたとする考え方もできる。『煙霞綺談』（西村白烏、安永二年＝一七七三）にある次の記事などを読むと、その可能性も否定できない[16]。

いつの比にやありけん、江戸両国橋とも云、又大坂四ツ橋ともいへり、菰《こも》かぶり非人の詩歌《しいか》あり。

橋巷路辺求㆓一銭㆒　可㆑憐乞食幾千々
人間富貴水中泡　昨日著㆑錦今亦菰
ぬる間《ま》の身人に替《かわ》らぬ我身かな覚《さめ》てはかへすあかつきの鐘

或はぬる間の身人に替らぬ思ひ出をうき世にかへすあかつきの鐘ともあり。
信州《しんしう》地蔵院《ちざういん》の門前にて死したる非《ひ》人、

漸出㆓非人界㆒　今還㆓天上辺㆒
破笠与㆓蓑笠㆒　夢覚㆓寺門前㆒
くれ〳〵ぬうき嬉しさもけふは又同しはだかの花の身にして

自見翁曰、近年豊後《ぶんご》国ある寺の門前にて、四十あまりの女非人行倒《ゆきたを》れ死《しゝ》たる砂上に詩歌《しいか》有とて、人の見せ侍《はべ》りしが、其意味《いみ》てには、さのみ右の詩歌《しいか》にかはる事なし。三日太平記といへる浄瑠璃《じやるり》にも是《これ》を出せり。時々世間に云はやらすは、其始《はじ》め好事《こうず》のものゝ作《つくり》出したる虚説《きよせつ》ならん、予は信《しん》ぜず。

二つの話より成っている。読んでのとおり、後のほうの話の「非人」が詠んだ辞世の詩「漸出二非人界一／今還二天上辺一／破笠与二蓑笠一／夢覚二寺門前一」は、従前話題にしているものと同じである。ただし、『歌俳百人撰』の「非人」が、京の誓願寺門前を住処としていたのに対し、こちらは「信州地蔵院の門前」となっている。また、「自見翁」なる人物によると、「豊後国ある寺の門前」で死んだ「四十あまりの女非人」も同様の辞世を残していたとのこと。伝承圏の広さが窺えよう。そして、右の話にある辞世の歌「くれ〳〵ぬ……」も、先刻の『歌俳百人撰』の「非人」の歌とほぼ同じである。俳人である西村白鳥ならば、かかる話柄を耳にする機会も多かったのであろう、引用後、「時々世間に云はやらすは、其始《はじ》め好事《こうず》のものゝ作《つくり》出したる虚説《きよせつ》ならん、予は信《しん》ぜず」と突き放している。なお「三日太平記といへる浄瑠璃にも是を出せり」とあるが、現存する『三日太平記』（近松半二ほか、明和四年＝一七六七初演）には該当する記事がない。

つけ加えると、右の話にみえる「ぬる間《ま》の身……」と同じ歌が、『新著聞集』（一雪、寛延二年＝一七四九）にもある。語句には若干の異同があり、「ぬるまのみ人にかはらぬ身なれ共浮世にかへす暁の鐘」というものであるが、「元禄はじめの頃、みやこの非人よみ侍りけるとなん」というのも同じである。ここでも、「まことの非人にや、いぶかし」と、編者が疑問を呈している。先の『煙霞綺談』の歌にも異伝があったが、この種の話はよほど好まれていたのであろう。

さらに言えば、最初の話の「非人」が詠んだ「橋巷路辺求二一銭一……」の七言絶句も、『歌俳百人撰』にあるので次に紹介する。「大野玄番」という人物の話である[17]。

此人は大和の郡山の城主本多唐之助様御家臣たりしが、御家断絶の後、浪々の身となり、渇命に及び道路にイみ非人となりしこそ浅ましけれ、されども少しもむさぼる心なく、元より二君に仕ゆる志なかりし故にかくまでに落ぶれられたり、耻し事にあらず、終に両国橋の際にて乞食姿にて倒れ死にたり。此うたは其四五日以前によまれし由、詩も作られし、

橋巷路辺求二一銭一　可レ憐乞食幾千々
人間富貴水中泡　昨日著レ錦今亦菰

歌の心は二君に仕へて、不義の禄を食はんより餓に望むこそ清けれ。其賢者の風俗、許田屈原の心はせ有て清貧といふべし。

ここでは「郡山の城主」の家臣の詠とされているが、『煙霞綺談』の話では「非人の詩歌」という点は一致しているものの、その素性は明かされておらず、場所も「江戸両国橋とも云、又大坂四ツ橋ともいへり」と曖昧である。いずれ定かならぬ話であった。

さて、ここまで紹介してきたのはいずれも明和安永年間の話であったが、この種の話はいつ頃まで命脈を保っていたろうか。『宮川舎漫筆』（宮川政運、安政五年＝一八五八）には、「非人の詩歌」と題して次のような話が載せられている。(18)

嘉永五壬子年八月の事なりとかや。下谷《したや》山下にて非人《ひにん》死せしところ、笠《かさ》の中《うち》に左《さ》の詩歌をしるしありし。ある人より写《うつ》し越《こ》しぬ。

一鉢ハ千家ノ飯《メシ》　孤身幾回《イクタビノ》秋キゾ　夕ベ暖《アタタカナリナリ》　草筵裡チ　夏ハ涼シ　橋下ノ流レ
不ㇾレハ空シカラ　遠ク不ㇾ立タ、　無ㇾレハ楽ミ　又無ㇾシ愁モ　人若シ問ハヾ二此ノ六ヲ一　明月水中ニ浮ク
月さへも高きに住めばさわりありをきふしやすき草《くさ》の小筵《さむしろ》

読んでのとおり、維新を十五年後に控えた嘉永五年（一八五二）のこととされており、存外、近い頃まで好まれていた話柄であったことが判る。

この型の話の興趣は、名も知れぬ乞食が名句を吐くという意外性にある。したがって、特定の有名人の逸話には成りにくい性質のものであった。路通の例はむしろ珍しい部類に入る。しかし、一方では、この話型でなければ、結び付けられない人物もあった。『雨窓閑話』（著者不詳・近世後期）にある次の話には、穢多頭団左衛門が登場しており、斯界の有名人を吸い寄せる〈逸話〉の特性が窺える。(19)

先年江戸にて、乞食《こつじき》の頭《かしら》たる車《くるま》善七と、穢多頭団《ゑたがしらだん》左衛門と争論《さうろん》の事有て、善七落度《おちど》に成て御成敗《せいばい》にあふべきを、いまだ幼少《えうせう》なれば、其家来七兵衛とかいへる者、主人に代り討首《うちくび》にあふ。必死《ひつし》の忠義たぐひ有べからず。かの辞世《じせい》に、

地獄にも木陰かあるか夏の暮

匹夫下劣《ひつぷげれつ》の身にては、其情《そのじやう》をよくいひ叶へて奇特《きどく》也。されば句はいづれも、歌《うた》の余情《よじやう》に同じきなれば、感味《かんみ》するの誹諧《はいかい》どももあまたあり。

この他に『譚海』（津村淙庵、近世後期）にも、備中を訪れた俳諧師（大島蓼太の弟子とある）が「此国の穢多の頭」から娘の見合いを奨められる話がある。同話は「めづらしき事にも有けると、かたりつるを聞けるとて、ある人のいへりし」と結ばれている。実否の判断はできないが、この種の話が巷間で話されていたのは確かである。

先の『煙霞綺談』では、これらの話を「時々世間に云はやらすは、其始め好事のものゝ作出したる虚説ならん」としていた。確かに「其始め」は「好事のものゝ作出したる虚説」であったかもしれないが、その一方で、これらの話が「世間に云はやら」されていたのも事実である。これらはやはり、世間話であった。

次に紹介する『閑窓瑣談』（佐々木貞高、天保一二年＝一八四一）の話を読むと、その点がよく見えてくる。(20)

近《ちか》き頃《ころ》歌道《かどう》の名誉《めいよ》世《よ》に高《たか》かる海野何某《うんのなにがし》、何所《いづこ》にての事《こと》なりけん、仲秋《ちうしう》の月《つき》の夕《ゆふべ》、客人《まろうど》たちと酒汲《さけくみ》かはし玉《たま》ふ折《をり》しも、端近《はしぢか》き席《せき》の窓《まど》の下《もと》に彳《たゝづ》みし乞食《こつじき》をみそなはして、酒肴《さけさかな》を施《ほどこし》玉《たま》ひけるが、其乞食《そのこつじき》の奈何《いか》なるものゝ薄《はく》命《めい》に、非人《ひにん》と零落《おちぶれ》しはてなるか。其座《そのざ》に連《つら》なりし客人《まろうど》の戯《たは》むれて、如何《いか》にやその男《をとこ》よ、賜《たまは》りし酒肴《しゆかう》の礼《いや》まふさずか。何《なに》なりとも一言《ひとこと》の興《きやう》を備《そな》えへよと有《あり》ければ、彼非人《かのひにん》は畏《かしこ》みつゝ筆紙《ひつし》を乞《こふ》て、はしり書《がき》に、

武蔵野《むさしの》に余《あま》るばかりの報謝《ほうしや》かな

としるして、縁《えん》の端《はし》に捧《さゝ》げ忽《たちまち》に走《はしり》さりしとなん。這《こ》はわづかに三《み》とせ四年《よとせ》のさきの日にて、昔話《むかしばなし》てふ類《たぐひ》にあらねば、今《いま》も何所《いづこ》にか漂零《さすらへ》あらん。晋子《しんし》の発句《ほつく》とこれらの奇人《きじん》を思《おも》ひくらべて、児女童男《ひめとの》たちの姿《すがた》の花《はな》のみ繕《つくろ》はず、羽生《はにふ》の小家《こや》の妨嫌《いぶせき》に梅《むめ》が香高《かたか》きいさほしの志操《しさう》を色《いろ》どり玉《たま》ひねかし。世《よ》になりいづる幸《さち》なくとも、知《し》る人《ひと》ぞ知《し》る誉《ほまれ》は有《あり》なん。されば古歌《こか》にも、深《ふか》き夜《よ》の窗《まど》うつ雨《あめ》に音《おと》せぬは浮世《うきよ》を軒《のき》の忍《しの》ぶなりけり。

この話は「奇才の賤妓」と題されている。実は本話の眼目は、引用部分の前に置かれた「塵塚於松」なる遊女の逸話を記すことにある。右に紹介した武蔵野の句を縁先に捧げて、いずこともなく去って行った乞食の話は、著者が「這お松の、身は賤しくて心清らかなるに付て思ひ出たり」としてつけ加えたものである。順序は前後するが、『閑窓瑣談』から、於松の解説がしてある箇所を引用する。(21)

中昔《なかむかし》の頃《ころ》、箕田《みた》の辺《ほとり》三角《さんかく》とかいふ所《ところ》の局女郎《つぼねじよろう》に於松《おまつ》と呼《よば》れし者在《ものあり》けり。今《いま》も東《あづま》の俚俗《りぞく》其名《そのな》を語《かた》り継《つぎ》て、塵塚《はきだめ》於松《おまつ》と云伝《いひつた》ふ。抑《そも〳〵》此女子《このおなご》の素性《すじやう》を、如何《いか》なる人《ひと》の処女《むすめ》とも知《し》れる噂《うわさ》は更《さら》になけれど、最珍《いとめづ》らしき奇才女《きさいぢよ》にて、江武《こうぶ》の地《ち》にては三才《さんさい》の小児《しやうに》も這《これ》を呼ぶ。元来《もとより》賤《いやし》げなる育《そだち》には不《あら》レ有《ざり》けん。糸竹《いとたけ》の業《わざ》、筆《ふで》の跡《あと》も拙《つたな》からず、挿花《はなむすび》さへ上手《じやうず》にて、女子《おなご》の手業《てわざ》何事《なにごと》も知《し》らずといふ品《しな》あらばこそ。殊《こと》に敷島《しきしま》の道《みち》に心深《こゝろふか》く、顔《かほ》かたちの光艶《うるはしく》愛敬《あいけう》、ものごしの和《やわ》らかなる、楊太真《やうたいしん》の美麗《びれい》に勝《まさ》りて野暮《やぼ》ならず、小町姫《こまちひめ》の古風《こふう》は仮《か》らで（……以下略）。

この後、お松に対する美辞麗句が延々と続く。要するに、苦界に身を沈めるには似つかわぬ才媛であったということである。お松ほどの器量があれば、同じ遊女でも、もっと良い位に進むこともできた。「さりけれども、於松《おまつ》は出身《しゆつしん》の懸念《けねん》なく、才《さい》に矜《ほこ》らず卑下《ひげ》もせず」に、「一畳半《いちぢやうはん》を玉《たま》の床《とこ》」として「奴僕凶人《つぶねならずもの》の不良族《さがなきやから》」を相手にしていたというのは、よくよくの事情があったのだろう。そのお松のところに現れた「尊大《そんだい》なる趣《おもむき》」の武士を相手に「塵塚《ちりづか》の塵《ちり》にまじはる松《まつ》むしも声《こえ》はすゞしきものと知らずや」と一首詠むのが話のハイライトとなっている。

塵塚お松と武蔵野の句の乞食と共通点は、世間に蔑まれる境遇にあっても風雅を忘れぬ主人公の心ばえにあり、「其乞食《そのこつじき》の奈何《いか》なるものゝ薄命《はくめい》に、非人《ひにん》と零落《おちぶれ》しはてなるか」と彼らの前半生を想像し、運命の不思議に思いを馳せることにあった。

見逃せないのは、武蔵野の句の乞食の話に付せられた「わづかに三《み》とせ四年《よとせ》のさきの日にて、昔話《むかしばなし》てふ類《たぐひ》にあらねば、今《いま》も何所《いづこ》にか漂零《さすらへ》あらん」という文言である。顧みるに、これまで紹介してきた辞世を詠んだ乞食の話も、みな最近のこととされていた。かかる古風な型の話が世間話として流通していた時代が、かつて間違いなくあった。今日の世間話に馴れ親しんだ者には理解しがたいことで、ここに文献を用いた世間話研究の難しさがある。

さて、先に述べたように、『閑窓瑣談』の著者である佐々木貞高は、一般には人情本作家・為永春水の筆名で知られている。その点に資料性を疑問視する向きもあるかもしれない。けれども、本書の自序において、随筆を「見《けん》聞《もん》せし事《こと》を忘《わす》れじとて、己《おの》が好《この》む事《こと》、感《かん》ずる美談《びだん》をはじめ、考《かんが》え合《あは》せし道理《ことはり》なんどを、筆《ふで》のまに〱記《しる》し置《おけ》るもの」と定義し、昨今の随筆が「諸子百家《しよしひやくか》の珍説《ちんせつ》、新奇《しんき》の考証《かうしやう》、世間未発《せけんみはつ》の高論《かうろん》」に偏っているのを批判しているのをみると、人情本とは違った気構えで、本書を執筆していることが判る。序文のなかで春水は「今《いま》や予が此閑窓《このかんそう》瑣談《さだん》は、年来見聞《としごろけんもん》の事《こと》を、何《なに》くれとなく筆記《ひつき》なしゝ数千《すせん》が条《ぢやう》の実事《じつじ》と、古書《こしよ》の可否《かひ》を弁論《べんろん》したる一家言《いつかげん》にて、文《ぶん》を巧《たくみ》にし辞《こと》をまふけたる類《たぐひ》にはあらず」とし、さらに「俚俗《りぞく》の談《だん》も、児女子《じじよし》の為《ため》に益《えき》あればこゝに収録《しやうろく》して、是《これ》を教訓《きやうくん》の一助《いちぢよ》とせり。豈唯新奇《あにたゞしんき》をほこり、古物《こぶつ》の考証《かうしやう》を詮穿《あなぐる》を読書《とくしよ》の功《いさを》とし、著述《ちよじゆつ》の誉《ほまれ》といはんや。俚言杜撰《りげんづさん》の書《しよ》なりとも、読《よみ》て取用《しゆよう》の旨《むね》あらば、其拙《そのつたなき》を謗《そしら》で、談論《だんろん》の下足《たらざる》を補《おぎな》ひ、一席《いつせき》の話《わ》となさば、他《ひと》の為《ため》に有益《うゑき》ならむ」と続けている。これらの点からも、先の話の記述に創意はないと判断されるのである。

また、春水の記した〈月の宴で乞食が名句を詠む〉というのも、世上によく知られたモチーフであった。春水と縁が深い中村経年は、筆名を松亭金水といい、やはり読本や人情本の作家であるが、随筆もいくつか書いている。嘉永三年（一八五〇）刊行の『松亭漫筆』もそのひとつで、巻頭に「芭蕉翁三日月の句」なる話が載せられている。

『**松亭漫筆**』（国会図書館所蔵）

金水の原文は冗漫かつ粉飾が多いので、次に該当箇所のみ引用する(22)。

こゝに芭蕉庵《ばせをあん》の翁《おきな》桃青《たうせい》は、元禄《げんろく》の頃《ころ》の人《ひと》なり。伊賀《いが》の国《くに》の産《さん》にして俳諧《はいかい》を善《よく》す。この人《ひと》をもて俳諧《はいかい》の祖《そ》とするは、牛打童《うしうつわらべ》も知《し》れり。翁《をきな》、諸国行脚《しよこくあんぎや》のをり、ある片鄙《かたゐなか》へ至《いたり》り、此処彼処《こゝかしこ》と徘徊《はいかい》し給ふに、頃《ころ》は葉月望《はつきもち》の夜《よ》の事《こと》にして、月《つき》一天《いつてん》に澄《すみ》のぼり、皎々《こう〱》と照《てり》わたる事《こと》、白日《ひる》にも猶《なほ》まさり、いと興《きよう》あれば、強《あながち》に宿《やどり》をも求《もと》めず歩行《あゆみ》けるに、その郷《さと》の男《をとこ》ども大勢集《おほぜいつど》ひて、月見《つきみ》の宴《えん》とおぼしく、酒肴《さけさかな》をもて興《きよう》じあへりけるが、この景色《けしき》をたゞに見過《みすぐ》さんも朽惜《くちをし》かるべしとて、頓《やが》て俳諧《はいかい》をぞ始《はじめ》ける。翁《おきな》、これを見《み》て、かゝる片《かた》鄙《ゐなか》にも猶風流《なほふうりう》の学《まな》びを倣《なし》ける事《こと》よと、いと恃母《たのも》しく思《おも》はれて傍《かたへ》に佇《たゝず》み、霎時《しばし》うち詠《なが》めて在《あり》けるが、その座中《ざちゆう》にいと烏《お》滸《こ》がましき男《をとこ》のありて、早《はや》くもこれを見《み》つけ、彼処《かしこ》に徨《たゝず》めるは、行脚《あんぎや》めきたる法師《ほふし》なり。但《たゞし》は乞食坊主《こじきぼうず》にか。何《なん》にまれ頓呼《とくよび》いれて、彼《かれ》をも対身《あいて》にせんは奈良《いかに》といふに、一座《いちざ》の男《をとこ》ども、夫《それ》こそよき興《きよう》なるべけれとて、やがて翁《おきな》を招入《まねきいれ》けり。翁《おきな》も辞《じ》するに所《ところ》なければ、やをら末座《まつざ》に屈《かゞ》み居《ゐ》て、人々《ひと〴〵》の詠吟《えいぎん》を聞居《きゝゐ》たるに、彼烏滸《かのおこ》の男《をとこ》、翁《おきな》に対《むか》ひ、やよ法師《ほふし》、およそこの席《せき》に連《つら》なるものは、明月《めいげつ》の句《く》を吐《はい》て興《きよう》を催《もよふ》すなり。汝《なんじ》も一句《いつく》いたすべしといふに、翁《おきな》は故意《わざ》と辞退《じたい》して、貧道《それがし》は野外《やぐはい》の小人《せうじん》、争《いかで》か君《きみ》たちの中《うち》に交《まじ》りて興《きよう》を添《そふ》べけんや。これのみは許《ゆる》し給へと詫《わび》けるを、渠等《かれら》は一切《つや〳〵》きゝいれず。発句《ほつく》はたとへ善《よく》もあれ悪《あし》くもあれ、一句《いつく》も吐《はか》ぬといふ事《こと》やあるべき。去来《いざ》々々《〳〵》と責《せめ》けるに、翁《おきな》は微笑《ほゝゑみ》て袖《そで》かき合《あは》し、さらば一句仕《いつくつかまつ》らん。それへ書《かき》つけ給はれといふに、執筆《しゆひつ》は筆《ふで》をとりて詠草《ゑいさう》にうち対《むか》ふ。当下翁《そのときおきな》、いと徐《しづ》かに、「三日月《みかづき》の、と上《かみ》の五文字《いつもじ》を吟《きん》じたり。人々《ひと〴〵》これをうち聞《きゝ》て、明月《めいげつ》の句《く》に三日月《みかづき》とは、さても烏滸《おこ》なる法師《ほふし》よなと一人《ひとり》がいへば、一人《ひとり》が然《さ》ないひそ、是《これ》もまた一興《いつきよう》ならんと、翁《おきな》が前後《ぜんご》にたちよりて、嘲《あざける》もあり笑《わら》ふもありて、いと囂々《ぎやう〳〵》しかりけれど、翁《おきな》はそれらに耳《みゝ》を止《と》めず、「頃《ころ》よりまちし今宵《こよひ》かな。と吟《ぎん》じ終《をは》れば、人々《ひと〴〵》は、忽地《たちまち》に嗟《あ》と感じて、前後左右《ぜんごさいう》に座《ざ》を正《たゞ》し、さても貴辺《きへん》は、たゞ仮初《かりそめ》の法師《ほふし》とのみ思《おも》ひしに、かゝる秀句《しうく》を吐《はき》たまふは、いかなる人にて候ぞ。名乗《なのり》給へと申ければ、翁《おきな》は微笑《ほゝゑみ》て、われこそは、芭蕉庵桃青《せをあんとうせい》といふものなれ。俳諧修業《はいかいしゆぎやう》のためにとて、斯《かく》は行脚《あんぎや》いたすなり。各方《おの〳〵がた》も、この道《みち》を嗜《たし（ママ）》み給ひて、優《やさし》くも、筵《むしろ》を開《ひら》き給ふなる、いと愛《めで》たき事《こと》なりと聞《きい》て、男《をとこ》どもはうち駭《おどろ》き、さては芳名隠《ほうめいかく》れなき翁《おきな》にて在《おは》せしか。とは知《しら》ずして、嚮《さき》よりの無礼《ぶれい》は許《ゆる》し給はれよ。と只管詫《ひたすらわび》て、その一郷《いちがう》に、風雅《ふうが》を好《この》む老若《らうにやく》に、告知《つげしら》して呼集会《よびつどへ》、新《あらた》に筵席《ゑんせき》を開《ひらき》て翁《おきな》を歓待《もてな》し、篤《あつ》く敬《うやま》ひたりといふ。

話の内容は読んだ通りである。やはり〈名句を詠む乞食〉の話の範疇に入る話であるが、異なるのは、主人公が「牛打童」すらその名を知る「俳諧の祖」、松尾芭蕉とされている点である。共時性を旨とする世間話とはいえ、人々に嘲笑される乞食が実は偉大な芸術家であったというのは、例を挙げるに暇もない古来よりの話型であった。

三　風流な田舎人

「芭蕉翁三日月の句」の話を後世に伝えた中村経年は、前節で紹介した『松亭漫筆』の文章に続けて「こは人口《じんこう》に膾炙《くはいしや》して、珍《めづらし》からぬ説話《はなし》といへど、物《もの》を聞《きゝ》はてずして嘲《あざけ》るは、後悔《こうくはい》の基《もとゐ》なるを、稚《をさな》き児等《こら》にしらせんとて、こゝに紙墨《しぼく》を費《ついや》すのみ」と断り書きをつけている。しかし、はたしてこの話がそれほど「人口に膾炙して、珍からぬ説話」であろうか。見出しにつけた〈乞食の名句〉ぐらいに広く捉えれば類話は多いが、まったくの同話と言い切れるのは、管見に入った限りでは次の一例のみである。それも文献ではなく、口承文芸の資料集にある話である。(23)

むかしむかし、あのうこってすなあ、丹後の橋立へ、丹後の俳人が皆《みんな》寄って、俳句の会をやったそうです。ほして、まあ満月のちょうど、こうこうとした晩で、満月いう題で俳句を作ることんなって、皆《みんな》が『満月や満月や』言うとるんだそうですけど、次い下《しも》の句の良《え》えのが出て来んだそうですわ。
そこへ、みすぼらしい風《ふう》したお爺さんが、「今日は俳句の会があるいうことを聞いて、吾《わし》もお邪魔さしてもろたで」言うて、まあ出て来たんだそうです。ほしてしたところが、その、人が、一生懸命《けんめえ》でそう言うとったとこが、そのお爺さんが言うのには、上《かみ》の句を、『三日月《みかづき》の』言うたらしいですわ。「きさまは馬鹿なこと言う奴だ。満月の題で、名句を詠《よ》もういうて皆《みんな》気張っとるのに、『三日月』いうことがあるかぇ」言うてしたら、「そうですか。ほんな、下の句をこう付けたら、満月詠んだことにならへんかぇ」言うて。『三日月の頃より待ちし今宵かな』いうて、詠んだんだそうです。俳句を。

それが、なかなか名句で、なかなか名人だというので、まお皆《みんな》がもう一目《いちもく》置えてしもうたいう。こういう一口話《ばなし》ですけど。

『丹後伊根の昔話』（昭和四十七年、京都府立総合資料館）に、「満月の発句」の題で収録されている話である。どのような伝承経路を辿ったのかは不明であるが、これが『松亭漫筆』の話と同話であるのは明らかである。細部の設定はさておき、「みすぼらしい風したお爺さん」が、満月の「こうこうとした晩」に催された句会に行き合って句を詠み、その結果「なかなか名句で、なかなか名人」と認められるという梗概はもとより、何よりも作中で詠まれる三日月の句が共通している。同句は、先の話では芭蕉の作となっているが、実際は作者不詳の伝承句である。

右の話を語った藤原国蔵翁は明治三十三年生。『松亭漫筆』の刊行から数えて、ちょうど五十年目に生まれている。説話は必ずしも時間軸に沿って伝承されるものではないが、仮に藤原翁がこの話を祖父母から聴いたとすれば、近世後期には形成されていた話ということになり、両話の時期はもっと接近してこよう。

両話の相違点はただ一つ、主人公の乞食に固有名が冠せられているか否かである。時期的には芭蕉が主人公の『松亭漫筆』の話のほうが早いが、もともと固有名のあったものが抜け落ちたと捉えるよりも、名も知れぬ乞食が主人公の話に、著名人である芭蕉の名が被せられたと考えるのが穏当であろう。特定の人物に逸話が集中するのは自然な成りゆきである。むろん、口承資料の発信源が『松亭漫筆』の話である可能性もあるが、著者がいうように、この話が本当に「人口に膾炙して、珍からぬ説話」であるならば、別経路からの伝承と捉えるのが自然であろう。なればこそ、主人公の名に相違が生じたと思われる。

さて、『松亭漫筆』の筆者は「芭蕉翁三日月の句」の話を紹介したのち、「又これに似たる話あり」として『古今著聞集』巻第五（和歌第六）の「花園左大臣家の侍が青柳の歌の事并びに紀友則が初雁の歌の事」という話を挙げている。もっとも、『古今著聞集』の話はこれより少し前に成立した『十訓抄』(24)所収の同話に拠ったと覚しいが、ここではそのどちらでもなく、『松亭漫筆』の文章のほうを引用する。

古今著聞集《ここんちよもんしふ》巻之五和歌の部に、花園左大臣家《はなぞのさだいじんけ》に、始《はじめ》て参《まゐり》りたりける侍《さふらい》の名簿《めうふ》のはしがきに、能《のう》は歌《うた》よみと書《かき》たりけり。大臣《おとゞ》、秋《あき》の始《はじめ》に南殿《なんでん》に出《いで》て、はたおりのなくを愛《あい》しおはしましけるに暮《くれ》ければ、下格子《したかうし》に人参《ひとまゐ》れと仰られけるに、蔵人五位《くらんどごゐ》たがひて、人《ひと》も候はぬとて、此侍《このさぶらひ》参《まゐ》りたるに、汝《なんじ》は歌読《うたよみ》なとありければ、かしこまりて御格子《をかうし》おろしさして候に、此《この》はたおりをばきくや。一首《いつしゆ》つかうまつれと仰《おほ》せられければ、あをやぎの、と、はじめの句《く》を申出《いだ》したりを、侍《ほへ》りける女房《にようぼう》たち、折《をり》にあはずと思ひたりげにて、笑《わら》ひ出《いだ》したりければ、物《もの》を聞《きゝ》はてずして笑《わら》ふやうあると仰《おほせ》られて、とくつかふまつれとありければ、

青柳《あおやぎ》のみどりの糸《いと》をくりおきて夏《なつ》へて秋《あき》ははたをりぞなく

と詠《よみ》たりければ、おとゞ感《かん》じ給ひて、萩《はぎ》おりたる御ひたゝれおし出《いだ》してたまはりける。又同巻《おなじまき》、寛平《くはんへい》の歌《うた》合《あはせ》に、はつ雁《かり》を、友則《とものり》、

春《はる》がすみかすみていにしかりがねは今《いま》ぞ鳴《なく》なる秋霧《あきぎり》の上《うへ》に

とよめる、左方《ひだりかた》にてありけるに、五文字《いつもんじ》を詠《ゑい》じたりけるとき、右方《みぎかた》の人々《ひとぐ〵》、声々《こゑ〴〵》に笑《わら》ひける。さて次《つぎ》の句《く》に、霞《かすみ》ていにしと言《いひ》けるにこそ、音《おと》もせずなりにけれ。おなじ事《こと》にやと記《しる》されたり。古今同日《こゝんどうじつ》の談《だん》にして、初《はじ》め笑《わら》ひつるもの、如何《いか》に愧《はづか》しくやありけん、然《しか》れば物《もの》を聞果《きゝはて》ずして笑《わら》ふは、極《きは》めて烏滸《おこ》の挙動《ふるまひ》なるべし。

終りから二行目の「おなじ事にや」までが『古今著聞集』の引用で、若干の異同があるものの、文章はほぼ原文に忠実である。本話は二つの話から成っており、はじめの「青柳の……」の歌の話が中心で、「春霞……」の歌の話はその類話として紹介されている。しかし、有名なのは春霞の歌の話で、右に紹介した話では紀友則が主人公となっているが、文献によっては、柿本人麻呂が主人公であったり（『古今六帖』）、凡河内躬恒が主人公であったり（『袋草子』）と異同がはげしい。(25) この歌は『古今和歌集』には「読人知らず」として採録されており、一種の伝承歌であったことが判る。春霞の歌の話のバリエーションの多さと、青柳の歌の話の存在を考え合わせるに、当時の世間話であったと見て間違いない。

この話の要諦は、当初、場違いな風物を歌に詠んだと思われて、皆から嘲笑された者が、歌が完成するに及んで、実は場に適った言葉を選んでいたことが判明するという点にある。最初の話では、夏の風物である「青柳」が秋の歌に詠みこまれ、後の話では、春の風物である「春霞」が秋の歌に詠みこまれている。ともに、当初「折にあはず」と感じて嗤った者が、後になってその真意を知り、自身の軽率さを恥じる展開となっている。

これを教訓譚と解釈すれば、登場人物の「物をきゝはてずしてわらふやうある」という言葉が話の主題となろう。これと同じ話を紹介した『十訓抄』の編者も、末尾で「ものを聞もはてず、ひたさわぎに笑ふこと、あるまじきことなり」と述べている。この話末評語は、そのまま前章で触れた三日月の発句の話にも当てはまる。『松亭漫筆』の筆者も『古今著聞集』の話を引用したのち、「古今同日の談にして、初め笑ひつるもの、如何に愧しくやありけん、然れば物を聞果ずして笑ふは、極めて烏滸の挙動なるべし」と、両話に共通する評言を述べている。

『松亭漫筆』の筆者が言うように、『古今著聞集』の話の展開は、満月の夜の句会で、初め「三日月の」と上五を詠んだ男が嗤われ、その後「頃よりまちし今宵かな」と句を完成させるに至って、評価が覆るという話と酷似している。まさしく「古今同日の談」、同じ話型であると見做しても差し支えないと思うが、両話の間に何がしかの関係を想像するのは難しい。発想の伝承とでも言うべきか。一つ言えるのは、和歌が俳諧に、歌人が俳人に変化している点に、時世の移り変りが窺えるということである。

これと似た話が『耳囊』にあるので、参考までに紹介する。(26)

文化申の夏の事とや、江都好事の者集り、浅草柳橋のあたり料理茶屋にて、狂歌の会をなせしが、いかにも鄙《いや》しむべき田舎人、旅宿の者連れ立ちて来りしが、「何の会にや」とたずねしゆえ、「狂歌の会なり。御身も詠み出し給え」といいしに、「狂歌はいかようによむものにや」と申すゆえ、心に思う事、なんなりともよみたまえ」と、少しあざみて人々申しければ、しばし考えて、

五右衛門が公家《くげ》のかたちをするときは

と申し出で、「書きてたまわるべし」といゝしゆえ、つどいし者もあざみ笑いて、「下の句は何とやよみ給ふ」といいしに、

雲井にまがうおきつしらなみ

と詠みしゆえ、初めに笑いし者も大いに恥じ恐れけるとなり。

題には「賤夫狂歌の事」とある。上の句を詠んだ段階では嗤われた人物の評価が、下の句を詠み終えるに及んで覆り、「初めに笑いし者も大いに恥じ恐れ」たというのは、従前述べてきた話の展開と重なる。笑いをとるのが目途の狂歌という文芸に似合わぬ話ではあるが、伝統的な和歌説話にある話が、近世という時代のなかで当代流行の

文芸に衣替えして甦っている点は、三日月の句の話と同じである。

ところで、『耳嚢』の話の主人公は「いかにも鄙しむべき田舎人」とされている。これは『古今著聞集』の二つの話のうち、青柳の歌の話の主人公が「はじめていりたりける侍」という、身分の低い人物であったのと通ずる趣向である。春霞の歌の話では、主人公が歌人として名高い紀友則とされており、これでは身分不相応の者が名歌を詠むという意外性に欠ける。その意味では名も知れぬ侍が主人公の青柳の歌の話のほうが、「みすぼらしい風したお爺さん」が名句を詠んだ『丹後伊根の昔話』の話に近いと言える。また、『松亭漫筆』の話は、名句を詠んだ「乞食坊主」が、後になって「芳名隠れなき」松尾芭蕉であることが知れるという展開で、二重の意外性がある。

青柳の歌の話や三日月の句の話のような、身分不相応の者が秀歌を詠むという趣向の話は数多い。例えば、同じ『古今著聞集』には「田舎上りの兵士水上月の秀歌を詠ずる事并びに大宮先生義定が秀歌の事」という話がある。これも『十訓抄』にある話であるが、ここでは『古今著聞集』の本文を引用する。(27)

伏見の修理の大夫《だいぶ》俊綱の家にて、人〴〵水上の月といふ事をよみけるに、田舎よりのぼりたる兵士《ひやうじ》、中門の邊にてこれを聞《きき》て、青侍をよびて、「今夜の題をこそつかうまつりて候へ」とて、

水や空そらや水ともみえわかずかよひてすめる秋のよの月

侍、このよしをひろうしければ、大《おほき》に感じあへり。その夜、これ程の歌なかりけり。

歌会に闖入した「田舎よりのぼりたる兵士」が思いがけぬ秀歌を詠み、それを座の者が「大きに感じあへり」と感心するという筋は、モチーフを抽出すると、本節で述べてきた話群とほぼ同じになるだろう。歌の題が月である

のも偶然ではすませられない符合である。『十訓抄』の話では、歌を聞いた座の人々が「驚きほめて、詠吟して、はぢあへ」たとある。彼らが恥じ入ったのは、田舎出の、風雅に無縁と思われた兵士が、自分たちよりも優れた歌を詠んだからである。本話の主題も、嗤う者と嗤われる者の立場の逆転にあった。

水上の月の歌の話は参考に提示したに過ぎないが、〈話型〉という概念をいま少し大らかに捉えるならば、これに類似した話は和歌説話にいくらでも指摘できる。

一連の話型は都鄙の文化差が前提となっている。したがって、重要なのは、田舎人の詠じた秀歌を理解する都人の存在である。両者が邂逅するには、田舎人が都に上るか、都人が田舎へ下るかしかない。これまで紹介してきたのは前者の例であるが、後者の例も少なからずある。すなわち、歌詠みを自認する者が旅上に風流を解する田舎人に会い、思いがけなくも彼の歌を聴き、その外見素性に似合わぬ出来に感心、あるいは、恥じ入るという話である。全国に分布する西行説話などが好例で、わが国では最も耳馴れた話群であろう。

一例を挙げると、口承書承ともに報告例が多い「うるか問答」の話がある。都鄙の文化差の大きかった時代、田舎人が旅人の問いかけに対し、綿と川魚のはらわたを懸けた歌を詠んで返答するというのは、ひとつのハナシであった。この歌を詠んだのが、年端もいかない少女であったとする話例が多いのは、教養が乏しいとされていた田舎人のなかでも、さらに教養が乏しい少女が相手であるという点に、二重の意外性があるからであろう。

また、連歌説話に、西行が木登りをする子供を見て「さるちごと見るより早く木に登る」と詠んだところ、その子供が「犬のやうなる法師来たれば」と下の句をつけたという話があり、これも報告例が多い。柳田國男によれば、「さるちごというのは足利時代の俗語で、目につくほどの可愛い少年という意味」とのことで、(28) おおよその生成時期が判る話である。この話の場合は稚児咄の側面もあるが、小童を相手とするのは、やはり意外性を説くのが第一義であったからと思われる。その後、女子供でさえかかる秀歌を詠ずるのではと怖ろしくなった西行が、そこから引き返したという話も土地土地に伝わっている。いわゆる「西行戻し」の話で、古跡も各地にある。

これらの話は、いずれも古今独歩の歌人僧・西行法師が、鄙の地で自分よりも巧みな歌詠みに邂うのを主眼としている。そのうちに、西行が言い負かされる部分のみが強調されて笑話化の傾向が著しくなり、果てには西行打擲譚と呼ばれる話をも生み出すに至ったのは、西行当人にとっては不名誉なことであった(29)。

有名な西行説話を三つ並べたが、これらはみな宗祇説話でもある。「うるか問答」や樹上の小童との話はもとより、「宗祇戻し」の伝説も白河の関近辺に伝わっている。現在の報告例に笑話化した宗祇説話は見当らないが、『醒睡笑』には、その萌芽と見做せる話が少なからず採録されている。もしも、近世期に連歌という文芸が衰微しなければ、宗祇も西行法師のように我々に親しい人物になっていたかもしれない。

かくのごとく、遊歴する歌人は時には西行となり、宗祇となり、あるいは和泉式部や小野小町になったりもするが、すべて名高い歌人と風流な田舎人との思いがけぬ邂逅に眼目があるという意味で、同じ位相にある話である。太田道灌の逸話として知られる、山吹の歌の説話なども、この話群の範疇に入ってこよう。

そして三日月の句の話も、如上の話群の後を間違いなく襲うものである。俳諧説話の主人公に俳聖・松尾芭蕉が選ばれたのも、俳諧隆盛の時代にあっては当然なる仕儀であった。近世も末期になると、あたかも西行説話や宗祇説話のごとくに、芭蕉説話とでも呼ぶべき話群が形成されつつあったのである。

俳諧説話の主人公も、他の説話の主人公たちと同様、記号に過ぎない。主人公にはさまざまな人物がなり得る。俳諧が題材である以上、俳諧師が主人公の話が多くなるのは当然であるが、なかには、一見、俳諧と縁遠い人物を主人公とした話もある。伊達政宗の次の逸話もその一つである(30)。

仙台の政宗入洛のとき、公家の人々田舎風なるを侮り、桜花を手折《たをり》て一詠をと望《のぞま》れたるに、即、

大宮人梅にも懲《こ》りず桜かな

公家の人々愧《はぢ》いりたるとぞ。

『甲子夜話』にある話で、題には「伊達政宗発句」とある。戦国の英傑を「田舎より上りたる兵士」と一緒にするのは失礼かもしれないが、主人公が「田舎風なる」武者で、これに対して「愧いりたる」のが都の公家たちであるのは、先刻の、水上の月の歌の話と同じである。

ちなみに、『掃聚雑談』（著者・年次不詳）にも、大坂の陣に赴いた伊達政宗が、香合の席の景物に瓢箪を出して失笑を買う話がある。実は、政宗の本意は「瓢箪から駒」の諺言になぞらえて馬を景物とすることにあり、先に嗤った諸将が自身の不明を悟るという展開になっている。背景に伊達政宗をめぐる説話伝承の世界が仄見える。

さて、右の話では田舎人たる政宗が上京して都人に逢い、発句を詠んでいるが、反対に都人が奥州に下ってきて政宗のもとを訪れ、発句を詠む話が『譚海』にある。このときの都人は連歌師・里村紹巴であった。この話では、政宗と紹巴、そして政宗の参謀として知られた片倉小十郎が、それぞれ時鳥を題に発句を詠んでいる。例の信長・秀吉・家康の三傑が、時鳥に事寄せて各々の心情を詠んだという逸話は、三人の性格を著したものとして有名であるが、時としてここに里村紹巴も名を連ねることがある。『譚海』の話はこの逸話の亜型であろうが、畿内から遠く離れた仙台の伊達政宗が登場すると、おのずから〈風流な田舎人〉の話型の範疇に入ってくるわけである。

身分不相応の者が歌を詠むという意外性が主題の話は、時代の趨勢に合わせて、和歌ではなく、俳諧を詠む話へと変質した。この時代の随筆を読んでいると、この種の話に出会うことがままある。ここで触れる余裕はないが、

近世の俳書に多い遊女の句とそれにまつわる挿話にも、同様の話型として受け取られていたものがあったろう。

四　夢に発句を得た話

かくの如く、斎部路通が乞食であったという逸話は、共時的に見ても通時的に見ても、類例の多い話型に則ったものであった。「路通入門」の話は、以上の事々を踏まえたうえで読まなければならない。話を芭蕉門下の俳人に限っても、〈乞食の名句〉の主人公に名を連ねるのは、路通ばかりではなかった。

例えば、口語調俳諧の祖として文芸史上に異彩を放つ広瀬惟然の逸話にも似たものがある。以下、『惟然坊句集』（曙庵秋挙、文化九年＝一八一二）からの引用。題は「坊名を偽り俳席に交る事」という。(31)

西国に遊びける頃にやありけむ、たはむれにおのれが名を隠し、ある好人《スキビト》の家を訪ふに、をりしも人つどひ、俳席を設けゐたりけり。あるじ進でていふやう、いづこの人かはしらざりけれど俳諧好みけるとあれば、まづ此席へつらなれかしといふ。

坊頓《トミ》ににじりあがりて、はるか末席につらなり、たゞ黙々として沈吟す。もとより、孤独清貧の身なれば、衣服などとりつくろふべきやうなければ身すぼらし、一座のものみな見あなどりて、指さし呵きあへり。さるほどに附くるほどの連句、いひ出すほどの発句、尽く引直しけれど、さもうれしげに一々おし戴きぬ。

とかくするうちに巻満尾にいたれば人々立還りぬ。坊も帰らむとしければ、あるじ呼びとゞめて、二夜とはならざれど、こよひ一夜は宿かさむなど、見下しがましくいひければ、坊大笑して、天を幕とし地を席とし、

『近世畸人伝』より、惟然
（国立国会図書館所蔵）

雲に風に身を易うするもの、何ぞ一夜のやどりに身を屈せむやとて、たゞはしりに走りゆきぬ。あるじも今更いさゝか訝しき者とおもひいりぬ。
明る日朝疾くきのふのあらまし且「粟の穂を見あげてこゝら鳴鶉」かかる句書て、加筆ねがはしとて、けふは惟然坊と文の奥に書きしたゝめて遣りけり。あるじひらき見て、さてはきのふ来られしは聞及ぶかの惟然道人にてありしやと、開たる口をもふさがず、脇下に冷汗流し、恥ぢに恥入て返事さへ得せざりしとぞ。

沢木美子によると、この話は元禄年間刊行の俳書『後ばせ』に寄せられた、風国の序文が初出という[32]。当時、この種の話柄が仲間内で流通していたことが判る。

もう一例、惟然の逸話を紹介する。『近世畸人伝』（伴蒿蹊、天明八年＝一七七八）にもある話だが、ここでは『惟然坊句集』から引用する。「娘市上に父惟然坊に逢ふ事」と題された話である[33]。

坊風狂しありくのちは娘のかたへ音信もせず。ある時名古屋の町にてゆきあひたり。娘は侍女下部など引連れてありしが、父を見つけて、いかに何處にかおはしましけむ、なつかしさよとて、人目もはぢず乞丐ともいふべき姿なる袖に取付きて歎きしかば、おのれもうちなみだぐみて、

両袖にたゞ何となく時雨かな

と言捨てゝ走り過ぎぬとなむ。

後には、惟然の娘が父を慕って京に上る話が続いており、惟然の話が人気を博していたことが窺える。そして、人気のある話は、一定の型にはまったものである場合が多い。右の話のような、落魄の遁世者が市中で身内と思いがけない邂逅を果たす話は、『撰集抄』などに見られる発心譚に多く、また、謡曲などで有名な葦刈説話の型でもあった。こうした人生を好む伝統が一つの底流としてあったのである。

さて、本節では、斎部路通の逸話をもう一つ取り上げたい。それは路通が夢に発句を得、俳書を編んだという話である。先の乞食路通の話ほどではないにせよ、これも比較的よく知られた逸話である。この件について、路通自身は次のように述べている。

元禄三年霜月十七日の夜、観音大士の霊夢を蒙る。あまねく俳諧の勧進《くわんじん》をひろめ、風雅を起すべしと、金玉ひとつらね、奉加につかせ給ふ。

霜の中に根はから《枯》さじなさしも艸

覚て後、感涙しきりなるあまり千日の行を企畢。広く続て一言半句の信助を乞。大願の起かくのごとし。

『俳諧勧進牒』（路通、元禄四年＝一六九一）の序文に拠った。[34] 署名には「奉加乞食路通敬白」とある。「あまねく俳諧の勧進をひろめ、風雅を起すべし」とは、霊夢に現れた「観音大士」の言葉と覚しい。察するに「霜の中に」の句は、夢中で詠んだのであろう。何となれば、後に「覚て後、感涙しきりなるあまり」云々と続くからである。

実際に路通がこういう夢を見たか否かは問題にしない。それは、たとえ路通本人に聞いたとしても、確認のとれるものではないからである。主観的にしか判断できないのが夢であるから、本人が見たと主張すれば、事実であったと思うしかない。

けれども、一つ言えるのは、夢に発句を得たのも、路通だけではなかったということである。以下、類話を紹介しながら、この路通の逸話も近世に流行していた話群の埒内に納まるものであることを証しようと思う。

次に紹介するのは、『浪花人傑伝』（政田義彦、安政二年＝一八五五）に載る、三斗菴古楽なる俳人の逸話である。[35]

不思議なりし事は、文化の末年元日の暁に、夢に発句を感得せられし事あり

福寿草色づく物のはじめかな

按ずるに、古来より夢に種々の説ありて、夢に六のわかちある事を書に載たり、其三を思夢と云、何事によらず、一心に思て怠らざる時は、我心中の神出て是を助く、これを思夢と云と、然れば、古楽子の夢に発句を感得ありしも、思夢の類と云べし、

最初の一行は古楽の前書で、「按ずるに……」以下が筆者の見解である。発句を得た当人は、これを「不思議なりし事」と捉えているが、著者の評はいくぶん醒めている。

著者・政田義彦は、古楽の見た夢を「思夢」といって、何事かを「一心に思て怠らざる時」に「我心中の神出て」見るものと解釈している。この解釈は、超常現象の原因を個々人の内面に求めている点で現代的である。ただ、

そうした（今日的な意味での）合理的解釈をする筆者も、古楽が文化末年の元日に、夢中に発句を得たということ自体には否定的ではない。実際のところ、これは巷に多い話であった。

同様の趣向の掛軸のことが、『真佐喜のかつら』（青葱堂冬圃、嘉永年間）にある。古楽のように夢に発句を得たかは定かではないが、読む者が抱く感想は似たものであろう。[36]

江西葛堂が妻田代女の句に、

夢に見た事を絵にかく日永哉

といふ、応々が筆を添て、うたゝ寝の夢を、と成したり、おもしろし、

この趣向は応々なる人物の独創ではなかった。たまたま管見に入ったものを紹介したが、こうした由来を持つ発句は他にもありそうである。

『古今雑談思出草紙』（東随舎、近世後期）には、夢に発句を得た筆者がその句を幾人かに見せ、他人の作にないのを確認したのち、掛軸にするまでの経緯が記されている。長い話ではあるが、それに不随する挿話が興味深いので次に引用する。題は「夢に三つの発句を得し事[37]」。

夢は五臓の煩らひにして、思ふ事を見る人多し。五夢の中にして、其縁にふるゝ事見る物なり。寛政三年三月三日、我々雛祭れる家に招かれて、種々饗応に刻を移したるまゝ、夜に入て帰宅なしたり。其夜の夢に、其人は夫と定かにしらざりしが、予に対して申けるは、汝じに此掛物を与ふるなりとて、側なる紙に掛たり。予、

是をみれば、三幅にて左之通り。

中は桜の花咲乱れたる木の本に、きびしく垣ゆひたる画にて、其上の賛にいわく、

折られての跡で垣ゆふさくらかな

左りは上下着たる壮士の威厳正しくしたる画賛にいはく、

色かへぬまつにも花の誉れかな

右はいかにも古風に、昔し西川などいへる大和絵師が書たる如き、傾城の立すがたの絵にて、上におなじ。

余の色に咲ぬみさほや女郎花

右の画賛を夢のうちに見て、其意わからず。是に依て、いかなる心なるや分兼《わかりかね》たりと問けるに、彼者、答へていはく、是こそ仙台萩といへる、世の人のあまねくしれる記録の心を書たるなり。中の桜は陸奥守綱宗なり。左りの上下着たる健士は、松前鉄之助重光にして、右の画は傾城高尾なりと告るかと思へば、夜の鐘声ひゞきければ、ありし夢覚て、後に其見たる趣、能おぼへたるに依て、忘れざる内に書留て、此三句若古きは我前に忘れいたるを夢見し事もやと思ひ、あまねく俳道を好める人、又は宗匠などに広く尋ぬれどしらずといふ故、不思議の夢にぞありける。又其夢見し如く、画師に頼みて生写しに書しめ軸物となして、其上の讃を南畝に頼み書せけるに、まへ書を添て絵の上に書けり。其前書にいはく、

寛政三年三月三日軸対三つの発句を夢見し人は誰ぞや。栗原のあねわの松のそれならで、仙台萩の古き物語り。

とぞ認めたり。実に是思ひよらざる夢にこそ。

一読して判るように、この話は、歌舞伎で有名な伊達騒動に基づいたものである。筆者が夢を見た「寛政三年三月三日」という日付が確かならば、ちょうど『伽羅先代萩《めいぼくせんだいはぎ》』が江戸で上演されていたころで、きわめてタイムリーな話題であったはずである。

さて、冒頭に置かれた「夢は五臓の煩らひにして、思ふ事を見る人多し」という言葉は、先の話の筆者と同じく、いわゆる合理的な解釈に基づくものであるが、異なるのは筆者本人の体験談である点で、さすがに「不思議の夢にぞありける」「実に是思ひよらざる夢にこそ」と、くり返しその不思議さを強調している。夢を見たのが三月三日の節供であったのも、話を印象深いものにしたのであろう。掛軸を作りたくなるのも無理はない。先刻の古楽が夢に発句を得たのも元日の明け方であった。ハレの日に見た夢を霊夢と見做すのは、今日でも通用する思考である。

さて、右に引用した話の前には「菅公霊夢の事」という話がある。内容は「狂歌に名を知られたる」官医、半井卜養の夢中に現れた菅原道真の霊が「心なき影さへ身にはそふものを」と上の句を詠み、これに続けて下の句を詠むように、卜養に「神勅」を下す。そこで目が覚めた卜養は「猶おぼろにも神や守らん」という句を詠んで約束を果たす。人ならぬものと句を通じて交流するのは、伝統的な連歌説話の一種と見るべきであるが、夢中に句を得るという自身の体験を、連歌説話に連なるものと捉えたことには留意する必要があろう。

夢に道真の句を得た半井卜養が、その後どういう行動をとったかは書かれていないが、彼が信心深い人であるならば、道真公の像でも作って、信仰の対象にしたであろう。『南向茶話』（酒井忠昌、寛延四年＝一七五一）には、夢に発句を得、道真の像を作った人物の話が載せられている。もっとも、霊夢を見たのが太宰府天満宮の神職であるので、当然の行動かもしれない。該当箇所を引用する。(38)

正保三年丙戌、筑紫太宰府社職菅原善升《ヨシノリ》苗裔大鳥居信祐、或夜の霊夢に、

十《カッ》立て栄ふる森の若枝かな

といふ発句を得て、宰府に有レ之処飛梅をもつて、新に尊像を刻奉る、其後当地に下り、寛文辛丑年、台命有て、当所方一里の地を新に開きける節、時之奉行横山氏、山崎氏へ願て、同二壬寅年、社地を給る。

神官が霊夢を見たという正保三年（一六四六）は、この書の執筆時期より百年も前であり、すでに歴史的事項としても過言ではない。夢に得た発句で作られたのも、菅公の尊像であるから、もはや世間話というより伝説の範疇に入れられるべき話であるかもしれない。そのことは、本話の題が「本所宰府天満宮略記」とされていることからも知れよう。俳諧の社会的地位が向上した時代なればこそ、生まれ得た話と言える。

これまで紹介してきたのは、随筆類に収載された、いわば偶然資料であるが、近世後期には、こうした話をもとにした文芸作品も見られるようになった。芭蕉とその門人たちが主人公の奇談集『芭蕉翁行脚怪談袋』（著者不詳、近世後期）には「其角、夢に句を得し事」という話がある。

梗概は、かねてから天の橋立を見たいと思っていた其角が、さる高家宅で天の橋立の絵図を拝見する。その夜の夢で天の橋立を訪れた其角は、夢中に「松原のしるしをみするしくれ哉」という発句を詠む。その後、其角は句会に出席するものの、夢に得た発句はけっして口にしなかった。この辺り、吉夢は口外しないものとする夢に関する俗信が認められる。其角がこの話をしたのは師の芭蕉のみであった。ちなみに、本話における芭蕉は、右の句を「俗を離れしせいいけつなるすかた」と絶賛している。この句がそれほど評価に値するものかはさておき（この発句は、実際に其角の作である）、話の文脈からいうと秀吟でなければならない。名句だから夢に見たのではなく、夢に見たか

ら名句なのである。

第五章で詳述するが、『芭蕉翁行脚怪談袋』には、会津図書館所蔵本系と、鶴岡市郷土資料館所蔵本系の二系統の諸本があり、後者は前者を骨子にして、新たな話が加えられたものと推察される。そして、この「其角、夢に句を得し事」は鶴岡本系の諸本にしかなく、書承を重ねるうちに、巷間の浮説が取り込まれた話と覚しい。

『芭蕉翁行脚怪談袋』には、もう一つ夢に発句を得た話がある。それは全巻の最終話「芭蕉深川にて病死の事」である。引用するのは、芭蕉が没した直後、看病に疲れた其角の夢枕に芭蕉の霊が立つ場面である。(39)

其日葬式も終りて、門人の者、其角始め外の者同意して、歸路粟津の大津やとゆふ旅宿に泊りけるや、程なく夕陽にして夕食もをわり、各々翁が病氣中より葬式終るまで晝夜をこたりなければバ、其疲れもいでしや、寝まに入りしが、其角、ねもやらず翁に別かれしをいと便りなく思ひ、うとく寐むりしに、枕邊に翁が姿ありくとあらわれ、翁申けるは「我病中又は遺言の通ねんごろに義仲寺へ吊ひくれし事ありがたし。我れかへらぬ旅立せしが、何分にもこゝろ残りの一句あるゆへ足下に告げんと迷ひ出たり

木曽殿とうしろ合の夜寒かな

と吟じ、「此句を義仲寺に残しくれ」と申や、姿は消失せけり。

この話は会津本系『芭蕉翁行脚怪談袋』の諸本すべてにあるが、右に引用した、其角が夢中に芭蕉と逢い、発句を託されるという挿話は、広野仲助の校訂になる明治十九年刊本にしかない。同書の底本が不明であるので断言はできぬものの、先の「其角、夢に句を得し事」と同様、俗伝の流入した例である可能性がきわめて高いといえる。

其角が夢に発句を得た話を二つ並べたが、両話とも事実ではなかろう。しかしながら、史実の其角もまた夢の発句を詠んでいる。其角の遺稿集『五元集』（旨原、延享四年＝一七四七）には「引つれて松をくはゆる鼠かな」という発句があり、前書に「衆鼠入レ懐ニの夢をひらきて」とある。これだけでは何のことやらわからぬが、同じ句を載せた俳文集『雑談集』（其角、元禄四年＝一六九一）の前書では「む月三日の暁、巴山が夢に衆鼠懐に入と語」とあり、この句が夢を題材に詠まれたものであることが判る。今泉準一は、この句を夢解きの習俗にしたがいつつ、『源氏物語』若菜上に見える「若葉さす野べの小松を引きつれてもとの岩根を祈る今日かな」の歌を踏まえて詠まれたものと解釈している(40)。実際の創作の手順はともかくも、受け手の抱く印象は、一連の〈夢に発句を得た話〉と共通したものであったろう。

資料の紹介を続ける。『耳嚢』にこんな話がある(41)。

一橋公の御医師に、町野正庵といえるあり。常に連歌を好みて同友も多かりしが、倅は洞益とてこれは連歌などは心掛けざりしが、或夜洞益夢に、親の連歌の友長空といいて三年以前身まかりしに、ふと出会《しゅっかい》し、長空申しけるは、「我このほど連歌一句案じいだせしが、よほどよきと思うなり。親人正庵へ話し、相談し給われ」といいけるゆえ、「知らるゝ通り洞益は連歌に携《たずさ》わるの事なし。したゝめ給われ」と答えければ、矢立《やたて》取出し、

花の山むれつゝ帰る夕がらす

かくしたゝめ渡しけるを、うけ取り見て夢覚めぬ。「不思議にもその句を覚え、殊に文字のかきようまで覚えける」と、起き出て紙のはしに、夢みし通りを書きて親正庵に見せければ、正庵横手を打ちて、「まことに

長空今年三年忌なり。汝が写せし文字の様子の内、花という字は常に長空が人に違いて書きしさまなり」と封じて、同士を集め、右の夕がらすの句を発句として百員を綴り、長空が追福をなしけるとなり。

題には「夢に亡友の連歌を得し事」とある。前後の事情は異なるものの、夢に現れた故人が生者に発句を託すという展開は『芭蕉翁行脚怪談袋』の話と同じであり、本話が、未完成の作品を残して世を去った芸術家の未練をテーマとした話群に連なるのを意味する。実際、右の話の主人公は連歌師であり、追福の連歌興行がなされたことを思えば、この話は連歌説話として話されたものと言い得る。連歌の一類に「夢想の連歌」というものがあり、これが〈夢に発句を得た話〉の生まれる背景にあったろう。『滑稽太平記』（北藤浮生、延宝・天和頃）にも、「御夢想の事」と題して、徳川家康が夢に発句を得て天下をとる話がある。冒頭に「伝聞」とあることから、これが逸話として流布されていたことが知れる。

顧みるに、本節で紹介してきた〈夢に発句を得た話〉には、程度の差こそあれ、俳諧に神秘性を見いだす発想が窺える。当節流行の新興芸術とはいえ、俳諧の出自は和歌である。連歌説話と同様、俳諧説話にも〈歌の徳〉の発想が継承されていたのは、従前、述べてきた通りである。同じく和歌を祖先として近世期に発展した狂歌にも、〈歌の徳〉の発想が受け継がれ、新たな話が生成していることを考えると、より明瞭になろう。『耳嚢』には、狂歌師の唐衣橘州が、夢枕に立った亡父から歌を得た話もある。

狂歌作者として名高い唐衣橘州はもちろん、先刻の『芭蕉翁行脚怪談袋』においても、主人公は芭蕉や其角といった当代の有名人である。本章で触れてきたように、夢に発句を得るというのは、近世には珍しい話題ではなかった。巷間を賑わす説話の主人公に、著名な人物の名が冠せられるのは、いつの世も同じである。説話における主人公の名など記号に過ぎないのである。それは、現実の路通が夢に発句を得ようと得まいと同じことであった。

五　盗人と俳人

これまで見てきたように、蕉門の名物男・斎部路通が、入門前、乞食をしていたという逸話も、同じく夢に発句を得たという逸話も、ともに近世期にはそこそこ知られた話型に則ったもので、また、遡ればいくらでも類話の発見し得るものであった。路通が一時期、乞食をしていたのは幾多の資料から事実であると判定できるし、客観的な判断はくだせないものの、路通が夢に発句を得たというのも事実でないとは言い切れない。しかしながら、たとえ事実であるにせよ、その話が類型性を帯びていることに変わりはない。史実でありながら、同時に伝説でもあるという例が珍しくないように、逸話には事実に基づくものと、そうでないものとが入り混じっているのである。

「路通入門」の話を収めた『芭蕉翁頭陀物語』は俳人の逸話集であるが、そこに収録されている話には、事実と認定するのには躊躇せざるを得ない内容のものもある。そうした事実性の低い逸話も、作家論で用いられる信憑性の高い逸話も、説話研究の立場では等価に扱わねばならない。

例えば、路通と同じ蕉門の俳人・志太野坡が、盗人に遭うという次の話はどうであろうか。(42)

ある夜、雪いたうふりて、おもての人音ふけゆくまゝに、衾引かづきて臥たり。あかつきちかうなつて、障子ひそまりあけ、盗人の入来る。娘おどろいて、たすけよや人々、よや〳〵と打なく。野坡おきあがりて、ぬす人にむかひ、我庵は青氈だもなし。されど、めし一釜、よき茶一斤は持得たり。柴折くべ、あたゝまりて、人のしらざるを宝にかへ、あけがたをまたでいなば、我にも罪なかるべし、と談話常のごとくなれば、盗人も打やはらいで、誠におもてより見つるとは、貧福金と瓦のごとし。さらばもてなしにあづからんと、ふくめんのまゝならびゐて、かず〳〵の物がたりす。中にとし老たるぬす人、机の上をかきさがし、句のかけるものを打広げたるに、

草庵の急火をのがれ出て

我庵の桜もわびし烟りさき　野坡

といふ句を見付、この火いつの事ぞや。野坡が曰、しか〳〵の比也。盗人手を打て、御坊に此発句させたるくせものは、ちかき比刑せられし。火につけ水につけ発句して遊び給はゞ、今宵のあらましも句にならん。願くは、今きかん。野坡が曰、苦楽をなぐさむを風人といふ。今宵の事、ことにおかし。されどありのまゝに句に作らば、我は盗人の中宿也。只何事もしらぬなめりと、かくいふ事を書てあたふ。

垣くゞる雀ならなく雪のあと

題は「野坡盗人にあふ并発句」となっている。本話の眼目は、明け方近くに押し入った盗人と、野坡との会話の妙にある。「談話常のごとく」に応対する野坡に心を許した盗人は、「ふくめんのまゝ」「かず〳〵の物がたり」をする。「ならびゐて」「中にとし老たるぬす人」とあるので、賊は複数であったと覚しい。また、机上に置かれた火事の句を見て「御坊に此発句させたるくせものは、ちかき比刑せられし」と語っていることから、この世界に足を踏み入れてかなりの歳月を経た手練の曲者と見える。その老賊に「今宵のあらまし」を句に詠むよう頼まれた野坡は、「苦楽をなぐさむを風人といふ」と話して「垣くゞる」の句を詠む。非常時に及んでそれを「今宵の事、こと

これも先ほどの野坡の話の類話と言って良かろう。命の保障もないなか、「宗祇自筆《そうぎじひつ》の伊勢物語」と「末の松山《まつやま》の文台《ぶんだい》」を残すよう頼んで句を詠む主人公の言動は、常人の理解の及ばぬものである。一話を通して、浮き世離れした人物像が形づくられるところに、共通点がある。

一方で、両話の相違は、野坡の発句が盗人との友好関係を築いた後に詠まれたのに対し、右の話では発句を詠むことによって友好関係が築かれた点にある。また、後の話の場合、盗人が心変わりしたのは、主人公が発句を「屈《くつ》する色目《いろ》もなく」「くり返し〳〵ひとり吟《ぎん》し」た結果である。句意も含めて、発句に呪術的な色合いが見られるのも、相違点である。

主人公が発句を詠んで難局から免れるというのは、前章で述べた発句の徳の発想である。末尾の「実に其道に至ては鬼神をも感ぜしめ」云々という文言も、歌の徳について述べた『古今集』仮名序を意識したものである。野坡宅に押し入った盗人たちも物品は盗らなかったようであるから、この話型に発句の徳の要素が入りこむ余地は十分にあったといえよう。

『雨窓閑話』の話では、最後まで主人公の名は明かされない。前節で触れた〈乞食の名句〉の話において、主人公の名が記されていなかったり、路通や芭蕉らの名が冠せられていたりしたのと同様、〈盗人と俳人〉の話の主人公もまた入れ替え可能であった。例えば、『真佐喜のかつら』に次のような話がある。(45)

方堂冬映老年におよび、尾陽公外山御館御庭中山里の御茶屋を拝領し、四谷荒木横町武家家地借受、彼御茶屋を引移補理しけれど、戸は一枚もなく、冬にても皆障子のミなり。常に師と執筆の者計住しが、或日丸亀侯に召れ、終日俳諧なし、夜戻り見るに、木戸の錠あやしかりければ、打明入見るに、障子一枚明たり、驚灯して見るに、衣類二ツ三ツと湖月抄箱入を失ひぬ、盗賊のわざにありぬべし、下の引出しには金もありつるを持行ず、こころ附ざる盗賊かなと一笑して、

盗人の撫子踏までまづうれし

と言出、其まゝ打ふしけると、

嘉永から安政頃の出来事と言う。主人公が盗人に直接会わない点が異なるものの、盗人に入られた様子を発句に詠み、「其まゝ打ふし」たという言動から形づくられる人物像は、前の二話と同じである。

これに類した話は、相当人口に膾炙していたと覚しく、(46) 俳人の逸話集『俳諧世説』（半化房闌更、天明五年＝一七八五）にも、二話採録されている。次に続けて紹介する。

北枝が家にて俳諧ありし時、夜更けて盗人入りたり。此れをしるもの北枝に告げけるに、北枝打笑ひて、いづれ煤はきには出づべきものなりと、ざれ言いひて色もかへず居たり。故に皆静まりて其の席を崩さず、時に

世間ばなしに茶釜ちん〳〵

といふ前句出でたり。北枝取りあへず、

盗人の目にかけらるゝ目出たさよ　北枝

と付たり。此の句を、おれを富貴と思ふやらと覚えたる人もあれど、是はいさゝか障り有りて、目にかけらるゝの句に直し申されしとぞ。

元禄十三年に、句空草庵集といふ俳書を撰ず、其の清書の頃舎羅の文通に、さるべき所に遊吟して歸り候へば、隠者臥所に夜盗入りたりとて、あたりのものどもとむらひわめき候、入るべき所もあるべきに、仕合のなき者にて候、され共盗みたる中にも、是こそと心がけたるにや、盃なく候へば、

ぬす人も酒がなるやら朧月　舎羅

と吟じて寝ね申し候、頃惟然此の地に居被レ申、かく聞えたるとて、

盗まれて手柄ぞ花にどこなりと　惟然

初めの話は「北枝家俳諧の夜盗人の説」、後の話は「舎羅夜盗に逢ふ説」と題されている。二つながら非常時に及んで悠々然と対処し、句を詠むのが話の主題となっているのは、従前紹介してきた話と同じである。

右に掲げた二つの話のうち、後のほうの話は、盗難に遭った舎羅自身の書簡の形式をとっており、この話は事実であろうか、という疑問が湧いてくる。先刻の『真佐喜のかつら』の話でも、盗難に遭った冬映と筆者とが師弟関係にあることが序文に記されている。ごく近しい間柄の人の話なので、これも実話であったかもしれない。太平安逸の世、洒落好みの俳人ならば、この程度の災難はいい話の種であったろう。

しかし、たとえ実話であったとしても、話が類型性を帯びることがあるのは述べてきた通りである。また、事実か否かを見分けられるのは、当の本人とその周辺の何人かだけである。間に人が介在すれば、それはもう伝承の世界の出来事なのである。

例えば、北枝と舎羅の話を載せた『俳諧世説』には、松尾芭蕉が盗人に遭った話も収録されている。「蕉翁盗人に教化の説」という題の話で、内容は山中で盗賊に遭った芭蕉が、身につけている物を惜しみなく彼らに与え、か

つ人の道を説いたところ、盗賊がそれに感激して「いづちともなく逃げ失せ」たというものである。これまで紹介してきた話に較べると、より物語化が進んでおり、到底、事実とは見做しがたい。けれども、次に紹介する『耳囊』のような話があるのを思えば、芭蕉と盗人の話も、それが事実ではないにせよ、まんざら編者の創作とも言いきれぬように感ぜられる。(47)

前々しるしぬる虚舟、上方筋行脚なしけるに、信濃美濃のあたりにて、とある絶景の地に休らい、懐中より矢立取りいだして、短冊に一句をしるし居たりし後ろへ、年ごろ四十ばかりにて大島の布子を着し、山刀さして頭巾をかむりける者、立ちどまりて虚舟に申しけるは、「御身は俳諧なし給うと見えたり。今晩は行脚の御宿我らいたし申すべき間、立寄り給え」とていざないしかば、嬉しき事に思いてかの者に連れて行きしに、道《みち》程《のり》三四里も山の奥へ伴い行きて、一つの家あり。かの家へ伴いしに、妻子ありて家居も見苦しからず。しかれども、あたりに人家なくまことに山中の一つ家なり。俳諧の事など夜もすがら話して麁《そ》飯などふるまいけるゆえ、夜も更けぬれば一間なる所に入りて臥しぬ。いかなる者や、狩人《かりうど》といえど鉄砲弓などの物も見えず。夜中はたびく表の戸の出入り多く、たき火などしてあたり、語るさま年老の物とも見えず、不思議なる者と思いぬるゆえ、夜もよく寝られざるが、ほどなく夜明けぬれば食事などして暇を乞い、「御身は何家業なし給うや。又こそたずねめ、何村の内なり」とたずねしに、しかくの答えもなさゞりしを考えれば、強盗にてもありしや。発句《ほっく》などを見せ、物など読み書きなどせしさま、むげに拙き人とも見えず。翌日は送りして山の口元まで案内し立別れぬるが、今に不審はれずと語りぬ。

信濃路をゆく主人公の前に姿を現し、一夜の宿を貸したこの男は、果して何者であったろうか。本話の主人公も「大島の布子」を着、「山刀さして頭巾をかむりける」という風体や、夜間の行状から「強盗にてもありしや」と疑ってはみたものの、俳諧を好み、読み書きも達者な様子から「むげに拙き人とも見えず」、「今に不審はれず」と述べている。

この話においても、事実か否かを見極められるのは当の本人のみ。話の聞き手にとって、虚実は横ならびに享受される。そして話し手にとっても聞き手にとっても、興味の中心は話の事実性などにはなかった。

右の話を編者にした虚舟は、明和六年（一七六九）に八十歳で没している。鈴木棠三の注によると、大島蓼太の門人とのこと。蓼太も俳文学史に名を残した人物であるが、『奴師労之』（大田南畝、文化十五年＝一八一七）に、こんな逸話が記されている。(48)

明和九年壬辰二月二十九日の大火の時、通塩町に大島蓼太といへる俳諧宗匠あり称二雪中庵一、火さかんになりし時、文台に草稿を載せ、薬罐に白湯を入れて、心静に立のき、深川六間堀要津寺の庵にゆきて、文台を直しおき、発句をして、火のために問来る人をとゞめて、一夜に百韻をみてりといふ、今はかばかりの宗匠もありやなしや、其発句、

緋ざくらをわすれて青き柳かな

これと同じ話が『我衣』（加藤曳尾庵、近世後期）にもある。大体、『奴師労之』と同時期の資料である。(49)

はいかいし蓼太、明和の火災の時、文臺一つ、薬罐に湯を入て洲崎の辨天堂に逃れ行、見舞に來る人をとらゑて百韻と興行す。誠に風流の至れる物哉。其時の發句に

〽火桜を忘れて青き柳かな

蓼太の避難先は、前者では「深川六間堀要津寺の庵」であるのに対して、後者では「洲崎の辨天堂」とされている。ここに伝承の揺れが窺えよう。

本節冒頭に紹介した野坡の逸話には〈盗人に遭う俳人〉の挿話のほかに、回想のかたちで、野坡が火事の際に発句を詠んだ挿話も記されているが、これらの蓼太の逸話を見る限り〈火事に遭う俳人〉の話も、しばしば世間話として話されていたことが窺える。

蓼太が火事に遭った話の要点も、非常の時に及んで「心静に」対処する主人公の行動にある。野坡の逸話に登場する盗人が発句を請うたのは、相手が火事の際にも冷静に振る舞った人物なればこそであった。火事と俳人をめぐる話と、盗人と俳人をめぐる話は、その逸話から形成される人物像が通底している。

先に紹介した『閑窓瑣談』には、火事の最中に連歌のやりとりをする公家の話が載せられている。宝永五年（一七五八）のこととあるので、野坡や蓼太の逸話の時代設定とそう離れていない。話末評語には「斯る火急の時だにも、都人の艶しき風雅は、自然に備らせ玉ふ事なりけり」とあり、苦衷の只中にあっても風雅の心を忘れないのが、真の風流人と説いている。これは連歌の例であるが、俳諧の社会的地位が上昇してゆく時代、かかる心意が俳諧師に求められるようになり、本章で紹介したような話が生れたといえよう。

六　鬼貫道引の事

縷々述べてきた事々から知り得たのは、斎部路通が乞食をしながら俳道修業を積んだという話、ならびに夢に発句を得たという話、そして志太野坡が盗人に遭ったという話は、ことの真偽はさておいて、いずれも同時代の文献にしばしば見られる類型的な話であり、また、遡れば古典籍にいくらでも類話を指摘し得る、伝統的な話型に則った話であったということである。にもかかわらず、これらの話が、彼らの人となりを示す逸話として機能していたのは、見てきたとおりである。では、こうした話はどのような場で話されてきたのだろうか。本節ではこの点ついて考えてみたい。

はじめに紹介するのは、近世後期の成立と思われる『近世珍談集』（著者、年次不詳）にある「蛙の歌詠ぜし事」なる話である。内容は、享和元年（一八〇一）の春、「飯田町火消屋敷与力福原左近兵衛」の妻で、和歌を好んだ甲斐という女性が、夫の友人「飯河三郎義従」から、古来より歌に詠まれた「井手の蛙」を京土産にもらい、その晩の夢中で、蛙が和歌を詠ずるのを聴くというものである。長い話なので、必要箇所のみ引用する。(50)

或る夜女房おかひの夢に、歌の会を催し、友とち五六輩を集めしに、彼の井手の蛙を出して貰ひし由噺ければ、皆々驚き見て、昔能因法師の井手の蛙と、ながらの橋柱の削屑とともに、嚢中に納め首に懸れしとかや、夫は蛙の干物、是は生たる蛙、扨々珍ら舗物哉とて、何れも詠歌それ〳〵に出来て、人々短冊に認、蛙を入し筥の上に短冊を重ね置、四方山の噺抔致し、皆々帰りし跡にて、おかい、蛙の方を見しに、其時かわず高らか

に、

立出し井手の川辺の名残をもしばし忘れし水茎の跡

と吟じたり、扨も不思議の事哉と思江ば夢は覚たり、忘れぬ様にと、直におき返り、燈火の下にて、此歌を書留て人々へ咄せしとなむ、

予に語る、

右実談は、新道にて番町西丸御書院番を勤らるゝ三宅左兵衛と言人より、誹師歩牛鵲庵、俗名玉田久左衛門聞しと歩牛、

右物語を、歩牛、誹師梅人に咄けれは梅人は俗名、三宅備後守殿用人、梅人云よふ、某も其蛙を貰ひたり。

夢に発句を得た話については先に触れたが、ここでは発句ではなく和歌となっている。夢に歌を得るというのも古典的なモチーフであり、なおかつ近世によくある話柄であった。察するに、この話は筆者の創意ではあるまい。『耳嚢』にも「井手蛙うたの事」の題で、同じ内容の話が筆録されている。参考までに次に紹介する。(51)

飯田町火消与力に福原左近兵衛といえるあり。夫婦とも和歌の道をたしなみ、折節は知るどし会集して歌よみけるが、或年上方より井手の蛙なりとて、はる〴〵贈り越しけるを、夫婦とも娯《たの》しみ寵愛して、その鳴く事を待ちしに、来春になれど声を出さず。集会の節などこれを取り出し、まろうどにも吹聴《ふいちょう》してけれど声は出さゞりければ、その妻本意なき事に思い、「かく憐れみ育するに声を出さゞる事、いかにしてもうらめしき」といいて、夜も更けぬれば臥所《ふしど》に臥しぬ。然るにその妻の夢に蛙来りて、一首の歌を書きてさし置きぬ。かの女夢心に右歌をよく覚えて、あけの日夫にも語り、ほか〳〵へ話しけるとなり。

すみなれし井出の川辺の名残《なご》りをもわすれてこゝに水ぐきの跡

話の前後関係や、蛙が歌を詠むにいたる経緯、蛙の詠んだ歌の文句などに相違があるのが、かえって、この話が世間話であったことを暗示させる。

さて、最初に引用した『近世珍談集』の記事から、話の伝播経路が窺える。振り返ってみよう。「高らかに」歌を詠ずる蛙を夢に見たお甲斐は、目覚めてのち「忘れぬ様にと、直におき返り、燈火の下にて、此歌を書留」める。夢を記録するのには最も有効な方法である。その後、お甲斐はこの「実談」を「人々へ咄」したそうだが、筆者はこの話を「誹師歩牛」から聴いている。その間、「三宅左兵衛」なる人物を介しているが、おそらくこの人物は、お甲斐の亭主である「福原左近兵衛」と知己なのであろう。一方で、歩牛は「誹師梅人」にもこの話をしている。この梅人という人物は著作も多く遺しており、享和元年（一八〇一）に五十八歳で亡くなっている。以上のことを整理すると、この話が俳人仲間の内で伝承されていたことが判る。

余談になるが、右の話に名の挙がっている鵲庵歩牛が盗賊に遭ったという逸話が『宮川舎漫筆』にある。「無心に向ふる刃なし」と題された話で、「寛政の比、板橋平尾町に庵を結」んでいた歩牛が、寒夜、好きな謡を口ずさみながら歩いていたところ、盗人たちが「これ人間にはあらず、天狗にてもかなと驚恐れ、逸目算に逊出し」たという内容である。話を好む人物は、得てして話の主人公にもなりやすいものであるが、歩牛の逸話もその一例といえよう。

翻って先刻の〈夢に発句を得た話〉を見なおすと、『俳諧勧進牒』に自身の夢を綴った路通はもとより、大田南畝に前書を書いてもらった『古今雑談思出草紙』の東随舎も、応々に添削をしてもらった『真佐喜のかつら』の田代女も、いずれも俳諧仲間に話をしていたことに気づく。夢に句を得て道真の像を作った『南向茶話』の例は、なかば伝説化しているため、話の場は不明であるが、前後に俳人の逸話が並ぶ『浪花人傑伝』にある話も、おそらくは俳諧仲間の間で話されていたと推察される。事情は〈乞食が名句を詠む話〉や〈盗人に遭った俳人の話〉にも当てはまろう。これらの話はみな俳諧師仲間という〈世間〉で話された、世間話であったといえる。

目に一丁字なき人々が大多数を占めていた時代にあって、それはあまりにも狭い〈世間〉であった。しかし、俳諧が庶民文芸として普及し、定着していくにつれ、俳諧師たちの〈世間〉も次第次第に拡がっていったのは疑いのないことである。これは当時の俳人グループ、いま少し範囲を拡げていうならば、文人グループが、説話の伝承母体として機能していたことの証左にもなる。近世説話の有り様として押さえておく必要があろう。

さて、俳人説話の伝承伝播を考えるときに示唆的なのは、伊丹の上島鬼貫の逸話である。

次に紹介するのは、『蓑笠雨談』（曲亭馬琴、享和四年＝一八四一※改題名『著作堂一夕話』）にある「鬼貫が伝同道引」という話である。冒頭、「鬼貫《おにつら》、姓《せい》は上島氏《うえしまうじ》、俗称《ぞくしょう》は与惣右衛門、槿花翁《きんくわおう》と号《ごう》す。摂州《せっしゅう》伊丹《いたみ》の人なり」と、鬼貫の出自に触れたのち、このような挿話が記されている。(52)

浪速客中《なにはかくちう》或人の話《わ》に鬼貫中ごろは行れざりしにや。ひところ和州《わしう》郡山侯《こふりやまこう》の足軽《あしがる》などつとめ、その後大坂にすみて小児の道引などしてかすかに世をわたりぬ。今なほ大坂に鬼貫道引《どういん》とて、小児の療治《りやうじ》に、足より上へもみ上る按摩《あんま》の法《ほう》のこれり。

笠とりて跡ちからなや春の雨　　鬼貫

これ郡山を辞《ぢ》して大坂へかへる時の発句なりといふ。帰庵《きあん》のゝち一夕友人《ゆふじん》醒世子《せいくし》とこの話《わ》に及ぶ。醒世子の

『蓑笠雨談』（国会図書館所蔵）

云、雑談集《さうだんしふ》かとおぼへし、其角が伊丹の歳旦帳《さいたんてう》見るやうにてなど書《かき》しをおもへば、鬼貫さばかり行《おこなは》れざりしやうにもみえず。延享《ゑんきやう》のころ東人の鬼つらといふまぎれもの、伊丹《いたみ》の鬼貫と名告《のり》て諸国を遊歴《いうれき》したることあり、今もをり〳〵その墨跡《ぼくせき》を見ることぞかし。人の名を贋《にせ》て欺《あざむ》くこと今にひとしく、名をにせらるゝ程なれば、鬼貫といふ名は頗《すこぶ》る高かりしなるべし。鬼貫導《どう》引も、もしくはこの仮《にせ》鬼貫、浪速《なには》あたりへ流れ行てはじめけるにやといへり。愚按《ぐあん》ずるに伊丹と大坂は僅《わずか》五里余を隔《へだて》、殊に鬼貫大坂にも住《すめ》れば、咫尺《しせき》の間《あひだ》にて贋物はしるべし。

上島鬼貫が「道引《どういん》」と呼ばれる、一種の「按摩《あんま》の法《ほう》」を行なって世を過ごしていたとするのは、鬼貫の逸話として有名であるが、これも多分に伝承が入り込んでいるようである[53]。ただし、この逸話に基づく「鬼貫道引」という慣用語のあったことは確かで、右の文章の後、馬琴は先に紹介した『芭蕉翁頭陀物語』の鬼貫と路通の話を引用し、「かゝれば鬼貫道《どう》引《いん》の事疑《うたがふ》べからず。もちろん鬼貫はやくよりその名高く、人にせられしことは前《まへ》の説のごとくなるべし」と、結論づけている。

馬琴がいう『芭蕉翁頭陀物語』の話とは、路通が鬼貫に芭蕉の偽筆を売るよう勧めるというもので、本章第一節で触れた。話の実否はともかくも、その鬼貫の偽者が現れ、偽筆を残して歩いたというのは因果な話である。

それはさておき、引用文冒頭の「或人」が端から鬼貫道引を鬼貫の偽者が始めたと捉えているのに対して、馬琴は鬼貫が道引をして糊口を凌いでいた点は事実と認め、そのうえで偽の鬼貫が現れたとしている。前提としている部分が異なるとはいえ、近い頃、鬼貫を名のる男（右の文章によると「東人の鬼つら」）が「諸国を遊歴」したという点については、両人とも認めている。「今もをり〳〵その墨跡《ぼくせき》を見ることぞかし」とあるので、その存在を裏付ける物的証拠が残されていたのを、伝聞していたのであろう。

「東人の鬼つら」の記事からおのずと想起されるのは、近年になって提供された、弘法伝説や西行伝説の伝播者の問題──すなわち、川島秀一が明らかにした〈コウボウ〉を名のった人々の存在や、花部英雄が言及した民俗語彙の〈サイギョウ〉のことである。(55)両氏の仕事は、弘法伝説・西行伝説の研究に新しい展開をもたらしたが、ここでその顰みに倣って片仮名書きの〈オニツラ〉たちがいたとするのは勇み足に過ぎよう。文字を知らぬ僻村の童にさえ親しまれた弘法大師や西行法師に較べて、鬼貫の名はまだ一般的ではなかった。ただ、俳人仲間という、〈世間〉では〈オニツラ〉も存在しえたのは間違いない。

ここに参考になる記事があるので紹介する。『耳嚢』に「細川幽斎狂歌即答の事」の題で採録された話である。(56)

予がもとへ来れる正逸といえる導引の賤僧あり。もとより文盲無骨にて、そのいうところ取るにたらざれど、ある時話しけるは、太閤秀吉の前に細川幽斎、金森法印（金森長近。もと飛驒高山城主。慶長十四年没、八十四才）、

いま一人侍座せるに、太閤いわく、「吹けどもふけずすれどもすれず」という題にて前を付け、歌詠め」とありしに、一人、

わらわれて珠数うちきってちからなくするもすられず吹きも吹かれず

金森法印は、

笛竹のわれてさゝらになりもせず吹きもふかれずすれどすられず

と詠みければ、「幽斎いかに」とありしに、「いずれもおもしろし。我らは一向に埒なき趣向ゆえ申し出さんもおこなれど、かくもあるべきや」と、

すりこ木と火吹き竹とを取り違えふくも吹かれずするもすられず

と詠ぜし由。滑稽の所、幽斎その要を得たりと見ゆ。しかれどこの事、軍談の書、古記にも見あたらず、前にいえる賤僧の物語なれば、その誤りもあるべけれど、聞くまゝをこゝにしるしぬ。

この話に注釈をつけた鈴木棠三は、『新撰犬筑波集』（宗鑑、年次不詳）に似た付合があることを指摘したのち、「前句を宗祇が出し、付句のそれぞれを宗長・肖柏・守武の三者がしたことになってい」る『伊勢誹諧聞書集』正友、年次不詳）の話を紹介、「この時すでに説話化しつつあった」と述べている。

右に紹介した話も、これらの狂歌咄のよりいっそう説話化した例であろうが、興味を惹かれるのは話の内容よりも、この話を『耳嚢』の筆者・根岸鎮衛にしたのが「導引の賤僧」であったという点である。俗に按摩を生業とする者が管理し、持ち伝えた話を〈按摩話〉と呼ぶが、この「正逸」という名の「賤僧」もまた「導引」の腕をふるうかたわら、この手の一口咄をして世間を渡り歩いたのであろう。本文中で「文盲無骨にて、そのいうところ取る

にたらざ」る按摩が幽斎の話をしたことを訝しんでいるが、それは聞き手である根岸鎮衛を知識階級に属すると見做したがゆえに、この話がされたと考えるべきであろう。話とは、常に聞き手との相関関係によって成り立つものである。鬼貫の名を騙った「東人の鬼つら」が、道引のつれづれにかかる按摩話をしていたか否かは、もとより知る由もない。しかし、『耳嚢』の記事から窺えるのは、件の偽鬼貫に騙されたのが、どういう種類の人々であったかということである。

先にも述べたように、鬼貫の名は貴賤上下老若男女の、誰もが知るものではなかった。鬼貫を名のって世を渡るには、相応の知識を有する者を相手にする必要がある。「東人の鬼つら」が狙ったのは、俳諧に親しみ、鬼貫の名や行跡を噂には聞いているものの、実際の鬼貫とは面識のない人々であったと推測するのが妥当であろう。そして、鬼貫の逸話は弘法や西行ほど一般化せず、ついに俳人仲間の内の伝承にとどまったのである。

右に述べたことを敷衍すると、伝説の生成過程の一端を垣間見ることができる。今日では全国に行きわたっている弘法や西行の伝説も、発生当所からこれほどの伝承圏を有していたとは考えられない。鬼貫の逸話程度の、仲間内の話であった時期が必ずあったはずである。伝承された世間話が伝説化するのはしばしば起こることであるが、さしずめ、この鬼貫の逸話などは、伝説になり損ねた世間話といったところであろう。

偽鬼貫の話は、世間話の伝播を考える際に、いろいろと興味深い問題を提供してくれる。それと言うのも、偽鬼貫に接した人々が、鬼貫に会った話を、みずからの体験談として周囲に話したであろうことは、想像に難くないからである。重要なのは、当の偽鬼貫が何を話したかではなく、彼に接した人々が何を話したかである。そして、おそらくは話の聞き手も、俳諧に興味を示す人々であったろう。このとき、俳諧師仲間は、明らかに話の伝承伝播を促す集団として機能していたのである。

偽鬼貫の話を考えるうえで示唆的なのは、近藤万丈という人物が、四国は土佐の山奥で良寛と会ったという話である。むろん、良寛とは越後の良寛禅師のことである。万丈晩年の随筆『寝ざめの友』（弘化四年＝一八四七）にある話で、筆者の体験談となっている。

内容は、土佐を訪れた筆者が雨に降りこめられて、一夜の宿を乞うた「いぶせき庵」の主が良寛（本文の表記では「了寛」）であったという話である。もっとも、その時点での良寛はまったくの無名で（本文にも「としの頃四十ばかりなる僧」とある）、筆者がこの偶合に気づくのは、それから五十年ののち、橘崑崙の『北越奇談』（文化八年＝一八一一）にある良寛の記事を目にした際のことである。証拠としてこの修業僧が書を能くする点を挙げたのち、「かの土佐の国にて逢ひし僧こそはと、すゞろに其むかしおもひ出られて一夜寝覚の袖をしぼりぬ」と、感無量の心地で往昔を振り返っている。

この話は相馬御風が「土佐で良寛と遇った人」という文章で紹介して以来、久しく研究者の注目するところであった。(57) 良寛がいかに逸話の多い人物とはいえ、これは異色の話である。

若き日の良寛が、備中・円通寺を中心に行脚修業をしていたのは史実として知られるところである。海ひとつ越えれば四国であるが、はたして万丈と一夜を過ごした「了寛」が、かの良寛和尚であったもの否か。紀野一義は「良寛が若い頃土佐へ行ったという確証はない。しかし、行かなかったという確証もない」としたうえで、年代的な矛盾を指摘し、「この人物は明らかに良寛ではない」と結論づけている。(58) 事実はおそらくその通りであったろう。しかし、ここで私が留意したいのは、真実がどうであるにせよ、些細な共通項から土佐で邂逅した修業僧を越後の良寛と附会させる、著者・万丈の心理である。

情報の少なかった時代、身近に接する機会のない人物のイメージを形成するには、断片的に耳に入った逸話をつなぎ合わせる以外に術がない。先の話の場合、決め手となったのは、書家としての良寛の逸話であった。そして、こうした心理は、けっして万丈に特異なものではなかったのである。当人に騙す意思がなかった、土佐の修業僧でさえも良寛と思いこんだくらいであるから、端から騙すつもりの偽鬼貫が横行したとしても、何ら不思議はない。こうした享受者側の心理が下地としてあって、はじめて「鬼貫道引」の逸話も成立し得たといえるし、本章で触れてきたような俳人の逸話も広まり得たのである。

鑑みるに、良くも悪しくも、集団には必ず一人、話題になる人物がいる。そしてその集団のなかで、件の人物を主人公とした世間話がなされる。話は生き物であるから、無駄な部分が削ぎ落されたり、新たな要素が加わったりして次第に姿を変え、成長していく。このとき、当該集団は明らかに伝承母体として機能している(59)。ただし、このような話は通常その集団を離れて広まることはない。何故なら、その種の話は、その人物に対する共通意識があればこそ成り立つものだからである。見ず知らずの人の話を長々とされるほど、興醒めなことはない。要するに、〈世間〉を共有していることが、話の場を維持させる決め手となるのである(60)。

問題なのは、ある集団で話題となった人物が、別の集団においても話題の人物になり得るか、ということである。ここに逸話と世間話の関係を考える鍵がある。

逸話の「逸」は、本流から外れるの意味である。私なりに定義すると、逸話とは〈著名な人物の、主要な業績とは無関係ではあるが、その人物の人となりを伝えるような話〉である。いうなれば、本伝に対する外伝。主人公が歴史上の人物であれば伝説の範疇に入るし、同時代の人物であれば世間話の範疇に入る。もちろん、ここでいう「同時代」とは話し手にとっての同時代ということなので、当所は世間話として話されていた逸話が、伝承される過程で伝説化する場合もある(61)。

一方で、歴史上に名を残せなかった人物の逸話は、その人物が忘れられていくにつれて消滅していく。先に逸話を外伝になぞらえたが、本伝のない外伝などあり得ない。本稿で取り上げたのは文学史に名を残した俳人ばかりなので、見出しに掲げた人物の逸話によい例はないが、類話として挙げた話の登場人物の多くはそうした例であろう。前提となるのは、主人公の業績が説明なしに了解せられるほど、世に知られたものであるということである。

そして、主人公の説明なしに了解せられる業績というのが、各集団の間の溝を乗り越える懸け橋の役目を担う。歌手であれば歌が、スポーツ選手であれば身体技術が、芸術家であれば遺した作品が、それぞれ逸話の伝播を促す装置になるのである。俳人の逸話の場合は、彼の遺した発句がその懸け橋に相当する。ある俳諧仲間で話題となっている人物が、別の俳諧仲間でも話題にのぼったとき、その人物は、集団の垣根を越えた存在になるのである。

例えば、『耳嚢』には、奇行の多かった旧室という俳人の逸話を「旧室風狂の事」と題して載せているが、そこでは、彼の話を聞いた人が「あとにて人に語りければ、「例の旧室なり」と大いに」笑ったとある。「例の旧室」という言い回しが通じていた範囲が、旧室の逸話の伝承圏であったろう。

さらに俳諧に縁のない人が話題にするようになれば、その逸話はより広い伝承圏を獲得したといえる。そして、時代がその人物を評価している限りは、その人物の逸話も享受される。そのうち、逸話の主人公も歴史上の人物になり、逸話を支えていた集団も過去のものとなるが、彼を評価する人は時代ごとに現れ、また新たに逸話を話し始める。ここに逸話と伝説の接点がある。逸話の主人公の業績は、時を越えて話を伝承させる装置でもあった(62)。

次章では、近世において最も有名な俳人の逸話であった、宝井其角の雨乞説話について論じてみたい。

註

（1）文責は、村上譲。
（2）『定本・山火頭全集』第六巻　昭和五十一年、春陽堂書店
（3）石川真弘『蕉門俳人年譜集』昭和五十七年、前田書店
（4）『建部綾足全集』第六巻　同刊行会　昭和六十二年、国書刊行会
（5）中村俊定「路通」『芭蕉をめぐる人々』井本農一編　昭和二十八年、紫之故郷舎
（6）日本俳書大系4『蕉門俳諧文集』大正十五年、春秋社
（7）『俳家奇人談・続俳家奇人談』雲英末雄校注　昭和六十二年、岩波書店
（8）東京都立中央図書館所蔵本に拠った。
（9）穎原退蔵「路通」『穎原退蔵著作集』第十二巻　昭和五十四年　中央公論社　※初出は『蕉門の人々』（昭和五十四年、中央公論社）
（10）註（5）に同じ。
（11）同右。
（12）『随筆百花苑』第三巻　昭和五十五年、中央公論社
（13）日野龍夫「貴女流離――序にかえて」（『江戸人とユートピア』昭和五十二年、朝日新聞社）。なお、同書にも収められた「世間咄の世界」（『日本の説話・近世』（益田勝実・松田修編、昭和五十年、東京美術社　初出）は、近世の世間話について論じた貴重な先行研究である。
（14）『近世庶民生活史料』鈴木棠三・小池章五郎編　昭和六十二年、三一書房
（15）俳諧叢書6『俳人逸話紀行集』大正四年、博文館
（16）『日本随筆大成』第一期十六巻　昭和五十一年、吉川弘文館〈新装版〉
（17）註(15)に同じ。

(18)『日本随筆大成』第一期七巻　昭和五十年、吉川弘文館〈新装版〉
(19)『日本随筆大成』第一期十二巻　昭和五十年、吉川弘文館〈新装版〉
(20)註（19）に同じ。
(21)同右。
(22)国立国会図書館所蔵本に拠った。
(23)本話は、『日本昔話通観』では、「灰の発句」に分類されている。なお、注によると、本話中の「題」は、話者が「画題」と話したものを改めたのだという。
(24)註（22）に同じ。
(25)日本古典文學大系84『古今著聞集』（永積安明・島田勇雄校注、昭和四十一年、岩波書店）頭注参照。
(26)東洋文庫『耳囊』鈴木棠三校注、昭和四十七年、平凡社
(27)註（25）に同じ。
(28)柳田國男『女性と民間伝承』昭和七年、岡書院
(29)西行説話については、花部英雄『西行伝承の世界』（平成八年、岩田書院）に詳しい。また、花部らが結成した西行伝承研究会の活動報告『西行伝説の説話・伝承学的研究』（研究代表・木下資一、第一次＝平成十三年、第二次＝平成十四年）も参考になる。
(30)東洋文庫『甲子夜話』中野三敏、昭和五十二年、平凡社
(31)『名歌俳句集』昭和二年、有朋堂書店
(32)沢木美子『風羅念仏にさすらう』平成十一年、翰林書房
(33)註（31）に同じ。
(34)日本俳書大系2『蕉門俳諧全集』大正二年、春秋社
(35)『続燕石十種』第二巻、昭和五十四年、中央公論社

(36)『未刊随筆百種』第八巻、昭和五十二年、中央公論社
(37)『日本随筆大成』第三期四巻　昭和五十二年、吉川弘文館〈新装版〉
(38)『燕石十種』第二巻、昭和五十四年、中央公論社
(39)『芭蕉翁行脚怪談袋』広野仲助校訂、明治十七年
(40)今泉準一『五元集の研究』昭和五十六年、桜楓社
(41)註(26)に同じ。
(42)註(4)に同じ。
(43)註(7)に同じ。
(44)註(18)に同じ。
(45)註(36)に同じ。
(46)註(15)に同じ。
(47)註(26)に同じ。
(48)註(35)に同じ。
(49)『日本庶民生活資料集成』第十五巻(都市風俗)、昭和四十七年、三一書房
(50)『未刊随筆百種』第十二巻、昭和五十三年、中央公論社
(51)註(26)に同じ。
(52)『日本随筆大成』第一期十巻　昭和五十年、吉川弘文館〈新装版〉
(53)岡田利兵衛『鬼貫の世界』(平成十年、八木書店)では、鬼貫の医術(「道引」とは書かれていない)は「余技」と位置づけられている。一方、櫻井武次郎『伊丹の俳人　上嶋鬼貫』(昭和五十八年、新典社)は、鬼貫が「医術についても一流」であったとしている。
(54)川島秀一「「弘法」という名の六部について」『東方民俗』第二五輯、東北民俗の会(のち、『ザシキワラシの見

えるとき』（平成十一年、三弥井書店）に収録）。
(55) 花部英雄、前掲書。
(56) 註(26)に同じ。
(57) 相馬御風『芭蕉と一茶と良寛』大正十四年、春秋社
(58) 紀野一義『名僧列伝（二）』昭和五十年、文芸春秋社
(59) あるいは、地縁血縁に縛られる伝承母体よりも、倉石忠彦の提唱した「伝承体」という概念のほうが適切かもしれない。「伝承体」については、倉石忠彦『民俗都市の人びと』（平成九年、吉川弘文館）参照。
(60) この問題について考察した具体的な例として、山田厳子「N君の噂」考——噂の当事者と話芸をめぐって——」『世間話研究』第二号（平成元年、世間話研究会）を挙げておく。
(61) エルンスト・クリス／オットー・クルツ『芸術家伝説』（平成元年、ぺりかん社 ※原著は、一九三五年執筆）の訳者の一人である大西広は、同書巻末に「日本・中国の芸術家伝説」として、東洋における事例を付け加えている。ただし、大西が美術史の専攻であるためか、そこで取り上げられているのは、画家や彫刻家の伝説に限定され、詩人のそれはない。
(62) 逸話と説話の近さについて論じたものに、青木稔弥「近世以降の説話」（『説話論集』第十集　説話と説話文学の会、平成十三年、清文堂）がある。青木は、「逸話集と説話集に本質的な違いはない」と述べたうえで、「逸話集は、原則として、有名人のそれでなければならない（逸話集に登載されることによって有名人として認知されることもあるだろう）が、それに対して、単に説話集という場合には有名無名を問うことはない」と述べている。

第三章　〈其角〉雨乞説話考

一　田を見めぐりの神ならば

大正年間に作られた長唄に『雨乞其角』という作品がある。其角の雨乞説話に拠っており、「長唄としては特異な題材であるが作曲また巧みにこれを表現して手ぎわよくまとめ上げ」たものという。[1] この「雨乞其角」の話こそ、近世期を通じて最も人口に膾炙した俳人説話であった。これに触れずして近世の俳諧説話を論ずることはできない。舞台は江戸向島の三囲神社で、主人公は宝井其角（姓は榎本とも、一六六一～一七〇七）。ただし、説話研究を標榜する以上、これから取り扱おうとするのが歴史上実在した其角その人ではなく、伝承上の人物としての〈其角〉であるのは言うまでもない。したがって、其角の伝記的事実――例えば、彼が松尾芭蕉の高弟であり、江戸座の中心人物として活躍したことなど――は論に関係する場合以外は触れない。この点は、前提として確認しておきたい。

さて、其角の雨乞説話であるが、内容はいたって単純なものである。向島の三囲神社を訪れた其角が、社頭で雨乞いをしていた人に代わって「夕立や田を見めぐりの神ならば」という句を詠んだのち、その短冊を奉納し、見事、雨を降らせたという話である。この句の興趣は「ゆたか（豊）」の語を折句（五七五の頭に意味のある文字を並べる技法）にして詠み込んでいることにある。つまり「ゆふだちや／たをみめぐりの／かみならば」で、「ゆたか」の三文字が浮かび上がってくるというわけである。雨乞いの句に詠み込むには最適の言葉を選択したわけで、当意即妙の機知を作風とする其角らしい話といえよう。

くり返しになるが、近世を通じて、この話ほど人々に親しまれた俳諧説話は例がない。その割に、これまで正面から「雨乞其角」の話を扱った論考が少なかったのは、作家論を主要な立場とする俳文学の研究者にとって、この話の持つ資料価値がきわめて低いものであったからと察せられる。一方で、近世説話の研究は永らく顧みる者もなく、加えて俳諧説話、および俳徳説話という概念も欠いていたため、説話研究者の側もついぞこの話を論の俎上に上げることがなかった。つまりは話を評価する物差のない、扱いづらい話であったのである。(2)

それでは、従来の俳諧研究者は、其角の雨乞説話をどのように捉えていたのだろうか。例えば、其角研究の泰斗であった今泉準一は、其角俳諧の本質を「即興性」と捉えたうえで、次のように述べている。(3)

このような句は俳諧がまだ近代芸術詩となる以前の民族詩の姿をとどめているもので、鑑賞もまたこの側面からなされねばならぬものである。この句の興はここに当時の民族生活の現実の一こまがそのまま出ているというところにある。これが第一に味わわれるべき興である。従って現代人が考えている芸術詩としての味をこの句に要求し、それが出ていないということで無価値としてしまうことはこの句のもつ上述の意味に考えがまったく及んでいないことを示す。第二の興はここに近代芸術詩となる以前の詩の原型の一つが見られるということである。詩の本来はこのような民族現象と融即してその中に生じた人間の声であったということである。これが近代に近づくに従って、これに美現象を認めて、これを意識的に作るようになったのが近代芸術詩である。この句はそれ以前の姿をとどめており、しかもここには詩の原型が見られる。当時の民族現象に雨乞の行事というものが実際になお生きていたのであり、また俳諧師はそのようなときにこれに協力して一句を詠むという習俗もまたなお生きていたのである。この句はこのような民族現象の中の一連の現象として生じたものである。

右の引用の前には、雨乞い句の文芸性を低く評価する諸家の論評が並べられ、右の文章はそれに対する反駁となっている。今泉のいう「民族」は、あるいは「民俗」の誤記かもしれぬが、其角の雨乞い句をして「近代芸術詩となる以前の詩の原型」と評するのは卓見であろう。さらにこの後、「明治以降科学思想が発達して、このような民族現象に対しての実感的理解が得られなくなった」のを嘆く文章が続いている。同じ著書の中で、今泉は、前章第四節「夢に発句を得た話」で紹介した其角の夢の発句について触れたのち、同様の発想にもとづく其角の句を「夢じらせという習俗」から解析している。

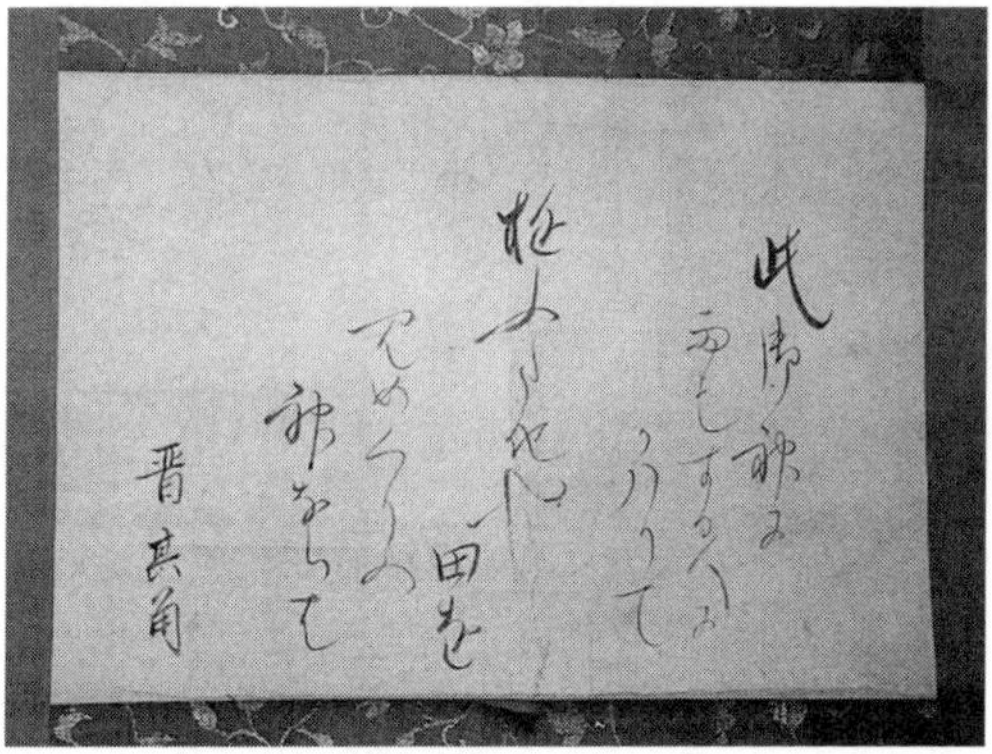

伝其角筆「夕立や句」掛軸（三囲神社所蔵）

少々前置きが長くなったが、このような前置きなしには「雨乞其角」の話を理解することはできない。三囲神社で其角が詠んだ雨乞いの発句も、今泉いうところの「民族現象の中の一連の現象として生じたもの」の顕著なる例なのである。

さて、件の雨乞いの発句について、当の其角自身は次のように記している。(4)

牛島三遶の神前にて
雨乞するものにかはりて
夕立や田を見めぐりの神ならば
翌日雨ふる

其角の没後、遺稿をまとめた『五元集』（旨原、延享四年＝一七四七）にある記述である。果して実際に雨は降ったのか。火のない所に煙は立たぬものと捉えるか、火のない所にも煙が立つのが噂の不思議さと捉えるか、右の記述を読む限りでは、噂のもとになった何がしかの事実はあったようである。ただし、先に述べたように、本書は実証的、もしくは遡及的な研究を目的としていないので、この点には深入りしない。押さえておくべきは、其角の弟子の編纂した『五元集』の記述が、後年の「雨乞其角」の話に信憑性を抱かせるようになったということである。

もっとも、『五元集』の記述が雨乞説話の初出ではない。管見の限りで言うなら、『五元集』を遡ること二十四年前の享保八年（一七二三）、松木淡々によって執筆された『其角十七回』が、其角の雨乞説話の最も古い例である。書名にある通り、其角の十七回忌を記念して刊行されたもので、まだ生前の其角を識る者の多かった時代の産物である。次に該当箇所を引用する（「晋子」は其角の別号）。(5)

一、晋子船遊ひに出て人〳〵暑をはらひかね
宗匠の句にて雨ふらせたまへとたはふれ
けれはキ角ふと肝にこたへ一大事の
申事哉と正色赤眼心をとちて
ゆふたちや田も三巡りの神ならは
いひもはてす雲墨を飛し雨声盆を
くつかへす斗船をかたふけける事まのあたり
にありけり一気の請るところ

真の発るところ欺くましきは此道の感なり

この記事を先の『五元集』の記事と比較してみると、船遊びの際の出来事というふうに舞台設定が整っており、発句を詠む前の其角の描写も詳しい。また、『五元集』では記されていなかった雨乞いの動機が、暑気払いのためとされているのも相違点である。結果、干害に苦しむ農民を救うために句を詠んだ、後年の雨乞説話とはずいぶんと印象の異なる話になっている。

その他の相違点として、『五元集』で「翌日雨ふる」とあるのが、『其角十七回』では其角が句を詠んだ直後、「いひもはてす」に雨が降ったとされていることが挙げられる。この点に関しては、早くから疑問を抱いた人も多かったようで、山東京伝は『近世奇跡考』（文化元年＝一八〇四）で、元禄六年生れの人物が記した『挙一堂之記』を根拠に、即時に雨が降ったとする説を支持している。また、『仮寝の夢』（諏訪頼武、文政四年＝一八二一）でも「世人即時ニ雨ふるといへ共、彼の五元集ニ翌日雨降と有」と、疑問を呈している。

『其角十七回』が句を詠んですぐに雨が降ったとするのは、執筆者の松木淡々が其角の門人であるための神格化と解釈するのが穏当であろうが、別の側面から考えてみるならば、説話における雨乞いには速効性が必要であった。実際、『假寝の夢』の記述では「世人即時ニ雨ふるといへ共」とあり、すでにこの説が一般化していたことが知れる。また、雨乞いの結果として降ったのが「雨声盆をくつかへす斗船をかたふけける」という、暑気払いには過ぎたる大雨であったのも、雨乞説話における雨の振り方の類型と見做すことができる。『五元集』には雨の降り様は記されていないが、この二点を鑑みても其角の雨乞説話が、早い時期から話型を獲得しつつあったことが窺える。

話型の獲得――それは『其角十七回』より九年遅れて刊行された『江戸砂子』（菊岡沾凉、享保十七年＝一七三二）に

おいてより顕著になる。次に該当箇所を引用する。(6)

元禄の頃、宝井其角といふ俳諧《はいかい》の点者、遊船にいさなはれ此川きしに至るときに、太鼓鉦を以、當社騒躁《さうく》す。ゆへを問に、此ほとの旱魃《かんはつ》にて雨を祈ると云。同船の輩、其角に對《たい》して曰、和歌を以雨を祈るためしあり。俳諧の妙句を以て雨ふらせたまへとのゝめきけれは、其角ふと肝にこたへ、一大事の申事かなと、正色赤眼心をとちて

夕立や田も見めくりの神ならは　　其角

と書て社に納む。神納受ありしや、一天俄に曇《くもり》て人々楼《やかた》舩にかへらさるうち、雨車軸をくたす。世によく知る所也。

右の話のうち「遊船にいさなはれ」という舞台設定、および句を詠む前の「一大事の申事かなと正色赤眼心をとちて」という其角の描写などは、『其角十七回』を引き写したと覚しいが、大きく異なるのは、雨乞いの句を詠んだ動機が暑気払いのためではなく、「旱魃にて雨を祈る」ため「太鼓鉦を以」て「騒躁《さうく》」していた人々に代わってのものであった点である。その結果、降ったのが「車軸をくたす」大雨であったというのは『其角十七回』と同じであるが、この降り様は暑気払いのための雨乞いより、干害のための雨乞いが叶って降った雨にこそふさわしい。

雨乞いの動機が異なるのは、些細なことのようでいて、けっしてそうではない。何故なら、ここにおいて其角の雨乞説話は、伝統的な話型を持ったといえるからである。すなわち、行きがかりの旅人（僧侶や修験者とされる場合が多い）が、訪れた土地の人々の抱える艱難辛苦を目のあたりにしてそれを取り除き、平穏をもたらした後にその地

を去るという、あの話型である。来訪する旅人には行基や西行、弘法大師などが充てられることもあり、この場合の人名はただの記号に過ぎない。その記号に〈其角〉の名が当てはめられたのである。これが歴史時間の一点に限定され、なおかつ土地との結びつきが密接であれば伝説となり、時代が限定されず、土地との接点が希薄であれば昔話にもなろう。しかし、右の記事が書かれた享保十七年（一七三二）は、其角の没後わずか二十五年目であり、著者の沾涼が俳人であることも考慮すると、まだまだ世間話の範疇に入れられるべきものであった。話型を持った世間話の誕生である。語を転ずれば、話型が世間話を生んだとも言い得る。

時代が下るにつれ、この傾向はいっそう強まる。『牛馬問』（新井白蛾、宝暦五年＝一七七五）には、次のような記事がある。(7)

或人の曰、東武真乳山《マツチ》より川向ふに、三囲《ミメグリ》神社とて稲荷の社有。むかし百姓共、此社にて雨乞せしに、折から其角《キカク》詣《モウ》でたり。我も雨乞して得させんとて、

夕立や田を見囲りの神ならば

と吟じたりしに、則《チ》大雨降《フリ》て、百姓歓喜《クハンキ》をなしぬ。其句、今に彼社に有といふ。加様の感《カン》は如何なるべし。答て曰、此句をおもふに、むかし能因《ノウイン》法師、伊豆の三島へ雨乞の歌、

天の川苗代《ナハシロ》水にせきくだせあまくだります神ならば神

此句勢に似たり。各その時にして雨降る事は、其人の妙其人の徳といふものにして、糊固《ココ》の説を入べからず。其神に通じ其妙を顕《アラハ》す事、能因、其角も其こゝろは知べからず。況や他人をや。

先刻の『江戸砂子』との相違は、雨乞いをしていた人々が「百姓共」であるという点で、これも話型獲得の一端と見做せられよう。彼らの存在があればこそ、雨乞いの切実さと、其角のまれびと性とが強く印象づけられるのである。また、『江戸砂子』においては「和歌を以雨を祈るためしあり」とぼかされていた雨乞いの先達も、『牛馬問』では、はっきりと能因法師であることが記されている。「夕立や」の句が、能因法師の雨乞い歌「天の川苗代水にせきくだせあまくだります神ならば神」を踏まえたものとする見解は、近世の随筆類にしばしば見られるが、そのなかでも右の記述は早いほうであろう。『牛馬問』の言葉を借りると、両者は「句勢」がよく似ている。

さて『牛馬問』の著者が、其角の雨乞い句の引き合いに出している能因法師の故事は、小野小町のそれと並んで、古来、もっとも有名な雨乞説話であった。(8) 内容は、平安中期の歌人・能因法師が伊予の国を訪れたおり、国守（説話によって異同があり、藤原実綱や藤原実国、平範国などの名が宛てられる）から、旱魃に苦しむ農民を救けるための雨乞いを請われ、「天の川……」の歌を詠んだのち、それを三島明神に奉納して、雨を降らせたというものである。『十訓抄』『古今著聞集』などの説話集はもちろん、『金葉和歌集』『能因集』などの歌集、『袋草紙』『俊頼随脳』といった歌論書、『源平盛衰記』のような軍記物にも載っており、広く人々に好まれた話柄であったことが知れる。参考に、『古今著聞集』収載の「能因法師詠歌して祈雨の事」を紹介する。(9)

能因入道、伊與守《の》實綱にともなひて、彼國《かの》にくだりけるに、夏の始《はじめ》日久《ひさし》くてりて民のなげきあさからざるに、神は和歌にめでさせ給《たなふ》ものなり、こころみによみて三島にたてまつるべきよしを、國司しきりにすゝめければ、

天川《あまのかは》苗代水にせきくだせあまくだります神ならば神

とよめるを、みてぐらにかきて、社司して申《まうし》あげたりければ、炎旱の天、俄《にはか》にくもりわたりて、大《おほき》なる雨ふりて、かれたる稲葉をしなべてみどりにかへりにけり。忽に天災をやはらぐる事、唐の貞観の帝の、蝗をのめりける政にもをとらざりけり。

この話を横目に『牛馬問』の記事を読むと、其角の雨乞説話が、能因のそれを綺麗に踏襲したものであるのがよく判る。殊に「神は和歌にめでさせ給ものなり」の一文は、歌徳説話を生ぜしめる根底にあった思想で、これが俳諧説話に受け継がれたのは明らかである。

　この能因法師の説話は、代表的な雨乞説話であるのと同時に、数ある歌徳説話のなかでも代表的なものである。その能因法師の雨乞いの歌を本歌取りして作られたのが、其角の雨乞い句であった。ただ、『牛馬問』の著者がいうには、三囲神社での雨乞いが功を奏したのは、単に其角が能因の言葉づかいを真似たからではないという。「各その時にして雨降る事は、其人の妙其人の徳といふもの」と述べる編者は、「其神に通じ其妙を顕《アラハ》す事、能因、其角も其こゝろは知べからず。況や他人をや」と記す。つまり周囲の人間はもとより、詠者本人すらも意図しえぬ心の動きが重要で、それは理に落ちて凝り固まった「糊固《ココ》の説」では説明しきれないというのである。この場合、何よりも大事なのは、干害に苦しむ農民たちを救けようとする其角の心ばえである。そうした心情の発露であればこそ、其角の雨乞い句が天に通じたと解釈している。

　結果、能因と其角とは、文字以前のより深い部分で交わることになった。実際の句作の過程はさておき、能因の歌を踏まえることにより、能因の携えてきた伝承もまた其角へと受け継がれたのである。暑気払いの雨乞いが、旱魃に苦しむ農民を救うための雨乞いへと変質していったのも、以上の理由による。これ以降、考証随筆の類から黄表紙にいたるまで、能因の説話は雨乞其角の話と並記され、ついには雨乞説話のもう一人の代表的人物である小野小町の説話とも関連づけられるようになった。かくして、江戸の人気宗匠、宝井其角は伝承上の人物の系譜に名を列ねたのであった。

二　雨乞其角の歩んだ道

さて、其角の雨乞説話は人々の格好の話題になり、さまざまな文献に散見されるようになる。なかでも後代への影響ということで特筆すべきは、地誌『墨水消夏録』(伊東蘭州、文化三年＝一八〇五)の次の記事である。(10)

元禄六年癸酉六月、大旱して田畑一滴の湿なく、田地亀背の如くさけ、農民これを嘆き、雨乞のまつりすれども、其応あることなし、廿八日、霊岸島の白雲といふ老人、宝井其角をともなひて、舟にのりいでゝ、舟を土手につなぎ、三囲に遊しに、かね、太鼓を打ならし、農民の雨乞せるさまを見て、白雲これに戯ていふは、此人は日本俳諧の達人なり、むかし、小町、能因などの雨乞せしためしもあれば、この人をたのみて雨ごひせば、其応あらん、といふにより、農民、其角をとりまき、ぜひあまごひしてたべ、といふに、其角もやむ事を得ず、手あらひ、口そゝぎ、神前に向ひ拝て、ユタカの字を折句にして、

夕立や田も見めぐりの神ならば

それより夕方に向ひて、筑波より雷なりいだし、其雨盆を覆すがごとしといふ、此句、其角が真跡今尚あり、享和三年癸亥六月、三井氏の徒余が文をもとめて、其事を記して、碑をたつ、

一読して明らかなように、右の話は物語としての結構が綺麗に整っている。冒頭の時代設定および状況設定に始まり、脇役・白雲の登場、其角が雨乞いの句を詠むまでの過程と降りだした雨の描写、三囲神社に残る「其角が真跡」と、三井氏によって建立された碑の存在を説くに至るまでが簡潔な文章で淀みなく綴られ、小町・能因の説話にも触れられている。句を詠むに際しての「手あらひ、口そゝぎ」という所作も、『俊頼髄脳』所収の能因の故事に因っている。必要な要素はすべて出揃っており、雨乞説話の完成形としても差し支えなかろう。

この『墨水消夏録』の記事が、近代以降、其角の雨乞説話のスタンダードとして定着してゆくことになる。昭和六年刊の『本所區史』も、昭和三十四年、同五十六年の二度にわたって刊行された『墨田区史』も、三囲神社内にある雨乞いの碑の案内板（昭和四十五年、墨田区の製作）も、すべて『墨水消夏録』の記事をもとに書かれているのである。

試みに、昭和五十六年刊行の『墨田区史』の記述を紹介する。

同社が、三囲稲荷として江戸人の信仰を集めたのは、俳人宝井其角《きかく》（号宝晋斎《ほうしんさい》、又は晋子）の雨ごいの献句以来であろう。其角の五元集（延享《えんきょう》四年刊）夏の部に、

牛島三遶《みめぐり》の神前にて、雨ごいするものにかはりて、

夕立や田を見めぐりの神ならば

翌日雨ふる

とある。この献句の事情について永峯《ながみね》光寿（前三囲社掌）は、次のように書いている。

即ち元禄《げんろく》六年（一六九三）は春以来非常な旱魃《かんばつ》であって早苗を植えつけるにも水田の水がなく、亀《かめ》の背、網

の目の様に亀裂《きれつ》を生じ農民の命の綱である稲も将《まさ》に枯死せんとする有様であった。為《た》めに農民は各所に集って連日連夜の雨乞《あまごい》を始めたが向島の農民も小梅村三囲稲荷の社頭に集ひ鉦《かね》太鼓を敲《たた》いて祈願をこらす事数日であった。しかれどもその効験は少しも顕《あらわ》れず一同悲歎に暮れながらも今日を最後と一心に神前に額《ぬか》ずいて居《お》った。時に六月廿八日であった。如何《いか》なる神の引合せであったろうか、たまたま蕉《しょう》門の俳人宝晋斎其角は彼の門人で白雲と号する蔵前の札差の利倉屋三郎兵衛とともに北廓《よしわら》に遊ばんとして途中三囲の雁《がん》木《ぎ》に舟をもやひ稲荷に参詣《さんけい》すべく歩を社前に運んだのである。然《しか》るに社頭は前に述べた様な有様であったので同行の白雲が諧謔《かいぎゃく》して里人共に言うには、この人は日本俳諧《はいかい》の達人である。昔小野小町《おののこまち》、能因《のういん》法師が雨乞した試《ためし》もあるからこの人を頼んで雨乞したならば感応があろうと述べた為め農民共は其角を取り巻いて是非《ぜひ》雨乞してよと哀願するによって、其角も止《や》む事を得ず、水屋に手洗い口濯《すす》ぎ祈願する事暫《しば》し、「ユタカ」の語を折句として、その場にありあはせた奉書に

此御神《このみかみ》に雨乞する人にかはりて
遊《ゆ》ふた地や田を見めぐりの神ならば　晋其角

と筆を染めて神前に奉り直ちに引返して山谷堀《さんやぼり》に登り紅燈緑酒の巷《ちまた》に其《そ》の夜を明したのである。

（「三囲稲荷略縁」昭和十年一月）

本節冒頭で紹介した『五元集』の記事が引用されたのち、三囲神社側の証言として、元社主の永峯光寿氏の筆になる「三囲稲荷略縁」の記事が引用されている。途中、文飾が施されている部分や（例えば、日照りの描写や、最後の一文など）、其角が三囲神社に足を運んだ理由が記されている部分に若干の相違があるものの、「三囲稲荷略縁」の

記述が、先ほど紹介した『墨水消夏録』に基づいているのは、両者を比較すると明らかである。右の引用に続けて『墨田区史』の執筆者は、次のように記している。

江戸生まれの豪放かったつな俳人其角はこよなく隅田川両岸の風物を愛し、これを題材とした句作も数多い。三囲神社での雨ごいの句は実作であろう。其角三三歳の時に当たる。自筆の献句の奉書は今も宝物として存している という。
三囲神社は、以来、俳かいの霊場となり、安永六年（一七七七）には、其角の事績を永く伝えるため、雨ごいの句が碑石に刻み込まれた。これが、今日の「其角雨ごいの句碑」である。
其角の流れをくむ江戸座の其角堂が境内に造られたのは、この縁故による。

其角の人柄を「豪放かったつ」と評しているのは、直前に置かれた「三囲稲荷略縁」に、雨乞いの句を詠んだ其角が「直ちに引返して山谷堀に登り紅燈緑酒の巷に其の夜を明した」とあるのを受けたものであろう。けれども、先に指摘したように、この記述は原拠となった『墨水消夏録』にはなく、新たに書き足された粉飾の部分である。あるいは、その他の文献から偲ばれる其角の人柄が混入しているのかもしれない。また、後でも触れるように、安永六年に造られた句碑を指して「これが、今日の「其角雨ごいの句碑」である」としているのは明らかな誤りであるし、現存する伝其角の掛軸が「自筆」か否かも判断の難しいところである。「雨ごいの句は実作であろう」という言葉が、雨乞説話のどの範囲までを指しているのかも不明瞭である。

こうした問題点があるにせよ、『墨田区史』という行政の刊行物に載せられた以上、右の文章も相応の力をもってくる。まして、そこで紹介されているのが『五元集』や「三囲稲荷略縁」といった本人や関係者たちの証言であるとなれば、なおのことである。行政による教育普及活動ならびに観光事業は、それ自体が伝承の発信源の役割を担っているが、同時に、伝承の権威づけの役割を負っている点も押さえておく必要があろう。(11)行政の刊行物ではないが、現在、三囲神社が配布している一枚刷りの「三囲神社略記」も、やはり権威づけ効果のある文章といえよう。次に必要箇所を引用するが、概略は『墨水消夏録』に拠り、中途で『五元集』を引用しているのは『墨田区史』と同じである。(12)

元禄六年は春からの非常な旱魃であつた。牛島辺の農民も三囲の社頭に集り、鉦太鼓をたたいて雨乞の祈願をこらしていた。そこへ其角が門人の白雲と共に参詣にきて、農民の悲嘆を知り、能因法師や小野小町の故事に因んで一句を詠んだ。其角の俳書五元集に

牛島三廻の神前にて雨乞するものにかはりて

夕立や田を見めぐりの神ならば

翌日雨降る

と自記してある通り早速感応があつた。このことは世間の評判になり、信仰する人はひきもきらぬ有様になつた。

ところで、この「三囲神社略記」では筆が省かれているため、其角と同道して参詣した俳人・白雲は話のなかで機能していないが、本来、其角が雨乞いの発句を詠んだのは、この人物に請われたからである。『墨水消夏録』を

例にとると、雨乞いをする農民に相対した白雲が「戯れ」て言うには、「此人は日本俳諧の達人なり、むかし、小町、能因などの雨乞せしためしもあれば、この人をたのみて雨ごひせば、其応あらん」――すでに小町や能因の雨乞説話が、地の文ではなく、登場人物の台詞で引用されているのである。この言葉は読者にのみならず、作中人物にも向けられている。いかに即興の句作に長けた其角であったとて、先達が小町と能因では荷が重かろうし、何よりも、詠んだ発句が雨乞いの呪句として「其応」がなければならないのである。もし雨が降らなければ、当代の人気宗匠・其角の権威が失墜するのは明らかである。そこまで考えて白雲が雨乞いの句を請うたのかは判らないが、其角にとっては迷惑な話であったろう。

遡って其角の雨乞説話を見ていくと、文献上の初見である『其角十七回』でも、其角は船に同乗していた人物に請われて雨乞いの句を詠む。もっとも、先に述べたように、この時点での雨乞いはあくまでも暑気払いのためであるので、其角にも、それほどの重圧はなかったろう。一方、『其角十七回』に次いで古い『江戸砂子』においては、雨乞いの句を要請したのは、やはり「同船の輩」であったが、ここでの雨乞いは農民救済の大義名分があったし、小町・能因の名は挙がっていないものの、「和歌を以雨を祈る」先例も登場人物の台詞となっている。この点は、後代への影響が強い『墨水消夏録』の話と同じである。事実、雨乞いの句を望んだほうは戯れであったのに、対する其角は「一大事の申事哉と正色赤眼心をとちて」と、深刻な受けとめ方をしている。ここに雨乞いの目的の相違に基づく、話の位相の変遷が見て取れよう。

小説風にまとめられた『萍花漫筆』（桃花園三千麿、年次不詳）(13)の話では、雨乞いの句を詠むに至る心理を、其角の台詞で次のように説明している。文中の「我」は其角である。

我思ふに、かゝる歌をよみたりとて、いかでか雨のふるべきや。歌にもあれ句にもあれ。わが心に撤《てつ》する事なければ、天も地も感応《かんおう》する事なし、其心に撤《てつ》するは誠《まこと》一ッなり。小町若此うたを詠じて雨ふらずんば、身を以て神に贄《にえ》となし、諸民の為に命《いのち》を神泉苑にすてんとなり。能因が心も是と同じ。我も又、彼《か》の時雨ふらずんば、川へ身を投《なげ》、骸《かばね》を以て水神の贄となさんと、心底《しんてい》の覚悟《かくご》面色にはやあらはれしと見へて、御許にも我帰らんといふ機《き》に随ひたまへり。たゞ命すてんと思ふほどの誠にあらざれば、天地を動《うご》かし鬼神《きしん》を感ぜしむる事あるべからず。

相手が戯れで口にした言葉であるにせよ、雨乞いとは神に祈念し、恩恵を蒙ろうとする行為である。それをおのれの心血を注いできた技芸で行なおうとする以上、軽々しくはできない。引用文中の「かゝる歌をよみたりとて、いかでか雨のふるべきや」とは、小町と能因の雨乞いの歌を指しての言であるが、べつに雨乞いの霊験を否定しているわけではない。表面的な言葉ではなく「雨ふらずんば、身を以て神に贄《にえ》とな」さんという決心が重要だと言っているのである。この点、『牛馬問』の解釈と同じである。結局、『萍花漫筆』の其角はその場では句を詠めず、雨が降った後に句を詠んで、三囲神社へ奉納している。

引用はしなかったが、『萍花漫筆』の話の冒頭には「俳諧師《はいかいし》其角《きかく》三囲《みめぐり》の社《やしろ》へ雨乞《あまごひ》の句《く》を奉納《ほうのう》せしこと、種々の説《せつ》区々《まち》なり」とあり、この説話にはバリエーションが多かったことが判る。『江戸古事俳諧雑話懐反古』（高橋富良斎、年代不詳）の記事もそのひとつである。[14]

奚に元禄年中、俳諧の判者寶晋斎其角。雨乞の秀句を三圍稲荷の社地に残す。

夕立や田を見めぐりの神ならは　其角
其雨乞の句は後世誤りて碑に彫らせしといふ。実の雨乞の句は、
夕立や他を御恵みの神ならは　其角
是を正句といふ。其角も神慮を動かせし句なれは人に語らすと、実説の古る事を聞侍りて戯れぬ。
人立や田を見めくりの田螺狩　富良斎

雨乞いの句の異説はともかくも、句を詠んだ後の其角が「神慮を動かせし句なれは人に語らす」というのは、『萍花漫筆』の句を詠めなかった其角の発想と通ずる。世上に流布された話とはいえ、軽々に作者本人が言い触らせる話題ではなかったのである。

「雨乞其角」の話は、近世後期には空間も時代も限定された世間話になっていた。もっとも、世間話とはいっても、其角の没後百年の時が流れている。すでに生前の其角を識る者もなく、そろそろ世間話から伝説へと移行しつつある頃である。何となれば、世間話の条件である〈同時代の話〉ではなくなってきているからである。

では、伝承上の人物の系譜に列なった其角が、より土地に結びついた伝説上の人物に変化するのには、いかなる条件が必要であったろうか。

まず指摘したいのが、先ほどから話題にしている同船者の機能である。其角に雨乞いの句を請う同船者の存在は、話型を得る前の『其角十七回』の段階から認められるが、雨乞説話としての形を整えるにつれ、別の意味を帯びるようになった。すなわち「神慮を動かせし句」を其角みずから詠もうとするわけはなく（手元の資料では『牛馬問』のみが例外）、誰かに請われる必要があった。その「誰か」の役割を担うのが其角の同船者なのである。ただ、この同

船者に固有名が冠せられるようになると、そうした説話の構成上の意味とは違った意味を持つようになる。『萍花漫筆』では、其角に雨乞いの句を請うのは、豪商・紀伊國屋文左衛門であった。俳人説話のなかでも其角の話は特にバリエーションが多く、後で触れるように〈其角バナシ〉とでも呼びうる話群を形成している。それらのなかには、紀文との関わりを説く話も多く、『萍花漫筆』の例もそうした素地があってのものだろう。

現在ではこの同船者に「白雲」の名が冠せられていることが多い。先ほど紹介した『墨水消夏録』もその一例で、同書においては霊岸島の老人としか紹介されていないが、白雲は其角の門人である。もっとも、年齢は其角と六つしか違わない。『墨水消夏録』と同時期の『近世奇跡考』（山東京伝、文化元年＝一八〇四）には「一説に、南茅場町、回船問屋某、俳名を白雲其角門人といふ人にいざなはれ、船あそびに出て、此事ありしとぞ」とある。この記事は、京伝が「三囲の社主」に取材して執筆したものであるが、白雲同船説に関しては、社主の言か否か判別しがたい。『墨水消夏録』の編者・伊東蘭州は京伝の師なので、彼が情報源なのかもしれないが、それとは別に白雲を同船者とする伝承が広まっていたのかもしれず、このあたりは詮索しても無駄であろう。ただ、京伝の記事が新たな伝承の発信源になったのは間違いない。『新編歌俳百人撰』（柳下亭種員、嘉永二年＝一八四九）のような読み物にも、彼の名はある。

伝説にせよ世間話にせよ、それに付随して様々な尾鰭がつくものであるが、決して話の信憑性を損なうような要素は加わらない。件の白雲こと利倉屋三郎兵衛は蔵前の札差で、三囲神社を舞台とする説話に登場するのにふさわしい人物である。

こうした合理化は、近現代において、自分たちの住む土地を語ろうとする営みのなかで、より強化された。先に触れた『本所區史』（昭和六年刊）では、白雲の逸話を紹介しながら「彼白雲が三圍稲荷社頭に於て農民共に其角を諧謔的に褒めそやした事も、決して後人の小説的記事でないと云ふ事が判る」とし、また、三囲神社境内の雨乞いの碑の解説板（墨田区が設置）や、三囲神社が配布している「三囲神社略記」にも白雲の名が見える。

以上のような合理化は土地の特色を語る地誌という媒体にも適していた。次に紹介するのは、『墨水消夏録』よりも遥かに読まれた『江戸名所図会』（天保五年＝一八三四）の記事である。(15)

社僧《しやそう》云、元禄《げんろく》六年の夏《なつ》、大《おほい》に旱魃《ひでり》す。しかるに同し六月の廿八日、村民《そんみん》あつまりて神前《しんぜん》にむかひ、請雨《あまこひ》の祈《きく》願《はん》す。其日、其角《きかく》も当社《たうしや》に参詣《さんけい》せしに、伴《ともな》ひし人の中に白雲《はくうん》といへるありて、其角《きかく》に請雨《あまこひ》の発句をすへきよしすゝめければ、農民《のうみん》にかはりて一句を連《つら》ねて、当社の神前《しんぜん》にたてまつりしに、感応《かむをう》やありけん、その日膏雨《かうう》たちまちに注《そゝ》きけるとなり。其草《さう》は今も当社《たうしや》に伝へてあり。

ここでは三囲神社の神職が雨乞説話を話している。追い追い述べるように、雨乞其角の話は、三囲神社と三井家とが広めていた形跡がある。右の記述もそれを裏づける例の一つである。

話が伝説化するということは、つまり歴史時間のなかに位置づけられるということである。其角の雨乞伝説も伝説化の過程で、具体的な年号を要請されるようになった。当然ながら、其角を主人公とする以上は、説話の年代も其角の存命中ということになる。あまり人生の長い人ではなかったため（享年四十七）、おのずから時期的には限られてくるが、何故か元禄六年を雨乞いのあった年とすることが多い。それも六月二十八日と日付まで定まっている。翻って『江戸砂子』においても「元禄の頃」と設定されているが、六月二十八日という日付が登場するのは『近世奇跡考』に記された「其角雨乞《あまごひ》の句考《くかう》」が最も早く、次いで『墨水消夏録』と『元禄宝永珍話』が来る。次に紹介

『近世奇跡考』（国会図書館所蔵）

するのは『近世奇跡考』の一節である。[16]

其角牛島《うしじま》にて、雨乞する者にかはりて、

〔五元集〕夕立や田をみめぐりの神ならば、

とせしは、いづれの日にや。詳《つまびらか》ならざるによりて、予《よ》三囲《みめぐり》の社主《しゃしゅ》につきてたづねしに、元禄六年六月二十八日の事とぞ。然則《しかればすなはち》其角三十三歳の時なり。一説に、南茅場町、回船問屋《くわいせんどひや》某《それがし》、俳名《かいみやう》を白雲《はくうん》其角門人といふ人にいざなはれ、船あそびに出て、此事ありしとぞ。

この後には、例の能因の「銀河」の雨乞い歌との関連を述べ、「元禄六年に生れたる隠士《いんし》」の著したという『挙一堂之記』を根拠に、其角が雨乞いの発句を奉納したのち、すぐに雨が降ったという説を支持、さらに「元禄中の人、すでに此事を伝へて、風流の話柄としたる」ことを記している。

「三囲の社主」に取材し、雨乞いの日付、ならびに当時の其角の歳を同定しているあたり、考証随筆としての面目躍如というべきであるが、一方で、「雨の降しはいづれの日にもあれ、世こぞりて此事を語り伝ふるは、其角がほまれといふべし」と述べ、不粋な真実捜しを放棄している。

さて『近世奇跡考』の記述を信ずるなら、三囲神社の社主がこの説を唱えていたことになる。これより少し後の『江戸名所図会』でも、「社僧」が「元禄六年六月二十八日説」を唱えていた。後述するように、三囲神社では伝「其角自筆」の雨乞い句の掛軸を開帳して人気を博しており、あるいは、絵解きよろしく、開帳の折りにそうした由来を話していたのかもしれない。そうとでも考えなければ、おそらく突然訪れたであろう京伝に問われて、雨乞いの日時を即答できた理由が思いつかないのである。(17)

それを踏まえたうえで、何故に、雨乞いの日時が「六月二十八日」に落ち着いたのかという疑問が残る。実証困難な事柄ではあるが、あるいは、五月二十八日に降る雨を「虎が雨」と呼ぶ曾我兄弟の敵討の故事に因んだものか。日付の問題については、今後の研究を俟つほかかない。

三　掛軸と杵と石碑

以上、見てきたように、江戸の町人が好んで口にした「雨乞其角」の話は、あまたの古典籍に見られる伝統的な歌徳説話の話型に則ったものであり、主人公である其角の言動も、能因や小町といった、雨乞説話の主人公たちの継承者にふさわしいものであった。能因・小町の雨乞説話は歌徳説話の代表に挙げられることが多く、それを思えば、宝井其角の雨乞説話は、最も俳徳説話らしい俳徳説話であったといえよう。

しかし、そのことは「雨乞其角」が意外性に乏しく、当時の人々にとって旧聞に属する話であったのを意味しない。何故ならば、今日でも旧弊な話型の枠組みに縛られた話が、生き生きと世の中を闊歩している例がまま見られるからである。例えば、月明りのなかで父親の旧悪を暴露した昔話「こんな晩」の子供が、現代に甦ってフェリーで旅をする若夫婦の罪を告発したように、あるいは、刃物を振りかざして人を追い回した山中の鬼女が、整形手術に失敗して口が裂けた女妖怪として甦ったように、骨子となるモチーフの配列順序を抽出したときには、ありきたりの型に納まった話のように見えようとも、その実、型に納まりきらない部分に折々の時代を反映した新たな要素がつけ加わり、人々の興味を惹き続けたのである。(18)

話型とは説話を分析するのに便利な術語である。事実、話型という概念を導入することによって、説話の研究は長足の進歩を遂げてきた。しかし、現実には一つとして同じ話はない。そして口承の場合でも書承の場合でも、説話を活性化させているのは、存外、話型からはみ出した部分なのである。話型を用いて説話研究をする際には、話型の枠内に収束する部分と枠外に逸脱する部分との、双方に目配りをしておく必要がある。

「雨乞其角」の話を例にすると、話を形づくる基本的な枠組みこそ既存の話型の範疇より外に出ないものの、雨乞いをするのが遠く隔たった過去の人物ではなく、ごく最近まで江戸市中にいた著名人であることと、主人公の詠むのが雨乞説話に伝統的な和歌ではなく、新興芸術である俳諧の発句であることが、話型の埒外の要素である。「雨乞其角」の話が新しもの好きの江戸っ子の間で人気を博したのは、この二点によるところが大きかろう。後述するように、近世にも歌人による雨乞いの話はあった。けれども、それらがさしたる話題にならず、其角の雨乞いのみが有名になったのは、偏えに主人公が当代の人気宗匠であったからである。要は、主人公の名という記号の変換は、それだけで耳慣れた話を奇事異聞に変えさせる力があるということである。

ただし、以上のことを踏まえたうえで、何故に其角の雨乞いの話が流布するに至ったのかを、もう少し掘り下げて考えてみる必要があろう。たんに奇事異聞というだけでは、話が口々に伝わる必要条件を満たしてはいても、十分条件を満たしているとは言い難い。伝承伝播される話には、言い捨てにされる話にはない、何がしかの条件があるはずである。本節で考えてみたいのは、こうした点についてである。

この問題を考えるうえで、まず念頭に置くべきは「雨乞其角」の話の主たる担い手が、徳川二百五十年の平和を謳歌した都市住人であったことである。平穏な世相を反映して、この時代になると、旅が庶民の娯楽として定着するようになっていた。無数に刊行された道中記や名所図会の類が、如実にそれを示している。

『古今和歌集』以来「羇旅」が部立として定着したように、旅は現在に至るまで文学の重要なモチーフである。しかし、近世以前の旅と以降の旅とでは、質的にも量的にも、ずいぶんと相違がある。大雑把な言い方をすれば、近世以降、人々は旅に娯楽性を求めるようになった。もちろん、近世にも旅に人生を投影した芭蕉のような例もあるが、それはあくまでも例外的なもので、大多数の人々の旅は、弥次喜多がそうであるように、物見遊山を目的としたものであった。お伊勢参りや富士詣での類である。この点、江戸庶民の旅は今日でいう観光旅行に通ずる。こうした旅は概して軽く見做されがちであるが、世を捨てた隠者の漂泊の旅より、世事と関わりをもった俗人の旅のほうに、より民の常が見いだせるだろう。

さて、観光旅行とは何かを見にいく旅のことである。その何かとは、概ね風光明媚な景色と、過去の出来事を忍ばせる事物とに絞られる。江戸の名所図会の記述も、大抵は二つのうちのどちらかである。そして其角の雨乞説話の舞台となった三囲神社も、間違いなく江戸時代の観光コースのひとつであった。

一例をあげると、浮世草子『諸道聴耳世間猿』（上田秋成、明和三年＝一七六六）[19]中の一話「器量は見るに煩悩の雨舎り」では、大坂から出てきた主人公の江戸見物のさまを、こう描写している。

両国橋は下総《しもつふさ》の国《くに》へかゝりしゆへかくは名づけしぞと。江戸初《はじめ》ての見物と見へて京家《け》の武士の。小者一人に風呂敷包もたせて草履《さうり》がけ。菅笠《すげかさ》柄袋《つかふくろ》の外は旅《たび》めかず。橋をわたりて河水に逆のぼりゆく道の。河のながれ岸の下草までもしらぬ道の珍《めづ》らしく。三巡《みめぐり》の明神にぬかつきて。かの其角《きか(ママ)》が〽白雨《ゆふたち》や田もみめぐりの神ならば。と雨乞《あまごひ》せしは此社そと。心おもしろく気も隅田《すみだ》川の渡し場にいたり（……後略）。

まだ描写はつづくが、とりあえず必要なのはこの辺りまでである。この話の主人公は、初めての江戸見物を満喫したようであるが、その物見の行程にはしっかりと三囲神社も含まれていた。其角の没後六十年、雨乞いの句と逸話は遠く上方にまで浸透し、江戸に下った際の見所の一つと意識されていたようである。江戸人には身近であった三囲神社も、他の地域の人々には、行けば格好の話の種になる名所旧跡なのであった。

そうはいうものの、遠路はるばる三囲神社まで足を運んだところで、実際には何を見られるというのだろう。広く世間に知られてはいても、この話の観光資源としての難点は、見るべき事物がないということであった。強いていうならば、いくつかの話に登場する、雨乞い句がしたためられた其角自筆の短冊くらいであろうか。実際、三囲神社の開帳のおりに、この短冊が披露されていたことが記録に残されている。次に紹介するのは『寛政紀聞』寛政十一年（一七九九）の条である[20]。

今度新規に庵を建、天井は寄木細工、屋根ハかやぶきにし、惣体数寄屋構にし至て風流なる設にて、是を其角庵と号し、床にハ其角、雨乞之名吟を掛物にして、箱入之まゝ飾り置キ、所望の人にハ誰にても見せ候由、張札にて知せ、其前に文台を据、短冊を出し置キ、参詣之人ニ望之四季混シ合にて発句相集め、明神へ奉納之積リニ有之趣にて、風流を嗜む人ハ立寄り発句する者も有之容子也。

現社主の永峰光一氏によると、三囲神社の開帳はたびたび行なわれていたそうであるが、殊に有名なのが豪商・三井氏の援助で催されたこの寛政の大開帳で、あまりの盛況ぶりに幕府がこれを禁じたことが『徳川実記』等に記録されている。右に引用したのは、ごく一部であるが、これだけの記述からでも相当の規模であったのが知れる。「其角庵」なる庵を建てて参詣に来た人に句を募るあたりは、今日、俳人に馴染みのある観光地で俳句を募集しているのを連想させて面白い。

この其角庵では「床にハ其角、雨乞之名吟を掛物にして、箱入之まゝ飾り置キ、所望の人にハ誰にても見せ」ていたという。これを「張札にて知せ」ていたというから、まさに観光資源である。この掛軸こそ、其角の雨乞いの唯一無二の証拠品であった。

さて件の雨乞いの句の掛軸は、現在でも三囲神社に大切に保管されている。先日、同社に伺った際に実物を拝見させていただいたところ、伝其角自筆の雨乞いの句は、短冊ではなく、縦二七糎・横三九糎の書であった。表装は縦が一一七糎で、横が五四糎。だいぶ使い回されたと見えて傷みが激しく、軸棒も片方とれていた。前書に「此御神に雨乞する人にかはりて」とあり、例の「夕立や」の句の後に「晋其角」の署名がある。掛軸の入っていた箱には、次のような由来が記されている。

此其角雨乞の發句、其頃當社に奉納す。其奇特世に知る事久し。然るに、一句暫の年月失し也。時に三十三回の開帳の始に、故ありてふたゝひ奉納す。則當社の神験とあふぐ而已。

三井高陳敬白

蓋の裏には「宝暦二壬申年二月朔日」と日付が書かれている。文意を解釈すれば、其角みずからが奉納した発句は所在不明になってしまったが、其角三十三回忌の記念の開帳のおりに「故ありて」奉納しなおしたということになる。この「故ありて」の内容がはっきりしないが、現実的に解釈すれば、三井高陳が開帳に合わせて何処からか調達したことになろう。

気になるのは、箱書にある宝暦二年（一七五二）という年号である。これは其角の三十三回忌より、さらに十二年後のことで計算に合わない。単に箱が二代目であったのか、後になってこの年に奉納したことにしたのか、一考を要する問題であるが、掛軸の事実性については、あまり詮索すべきではなかろう。重要なのは、雨乞いの証拠品が揃えられたという点である。

なお、件の掛軸を奉納した三井高陳（一八〇三〜一八七二）は高利の孫で、三井十一家のひとつ長井家の第二代当主である。主に大坂を活動の場としていた人であったが、宝暦二年（一七五二）二月一日には江戸に滞在していたことが資料から裏付けられる。(21)

また、従来とり上げる人がいなかったが、現在も三囲神社には、其角の雨乞いにちなんだ竪杵が伝わっている。例の掛軸と同じ唐櫃に入っていたそうで、特に由来を記した文書などは残されていないが、現在、三囲神社の社主を勤める永峰光一氏が、十世其角堂永坡から聞いた話によると、其角の見かけた農民たちが、三囲神社の傍で雨乞いの儀式をする際に使用していた物という。『江戸砂子』でいえば「太鼓鉦を以、當社騒躁す」、『墨水消夏録』ならば「かね、太鼓を打ならし、農民の雨乞せるさま」に相当する部分である。この口碑の伝承経路は不明であるが、おそらく永坡が九世永湖から聞いたものであろう。

件の竪杵は、長さは約七十センチ、両端が約二十三センチずつで、真ん中の杵柄の部分が約二十四センチである。

見たところ、何の変哲もない竪杵であるが、ずいぶんと朽ちている。考古学者である永峰氏は、この竪杵は実用されたものではなく、儀器ではないかと推察しておられる。各地の儀礼では杵を呪具として用いている事例も多く、傾聴すべき見解であると思う。ただ、この竪杵の実際上の機能は先ほどの掛軸と同様、雨乞い説話の物的証拠であったろう。事物の揃えづらい「雨乞其角」の話で、掛軸の他に不備を補えるものがあるとすれば、話のなかの農民たちが使用していた雨乞いの呪具くらいであった。

同じことが、三囲神社の境内に建つ雨乞いの句碑にもいえよう。前節で紹介した『墨水消夏録』では、三井家の人が句碑を建立したことをもって文章を締め括られている。同書の記述を信用するならば、この句碑が建てられたのは享和三年（一八〇三）の六月で、例の寛政の大開帳の四年後である。竪杵がいつ頃の物かは知れないが、其角庵に雨乞いの掛軸、そしてこの句碑と、次第に事物が揃えられていく過程が見て取れる。伝説には、形をともなうモノが必要なのである。もしモノがなければ、伝説を必要とする側で用意するしかない。それは今日、盛んに作られている郷土の偉人の銅像や碑の類と位相を同じくする。現在の句碑は明治六年に三井家が再建した二代目であるが、其角庵もなく、掛軸や竪杵も一般に公開されていない現在、一般の参詣者が雨乞いの逸話を偲べるのは、この句碑くらいのものである。その意味では、句碑も立派に雨乞いの証拠品として機能しているのである。

通常、世間話に事物は必要ない。というより、同時代が舞台の世間話に、事物はそぐわないのである。しかし、「雨乞其角」の話のように、著名人の逸話の形式をとっている場合、時代の推移にともなって、話が伝説化していく傾向があることについては、すでに述べた。世間話の伝説化の過程で大きな役割を担うのが、目で見られ、手で触れられる事物の存在である。そもそも通人の其角の洒落にすぎなかった雨乞いが、伝説への道を歩み始めたのは、雨乞いの証拠品たる掛軸が三囲神社に伝存し、折りに触れて目の前に晒されてきたことと関連する。たとえ後から

『白雨や田を見廻の開帳噺』(東京都立中央図書館所蔵)

用意されたものだとしても、世間話の舞台が歴史上の一点に遠ざかり、主人公が歴史上の人物に化してしまえば、年月の経緯でついた汚れも相応の由緒をもつようになるのである。

では、何ゆえに其角の雨乞い説話は事物を得たか。その大きな理由として、この話が伝承伝播していく過程で、今日でいう観光の枠組みにとり込まれたことが挙げられよう。伝説と観光をめぐる問題というと、旧来、その地にあった伝説が、観光資源に用いられたことによって生ずる伝承の変容という文脈で説明されることが多いが、「雨乞其角」の場合は、むしろ観光資源に用いられることによって、伝説としての体裁を整えたと見るべきであろう。

示唆的な事例をひとつ。十返舎一九は、寛政の大開帳の翌年、『白雨や田を見廻りの開帳噺』(寛政十二年=一八〇〇)なる黄表紙を刊行している。内容は例の如くで、飢饉に苦しむ農民に懇願された其角が、雨乞いの発句を詠んで三囲神社に奉納し、見事に雨を降らせるというものである。一笑を禁じえないのは、天候をつかさどる天帝と配下の鬼や龍神たちが、能因と小町の雨乞いを引き合いに出したのち、「歌に雨を降らせし例はあれ共、発句にてはおぼつかなしと、昔よりの記録帳を出して繰ってみれ共、発句にて雨を降ら

『亀鶴名句雨』（東京都立中央図書館所蔵）

せし古例はなし」と、前例がないことを理由に小田原評定を続けることである。役人気質はいつの世も同じと見えるが、それを受けて、三囲神社の稲荷が天帝に向って「この雨乞ひ叶はざるときは、此方とても神徳薄きゆへと、氏子の思惑もいかがなり」と陳情するさまも、何か地元住人の利益に注意をはらう政治家じみていて可笑しい。

この作品の最後の丁には、寛政十一年の年号が入った三囲神社の幟が大きく描かれ、次の文章で締め括られる[22]。

> 仰ぎ奉る三囲稲荷大明神ゆるがせなる御祭ごと、十あまり一とせ如月中の五日より、御開帳はじまり、貴賤老若群集せり。この神徳の著きこと、其角が一句にもとづき給い、あまねく世界を潤し給ふ。そのあらましを戯れに記したるも、おそれながら、わきまへしらぬ児童のために見る目を喜ばしめて、神の示現を知らしめんためなり。先に書きたるは取りところもなき戯れごとにして、のちの氏中に神徳のあらかじめとゞむる事、めでたき御代のいさほしならんかし。

一読、この作品が例の寛政の大開帳を当て込んで製作されたことが判る。近世後期の開帳はすでに宗教色が薄れ、見世物的な色彩を帯びていたが、右の記事にいう三囲神社の開帳もそうした見世物的開帳のひとつであった[23]。

先述したように、『開帳噺』が世に出たのは寛政十二年正月、大開帳の行なわれたのが前年の二月なので、ごく短期間に執筆されたと覚しい。流行に敏感な戯作者らしい素早さであるが、実はこの作品は、これより二十年前に刊行された黄表紙『亀鶴名句雨』(市場通笑、天明元年=一七八一)の焼直しである。地上界と天上界の両方を描写しながら話が進められ、祈りが天に通じて雨が降る場面で大団円とする構造のほか、其角の雨乞いの発句のことを聞きつけた鬼たちが「昔より歌にて雨を降らせしことは度々あれども、俳諧にて雨を降らせしことはなし」と帳面を繰って雨乞いの前例を捜す趣向も酷似しており、一九が卓上に『亀鶴名句雨』を置いて筆を走らせたのは疑いない[24]。もっとも、この種の剽窃は戯作に珍しいことではなく、『亀鶴名句雨』自体、赤本『鬼の四季あそび』(作者・年次不詳)の一部(天上界の描写)を引き写して作られたものである。

それでは、両者の相違点はどこかというと、天上界と地上界のバランスにある。『亀鶴名句雨』では天上界と地上界の場面の比率はほぼ半々で、冒頭に句会の様子を描出するなど、若干のリアリズムを意識していたのに対し、『開帳噺』にはそうした描写は一切なく、いきなり天上界から話が始まっている。そのうえ地上界を描いた場面は僅かで、紙幅のほとんどが天上界の描写に割かれている。詞章を読まなければ、作中の僧形の男が其角であると気づく者は少なかろう。当然ながら、登場人物も、天帝・鬼・龍神・稲荷神など天上の神々が多く、結果、『開帳噺』のほうが『亀鶴名句雨』に較べて派手な印象を受ける。結びの降雨の場面でも『開帳噺』では、雨に混じって降る小判が書き込まれている。祝儀物としてはこちらのほうが良かろう。

話が次第に大仰になるのは、伝説が消費の対象となったときに、しばしば生ずる現象である。黄表紙のような消費者の視覚に訴えるメディアであれば、なおのこと話は改変され、再生産される。消費されながら伝承されるのも近世説話の特色といえる。

そして雨乞其角の世間話が、伝説としての風貌を具えていく過程で忘れてならないのは、豪商・三井家の関与である。掛軸を用意したのは三井家であろうし、おそらく掛軸と同じ唐櫃に入っていた竪杵もそうであろう。句碑も新旧ともに三井家の建立である。寛政の大開帳も三井家の援助があったという。其角の雨乞い説話を理解するには、三囲神社の思惑とはべつに、三井家の動向も思慮に入れる必要がある。

四　三囲神社と三井家

流通経済の発達した近世においては、説話もまた商品として消費される運命にあった。消費活動と相互補完の関係にあるのは生産活動である。消費される一方で、説話に新たな要素が付加されて、話にふくらみが出てくるようになる。生産――消費――再生産という流れのなかで説話は伝承伝播され、やがて体裁を整えていったわけである。以上のことはメディアの発達した今日では、より顕著になっていよう。

前節では江戸の戯作を例に挙げたが、例えば近世に刊行された夥しい数の地誌なども、同じ文脈で説明できる。言うまでもなく、地誌は、説話の伝承伝播を促す媒体として機能していた。否、「機能していた」と過去形で記すより、現在進行形で「機能している」としたほうが正確かもしれない。「雨乞其角」一つを例にとっても、『墨水消夏録』の記事が、行政の刊行物や観光案内の類にスタンダードな話として引用されていることは、すでに述べた通りである。その他の伝説においても事情は同じであろう。通俗的な読み物であっても、時を経るとともに権威をもつこともある。

かかる事情を踏まえたうえで、あらためて地誌の記述に伝説について触れたものが多い理由を考えてみると、説話を研究する者にとっても興味深いことが見えてくる。

まず理由として挙げられるのは、伝説を取り上げることによって、その土地の特殊性を際立たせることができるということである。景観以外の要素で、土地と土地との差別化をはかるには、それぞれの土地が持っている物語である歴史や伝説（両者を峻別するのは近代になってからである）を用いるのが手っ取りばやく、かつ有効である。

また、読者層に想定していたのが、ある程度以上の教養を有する人々であったことも理由の一つに数えられよう。これは地誌の書き手が、いわゆる文化人であったこととも関連してくる。実際にその土地に足を運ばなくても、書物などを通して伝え聞くところの伝説を記していけば地誌は書ける。名所図会を多く遺した秋里籬島（第四章第五節参照）の著作には『唐土名所談』（文化二年＝一八〇五）なる外国の地誌まであるが、これなどはその最たるものであろう。

けれども、より直截的な理由として指摘すべきは、事物に即した叙述がなされる地誌においては、過去を語る際にも、立脚点となる現在の事跡が必要になるということである。このことが歴史時間の一点に集約される伝説はもとより、近過去を舞台とした世間話の場合でさえも、話の拠り所となる何がしかの事物が引っ張り出される所以である。「雨乞其角」の話を例にすると、三囲神社そのものが事物の役割を果しているが、それに加えて、掛軸や句碑といった事物の存在が話の事実性を保証している。

次に紹介する『遊歴雑記』（大浄敬順、文化十年＝一八一四）の記述でも、引用箇所の前の部分では「同処三圍稲荷は、牛の御前の南の方弐町にあり」云々と三囲神社の立地から筆が起こされ、ついで「田中の宮とも稱す」と同社の別称が紹介されたのち、境内に植えられた松や梅や杜若、宮城野という品種の萩など草花について触れられ、同社の現況が記されている。その一方で、門に掛けられた額の由緒や、境内にある朱楽菅江の歌碑などにも筆が及び、常に現在を起点にしている地誌という文芸の特質が現れている。(25)

　さて『遊歴雑記』における、其角の雨乞いの逸話を見てみよう。

中古、宝晋斎《ハウシンサイ》宝井《タカライ》其角《キカク》が、雨乞する人に代りて舟中の吟に、

　夕たてや田をみめぐりの神ならば

といひし秀句に神も感応やしけん、雨ふりけるとなん、是より追々稲荷の霊験《レイゲン》も聞つたへ、宮・かぐら堂・絵馬殿・別当処・西南の両門・花表《トリキ》をはじめ、やしろの荘厳《セウゴン》悉く成就し、今は宮居の様壮麗となりて、其角も風流に名誉をつたへて、後世の今江戸座と称する一風ぞ残れり、是いなりの神・普子もろともに、凡聖《ボンセウ》ふたつながら幸福を得たりといはん歟《か》、予案ずるに、彼雨乞の句のもとづく処は、小野の小町が詠《エイ》に、

　あまの川苗代水にせきくだせ雨くだります神ならば神

といえる古哥をふまえて口ずさみしと見えたり、暫時《ザンジ》の才智賞すべし、是より俳匠等此稲荷を一筋に雨乞の神ぞと思えるも可笑《ヲカシ》、その人の徳にもよるべく、心魂を込《コメ》し句体《クテイ》にもよるなるべし、

　扨又、此地雪ふれる頃は、当社の辺より土手通り、牛嶋長命寺より橋場《ハシバ》のわたりの風色一入《ひとしほ》にして、天然の景望いふばかりなし、文化十一甲戌年三月宵《ヨイ》より雪ふりける晨《アシタ》、いまだ夜明ざるに、兼約なれば雪沓《ユキグツ》に足拵《アシゴシラ》えし、松村弥三郎を同道し、僕《ボク》を随《シタガ》へ、三人罷《まか》りしが、雪の眺望絶倫にして、舟中にながむる如きにはあらで、田に畑に、川添のけしき、木立、村々の家居、見るものみな面しろく、奇々妙々なりし、

されば此みめぐりの稲荷は、駿河町に名だゝる三井次郎右衛門、同じく元之助、或は三郎助等より当処へ勧請せしむかしよりの由緒にや、初午の日は殊に賑はしく、越後屋より赤飯様《セキハンヤウ》の物夥《ヲビタヾ》しく舟にて運送し、手代どもかはりぐ〵群参して、一村の人を招き、又参詣の人々にも赤飯を施し振舞《フルマウ》事となん、

例によって「あまの川……」の雨乞い歌が先例に引かれているが、本文ではこれを能因法師ではなく「小野の小町の詠」としている。通例、小町の雨乞い歌は「ことわりや日の本なれば照りもせめさりとてはまた天が下かは」であるが、もとより伝承歌であるので、誤りともいえまい。小町の雨乞い歌の出自が怪しいことは、夙に指摘されているところである。ここでは、文脈上必要とされていたのが、雨乞いの先達の歌人である点だけを押さえておけばよかろう。重要なのは、其角の「暫時の才智」を賞嘆することと、また「俳匠等此稲荷を一筋に雨乞の神ぞと思える」という現在の事実を記すことにあった。ただし、『遊歴雑記』の編者は、時の宗匠たちの盲目的な信心を「可笑」とし、其角の雨乞いが叶ったのも「その人の徳にもよるべく、心魂を込し句体にもよるなるべし」と、距離をおいた見方をしている。

その後、三囲神社近郊の冬景色を讃える記述が続き、初午の日の喧騒の様子を記してこの項は閉じられる。三囲神社の祀っているのが稲荷、二月の初午の日に稲荷を祭祀するのは、全国共通の年中行事である。其角の雨乞いが著名なものになった背景には、江戸の流行神たる稲荷社と結びついた点も関係してこよう。ここで注視したいのは「されば此みめぐりの稲荷は……」以降の、三井家と三囲神社の関係を説いた部分である。

本文に名のあがった「次郎右衛門」「元之助」「三郎助」の三人は、三井家の営業の柱である「御為替三井組」をつかさどった人物である。呉服商である三井越後屋が両替店を正式に開業したのは天和三年（一六八三）、駿河町に

店舗を構えたときである。当初は三井高利の次男・次郎右衛門（高富）を中心に業務を行なっていたが、元禄四年（一六九一）に幕府の公金御両替の役を仰せつかるようになると、元之助と三郎助も加わった。これが「御為替三井組」で、三人の名は代々襲名されている。江戸経済の中心たる三井越後屋の、さらに中枢にいる人物たちである。(26)

さて、本文に「三井次郎右衛門、同じく元之助、或は三郎助より当処へ勧請せしむかし」とあるように、三井家は古くから三囲神社を守護神として崇敬している。それは今日に至るまで変ることはなく、三越の日本橋本店の屋上には三囲神社の分社が祀られているし、年末年始には、三井の重役が三囲神社を参拝する。また、三井の関連会社は「三囲会」（戦前は「三囲講」と称した）を結成し、正月・五月・十月に例祭を行なっている。三囲神社境内に存する三囲講の由緒碑（昭和十七年建立）には、次のような説明がある。

三越本店の三囲神社分社

由緒

一、東京都本所区向島二丁目七番地鎮座
一、村社　三囲神社
一、祭神　宇迦能魂命
一、御祭日　例祭　四月九日
　三井家総元方　三井銀行　三井物産株式会社　三井鉱山株式会社
株式会社三越
右総元方始め各株式会社交替に、正、五、九の小祭を受持ち、昔の例の儘に祭祀を執り行ふ。

当社の草創は実に一千年余年の事にして、其の間屢々変遷あり。元亀年間火災に罹り社殿を再建し、慶長年間には隅田川築堤に際し、旧地より約南二丁の現地に移さる。霊験妙なるが中にも、元禄六年六月の大旱魃の時、俳聖其角献句雨乞によりて霊験立ちどころに顕れ、翌日大雨あり。之より御神徳天下に普く、特に京都の巨商三井家江戸に進出するや三囲神社の信仰厚く、当家の守護神と仰ぎ、享保元年、三井高治、三井高久、三井高房、相議りて神祇の司職吉田家に神位を乞請け捧奉り、又、享保十二年五月には、従二位卜部朝臣兼敬に請ひて更に霊璽を当社に移し奉り、田地を捧げ社地を拡張し、神殿瑞垣を改築せり。爾来二百余年、子孫代々祖先の志を継ぎ、敬信以て今日に至る迄、昔の随々に当社の維持経営に努め、又三囲講を創設して祭祀に力を致す。境内末社多く、中にも大国恵比須神は、隅田川七福神の一として其名高く、額殿に奉掲せる額は三井家に関係のもの大部を占め、又樹間に点綴せる諸名家の碑石は其の数多く、興趣掬すべし

昭和十七年一月二十五日

右に「当社の草創は実に一千年余年の事にして」とあるように、三囲神社の由来は古い。『三囲稲荷略縁起』(享保年間)によると、そもそもは弘法大師の開基とされ、ご神体の稲荷像も大師が彫ったものという。社が牛島に建てられたのも、大師が放った梅の実が、同地に根づいたためであるという。むろん、これらの事々は史的にいえば事実ではない。梅の実を投げたという例はあまり聞かないが、弘法大師の放った法具(独鈷や三鈷など)が遠く離れた地に落ち、その縁で寺社が開かれたとするのは、弘法伝説としては最もありふれたものである。社伝には、文和年間(一三五二~五五)に同地を訪れた三井寺の僧・源慶が、この話を農夫から聞いて感激し、荒れ果てていた社殿

を再建するために土地を掘り返したところ、土中より件の稲荷像が出てきたとある。なお、同社は当初、田圃のなかに位置していたため「田中稲荷」と称していたが、稲荷像出土のおり、いずこともなく白狐が現れ、像のまわりを三度巡ったため、爾来「三囲稲荷」と呼ばれるようになったという（「三囲神社」の呼称が用いられたのは明治以降である）。なお、これと関連するか判らぬが、元禄年間、三囲神社内に一匹の狐が棲み、脇の茶屋の姥が呼ぶと姿を現したという巷説が『思出草紙』や『江戸名所図会』等にある。

これらの話の真偽はさておき、三囲神社再興の時期が、十四世紀中葉であったのは確からしい。右の碑にある元亀年間の火災も、慶長年間の移転も史的事実である。三囲神社としては、其角の雨乞いよりも、弘法大師の起こした奇瑞のほうが、遥かに由緒があるが、いかんせん三井家には何の関わりもない過去のことである。三井家の建立した碑に弘法大師も中興の祖である源慶も登場せず、単に「其の間屢々変遷あり」としか書かれないのも無理からぬことである。

もっとも、その理屈でいうならば、其角の雨乞いも三井家には関係ない。俗に雨乞いがあったとされる元禄六年（一六九三）は、三井高利の没する一年前である。右の碑文にあるように、三囲神社と三井家の関係が確認される最古の記録は、享保元年（一七一六）、三井高治・高久・高房の三人が、京都神祇管領に対して、三囲神社に正一位の神位を申請した文書である。この文書の存在は、当時すでに三井家が三囲神社の運営に深く関与していたことを示してはいるものの、これより二十三年前の、元禄六年時点での両者の関係を証する資料は皆無である。享保十二年（一七二七）には、京都の木嶋神社（三井が江戸に進出する以前の守護神）に三囲神社を勧請するに至る。『遊歴雑記』に「當処へ勧請せしむかし……」云々とあるのはこのことで、三井家と三囲神社の連携はより強固なものになるが、雨乞いとは無関係である。右の碑文でも、其角の雨乞いによって「之より御神徳天下に普く」広まったのは判るが、その後に続く「特に京都の巨商三井家江戸に進出するや三囲神社の信仰厚く、当家の守護神と仰ぎ……」云々の文とのつながりは不自然である。顧みるに、これまでに紹介してきたどの雨乞い説話にも三井家は登場しない。にもかかわらず、三井家は雨乞いの証拠品たる掛軸や竪杵を用意したうえ、其角顕彰のための句碑まで建立し、一方では本来の縁起であるはずの弘法伝説を黙殺したのである。

ここで考えるべきは、大坂から江戸に進出したばかりの三井家にとって、守護神と崇め奉る三囲神社が有する二つの説話――弘法大師の開基伝説と、其角の雨乞説話――のうち、どちらが役に立つかということである。答えは、両者を較べれば一目瞭然であろう。いかに歴史に疎い江戸庶民といえども、弘法大師空海が自分たちの生きる世間とは遠く隔たった、遠い昔の人物であることは察していよう。対して、宝井其角は自分たちの生きている世間と地続きといってよいほど近い時期の人物である。地域との結びつきも、諸国行脚の旅のおりに立ち寄っただけの弘法大師より、江戸を活動の場とした其角のほうが強い。何よりも「雨乞其角」は人々の耳に親しんだ流行の世間話であった。江戸に地場を固めつつある三井家が、人気者の其角の説話のほうに飛びついたのは当然である。

そもそも、何故に三井家が三囲神社を信仰するに至ったのか、理由がはっきりしない。三囲神社の位置が三井の拠点である江戸本町から見て鬼門に当たることや、「三囲」の名が「三井」に通ずることなど、いくつか説があるとはいえ、いずれも憶測の域を出ないのである。三井家と三囲神社は、伝承のうえばかりではなく、史実のうえでも接点がなかった。その三井家が三囲神社に接近した背景には、信仰上の理由とは別にもっと実利的な理由もあったろう。

三井家にとっては、三囲神社は格好の広告塔であった。前節で触れた寛政の大開帳の際にも三井家からの援助があったというが、先の『遊歴雑記』の記事にも、近所に住む「一村の人」に限らず「参詣の人々にも赤飯を施し振

『白雨や田を見廻の開帳噺』（東京都立中央図書館所蔵）

舞」ったとある。先に紹介した黄表紙『開帳噺』で、雨に混じって、小判が降りそそぐ絵が描かれているのは、あながち空想でもなかった。こうした行為が宣伝活動の一環なのであった。

また、三囲神社にとっては、三井家は強力なスポンサーであった。鬼沢正は「元禄以前、隅田河畔、田中の一小祠にすぎなかった三囲稲荷社が、今日のようになったのは、三井家の援助の賜といっても過言ではない」と述べている。[27] 実際、三井文庫所蔵の「三圍社へ三井家寄附調願問添」（明治三十二年）を見ると、享保八年（一七二三）に行なわれた社殿の大修造以来、三囲神社の建築物や境内の碑のほとんどが三井家の寄進によるものであることが判る。

そして、これまで論じてきた事々から浮かび上がるのは、「雨乞其角」の話が両者をつなぎ止める鎹の役割を担っていたということである。このような消費のされ方も近世説話の一つの特性といえようか。

最後に、其角の雨乞いの証拠品の揃えられた年代を、三井家の動静から見ていきたい。といっても、竪杵は年代不明である[28]ので、残る二つの事物――掛軸と句碑について考察する。

まず掛軸であるが、箱書によると寄進されたのは宝暦二年（一七五二）のことである。『三井事業史』本編第一巻（昭和五十五年、三井文庫）によると、宝暦期は売上高激減の時期である。同書に掲載された売上高の推移を表す折線グラフを見ると、大坂店のほうは横這いのままであるが、江戸店の落ち込みが激しい。それ以前の元文年間から延享年間にかけて右肩上がりの成長を続けていただけに、余計、急落ぶりが際立って見える。その原因については小論の問題とするところではないが、雨乞い句の掛軸の奉納と何らかの関わりを想定するのも無理はなかろう。

次に、句碑の建てられた年代について触れる。雨乞いの句碑は、安永六年（一七七七）、享和三年（一八〇三）、そして、明治六年（一八七三）と、都合三回建てられている。いずれも、三井家にとって大きな意味のある年である。近世の三井家には、経営上、二つの大きな転換期があった。いわゆる「安永の持分（安永三年＝一七七四）」と、「寛政の一致（寛政九年＝一七九七）」（前者は三井家の家産・営業の分割で、後者は再統合）である。同苗一致を家法とする三井家にとっては、まさに最大の経営危機であった。近世の二つの句碑は、こうした動揺のさなかに建てられている。一方、明治六年も三井家にとって意味深い年であった。この年、三井家は第一国立銀行を創立しているが、代わりに不振の呉服業を分離するよう、政府から勧告を受けている。「三越分離」と呼ばれるこの出来事は、幕末維新の混乱の只中で、三井家が商家から財閥へと変貌をとげる過渡的状況をよく示している。

現存する明治六年建立の句碑は滑稽なほど大きいが、先行きの見えない時代状況のなかで、三井家首脳の抱いていた不安の大きさを示しているといえよう。

五　雨を請う俳人たち

かくの如く、三囲神社を舞台とした其角の雨乞説話は、かなり早い時期から巷間に流布しており、また、さまざまな形で商品化され、消費され続けてきた。話が人口に膾炙していくにつれ、次第次第に異伝を生ずるようになるのは世の常である。異伝の多さが、説話の世間への浸透度を物語っているともいえよう。

例えば、次に紹介する『懐宝日札』（小宮山楓軒、近世後期）の記事などは、其角の雨乞説話のバリエーションとして非常に興味深い。[29]

かさい村に、雷神の社御坐候所、一とせ旱り仕候時、俳人の其角狂歌ヲ詠みて、供へ申候。
　雷太郎作も上作出来もよしししちにおひたか一トふりもなし
此歌にて大雨ふり申候。只今、此哥を雷神の神體ニ仕りおき申候と申候。森庸軒より申来。

主人公である「俳人の其角」が、「旱り」の折りに「大雨」を降らせたのは、これまで紹介してきた雨乞其角の説話と同じである。話の舞台である「かさい村」も三囲神社のある地域の古名であり、やはり最前述べてきた雨乞其角の話と重なる。相違点は二つ、詠まれたのが発句ではなく狂歌であったことと、その狂歌を奉納したのが「雷神の社」であったことである。

そのうち一点目については、第一章第一節で〈狂歌の徳〉を題材とする世間話の存在を確認したとおりである。

この話などは明らかなる異伝、ないしは誤伝であるけれども、伝統的な歌徳説話を見つめる通時的視点と、当節流行の俳諧説話・狂歌説話を見つめる共時的視点との、双方から見なければ、把握しがたい話であった。

二点目の、其角が雨乞いの狂歌を捧げたのが、稲荷ではなく雷神であったという点は、穀霊神・農耕神を本義とする稲荷信仰の裾野の広さについて考える必要があろうが、ここでは、そう深刻に受けとめなくても、近世に流行した其角をめぐる世間話の一つと捉えれば事足りるように思う。

このように『懐宝日札』に載る其角の逸話には、三囲神社を舞台とした雨乞其角の典型的な説話に重なる部分と、重ならない部分とがある。しかし、いずれにせよ言えるのは、こうした異伝が生ずる背後には、相応の伝承の広がりを想定せねばならないということである。次に紹介するのも、そうした異伝の一つである。(30)

芭角といへる宗匠、ある時墨田川を船にて行事ありしに、楫取かねてしるものなりければいふ、おのれ頃日瘧をやみて、日々ふるうに至ては難儀なれば、なりはひはつとめおれどいと煩はし、きみは俳諧に名を得し人なれば、一句もておとしくれ給へといふ、芭角いはく、むかしの其角は此ほとりにて、一句に雨をふらせしといひ傳へ、其外世々の人々、色々の事をいひ傳ふれど、それは物に妙を得し人の上なり、おのれづれの拙工、などかゝる事をせんといふに、それは謙に過たり、君が上手は人みなしる、などかおのれごときものゝ匹夫のおこり、君が力に落ざらんやと、せちに求めてやまず、とかくする程に舟岸につかむとす、時に芭角つと立て、楫取の後より出し抜に、脊をはたと打ければ、楫取おどろきてふりむく時、汝がおこりははや落たりといふ、楫取はらたちて、こはおもひもよらぬ仰かな、おこりの落たりとて人を打事やある、句をこそもとめつれ、おのれを打てよとはなどいはんやといひければ、さればこそ落たれ、

皇帝の舟のおこりは落葉かな

此句をよく信じて、一心にいのれといひて過ぎけるに、其後此楫取禮に来りて、先日君が妙句もて、おのれがおこりとみに癒たり、いと嬉しければ、其よろこび申さんとてまいりつといふに、芭角もいとおかしくて、そはよかりけるよと答て返しけるとぞ、聞く人、脊を打ておどろかしける事の才覚をかたりてわらひけるとぞ、按摩喜八が話しなり、

『寝ぬ夜のすさび』（片山賢、年次不詳）所収の「俳人芭角」なる題の話である。朝倉無聲の解題によると、本書は幕府の役人・片山賢が、文化年間から弘化年間（十九世紀初頭から半ば）にかけての巷談街説を集めたものといい、右に紹介したのもその一つである。舞台も同じ隅田川で、登場人物の台詞に其角の雨乞説話も引かれているが、話自体はパロディーのような内容となっている。「芭角」などという俳人が実在するとは思えぬが、留意すべきは、瘧に悩む楫取の台詞に、「きみは俳諧に名を得し人なれば、一句もておとしくれ給へ」と発句の徳の発想に基づいた言葉がある点である。

瘧（おこり）とは隔日に発熱・悪寒を繰り返す一種の熱病である。現在の病名でいうとマラリアが相当するという。発句で雨を請うならまだしも、瘧を治せというのは少々無体な気もするが、これにも先例がある。先に引用した『懐宝日札』には連歌師・紹巴の発句に瘧を落とす効用がある旨が記されており、『俳家奇人談』にも宗祇が発句で瘧を落とした話が載せられている。また、『翁草』（神沢杜口、安永五年＝一七七六）に「或公卿」の話として載せられた霊元院の御製は、和歌による瘧落としの例である。なお、この霊元院の歌「まくさかる野べのわらはや道遠く我が住む里に帰り行くらむ」は、「のべのわらはや／みちとおく」と「瘧（わらはやみ）」の語が分断されており、

第一章第六節で触れた北条氏康の狐除けの呪歌と同じ構造を持っていて興味深い。

俳人が瘧を落とした例としては、『滑稽太平記』(北藤浮世、延宝・天和頃)や『俳人百家撰』などに載る高嶋玄札の逸話がある。瘧を患った玄札が、病床で「卯の花のおちるは風のおこり哉」を発句として独吟百句を連ねたところ、「忽落て病苦をのかれ」た由。他に目についたものには、『雪窓夜話』(上野忠親、近世後期)の話がある。ここでは、「摂津守澄猶公」が「江戸ニテ名アル俳諧師ノ某ト云モノ」の連句で瘧を落としている。

おそらく『寝ぬ夜のすさび』の楫取の言葉の背後にあったのは、かかる話群であったろう。留意すべきは、末尾に置かれた「按摩喜八が話しなり」の一文である。何となれば、ここに俳諧説話伝承の担い手の一端が垣間見られるからである。この按摩が話をしたのは、ひとり片山賢のみではあるまい。前章で、按摩で身過ぎをしていた上島鬼貫の名を騙った「東人の鬼つら」や、『耳嚢』の著者を相手に細川幽斎の狂歌咄を披露した按摩「正逸」を話題にしたが、察するところ、「按摩喜八」も彼らの同類であったろう。

また、話し手の按摩という職掌、および療治中という話の場が、話の内容に適っていることも見逃せない。あまたある小町伝説のうちでも、零落して病(皮膚病、もしくは婦人病とすることが多い)を得た小町にまつわる伝説は、同じ病気を患って漂泊する女性が持ち伝えたとする説が古くからある。(31) 話の内容と語り手との関連が窺える例は多いが、按摩話の場合、伝説ではなく昔話のうちの笑話の管理者という側面が強調されてきたように思われる。だが、実際には右の例のような当節流行の世間話、つまり同時代の話をすることも多かったのではないか。

さて『寝ぬ夜のすさび』の芭角は雨は降らせなかったが、次に紹介する『怪談御伽猿』(32)(著者不詳、明和五年＝一七六七)では、あろうことか、其角の師である芭蕉が「夕立や」の雨乞い句を詠んでいる。

夫和歌ハ日本のもてあそび　神代より此道つたわりて　此道の奥儀を極めぬる人ハ目に見えぬ鬼神《おにカミ》をしたがへ　天地《あめつち》をうごかすとなん　江戸砂子といふ書に　芭蕉翁桃青といえる人　一年納涼のために小船に棹さして武江の見めぐりといふほとりにいたりけるに　其近きあたりに神楽の音いさましげに聞えければ桃青　これハいかなる神をすゝしめ奉るにや　と舟人に尋ねられければ　舟人こたへてこれハ此頃の日旱《ひでり》ゆへ雨を見めぐりの御社に祈るなり　と申しければ　桃青　さらバ我雨をこひて得さすへし　とて

夕立や田を見めぐりの神ならば

と吟しられければ　忽に雷雨おびたゝしう降しとかや　発句ハ和歌のかたわらなれど　其妙義にいたれハかゝる奇特あり

題は「発句にて雨を降らする事」という。引用の最後に「発句ハ和歌のかたわらなれど　其妙義にいたれハかゝる奇特あり」とあるとおり、この話の後には同時代（享保年間）の「摂州の片田舎」の話が舞台の歌徳説話が続き、俳徳説話との連続性が示されている。

それにしても、同書が刊行されたのが明和五年というから、ずいぶん早い時期に異伝が生じていたことになる。文中で引用されている『江戸砂子』の該当箇所は、本章第一節ですでに紹介したが、どこにも芭蕉など登場しない。三囲神社としては、其角より芭蕉が雨を降らせたほうが有り難かろうが、結局のところ、編者があやふやな知識のまま筆を進めたゆえの誤記か、編者が耳にした話の主人公が芭蕉であったがゆえの所産かの、いずれかであろう。この話も其角の雨乞説話の異伝の一種と見做せよう。

これまで紹介してきたのは、いずれも江戸を舞台とした話であったが、「雨乞其角」の説話は地方にも広まっていた。次に紹介する話もそのことを物語っている[33]。

津富、雨乞せし事を平常問へば笑ッて答へず。或時、津富酒機嫌の節、祖父此ことを問われしかば、津富答へて、我等田舎へ行、或る在家に逗留せし折、大旱魃にて早苗枯れぬ。百姓ども集り、昔榎本其角、三めぐりにて雨乞せしとかや承りぬ、其許も俳諧師の事なれば、雨乞の句を吟て給われよと言。われら辞しても聞かず、達て吟ずべしと言故、餘義なく、然らば吟て見べけれども、今此所にて吟ても詮なかるべし、明日当所の鎮守に参り神前にて吟べしといへば、尤もなりとて帰りぬ。扨翌日は精進潔斎にて、正午の頃氏神の社に詣し、吟じ句は則、

　しろしめせ神の門田の早苗時

短冊に認メ、神前に備へ、旅館に帰りしは八ッ時過なり。少々曇り来れども、いかゞ有んか覚束なく、夜食もそこ〱に喰ひ、日の暮るゝを待て臥戸に入しが、鬱々として眠られず。五ッ時頃サツ〱と雨の音きこへければ、先嬉しやと思ふうち、段々強くなり、降も降ッたり三日三夜やみ間なくふりつゞきぬ。雨晴て後、百姓ども白銀十枚に産物添て礼に来り、思はざる徳の付たりき。右様ナ事が度々あらばよかりなんと云て咄しけるとぞ。

　これも又、其国その鎮守の祭神等、聞たれどわすれたり。惜かな、遠国片鄙の事故、世に知る人少シ。或時、此句意いかにと沾山に問しかば、沾山大きに感じ、晋子が夕立の句にまさりたりとて言たりき。

『寝ものがたり』（鼠渓、成立年不詳）にある話である。この話の前には、同じ「津富」なる男が主人公の話が続いている。それによると津富は名字を島と言い、「蒼孤門人にして素外とは同門」とか。『梅翁百年香』（安永十年＝一七八一）、『俳諧句鑒拾遺』（天明六年＝一七八六）等の編著もあり、いつ頃の話か、おおよその検討はつく。

さて「酒機嫌の」津富が語ったところによると、干害のうち続く地方に逗留中、近隣の農民が彼のもとに集まり、其角の雨乞説話を例に引いて「其許も俳諧師の事なれば、雨乞の句を吟て給われよ」と迫ったとある。津富が辞退しても聞き入れず、重ねて懇願したというのは、よほど切羽詰まっていたのだろう。やむなく「精進潔斎」したのちに、鎮守の社に「しろしめせ」の句を奉納はした津富ではあったが、やはり自信はなかったらしく、「夜食もそこ〳〵に」切り上げて床につくも「鬱々として眠られ」なかったとある。さもありなん、本章第二節で取り上げた『萍花漫筆』の其角は、雨乞いに臨む決意を「雨ふらずんば、川へ身を投、骸を以て水神の贄となさん」と、そのときの心境を吐露しているが、津富に雨乞いを依頼した農民たちの切迫した言動をみても、もしも雨が降らなければ命の保障はなかったろう。

津富が雨乞いの発句を奉納したのは、どこの鎮守様であったろうか。「其国その鎮守の祭神等、問たれどわすれた」のは、著者ならずとも惜しく思うが、句の効用はいざ知らず、「遠国片鄙」の「田舎」にまで、其角の雨乞説話が伝播していた一つの証にはなる。

また、異伝ではないが、『俳人百家撰』（録亭川柳、嘉永二年＝一八四九）の「雨乞の事」の項に、「近世にては其角か三めぐりの雨乞名高く」とあり、正徳二年の夏、讃岐の国で行なわれた雨乞いの俳諧興行の記事がある。其角の雨乞説話に基づいてこの興行が催されたかは不明であるものの、これも地方における例の一つといえる。

これは四国の話であったが、爾来、かの地は水不足に悩む土地柄ゆえ、さまざまな雨乞いがなされており、その一例として、雨乞句会もあったのであろう。幕末の坂本龍馬も、姉・乙女宛の書簡で「かの小野小町が名哥よみても、よくひでりの順のよき時ハうけあい、雨がふり不申。あれは北の山がくもりてきた所を、内々よくしりてよみたりし也」と記している。「北の山が」云々という記述から、実体験の反映であることが推察される。この手紙が書かれたのは元治元年（一八六四）、龍馬が土佐にいた頃の思い出とすれば、時期は『俳人百家撰』の話に近づく。(34)

ちなみに、『柳亭筆記』（柳亭種彦、天保十二年＝一八四一以降）には、「紹巴の判したる木食上人の俳諧の巻に綴そへて発句をあつめし古写本のうちに「はやくふれ名はいつはり歟あめが下、作者不知」と書いて」あったことが記され、割注に「発句が先か歌がさきか」とある。小町の雨乞い歌に基づく句として、興味深い。

同じく、地方における俳人の雨乞いの例が『会津坂下町史』（昭和四十九年、同編纂委員会）にある。それによると、安永元年（一七七二）六月、会津盆地を大旱魃が襲ったおり、「鴬主人佳勇」という郷土の俳人が、「農民のなげきを見て、座視するに忍びずとして、使いを会津中の俳人に出し、一大雨ごい俳句会を坂下で開いた」のだという。出典は不明だが、そのときの「雨乞願書」も載せられているので、次に紹介する。

天地《あめつち》に恵まれ、人の命を養ふ五穀、既に旱損し尽きんとなげきて降雨を祈る。されや世の諭《たとえ》にも、天人《てんひと》を殺さずの上なれば、冥加は受納かならんと信心して、雨乞法楽の俳筵を営み、謹んで祈念奉るのみ。

鴬主人　佳勇祈念

以下、奉納された句が続く。この雨乞いは見事に成就し、その後、感謝の句会を開いた由。このとき詠まれた句の数々は、同町の塔寺八幡宮と柳津虚空堂に額が奉納されているという。各地に伝存する俳句額には由来の不明のものが多いが、雨乞いの句会の結果、献納されたものもあろう。

他に、地方における異伝としては、秋田の梅津其雫の話がある。俳名から知れるように、其角の門弟の其雫は、佐竹藩の江戸家老を務めた人物で、本名は梅津半右衛門忠昭という。寛文十二年（一六七二）生、享保五年（一七二〇）に没、師より十一歳年下である。(35)

その其雫が没して百年の後、秋田の小野村を訪れた菅江真澄は、文化十一年（一八一四）成立の『雪の出羽路』に次のような話を書き留めている。雨乞いというわけではないが、主人公の行動がもとで雨が降った点が、其角の話と共通している。(36)

梅津其雫〔梅津半右衛門忠昭の事、其角か門弟なり〕翁、或年東都行に此旧跡を訪はれけるに、時しも夏のはじめ紅豔の花さかりに開しが、一枝折て轎中に挿け瓶などに生んとせられしを、村叟の見てかたく制すれども聞かず強て両三枝折くれしが、晴天俄に曇り暴風篠を（附記―脱字あるべし）捧げ香を焚て返られしとかや。其時の句に、

御持病の鸚鵡返しや一さはら。〔むら時雨ともありき〕

俳諧の風雅其頃より盛にして、云々と見えたり。

右の記事からでは判らないが、其雫が訪れた「旧跡」とは、現在の秋田県雄勝郡雄勝町（旧・小野村）にある、小野小町ゆかりの芍薬塚（小町塚ともいう）である。同村は古くから小町生誕の地と見做されており、近世中期にはさまざまな小町伝説が語られていた。芍薬塚もその一つで、伝承によると、ここの芍薬は全部で九十九本あり、一本ごとに小町の歌と深草少将の歌が添えられているという。件の芍薬を実見した真澄は、その様子を精確にスケッチ

して、今日にその様子を残している。

さて、その当時この芍薬を折ると雨が降るという俗信があった。管見に入ったものに、天明元年（一七八一）成立の『阿古屋の松』（津村淙庵）や、幕末の成立と覚しい地誌『久保田領郡邑記』などがあるが、錦仁によると、享保十八年（一七三三）成立の『秋田六郡三十三観音巡礼記』に載る記事が最も早いという。(37)

真澄も記しているように、右の話は『黒甜瑣語』にある記事を典拠としており、若干の相違が見られるものの（発句の下七が「むら時雨」となっている）、ほぼ同じ文章である。『黒甜瑣語』が成立したのは寛政六年（一七九四）、筆者の人見蕉雨は秋田藩士で、文化元年（一八〇四）に四十四歳で亡くなっている。真澄も同じ時代に同じ秋田の地にいた。

興味深いのは、『雪の出羽路』の成立より三十年以前の天明五年（一七八五）に、同地を訪れた真澄が、紀行『小野のふるさと』に次のような話を採録していることである。(38)

ちかき世に、はいかいの連歌師、芍薬の枝葉折て家づとにせんと、たゝう紙のあはひにいりてければ、あめたちまち降て身いたくぬれ〳〵かへるとて、

又れいのあふむがへしやむらしぐれ

ずいぶんと簡素な記述であり、詠まれた発句も若干異なってはいるが、大要は『黒甜瑣語』や『雪の出羽路』の話と同じである。『小野のふるさと』の成立は『黒甜瑣語』より九年早く、当時こうした世間話が巷間で話されていたことが窺える。

二つの芍薬塚の話を比較して気づくのは、真澄が引用した『黒甜瑣語』の話のほうは主人公に「其雫」という固有名が与えられているのに対して、『小野のふるさと』には、ただ「はいかいの連歌師」とあるだけで、固有名が記されていないということである。

『小野のふるさと』の芍薬塚の話を記すにあたり、真澄は「枝葉露ばかり折てもたちまち空かきくもりて、やがて雨ふり侍る。まことにや雨乞小町ならん」という「里の子」の言葉を書き留めている。小町と雨との関わりについては、いまさら触れるまでもないが、この頃には、其角と雨もまた馴染み深いものになっていた。無名の「はいかいの連歌師」に、其角の弟子であり、秋田が舞台の話に登場しても不自然でない其雫の名が冠せられるようになったのは、そうした理由によるものであったろう。

ところで、真澄は斎藤宅兵衛実利なる人物の案内で芍薬塚を訪れている。『雪の出羽路』では、この人物を「はいかいの名を小町の庵古丁とて小町古墳の近く庵を作りすめり」と紹介している。斟酌するに、この斎藤宅兵衛の案内で芍薬塚に詣でたのは、ひとり真澄ばかりではなかったろう。というのも、先の人物紹介に続けて、真澄は「近き世に立てし歌や句どもしるしたるもいとく多く立ならびたり」と、芍薬塚付近の様子を記しているのである。近世後期、文化人の間でこの手の遺蹟を巡るのは一種のブームになっていた。本家である三囲神社の「雨乞其角」と同様、秋田の其雫の話も消費されることにより、伝承伝播していったと覚しいのである。

その一方で、其雫の説話は、俳人の師弟関係や交友関係が、説話の伝承・伝播経路として機能していたことをも匂わせるのである。

六　近世の雨乞説話

菅江真澄の紹介した秋田の其雫の話は、別の伝承では連歌師を主人公としていた。小町ゆかりの芍薬を折って雨を降らせた其雫の行動を、雨乞いと呼ぶべきか否かは意見の分かれるところであろうが、連歌師による雨乞いの例としては、次に紹介する『俳人百歌撰』(緑亭川柳、嘉永二年＝一八四九)所収の「牡丹花肖白」の話がある。(39)

　　空に置て見む夜や幾世秋の月

肖白は具平親王の遠孫にして、早く俗塵を出で奇を好み五岳に遊て、詩を賦し、和歌は宗祇に学び、其出る時は牛にのる、角に金箔をそく、見るもの怪み笑へとも自若たり。はしめ境に住し、又摂州池田に居す。四時の花を次第に植る事を好む、故に弄花の名あり。永正七年の秋、帝牡丹花を夢見て藤実隆卿に命じて、肖白を便殿に召して御連歌あり、夢庵といふも是よりの名なり。一年文月の比日でりして、民の苦むを見て是をあはれみ、

　　空にしるや雨をのぞみの秋の雲

斯く吟して、間もなく雨ふり出し、田畑も潤せしも幽妙也。歌に能因小町を賞し、俳に其角が句をのみ唱れど、肖白の雨乞を云はさるは本意なき事なり。

　大永七年四月八日に卒す、八拾五歳。

牡丹花肖白の来歴は右の話に記されているとおり、室町中期の連歌作者である。

右の記事の「一年文月の比……」以降に記されているのは、簡潔な記述ながら、正調の雨乞い説話であると言ってよかろう。「歌に能因小町を賞し、俳に其角が句をのみ唱れど、肖白の雨乞を云はさるは本意なき事なり」と述べているのは、俳人の逸話集である本書の冒頭に連歌師である宗祇の挿話を収めて、俳諧という文芸の出自の正統性を強調した著者らしい発言といえよう。

ところで、『俳人百歌撰』の言葉に倣って、連歌師・牡丹花肖白の雨乞説話を能因・小町の説話と其角の説話の間に置いてみると、雨を請うために主人公が披露する芸能が、和歌――連歌――俳諧と、時代の変遷につれて変容していったことが了解される。歌徳説話の典型である雨乞説話が、中世においては連歌説話として、近世においては俳諧説話として、人々の話題にのぼったことは想像するに難はあるまい。古式ゆかしい歌徳説話の残り香が、肖白や其角らの発句に受け継がれ、その時々に慈雨を降らせたのであった。

和歌の跡を継いで近世に隆盛した芸術には、俳諧のほかに狂歌が挙げられる。近世期の随筆に多く筆録されている狂歌説話にも、雨乞いをモチーフとしたものが多い。先に触れた『懐宝日札』の例もその一つだが、他に管見に入ったものに、高崎の俳人・平花庵雨汁の話がある。『上毛文芸叢話』（しの木弘明、平成十一年、名雲書店）にある話で、寛政年間、旱魃に苦しむ農民に代って、雨汁が「雨乞いのししの十六羅漢町そら降ってくるテンカラテンカラ」と一首詠んだところ、たちどころに雨が降ってきたという。同書によると、最近までこの歌を知る老人がいたとのことである。雨汁は俳諧も能くしたが、狂歌師としても大田南畝に師事し、「埒出鷹久」なる狂名をもっていた由。見方を変えると、在地伝承の歌徳説話のなかで詠まれる歌は、おしなべて狂歌であるといえばいえる。

祈雨と止雨はコインの裏表であるが、狂歌を詠んで雨を止ませた話もある。『閑度雑談』（中村新斎、嘉永元年＝一八四八）にある次の話がそれである。(40)

ある年《とし》の春、雨《あめ》しげくふりしころ、江戸に名《な》だゝる真顔《まがほ》に学《まな》びて、俳諧歌《はいかいか》よくよむ人来《きた》り訪《とぶら》ひしに、余《よ》いへらく、このほど雨《あめ》しげゝれば、もしや民《たみ》のなげきともならむかと、かの鎌倉《かまくら》の右大臣《うだいじん》の、雨《あめ》やめ給への歌《うた》の事いひ出《いで》て嘆《たん》じけるに、かの人いふ、其歌《そのうた》につきておもしろき事あり。いつのころにか真顔《まがほ》、其門人《そのもんじん》数《す》人とうちつれ、京にのぼりし時、雨日《あめひ》ごとに降《ふり》てやまず。大井川のこなたのたび宿《やど》にとまりしとき、所の人〳〵うちより、もしこの雨《あめ》、こよひもはれずば、明日《あす》は必川どめならむといへるにぞ。真顔《まがほ》をはじめ、みな〳〵かしらかきてうれひしに、一人戯《たはれ》て、我々《われ〳〵》俳諧歌《はいかいうた》よみ習《なら》ひしはかゝる時の為《ため》なり、各々《をの〳〵》雨《あめ》やめの歌よみて、龍神《りうじん》にさゝげ、晴《はれ》をいのり奉らんはいかにといへるに、衆《しゆう》みなそれよからんとて、各々《をの〳〵》一首よみたるに、かの人またいふ。此歌みなかたく封《ふう》じて、龍神《りうじん》に供《そなへ》奉り、もしこよひ雨《あめ》やみなば、こと〴〵くひらきみて、いづれの歌《うた》、神慮《しんりよ》にかなひたるならんと評《ひやう》すべしと。衆《しゆう》みなこれは興《きやう》ある事なりとて、そのごとくし、床《とこ》の上《うへ》をきよめて、歌《うた》どもをさゝげ晴《はれ》をいのりしに、ふしぎに其夜《そのよ》雨《あめ》やみぬ。翌朝《よくてう》衆《しゆう》みなとく起出《おきいで》て、大によろこび、いそぎ歌《うた》どもひらきみるに、龍神《りうじん》の感《かん》じ給ふべきもの一首もなし。真顔の歌《うた》はいかならんとひらきみれば、かの右大臣《うだいじん》の、これもまたすぐれば民《たみ》のなげきなり雨やめ給へ八大龍王《はちだいりうわう》、とよみ給ひし歌の、たみのみの一字《じ》を、ひの字《じ》にしかへて、旅《たび》のなげきとなし、たゞかな文字《もじ》一字《じ》をかへて、鸚鵡《あうむ》がへしとかいへるものなりければ、衆《しゆう》おどろき感《かん》じ、さすが名《な》をえし人とて、中〳〵人のおもひの及《およ》ぶ所にあらずと賞誉《しやうよ》し、かたり伝《つた》へしとかたらる。

主人公の鹿都部真顔は、本文にも「江戸に名だゝる」とあるように、代表的な狂歌師の一人である。記事を信用するなら、右の話は真顔直門の人物から聞いたとのことであるが、話し手である「俳諧よくよむ」男が、真顔の一行に同道し「雨やめの歌」を詠んだ場に居合わせたか否かは定かではない。体験談の型式をとるか伝聞の型式をとるかで、本話の位相も変ってこようが、本文から判断するのは無理である。

蛇足を承知で右の狂歌を解説すると、「かの鎌倉の右大臣」とは、鎌倉幕府の三代将軍で、歌人としても名高い源実朝を指しており、「雨やめ給への歌」も、実朝の歌集『金塊和歌集』に収載されている。元歌の詞書にも「建暦元年七月、洪水天に浸り、土民愁嘆せむことを思ひて、ひとり本尊に向かひたてまつり、いささか祈念を致して曰く」と記されていることから、そもそも止雨の歌として詠まれていたことが判る。もっとも、語句には若干の相違があり、実際の実朝が詠んだ歌は「時により過ぐれば民の嘆きなり八大龍王雨やめ給へ」である。右の話における真顔は、「民の嘆き」の「み」の字を「ひ」に置き換え、「旅の嘆き」としている。旅上での詠吟にふさわしい改作といえよう。これが「鸚鵡《あうむ》がへし」なる技法とのことで、雨が止んだというからには良い出来なのであろう。「鸚鵡がへし」の技法についていえば、明らかに謡曲の「鸚鵡小町」を意識している。これは老残の小町が、陽成院の御製をただ一字を置き換えたのみで返歌するという内容で、雨乞いの故事を含めて、小町説話との関連の深さが窺える。

この話を載せた『閑度雑談』が執筆されたのは、真顔の没後わずか十九年目のことで、充分、世間話の範疇に入れられるものであった。主人公に真顔が選ばれたのは、話し手が門人ゆえの神格化とも捉えられようが、たとえそうであったとしても、当節流行の狂歌説話に、請雨止雨の伝統的な歌徳説話のモチーフが受け継がれていたのは興味深い。なお、「俳諧歌」とは、狂歌の社会的地位を高めようとした真顔の造語である。かかる点にも、真顔の雨乞説話が歌徳説話の系譜に連なった理由が見いだせよう。

さて、最前、和歌による雨乞説話を伝統的と表現しているが、それは当時の社会において、歌徳説話が過去のものであったという意味ではない。先刻、和歌と連歌と俳諧の三つを文学史に現れた順に並べたが、俳諧隆盛の近世にあっても、依然、歌徳説話も連歌説話も同時代の世間話として流通していた。例えば、先刻の真顔の止雨説話と比較するのによい話が、烏丸光広の逸話にある。初めに紹介するのは、『扶桑拾葉集』（徳川光圀、延宝六年＝一六七八）に収載された道中記『東の道の記』（烏丸光広、元和四年＝一六一七）に見られる記事である。(41)

廿七日三枚橋をたつ、ふし雲間に見ゆ、三島に至りて白地に神拝す、六年以前のむかし、慶長十八年廿七日大風吹て大雨しきりなり、越んとするにおもひもかけす、いとゝ旅の道心うくて、此三島の神はいのる事いちはやく納受し給ふといへは

祈るより水せき留よ天の川是も三島の神のめくみに

かく読て荒木田住治にたてまつらす、しばらく有て雨脚しつまりて、日かけ忽ほからかならんとす、能因は炎旱の天に雨をいのり、我は晴をいのるかおこかましくうたよますとも、雨は晴なんといふ人の口も珍しからす此度もをろかならす重ねて和歌を奉る

末迄もふかき恵を身にしりて有と三島の神そ頼まん

舞台が三島であるのは、ここが能因法師の雨乞説話ゆかりの地であったからであろう。烏丸光広といえば、かの細川幽斎から古今伝授を受け、二条派歌壇の重鎮として活躍した近世初期を代表する歌人である。能因説話の後継者としては申し分ない。とはいうものの、この烏丸光広の雨乞説話も伝説に振り分けるには、少々新しすぎる話柄であった。やはり世間話として扱うべき話であろう。近世においては、歌徳説話も世間話として機能していたのである。この点は俳徳説話について考える際に忘れてはならない事実であろう。(42)

さて、右の話では奇跡を起こした烏丸光広みずからが書き記している点や、能因法師を意識している点が興味深いが、一話の完成度としては、次に紹介する『黄葉和歌集』の記事のほうが高い。(43)

おほやけごとにて、武蔵の国へまかりくだるとて、三島につきて、はこねの山をこえんとしけるに、雨こぼすがごとく降て、こしがたかりければ、社に祈り申て、能因法師が伊予の一宮に雨をいのりしことををもひつゞけて、よみて奉りける
祈るより水せきとめよ天河これもみしまの神のめぐみに
すみやかに雨はれて、その日山を越けり。

『黄葉和歌集』は、光広の没後三十九年目の寛文九年（一六六九）に、孫の資賀が筆をとって完成したという。詞書の部分で、光広が止雨を祈誓するに至った経緯が記されている。歌集であるから、歌が中心であってしかるべきはずだが、ひとたび歌徳説話の衣をまとうと、肝心の歌は説話の可変部分になってしまう。例えば、烏丸光広の死後二百年を経て記された『橘窓自語』（橋本経亮、享和元年＝一八〇一）には、次のような話がある。(44)

烏丸光広卿春日祭の上卿にてくだり給ふ時、雨ふりければ、
ふらばふれ三笠の山の雨なればさしては何のくるしかるべき
とよませ給ひしかば、雨やみてはれたり。

詠まれた歌はもとより、舞台も三島ではなくなっているが、烏丸光広が歌を詠んで雨を止ませたという骨子は変わらない。「三笠」の地名に掛けて「ふらばふれ」と詠むあたり、近世的といえなくもないが、この話などは世間話の伝説化した例としてよかろう。

三鳥三木の秘伝を解する御方の止雨説話は庶民に縁のないものであったが、もっとわれわれに近しい世界でも、歌徳説話は息づいていた。次に紹介する『譚海』（津村淙庵、寛政年間）の話は、近世期に歌徳説話が世間話として話されていたことの例証である[45]。

備前の家老に某といふ人、名はよしかせと云和歌の堪能にて、役義(儀)の外は詠出三昧に成てゐる人あり。上冷泉殿門人にて、為村卿も殊に御深切ありし人と聞ゆ。ある年の夏ひでりにて、雨久しくふらざりしかば、百姓共雨乞の歌をよんで給るべきよし願けるに、数度辭退せしかども、強て望ければ是非なく、「世をめぐむ道したゝずば民草の田面にそゝげあまの川水」とよみやりけるに、即時に雨降て歡喜しける。又其後何の年にか旱魃せしに、百姓どもありし事をおもひいでて、又雨乞の歌を願ければ、此人二度迄はあるまじき事とて、強て辭退せしかども、承引せざりしかば、せんかたなくて、又此たびも一首讀みける。

久堅の雲井の龍も霧を起せ雨せきくだせせきくだせ雨

此度も例の如く雨降しかば、百姓ども人丸の如くに覚えられたる人なりとぞ。

同じ話は『筆のすさび』にもあり、そちらでは主人公の名は「水野義風」と明記されている。話のなかで詠まれる二首の雨乞い歌は、ともに能因法師の詠んだ「天の川」の歌を踏まえている。雨乞其角は能因の歌をもとに「夕立や」の発句を詠んだが、同じ近世という時代に生き、「上冷泉殿門人」として敷島の道に親しんだ主人公が、雨を請うのに能因の雨乞い歌を持ち出したのも、当然であった。もっとも、恩恵に浴した農民たちは能因を知らなかったようで、彼を「人丸（柿本人麻呂）の如く」と讃えているが、いずれにせよ、伝承上の歌人に比せられたのは、当人には光栄であったろう。

「雨乞其角」の話は、干害のおりに芸能を神に奉じて雨を請うという、有史以前にまで遡れる信仰にもとづいて生じたものである。星の数ほどある説話のなかでも、最も古株の部類に入れられる話型といえよう。ただし、気をつけねばならぬのは、たとえ話の芯となる部分が古色蒼然たるものであろうとも、われわれの目に触れる表皮は常に流行の波に洗われ、その時代に特有の色を帯びているということである。

つまりは、優れた才能を持つ芸能者が、おのれの得意とする芸能を披露して雨を降らせ、折からの旱魃に苦しむ人々を救けるという話型の「芸能」の部分は入れ替え可能、説話の可変部分なのである。同時に主人公の名も、それぞれの芸能の達人に入れ替わる。

たとえば、読本『愧懝《こんがい》話録』（麟戯屈主人、明和二年＝一七六五）にある「中村久七、雨乞の事」[46]という話では、歌舞伎役者が三番叟を舞って雨を降らせている。長い話なので、冒頭箇所のみ次に紹介する。

久七あたらしきすいもの云、九州辺《きうしうへん》へ旁《ほうぐ》と芝居に参したるに、大不景気にて座卒も大損《そん》故、皆々思い〳〵に分《わかれ》て大坂をさして帰る。我等《われら》は嵐元蔵《あらしもとぞう》と云者と両人つれ達て、長門《なかと》のこと云村迄さまようて参し処、路金《ろきん》もなくなれば、庄屋の方へたつね行、だん〳〵右のことを云てなげき頼みけるに、庄屋云「此頃は日照《ひで》り續《つゞ》て、近在《きんざい》、中々夜《よ》もろくに寝《ね》ずに雨乞《あまこい》をいたす。中々、役者を留て咄聞所にてはなし」と、けんもほろゝに云はなしける。我等《われら》思案のめくらして云けるは、「役者の秘密《ひみつ》ニて雨乞することあり。我々其ことを習置《ならいをき》たれば、雨乞をすればたちまち雨の降こと奇妙《きめう》」と宿をかりおき、まゝに色々と出ほうだいに元蔵ととくに云廻《いゝまは》しければ、田舎《いなか》心に信《まこと》と思いけん、「然ば宿をかすべし」と有りし故、先《まつ》は宿《やど》は借《か》りたれ共、雨乞は何《なに》とせん。元蔵と談合中《たんかうなか》へ、早、庄屋、村中へかくと云觸《ふら》しけるニや。人多くあつまつて、「雨乞を初め給へ」と遣さければ、我等あたらしき雨乞の趣向《しゆかう》を思付て元蔵にさゝやき、庄屋方にて上下《かみしも》をかり、盥《たらい》に水を沢山《たくさん》にくませ、両人、髪《かみ》を乱《みたれ》て水を天窓《あたま》にぬりて三番叟《さんばそう》をふみ、一時程《ひとゝきほど》とびある。大に草臥《くた》ければ人々、御苦労など挨拶《あいさつ》する。我等ぬからず、「明日は雨降るべし」と云し故、酒肴《さけさかな》などにて馳走ニて大に酔《よう》てをかしさかくして寝《ね》入けるに、庄屋、暫《しはらく》して両人を起《おこす》故、南無三やくたいと思起ければ、庄屋よろこびて、「さいぜんより雨降る」と云故、立出て見ければほんに雨降なり。いかなること、元蔵とよろこびつわらいける。

この後、雨が降りすぎたために堤が決壊、農民たちから止雨の舞を求められるという、笑うに笑えぬ展開となる。本話の特色は、終始、主人公の体験談として一人称で記されていることである。事実か否かはともかくも、旱魃の地を訪れた放浪の芸能者が、土地の人々のために雨を祈り、見事、大願を果すという話の骨子は、典型的な雨乞説話といってよい。

この話の興味深い点は、歌舞伎という近世になって発達・完成した芸能を用いて、雨を祈るところにある。すなわち、当節流行の大衆芸能者が、説話世界の聖の真似事をしたことになる。そう考えると、この主人公の言動はいかにも突飛なように思えるが、翻って先例を顧みるに、能を神に奉納して雨を請う説話は、われわれの耳に馴れた話であった。佐渡には、流刑に遭った世阿弥が能を舞って雨を降らせたという伝説が多くあり、金井町の正法寺にはゆかりの能面が寺宝として保管されている。歌舞伎役者の雨乞いも、能役者の雨乞いに連なるものと捉えれば、さほど奇異なものとも思われない。和歌説話が中世になって連歌説話を生み、近世になって俳諧説話や狂歌説話を生んだのと同じく、中世の能にまつわる説話が、近世になって歌舞伎にまつわる説話として受け継がれたのである。かつては、能役者が雨を祈るのが新奇な話題であった時代もあったろう。

近世における雨乞説話の変容の例が、『俗耳鼓吹』（大田南畝、天保年間＝一八三〇～一八四〇）にも見られるので、次に紹介する。(47)

原富五郎（後称二式太夫一）表徳は原富、三線に堪能なる人なりけり、いつの年にてやありけん、市谷長流寺にて、原富の三線に、白獅（市谷袋寺町一向宗浄栄寺先住）が尺八をあはせて、道政寺の曲をなせしに、頃しも秋の末なりしが、空にはかにくもりて、雨ふりけるとなん、此座にありあふ人々、その妙を感嘆しければ、原富笑ふて、かゝる三線は淫声にて、雅楽にあらず、道政寺の浄瑠璃、また古の曲にあらず、何ぞ天の感じ給ふ事あらん、ほどよく雨のふりたるは、己が幸ひなり、と申き、此時、先新九郎（鼓の名人）先山彦源四郎（三線の名人）歌舞伎役者尾上菊五郎（梅幸）、市村亀蔵（五代目羽左衛門）も聞居て、感じけるとぞ、

この話では、雨を降らせたのは三味線の奏者となっている。列席者に歌舞伎役者の名が挙げられているのは、先刻の話との関連が見いだせて面白い。この話の場合は、べつに雨乞いをしたわけではなく、主人公が三味線を弾いたところ偶然に雨が降ったらしいことは、後に続く主人公の台詞からも判る。ただ、そのとき弾いていたのが「道政寺の浄瑠璃」であったというのは、偶然ではなかったろう。道政寺説話と雨乞いを結びつけて捉える発想が当時

はあった。雨乞其角がらみで例を挙げると、近世後期成立の長唄に「三囲開帳道政寺」なる作品がある。曲名から三囲神社で催された開帳の際に作られたのが判るが、内容は、三囲神社近郊の情景が謡われているだけで、其角も安珍清姫も登場せず、最後に其角筆の額に触れられているだけである。道政寺説話の主人公は龍女なので、その辺りが雨乞説話と結びつけられた理由であろう。こうした話から見えてくるのは、水田稲作とは縁遠い暮しをしていた生粋の江戸っ子たちの間でも、芸能を神に奉じて雨を祈るという、いたって古風な思考が生きていたということと、その雨乞いに用いられたのが三味線という近世を代表する楽器であったということである。

呪具として楽器が用いられる例はしばしばあるが、右の記事と関連のありそうなものに、いわゆる「琵琶淵」や「琵琶池」の話がある。水底から琵琶の調べが聞こえてくる理由を、かつて琵琶法師が転落し、命を落としたことに求める話である。事例は全国に分布し、琵琶湖の名もこれに由来すると覚しいが、何故にそのような仕儀に相成ったかという点については、諸々の説明がなされる。それらの説明のなかに、淵の主である水神との関係を説くものがあり、止雨請雨の説話として展開している例も多々ある。

そして琵琶にまつわる伝承は、近世になって日本に伝来した三味線へと受け継がれた。琵琶を三味線に替えただけの「三味線淵」の伝説がそれである。先の三番叟を舞って雨を降らせた歌舞伎役者の話と同様、伝統的な話型に則りながらも、近世には近世の世にふさわしい、新たな雨乞説話が生まれていたのであった。

かくの如く、芸能を神に奉じて雨乞いをするという習俗が生きているうちは、その時代その時代の新しい芸能を取り込んで説話は再生産され続けた。三囲神社を舞台にした宝井其角の雨乞説話も、そうして生まれ、成長した話の一つと言える。話が成長する過程で、出版文化の影響が強く見られたが、これも近世らしい特色であった。

つけ加えて言うと、宝井其角は、おそらく雨乞説話の主人公になり得た最後の人物であろう。何故ならば、伝説の発生母体として世間話を捉えたとき、今日の日常の話題に、雨乞いがのぼる可能性は限りなく低くなったからである。農業に携わる人々が減り、飢餓がリアリティーを持たなくなった現在、雨乞説話は〈語りの動機〉を失ったのである。それほど、この国は豊かになった。今後、雨乞説話が語られるのは、観光という動機を得た場合だけであろう。事実、雨乞其角の話は、今日、観光という文脈以外で語られることはないのである。それは飢餓と縁の薄かった江戸の有閑階層の雨乞説話に対する態度でもあった。

註

（1）浅川玉兎『長唄名曲要説補遺』平成十年〔改訂初版〕、邦楽社
（2）楠元六男「俳諧の担い手――其角の雨乞い句をめぐって――」（講座日本の伝承文学『韻文学〈歌〉の世界』平成七年、三弥井書店）は、本格的に其角の雨乞説話を論じた、ほとんど唯一の先行研究である。楠元論文では、伝承生成の過程で考証家たちが関与したことが述べられている。
　また、矢羽勝幸『三国の石碑』（平成十三年、三国神社）では、其角堂永坡の談話として、其角が八大竜王の像を持参していたという伝承が紹介されている。
（3）今泉準一『五元集の研究』昭和五十六年、桜楓社
（4）『宝井其角全集』編著篇　平成六年、勉誠出版
（5）註（4）に同じ
（6）國學院大學図書館所蔵本に拠った。
（7）『日本随筆大成』第三期十巻、昭和五十二年、吉川弘文館〈新装版〉
（8）楠元は前掲論文で、幾多の文献に載る能因の雨乞説話と、由来の不明確な小町のそれとでは「伝来の点において次元を異に」しているが、「江戸時代にあってはともに有名な話として、喧伝されていた」と述べている。確かに、

文献資料に関する限りでは両者の伝承状況に大差はないが、在地伝承に目を転じてみると、報告例のうえで、小町説話が能因説話を圧倒している。整理すると、書承に偏って伝承された能因説話と、書承口承ともに人気を博した小町説話という指摘ができる。

(9) 日本古典文学大系84『古今著聞集』永積安明・島田勇雄校注、昭和四十一年、岩波書店

(10)『燕石十種』第二巻、昭和五十四年、中央公論社

(11) 地域を語る営みのなかでの伝説の生成という現象は、市町村史の類よりも、観光図書により顕著である。例をひけば枚挙に暇がないが、例えば、手許にある山本純美『墨田区の歴史』(昭和五十三年、名著出版)でも、異説に触れつつも、其角の雨乞いについて記述している。

(12) 筆者が入手したのは、平成十二年に配布されていたものである。なお、本稿を草するに際しては、三囲神社社主・永峰光一氏に多大なご協力を得た。記して謝したい。

(13)『日本随筆大成』第二期三巻、昭和五十二年、吉川弘文館〈新装版〉

(14) 国立国会図書館所蔵本に拠った。

(15) 國學院大學図書館所蔵本に拠った。

(16)『日本随筆大成』第二期六巻、昭和四十九年、吉川弘文館〈新装版〉

(17) 雨乞いがあったとされる、元禄六年六月の江戸の天候については、前掲、楠元論文で考察されている。同論文が資料とした『津軽藩庁日記』の記述によると、元禄六年の江戸はひどい旱魃で、五月下旬から八月中旬にかけて、一滴の雨も降らなかった由。いずれ、伝承中の出来事であった。

(18) ここに例示した現代説話「今度は押さないでね」「口裂け女」については、野村純一『日本の世間話』(平成七年、東京書籍)参照。

(19)『上田秋成全集』第七巻 平成二年、中央公論社

(20)『未刊随筆百種』第二巻 昭和五十一年、中央公論社

(21)『本稿・三井家資料』明治四十一年、三井文庫
(22)東京都立中央図書館所蔵本に拠った。
(23)江戸の開帳文化については、川添裕『江戸の見世物』(平成十二年、岩波新書)参照。
(24)同書の翻刻に、藤原はるか「〔亀鶴見廻雨〕について」(『叢』第十九号、平成九年)がある。
(25)『遊歴雑記』大島建彦編、平成七年、三弥井書店
(26)『三井事業史』本編第一巻　昭和五十五年、三井文庫
(27)鬼沢正『三井の縁故社寺』平成七年、三友新聞社
(28)賀川隆行『近世三井経営史の研究』昭和六十年、吉川弘文館
(29)『随筆百花苑』第三巻、昭和五十五年、中央公論社　同資料は伊藤慎吾氏のご教示により知った。
(30)『新燕石十種』第五巻、昭和五十七年、中央公論社
(31)文献上の小町説話については、古くは、柳田國男が『女性と民間伝承』(昭和七年、岡書院)で論じている。戦後の研究としては、片桐洋一『小野小町追跡』(笠間書院、昭和五十年)、小林茂美『小野小町攷』(桜楓社、昭和五十六年)等々がある。
これ以降も、小町説話については先行研究が多いが、近年刊行された、錦仁『浮遊する小野小町』(平成十三年、笠間書院)は、在地伝承にも目配りの行き届いた大著である。また、同書第四章「小町伝承の担い手たち」で展開された説話の管理者論は、柳田國男の提起した問題の答えに最も近づいた例といえる。

他には、小堀光夫による一連の研究がある。近刊のものとしては、「江戸の小町伝説」『國文學 解釈と鑑賞』(第七十巻十号　平成十七年、至文堂)がある。
(32)『近世怪奇談』平成四年、古典文庫　同資料は花部英雄氏のご教示により知った。
(33)『続日本随筆大成』第十一巻　昭和五十六年、吉川弘文館
(34)宮地佐一郎『龍馬の手紙』昭和五十九年、旺文社

(35) 梅津其雫については、今泉準一「其角と其雫」(『近世文芸論叢』平成四年、明治書院)に詳しい。
(36) 『菅江真澄全集』第一巻、昭和五十年、吉川弘文館
なお、この挿話については、田口昌樹『「菅江真澄」読本Ⅰ』(平成六年、無明舎)に言及がある。
(37) 前掲、錦論文(註30)。
(38) 註(35)に同じ。
(39) 俳諧文庫20『俳諧逸話全集』明治三十三年、博文館
(40) 『続日本随筆大成』第六巻　昭和五十五年、吉川弘文館
(41) 『扶桑拾葉集』下巻　明治三十一年
(42) 大石俊太「歌徳説話の位相――雨乞歌をめぐって――」(『国語国文』第五十七巻三号、昭和六十三年)によると、史実の烏丸光広も「歌徳説話中の人物たらんと」して奇矯な行動をしたという。また、大石は「烏丸光広逸話の再検討」(『説話論集』第四集　説話と説話文学の会、平成十三年、清文堂)でも、同様の例を挙げ、「光広の歌徳説話の主人降雨を真似て興じた行動が、新たな説話を増幅させた」と述べている。以上の指摘は、其角の雨乞説話についても当てはまるものであろう。
ほかに烏丸光広の説話を論じたものに、橘りつ「能因法師と歌徳説話――烏丸光広との関連において――」(『東洋』第十八巻八・九合併号、昭和五十六年)がある。
(43) 大貫和子校注『黄葉和歌集』平成元年
(44) 『日本随筆大成』第一期四巻、昭和五十年、吉川弘文館〈新装版〉
(45) 『日本庶民生活資料集成』第八巻　昭和四十四年、三一書房
(46) 国立国会図書館所蔵本に拠った。また、同書の翻刻は『國學院大學近世文学会会報』第十号(平成十六年)に載せておいた。なお、同書の存在は、岡田哲氏のご教示によって知った。
(47) 『燕石十種』第三巻　昭和五十四年、中央公論社

第四章　近世文芸と俳諧説話

一　其角バナシの流行

雨乞其角の話を概観していてつくづく思うのは、宝井其角という人物がいかに江戸庶民の人気を博していたか、ということである。確かに「夕立や」の句は能因の雨乞い歌を継承したものであったし、また、話の生成する背景には、折からの俳諧流行、ならびに出版文化の隆盛という時代背景や、三囲神社、および三井越後屋の宣伝活動という側面も指摘できる。けれども、以上に挙げた事々だけでは、雨乞其角の話が別して流行した説明にはならない。近世の随筆類には雨乞いの世間話も散見されるが、其角ほどの知名度を誇る人物は他にいないのである。雨乞其角の話が人口に膾炙したのは、何といっても、宝井其角という人物の個性によるところが大きかった。もちろん、重要なのは史実の其角その人ではなく、世人の思い描いていたところの〈其角〉である。それは、例えば、次のようなものであったろう(1)。

その性《せい》〔生まれつき〕たるや、放逸《ほういつ》〔やりばなし〕にして人事《じんじ》にかかはらず、常に酒を飲んで、その醒《さ》めたるを見る事なし。ある日ふと詩文《しぶん》の会筵《かいえん》に行合せ、人々苦心しけるを、角そのかたはらに酔臥《すいが》し仰ぎ居たり。おのれ一妙句《いちみようく》得たりと起きあがりていふ、仰ギ見ル銀河ノ底と。

また、冠里《かんり》公盆中の会に、金柑《きんかん》あつて銀柑《ぎんかん》なきは如何《いかん》と戯むれ給へば、答へて、金玉《きんたま》あつて銀玉《ぎんたま》なきがごとしと。その即智大略《そくちたいりやく》この類なり。

『俳家奇人談』（竹内玄玄一、文化十三年＝一八一六）より抜粋した。ここで紹介されている二つの逸話は、其角の人となりを語ってやまない。殊に、一睡の夢から醒めた其角が詩を酔吟する挿話は唐の李白を彷彿とさせ、時に杜甫に比せられる師の芭蕉と好対照をなしている。其角の面目躍如といったところであろうか。

其角と酒は縁が深く、馬琴の『燕石雑志』（文化八年＝一八一一）にも、例の雨乞い句を大酒の所産とする説が紹介されている。「美濃の雲裡が俳諧論」にある説とのことで、それによると、「この作者常《つね》に大酒《たいしゆ》にしてしかもその日はいたく酔《えひ》たり。いたく酔《えひ》たる故《ゆゑ》に、聊《いさゝか》も私なく全くそのこゝろ虚《きよ》なり。虚なる故《ゆゑ》に天稟《てんぴん》の趣向《しゆかう》を得たり」と評されているとか。もっとも、馬琴はこれを「傍若無人《ぼうじやくぶじん》の大言《たいげん》」と退けているが。

話を『俳家奇人談』に戻すと、本文に「其即智大畧この類なり」としているように、逸話のなかの其角の特徴は、その時その場に合わせた即席の秀句を吐いて、周囲の人間を唸らせることにある。けだし臨機応変の頓才は、伝承上のお伽衆・曽呂利新左衛門に通ずるものがあろう。曽呂利を主人公とした一群の話を〈曽呂利バナシ〉と呼ぶことに倣えば、其角が主人公の〈其角バナシ〉とでも呼び得る話群が、間違いなく近世後期にはあった。それも俳諧師仲間のような限られた世界の伝承ではなく、少なくとも江戸市民の相当数が耳にし、口にした話柄としてである。「雨乞其角」の話が生まれる土壌として、かかる状況があったことを忘れてはならない。

即席の秀句――この其角の性質をよく現した逸話に、小便無用の句の話がある。それは次のような話である。

又俳人の其角も、宴席にて、其頃名ある書家と同坐して、様々の物ども書、終りに金屏風を出して書と句を乞しかば、過酒してはや腕も疲たり、免されよと云を、強てと云へば、さらば迚、此所小便無用と書たりける。乞し者甚不興に見えしを、傍より種々すかし、密に其角に改書して給れと云たれば、其角即筆を把りて、その下に、花の山と云三字を加へしかば、流石其角よ、一句よとて、満堂感嘆して興ぜりと。

『甲子夜話』（松浦静山、近世後期）にある記事である。(2)「又俳人の其角も」と書き起こされているのは、この前に置かれた服部南郭の逸話を承けているからである。南郭の逸話とは、漢詩を即興で今様に訳すという内容で、和文への変換という意味では類話といえるが、知名度は其角の話のほうが高い。

内容は読んだとおりで、屏風に一筆乞われた書家が、酔余に「此所小便用」としたため不興を買うが、其角がそれに続けて「花の山」と書き加えて五七五の発句とし、その場を取り繕ったというものである。一口咄といったところだが、これが江戸庶民の人気を博していたのは、川柳の題材に多く採られていることからも判る。なかでも『誹風柳多留』（木綿、明和二年＝一七六五）に載る「小便に花を咲かせる俳諧師」は有名であるが、同書には他にも「雨乞の外小便も名を残し」という川柳も採録されている。小便無用の句の話は、雨乞説話と並んで世に知られた其角バナシであった。

ちなみに、これと同趣向の話が『矢立墨』（高力種信、年次不詳）にもあり、こちらでは「御用《ごよう》之《の》外《ほか》車留《くるまどめ》」という立て札の「上の方に初雪やと書て、外といふ字の下に、ハといふ字を添」ている。つまりは「初雪や御用之外ハ車留」という発句になったわけで、編者も「よろしからぬ事ながら、風雅なる落書にこそあれ」と感心している。不粋な漢字の羅列を、柔らかな発句にするという発想が通低している。しかし、匿名である点がこの話の興趣であるのに対し、小便無用の句の話は主人公の其角の個性に支えられている部分が大きく、この点は明らかな相違点であった。金満家を相手にするほど交友が華やかで、なおかつ芭蕉の高弟という権威を持ち、即席の秀句にも巧みである人物は、其角の他にそうはいないのである。

ただ、『甲子夜話』の話でいささか物足りないのは、屛風に「小便無用」と落書きをした「名ある書家」が誰なのか判らない点である。一方の主役ともいうべきこの書家の名には、いろいろな人物を当てはめることができよう。例えば、次に紹介する『名家談叢』の話では、佐々木文山が「名ある書家」の役割をしている。(3)

佐々木文山は墨花堂と号し百助といふ。江戸西の窪に住む。志風流に厚く兄玄龍と共に書を以て名高し。性酒を好み酔て筆を振へば殊更見事なり。其角は玄龍に書を学ぶといひ、文山は酒の友なれば、取分け交深く一日紀文、其角、文山などを打連れて廓に遊ぶ。揚屋の主人春の山に桜を画る屛風を出して、文山に讃を乞ふ。取敢へず筆を染めて「此所小便無用」とかきければ主人不興に見えけるを、其角其下に「花の山」といふ五文字を書き添えたり。

此所小便無用花の山

俳諧の一句となりしかば、主人大方ならず喜びぬ。其頃童の仇口に「此所小便無用佐文山」に戯れたるとぞ。

佐々木文山の経歴は、話の冒頭に記されているとおりであるが、若干、補足をすると、讃岐高松藩の松平公に仕える武士で、幕命により朝鮮への復書をしたためたこともある。享保二十年（一七三五）に七十七歳で没。実際に、其角とも親交があった。史実の文山がどのような人物であったかはさておき、「性酒を好み酔て筆を振へば殊更見事なり」という性格の設定は、冒頭に紹介した『俳家奇人談』における其角の「其性たるや、放逸にして、人事に拘らず、常に酒を飲で、其醒たるを見る事なし」と通ずるもので、この話の登場人物たる資格は充分である。小童の間で「此所小便無用佐文山」という文句が流行ったのも、話の内容と文山の個性とが合致したためであろう。

さて、この『名家談叢』の話とほぼ同じ文章の話が『近世奇跡考』（山東京伝、文化元年＝一八〇四）にある。「佐文山の戯書」なる題の話で、『名家談叢』の編者が『近世奇跡考』から話を拝借したのは間違いない。両者の相違はただ一点、『名家談叢』では単に「揚屋の主人」としか記されていない掛軸の持ち主が、『近世奇跡考』の割注では「一説に紀文と云」と異伝が書き添えられていることである。

紀文こと紀伊國屋文左衛門は、一代にして巨万の富を築き、やがて没落した元禄時代の豪商で、数々の逸話を残している。なかば、伝承上の人物としてよかろう。遊俳としても知られ、号は「千山」という。俳諧の師は其角。ゆえに二人の交流を説く話も多い。逸話の多い人物同士が結びつけられるのは珍しいことではなく、前章で紹介した雨乞其角の話にも紀伊國屋文左衛門の登場する例がある。それを思えば、小便無用の句の話に紀文が登場するのも自然な流れであった。

『吉原雑話』（著者不詳、正徳・享保年間）にある小便無用の句の話にも、紀伊國屋文左衛門が登場する。(4)

　祇徳話に、玉匣山人祇空は隠者也、紀文が言けるは、何卒、予が家の近くへ庵を移し給はゞ、三百金をまいらすべし、と言しが、随はずして義絶せりとなり、其角は紀文がたいこ持のよふにて、常々此里へ来りける、或時、茶屋にてたんざくを出して、紀文に発句をこのみければ、酔狂のあまり、此所小便無用、と書たり、其角傍に有て、花の山、とつゞけたりと云々、

この話の其角は、掛軸ではなく短冊に句を記している。また「此所小便無用」と筆を走らせたのは持ち主の紀文自身であり、落書きを発句に仕立てたわけでもない。その点、いま一つ面白みに欠けるきらいがある。

佐々木文山と同様に、史実の其角と関係の深い紀伊国屋文左衛門が引っ張り出される理由は、一つには聞き手の歓心を得ようとする説話の生理のなせる業であろうが、一方では、いま少し現実的な意味合いもあったと覚しい。例えば、『嗚呼矣草』（田宮仲宣、文化二年＝一八〇五）には、次のような話がある。(5)

広沢先生人に誘はれて、初て新吉原の忘八へ至られし時、此忘八の亭主、広沢先生と聞て、達て書を望ければ、先生心に叶はず、場所あしければ辞せられしかど、遮てねがふ。はや文房の器をそなへたり。先生止ことを得ず、「此所小便無用と一行物を書て遣られしかば、余りけしからぬ事と思ひ、不悦して取納、重而不乞。其後晋其角来りし故、忘八右の噂をせしかば、其角取敢ず、このまゝおかんことは無念なるべし。書添遣らんとて、其下へ花の庭と書しとなん。直様はいかひの発句となり。今に二絶の雅品となりしとかや。

大要はこれまでと同じであるが、「此所小便無用」の六字を書いたのが「広沢先生」であった点、掛軸ではなく「文房の器」に書かれた点、其角の書き足した語が「花の庭」であった点が異なる。「広沢先生」は細井広沢のことであろう。やはり近世を代表する書家で、文山と同じ享保二十年に七十八歳で没している。話のなかで必要とされるのは其角と同時代の能書家で、この条件さえ満たしていれば、文山でも広沢でもよいわけである。

重要なのは、末尾に添えられた「今に二絶の雅品となりしとかや」の一文である。何故ならば、伝聞情報とはいえ、この言葉から『嗚呼矣草』の執筆された文化年間、其角ゆかりの掛軸が伝存していたことが窺えるからである。これが三囲神社に伝わる、雨乞い句の掛軸と似た機能を果していたのは想像に難くない。さらに言えば、この話に登場するお大尽は、そのまま小便無用の句の話の担い手であったろうし、話の舞台となった吉原は、この話が飛び交った世間であったろう。「花の山」は、吉原の暗喩である。なればこそ、文山や広沢、紀文といった著名人たちが其角バナシに登場するのである。かかる由緒がつけば、経済的な面も含めて、物の価値が跳ね上がるのは目に見えている。それは説話の真実味を補強する役割も担ったはずである。

一面では、この話は付加価値がなければ成り立ちがたいものであった。仮に「此所小便無用」の落書きをした人物や、それに「花の山」の三字を付けて発句とした人物が無名人であれば、小便無用の句の話は、伝承伝播されるだけの話柄とは成り得なかったろう。この話において、ハナシの場を維持させていたのは、間違いなく著名人の名であった。今日でいえば、たわいない色恋話の登場人物に芸能人の名が冠せられただけで一時の話題と成り得るのと同じである。逸話における人名の選択は、かくも重要なのである。

示唆的な例を一つ紹介する。『思ひ出草』（池田定常、天保三年頃＝一八三二）にある話である。(6)

又、新吉原の茶屋何某、新に壁を張り英一蝶に櫻花の山に滿てる圖を畫かしめ珍賞しけるを、遊客の酒に醉ひ、硯を求め、其畫のあきたる所に小便無用と書きける。主人甚怒りけれど客の事なれば、兎角に忍びたれども、張たての壁と云ひ、一蝶が畫といひ、朝夕悔みけるが、其角來りたる時、是見給へ、かくのごとく狼藉如何ともしがたしと言ひしかば、其角硯を求め、用の字の下に花の山と三字を題しけり。かしらよりよみて見れば、

此所小便無用花の山

と云ふ發句になり、畫贊には殊に面白しとて、いよいよ珍賞せりとなん。

こちらでは、掛軸の作者は著名な画家・英一蝶とされている。一蝶は享保九年に七十三歳で没。やはり其角とも交流があった。人選としては適切である。この「新吉原の茶屋何某」が、先の話の「新吉原の忘八」と同じであるのかは定かでないが、小便無用の句の掛軸が、累代の家宝として「いよいよ珍賞」されているのは先の話と同じである。ここでも其角の遺墨が由緒となる俳諧説話とセットになって伝わり、人々に話題を提供している。芸術家の伝説を成立させるのは芸術を尊ぶ世間であるが、その価値判断が審美眼によってではなく、貨幣価値によってなされる点に、町人が力を持った時代の特色が読み取れよう。

次の『耳嚢』の話では、俳諧好きの富裕な商人が其角筆という短冊を持ち伝えている。適当に余裕のある暮らしを営んでいる町人階層が、其角バナシの担い手であった。[7]

連雀町に浅草海苔を商う富貴に暮しし町人ありしが、俳諧など好みて其角と友たり。年ごとに恵比須講には、其角も招かれしが、或年の十月其角方へ一向沙汰なし。「多年招きぬるに今年沙汰なきはいかなるゆえや」と、晋子（其角の別号）も□〔宿カ〕所より立ちいでてかの町家へおとないしに、いつにかわりていと淋しく恵比須講の気色もなきゆえ、「いかなる事ぞ」と召仕う者にたずねければ、「さればとよ、今日が恵比須講につき、そなえ侍る徳利を、妻なる者清めすゝぐとて取り落とし欠け損じけるが、年久しくはべる品のかけ損じ、ひとえに家の衰える瑞相〔凶相カ〕なりとて甚だ怒り、妻を里へ帰すとの、以てのほかの騒ぎになれば、恵比須祭り沙汰もあらず。御身は心安き事なれば、なにとぞ治まるようはからい給われ」といいしに、其角驚きて、「仕様もあれば、短冊を出し給え」とて、矢立筆取りて、

恵比須講徳利のとれにけり

かく書きて亭主に見せければ、「おもしろくも詠じたり。さらば恵比須講せよ」と、家内さゞめきて、妻の離縁も事なく過ぎしよし。右晋子が短冊を、恵比須の神額となして、今に其角恵比須というとなん。

題は「其角恵比須の事」という。この話でも、当意即妙の発句を詠む其角の個性が生きている。鈴木棠三の注によると「連雀町」は現在の千代田区神田とのこと。右の記事を信ずるなら、かの地には其角（晋子）の短冊を「神額」として祀った「其角恵比須」があり、その由緒を説く話が語り伝えられている……と書くとものものしいが、何のことはない、浅草海苔の宣伝に利用されていただけのことらしい。

本来の出自はともかく、江戸庶民にとって恵比寿は商売繁盛の神様であった。現世利益を説く江戸の流行神が、江戸庶民に人気のあった其角に馴染むのも無理はない。[8] 雨乞其角の舞台となった三囲神社が、稲荷社であったのを想定すればよい。

ちなみに、発句が客寄せに用いられた例が『岡場遊廓考』（石塚豊芥子、年次不詳）にある。それによると、千住のとある茶屋には「有徳院様」こと徳川吉宗筆の短冊があり、店の名物の茶釜を讃えた「名をのこすぢいが茶がまやてるかゞみ」なる句が記されているという。茶釜のような骨董価値の生ずる品の場合、少々いかめしい名前を出すのも是かもしれない。

次に紹介する話も、其角の遺した額が社殿に祀られている例である。『遊歴雑記』（大浄敬順、文化十四年＝一八〇五）より「真崎の稲荷渡口」の項の記事である。[9]

或人の曰、当社の後に諸願成就とのみ四字ありて名印を書ざる横額は、宝晋斎《ハウシンサイ》榎本《エノモト》其角《キカク》が自筆なり、と教えしまゝ、絵馬堂及び宮のうしろ、悉く度々罷《まか》りて探せしかど、更に似寄の絵馬だにも見あたらず、虚談なるにや、又は、神主方へ取入置しや、但し本社の内に、しほらしき絵馬弐ツ懸《カケ》たり、若はこれらを推度《スイダク》しいふにや、かさねて穿鑿《センサク》すべし、

本文にも「虚談なるにや」とあるように、これが其角の筆である可能性は薄い。伝記研究者ならば、読み捨てにして然るべき資料である。しかしながら、これを世間話と伝説の狭間で揺れる其角バナシの、ついに伝承されず忘れ去られた例と捉えると、本節で紹介しているような文献資料が、はからずも今日に伝えられたものであることが判る。それを考えると、俳諧説話の豊穣な世界が窺えよう。

さて、恵比寿・稲荷と、江戸の庶民信仰にまつわる其角の話を続けて紹介したが、次に紹介するのは、天神様と関わる話である。(10)

其角が庵の後に尾花の生茂りしを苅人あり、何ゆへと尋るに、文七と申元結こきにて、此處をその場にせんしつらひ候といへは、其角詮方なく、

文七に踏れな庭のかたつぶり

此句後に思へば、菅丞相幼年の時、牛の子の傍に蝸牛の居りしを慎思して、

牛の子にふまるな庭の蝸牛

つのありとても身をばたのみぞ

文七の句是に同案なりとて、其角天神を信ずる事深し

其後旅行の頃、須磨の邊にて酒呑んとある家に入るに此處は濁酒計にて、すみ酒は一里先へ行かねばなしと云へば、其角、

いま一里行けばあかしになるものを
とたはぶれしに、障子のうちにて、
すまでぞ呑ばにごりなりけり

其障子を明て見れば、天神の像ありて人なし。是神詠なりと主に乞請、生涯信心せしとぞ。

『俳人百家撰』所収の「其角信心の事」という話である。本話は二つの話から成っている。最初の話は、何気なく詠んだ句が菅原道真の歌と「同案」であるのに気づいた其角が、以後、天神を深く信心するようになったというもの。後の話は、須磨に遊んだ其角が句を詠んだところ、障子の向うの天神の像が付句をしたというもので、人と神との唱和をテーマとした連歌説話の話型に則っている。話のなかの其角が天神に傾倒し、「生涯信心」したのは故なきことではない。史実においても伝承においても、菅原道真といえば希代の歌詠みであった。

したがって、『遊歴雑記』所収の「下総古河の渉しの霊験」のような話が存在するのも不思議ではない。題名どおり、本話の舞台は古河。先ほどの話と同じく、其角が発句を通じて神と交流した話である。梗概は、諸国行脚中の其角が八月の十五夜に舟に乗り、同乗した「古希と覚しき老人」の前で「舟とめて古河で月見るこよひかな」と一句詠む。老人はその出来を誉めつつも、「て」の字が重なっている（「舟とめて」と「古河で」）のを難じて、上五を「舟しばし」と添削する。礼を述べた其角は老人の家を訪れ、一晩風雅を語り明かす。翌日、其角が目を覚ましたところ、庵と思っていたのは「住吉大明神の小社」であった。其角は「わが向後の慢心を押え給ふなるべし」と感

じ入り、この小社を修復し、件の発句を刻んだ句碑を建てた——という内容である。

其角に俳諧作法を教授した老人は「住吉大明神」の化身である。住吉神社は和歌三神の一つとして知られ、近世期には俳諧や狂歌などの神としても信仰を集めていた。もっともらしい縁起譚ではあるものの、肝心の「舟しばし」の句は其角の作歴になく、該当する神社も見当らぬので、信憑性は薄い。編者は、句碑の「前書は其角が集に見えたり」とし、句碑のサイズを「高さ五尺四五寸、幅壱尺七八寸、厚さ四寸ばかり」としているが、これも何に拠ったのか不明である。寺社縁起の噂話が、実在しない寺社を舞台に広まったものか。これでは話が風化していったのも仕方のないことであった。(11)

二　忠臣蔵説話の俳人

このように、宝井其角という個性豊かな俳人にまつわる話は、江戸の人々のかなりの層に好まれていた。文献に残された片鱗だけからでも、其角バナシの圧倒的な質量の大きさが窺えるのである。「雨乞其角」の話などはその一例に過ぎない。これらの其角バナシを育んできたのが、徳川二百年の平和で築かれた町人文化であった。遊廓が舞台の小便無用の句の話などはその最たるものであるが、寺社仏閣にまつわる話にも切迫感がなく、洒落好みの江戸っ子気質が窺えるのである。

では、江戸の庶民の格好の話題になった其角バナシは、どういう動機をもって話されていたろうか。そう考えたときに思いあたるのは、雨乞いの句や小便無用の句の掛軸、あるいは其角恵比須の額が、集客のための道具に用いられていた事実である。戯言を弄せば、其角が主人公の一連の話は、衆生を極楽浄土に導く方便には成り得なかったが、顧客を店舗に導く方便にはなった。先に紹介した『白雨や田を見廻りの開帳咄』において、降りそそぐ雨の中に小判が描かれているのは、まことにもって象徴的である。旺盛な消費生活のなかに揺曳する其角バナシの有り様は、今日の説話を取り巻く状況とも重なってこよう。

畢竟、其角バナシとは伝承されるのを期せられる性質のものではなかった。江戸の庶民信仰が流行神と呼ばれるように、流行の波に浮かんだ塵芥のようなものであった、ということである。その証拠に、其角バナシの多くは、今日、すでに話としての生命力を失っている。「小便に花を咲かせる俳諧師」とは先ほど紹介した川柳であるが、花の命は短いのである。

一方、言い捨てにされるのを宿命とする世間話にあって、例外的に生きのびた其角バナシがある。それは四十七士が吉良邸に討ち入りをする前日、煤竹売りに身をやつしていた赤穂浪士の一人・大高源吾が其角に会い、翌日の決起をそれとなく暗示する句を詠んだという話である。この話はさまざまな挿話の集成から成る「忠臣蔵」の物語のなかでも、一際、異彩を放っている。ともすれば、武家社会の論理で進められる物語にあって、観客である町人階層の視点に立つ其角の役割は非常に効果的で、映画化やテレビ化の際にも、しばしば取り入れられている。文芸作品に取り込まれることによって保存せられた世間話は数多いが、これなどはその好例である。

この話の初見は存外新しく、江戸後期の人情本『いろは文庫』（為永春水、天保七年＝一八三六）である。次に該当箇所を引用する。[12]

> 時に晋子は湖月堂と酒をくみかはして興じけるが、いかにも世の盛衰を観念し、文吾が浪々のたつきを哀におもひければ、腰の墨汁の筆とりて

『いろは文庫』（国会図書館所蔵）

年の瀬や水のながれも人の身も　其角

と吟じて子葉にわたしければ、子葉もまた筆をかりて一句を附けたり、

あしたまたるゝ其たから船　湖月堂

其角はこれを見るよりも、甚だ不興し、さてはこの貧しき姿を恥じて、今は斯くの如くなれども、忽ち花咲く春にその開運の時節を得て見せんといふ心かと思へば、不風流なるをさげしみ、やがて其處より別れしが、その翌夜の復仇、十五日の朝菩提所へ引きゆく義士の後より追つかけ、大鷲文吾に走りつき、一昨日の附句の心をやうく悟り、其「ア、この其角は俳諧が下手だ〳〵ト、涙をながして、あしたまたるゝその寳船とは今日のことにてありけるを、不風流と心にそしり、別れしことの恥かしけれと、後悔しつゝ圓覚寺までおくりしとぞ、

文中「大鷲文吾」とあるのが、大高源吾のことで、「子葉」はその号である。落魄の身にあるかつての俳友に邂逅

した其角が「年の瀬や水のながれも人の身も」と句を詠んだところ、源吾は「あしたまたるゝ其たから船」と付ける。源吾の心中を知らない其角は「甚だ不興し」、かつ「不風流なるをさげ」すむが、翌日、句の真意を悟った其角はいたく後悔し、みごと本懐を遂げた源吾を万感の思いで、円覚寺まで見送るのであった——以上が有名な「源吾煤竹売り」の挿話である。

むろん史実でないが、大高源吾の経歴を見る限り、まったく根も葉もない話というわけではない[13]。

大高源吾忠雄は、寛文十二年（一六七二）生。二十石五人扶持の藩士であった。没年は他の浪士と同じ元禄十六年（一七〇三）で、行年三十二。俳諧は談林派の水間沾徳に学び、『丁丑紀行』や『二つの竹』といった編著もある。当然、文人との関係も深く、其角とも交流があった。辞世は「梅で飲む茶屋もあるべし死出の山」。其角バナシに登場するには格好の人物である。あるいは、其角のほうが忠臣蔵の俗伝に登場するのに都合のよい人物であったというべきか。

なお、「源吾煤竹売り」の話は近世後期の『俳家奇人談』には載らないが、幕末の『俳人百家撰』には採録されている。『俳家奇人談』が刊行されたのは文化十三年（一八一六）、『俳人百家撰』は安政二年（一八五五）であるので、この間に急速に広まった話と覚しい。

「源吾煤竹売り」の挿話から想起されるのは、明智光秀の逸話である。『信長公記』（太田牛一、慶長年間か）等にある話で、本能寺の変の直前に里村紹巴らの催した連歌の会に出席した光秀が「時は今あめが下しる五月哉」と、謀反をほのめかす発句を詠んだというものである。「時」は光秀の出身である「土岐氏」、「あめが下」は「天下」、「しる」は「領る（支配する）」をそれぞれ指す。世間を揺るがした大事件の首謀者が、それとなく野心を発句に託しているという点が共通している。ただし、死後の評価は正反対で、義士に祭り上げられた源吾に較べて、光秀の評判はとんと良くない。

源吾――其角の取り合せの下地には、この光秀――紹巴の話があったものと覚しいが、これが巷間に流布していた話であるのか、端から著者の創作であるのか、はっきりしない。『いろは文庫』の序文には「今こゝに著す所の伊呂波文庫は、さらに巧拙の論を待たず、世にしられたる忠臣の銘々伝なれば……」云々と曖昧な言い回しがなされているが、これ以前に類例が見当らないことを考えると、あるいは、為永春水の創作と考えるべきかもしれない。ただ、くり返し述べてきたように、創作と伝承との垣根は意外に低い。享受者の側に立ったとき、「源吾煤竹売り」の話は逸話の一つとして受け入れられていたであろう。

さて、『いろは文庫』の作者・為永春水の別の顔は、講釈師・為永金竜である。「源吾煤竹売り」が口頭で話されていた可能性も高い。実際、三編に載せられた公告には「素人方の御慰に自然と講釈の出来る一流の作意なり」とあり、読むことよりも話すことが念頭に置かれていたようである。そのような事情も手伝ってか、『いろは文庫』はよく売れた。全十八編五十四冊の長編で、初編の刊行されたのが天保七年（一八三六）、最後の十八編が刊行されたのが明治五年（一八七二）である。実に足掛け三十七年。春水の没後、門人の染崎延房が二世為永春水として跡を継ぎ、ようやく完成に至った。

忠臣蔵外伝という形式がこの長編化を可能にさせたのであろうが、いずれにせよ、大衆の支持があってのことである。「源吾煤竹売り」の話が歌舞伎に取り込まれるのも、自然なことであろう。安政三年（一八五六）初演の『新舞台いろは書初』（三世瀬川如皐）では、例の場面が次のように描かれている。(14)

源吾　随分《ずゐぶん》ともに御機嫌《ごきげん》よろしう。

ト思《おも》ひ入《い》れ。

〽子葉《しえふ》は心《こゝろ》の暇乞《いとまご》ひ。

そのうちに御意得《ぎよいえ》ませう。

ト竹《たけ》を抱《かゝ》へ、行《ゆ》きかけるゆゑ

〽行《ゆ》くを止《とゝ》めて《て》

其角　ア、コレ、子葉氏《しえふうじ》、かく浪々《ろうく》はなされても、日頃好《ひごろこの》めるみやびの道《みち》、よもやお捨《す》てはなさるまい。

ト思《おも》ひ入《い》れ。源吾《げんご》もこなしあつて

源吾　それも今《いま》では世事《せじ》にかまけて、とんと打捨《うちす》てましたれど、好《す》きの道《みち》とて忘《わす》れ兼《か》ね、折《おり》にふれては致《いた》しまするでござる。

ト其角《きかく》、こなしあつて

其角　年《とし》の瀬《せ》や、水《みづ》の流《なが》れと人《ひと》の身《み》も

〽吟《ぎん》じかくれば

源吾　年《とし》の瀬《せ》や、水《みづ》の流《なが》れと人《ひと》の身《み》も

トムウと考《かんが》へ

あした待《ま》たるゝその寶船《たからぶね》。

其角　ムウ、あした待たるゝ

源吾　その寶船《たからぶね》。

ト双方思《さうはうおも》ひ入《い》れ。前《まへ》より虎《とら》七、出《で》てゐて、心附《こゝろづ》き、見《み》てヤアと源吾《げんご》の方《はう》へ行《ゆ》くを、かつぎ上《あ》げし竹《たけ》の元《もと》にて一寸《ちよつと》拂《はら》ふ。其《その》まゝよろしく其角《きかく》へこけかゝるを、其角《きかく》、傘《かさ》を一寸開《ちよつとひら》く。この途端《とたん》、よろしく、木《き》の頭《かしら》。

〽吟《ぎん》じ返《かへ》して

トこれへ三重《ぢう》、雪颪《ゆきおろし》。

源吾　竹《たけ》やく／＼。

ト呼《よ》び乍《なが》ら、花道《はなみち》より中《なか》の歩《あゆ》みへかゝり東《ひがし》の揚《あ》げ幕《まく》の橋《はし》を渡《わた》り入《はひ》る。其角《きかく》、舞臺《ぶたい》にこなし。

其角　ハテナア。

ト双方《さうはう》よろしく、キザミにて（……後略）

これが「源吾煤竹売り」の逸話の歌舞伎化された最初である。当時、作者の三世瀬川如皐は、五十歳前後で、『新舞台いろは書初』が執筆されたのは、劇作者として最も油がのった頃であったろう。「源吾煤竹売り」の挿話は全編のごく一部に過ぎないが、庶人の人気を博していたのは、明治元年（一八六八）初演の「松浦の太鼓」（勝諺蔵）や、同四十年（一九〇七）初演の「土屋主税」（渡辺霞亭）のように、この場面のみを独立させた作品があることから知れる。

ともかくも、忠臣蔵外伝の其角バナシは近代以降も生き延びた。と同時に、「源吾煤竹売り」の話は、享受者の立場に立とうとも、世間話ではなくなった。明治維新とその後に続く近代化の荒波によって、「忠臣蔵」をはじめとする歌舞伎作品は観客と〈世間〉を共有できなくなったからである。ザンギリ頭に洋装の観客たちにとって、松の廊下の刃傷も、お軽勘平の悲恋も、一力茶屋の遊興も、すべてが遠い世界の出来事であった。武士道が生きたものとしてあり、切腹や仇討が同時代の事件としてあった頃の観客とは、根本的に違うのである。

見方を変えると、「源吾煤竹売り」の話は〈世間〉と切り離されることによって、命脈を保ったといえる。〈世間〉に縛られていたその他の其角バナシは、時代の推移とともに消えていった。「雨乞其角」の話のように伝説化したものでさえ、もはや生きて話されることはないのである。ここに世間話というものの持つ宿命を感ぜずにはいられない。

ところで、世間話といえば口頭の伝承というのが暗黙の了解となっているが、〈話し手〉を〈書き手〉に置き換えると、新たな問題を提供し得る。すなわち、世間話の書承は有り得るか、という問題である。

次に紹介する資料などは、この問題を考えるうえで興味深い。

元禄十五年十二月廿日淺野内匠頭家來仇討之節の文に、
歳尾之御壽、如二例年一遠來候處、酒料壹封落漬一桶被レ送下一、御厚志之程幾久數致二受納一候。御家内初メ御座中江も宜御傳可レ被レ下候。然ば去十四日本庄於都文公年忌之一興御催有レ之、嵐雪杉風我等も出席ニて、折から雪面白く降出し、風情手に取如く、庭中の松杉ニ雪をいたゞき、雪間之月ハ晴を照し、風興今ハ捨がたく、夜唯更行まゝに、はや丑の半頃、犬さへ吼(ママ)ひうち靜り、文臺料紙も押かたよせ、四五人集りて蒲團かつぎ、夢の浮世といふ間もあらせず、けはしく門をたゝき、兩人玄關案内し、我等ハ淺野家の浪人堀部彌兵衛大高源吾ニ而候。今夕御隣家吉良上野介屋敷ニ押寄、亡君年來の遺恨を果さんと、大石藏助初都合四十七人門前打入り、只今吉良氏を打亡し候。御隣家の御好、武士の情萬一御加勢ニ候はゞ末代の御不覺と奉レ存候とて、言も果ず立出る。其勢ひ神妙成事いふべくもあらず。今ハ誹友ニも是迄なりとて、其角幸ひ爰に有、生涯の名殘をミんとて、門前ニ走り出れば、各吉良家へ忍入程に、

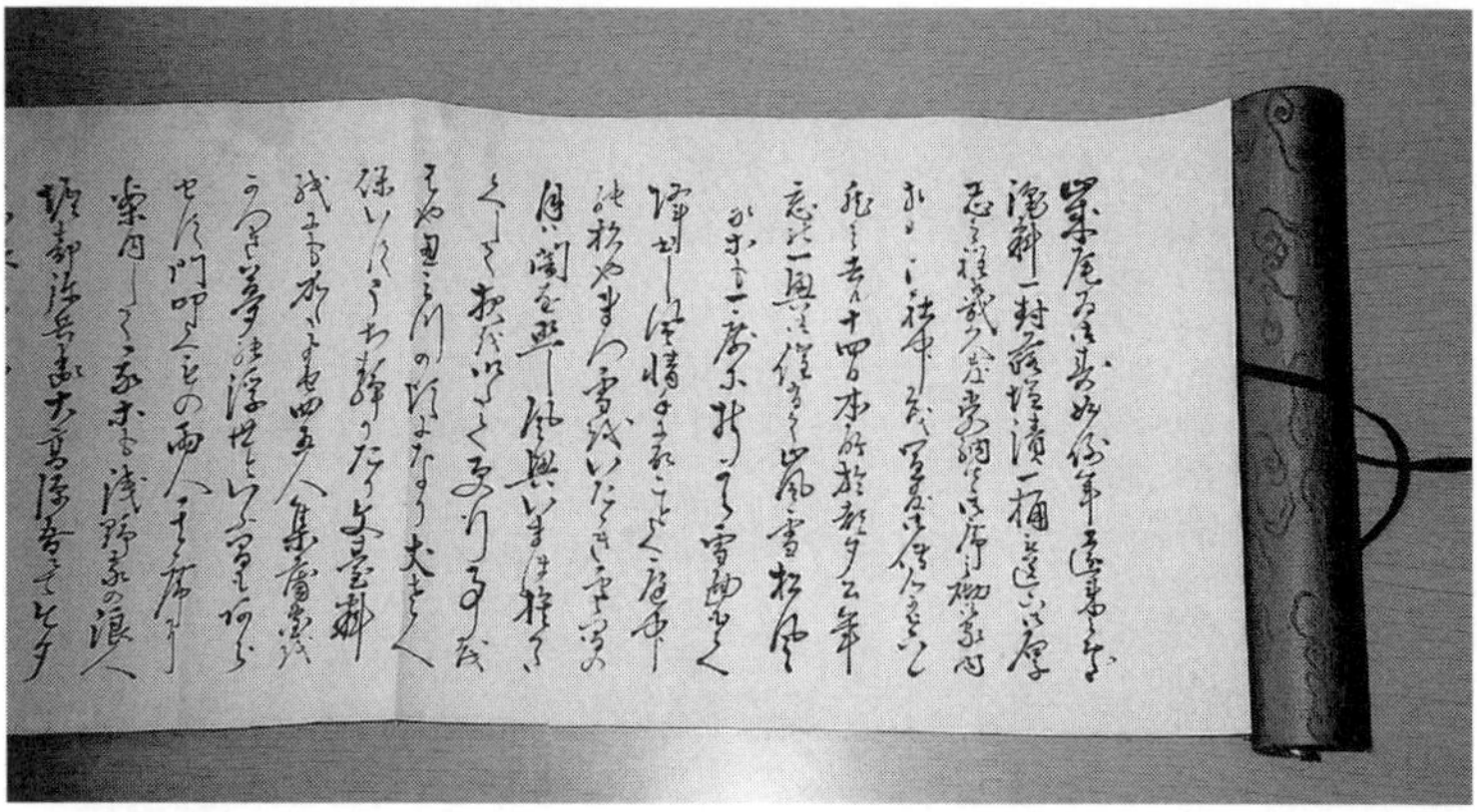

伝其角書簡（苫小牧市立図書館所蔵）

　　我物と思へばかろし笠の雪

と高々と一聲呼はり、門戸を閉て始終を伺に、ものゝ哀さハ身にしみ入、女人の叫び童子の泣聲、風飄々と明さそふ曉天に至りてハ、本望既に達したりとて、大石主税大高源吾、事穏便之謝義を伸て立退ける。武士の譽といふべきや、(ママ)

　　日の恩やたちまち解くる厚氷

と申捨たる源吾が精神いまだ眼前ニ忘れがたし。

貴公年來の入魂ゆへ具に認メ申通候。早春早々彼是御指操御出府候はゞ、彼が落着も承屈、無ニ餘儀一伏劍ニ及び申、(ママ)ひそかに追善も相催し可レ申。先ハ餘日無レ之、書餘期ニ貴面時一候。恐惶謹言。

　　十二月廿日　　　　　　其　角

文魏《イ鄰》様

『仮寝の夢』（諏訪頼武、文政四年＝一八二一）の記事である。[15] 内容は、討ち入りの夜、吉良邸の隣家を大高源吾らが訪れて、ことの次第を説明したところ、偶然、その家に宿泊していた其角が「今ハ誹友ニも是迄なり」と思い、「生涯の名殘」に発句を「高々と一聲」詠んだというものである。其角と源吾のほかに、蕉門俳人の嵐雪と杉風や、浪士の一人である堀部弥兵衛が登場するなど、役者が揃いすぎている感もあるが、印象深い話である。

「我物と思へばかろし笠の雪」の句は、右の話とセットになって知られているが、実際に其角の作であるかは疑問である。けれども、『仮寝の夢』よりも半世紀はやく刊行された『古今俳諧明題集』（涼袋、宝暦十三年＝一七六三）にも、これが其角の句として紹介されており、近世後期には一般的な知識として広まっていたと覚しい。

伝其角の書簡を載せた『仮寝の夢』は『いろは文庫』より十五年はやく成立した。察するに、「源吾煤竹売り」の話が生成する背景にはこの手の俗説の影響があったのだろう。

さて、この話の最大の特徴は書簡での伝承ということにあった。これと同じ書簡は『真佐喜のかつら』（著者不詳、嘉永年間＝一八四八〜五四）や『赤穂義人纂書』（鍋田晶山、嘉永年間）、『在阪漫録』（久須美祐雋、安政三年＝一八五六）等々に見えるほか、苫小牧市立図書館には「現物」も保管されており、過日、閲覧する機会を得た。[16]これらの書簡はいずれも「文鱗」なる人物に宛てた書簡の形式をとっており、文章は大同小異、書き出しは麗々しい漢文体であるのに、途中から和文に変っているのは明らかに破綻をきたしているが、書簡体が可能にした一人称の体験談が、話に生々しい迫力を与えているのは否定できない。

書簡の相手に比される鳥居文鱗は別号を虚無斎といい、実際に其角とも交流があった。『新山家』（其角、貞享二年＝一六八五）には、其角が文鱗の旅亭を訪れた記事があり、宿屋を営んでいたことが判るが、そうした伝記的事実よりも、書簡の受け取り手という役目を担っていた点に着目すべきであろう。この書簡は歳暮の返礼に書かれたことになっている。つまりは其角に歳暮を贈るのが不自然ではない人物というのが、話のリアリティーを保証する最低限の条件である。それさえ守られていれば、人名は入れ替え可能である。例えば『真佐喜のかつら』では、末尾に「文鱗様机下」と記されているにも関わらず、冒頭には「晋子其角より梅津半右衛門へ遣せし書翰」と記されている。梅津半右衛門は、前章で触れた其角門下の俳人・梅津其雫のことである。(17) 書承されたものとはいえ、この書簡に記された話は、少なくとも、書き写された時点では同時代感覚に裏打ちされた世間話であったろう。時代的にも僅か百年ほどしか隔たっていないこともあるが、何よりも武家社会という〈世間〉を共有している。『仮寝の夢』を書写した諏訪頼武が幕臣であったことや、『在阪漫録』を書写した久須美祐雋が大坂西奉行を勤めたことなどを考え合わせてもよかろう。彼らにとっての赤穂事件は、町人階層が思い描く「忠臣蔵」の話とは別の意味で身近な話材であった。それに関する話は、たとえ紙上に記されたものであったとしても、立派に世間話として通用していたろう。要するに、世間話の書承とは、紙面に記された話を、読者が自分の生活と地続きのものとして認識しうるか否かにかかっているのである。〈世間〉を共有している限りは、話は世間話として受けとめられた。

『甲子夜話』にある化物屋敷の記事も、そうした例の一つである。冒頭「又曰」とあるのは、漢学者の林檉宇の発言であることを指す。檉宇は弘化三年（一八四六）に五十四歳で没。幕府の儒官を勤めた人物である。(18)

又曰。近頃屋代賢示したり迚、冠山老人の写したる古文の中、俳人其角が手札に種々のことを箇条書にしたる一通のその末条に、

一糀町長門馬場のかど堀小四郎殿へ御寄合也。此屋敷、化物出候て、隣も折々参候。大坊主目一ッ、右客にても有ㇾ之候。賑やかなれば猶出候よし。

三月十日　　　其角

紫礼様

同じ書簡を載せた『随斎諧話』（随斎成美、文政二年＝一八一九）では、種々の奇事異聞と一緒に記されている。ただし、宛名は「紫礼」ではなく「紫紅」である。偶然ながら、紫紅も其雫と同じく秋田在住の俳人であった。右の書簡が実際に其角の手になるものか否かはともかくも、ネットワークで全国に広がる近世俳人の〈世間〉における話の伝承伝播を考えるのに、格好の例であろう。

このように、近世以前にあっても、文字を能くする者は、耳と口のみならず、目と手も使って世間話をしていた。世間話の研究というと、とかく口承資料に縛られがちであるが、文字を通した世間話の伝承という問題についても今後は考える必要がある。ネット社会の現在、以上の指摘は今日的な問題でもあるのである。

三　『西鶴名残の友』と俳人伝承

伝其角の書簡の存在からおのずと想起されるのは、近年、歴史学や民俗学の方面で議論が盛んになされている偽文書の問題である。[19] しかし、偽文書が特定の一族や職掌の人々の存在証明となり、社会的機能を果していたのに対して、所詮、伝其角の書簡はそうした役割を担い得なかった。そのことは伝其角の偽書簡を載せた『赤穂義人纂書』の割注に「此書泉州堺の市人某蔵すといふ／異本堺の町人転法屋に作る」とあることから窺える。商人の由来を説いた偽文書は多々存するが、伝其角の書簡の持ち主が大坂の町人階層であるのとは質が異なる。結局、好事家の風流のすさび以上のものではなかったのである。

一例を挙げると、『近世奇跡考』（山東京伝、文化元年＝一八〇四）には、次のような記事がある。やはり好事家の興味を惹いた事物の話である。[20]

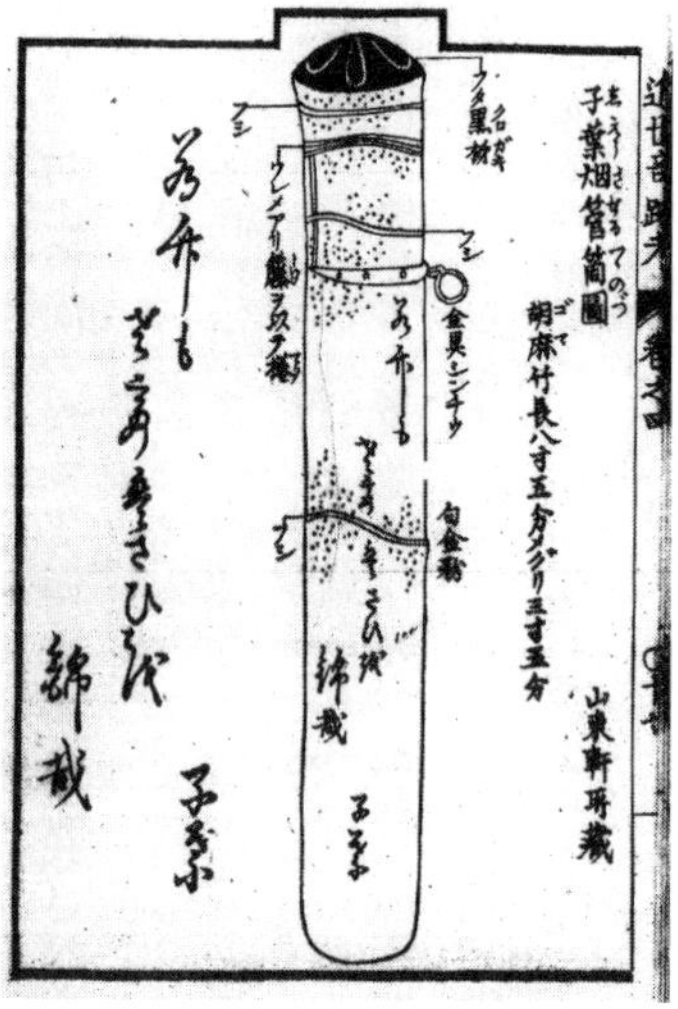

『近世奇跡考』（国会図書館所蔵本）

下に図《づ》をあらはす烟管筒《きせるづゝ》は、大高源吾、常におぶる所の物なり。京師にありし時、みづから俳諧《はいかい》の句をかきつけて、小野寺氏の僕《しもべ》久右衛門と云者にあたふ。久右衛門後に金《きん》粉《ふん》を以て、これを修飾《しうしよく》しけるよし、京四条室町河津氏、これを得て秘蔵しけるを、予が好古の癖《へき》あるをきゝて、これをゆづらる。別に伝系《でんけい》の書ありといへどもこゝには略しつ。

「大高子葉《おおたかしえふ》の烟管筒《きせるづゝ》」と見出しがつけられている。図を見る限り、何の変哲もないただの煙管筒であるが、「金粉《きんふん》を以て、これを修飾《しうしよく》し」てあったというから、さぞかし、けばけばしい代物であったのだろう。これを所持してきた人々の階層のみならず、彼らの品格までもが偲ばれる。気になるのは、煙管筒に付随していたという「伝系の書」である。「こゝには略しつ」とあるが、考証随筆家としても知られる山東京伝であるならば、是非ともその内容を書き残しておいてほしかった。あるいは、煙管筒の素性のいかがわしさを察していたので、あえて野暮な考証をするのを避けたのかもしれない。

ともかくも確かなのは、忠臣蔵物の歌舞伎が一世を風靡していた文化年間、赤穂浪士の一人・大高源吾の所持していたという煙管が、その由来を記した文書とともに京伝の手元に渡っていたということである。この種の遺品は近世に例が多く、なかでも、忠臣蔵関連の物品は珍重されていた。例えば『宮川舎漫筆』（宮川政運、文久二年＝一八六二）には、堀部安兵衛が討入りの際に用いた鎗と、書置きとを持ち伝えている忠見次郎右衛門なる武士のことが記されている。編者は諸々の事情から両品を実物と信じているが、一方で「世に義士誰々の書状なり品なりとて、往々もてはやす品は、多くは利に走るえせ者どもの偽物のみ多し」と断じている。よほどこの手の品が世を罷り通っていたと覚しい。件の煙管筒もその一つであった(21)。

この煙管筒の存在価値は赤穂義士説話とともにある。この煙管筒が種となって赤穂事件の話がなされていたのは間違いない。それを俳諧説話と呼ぶべきかは意見の分かれるところであろうが、大高源吾が「みづから俳諧の句をかきつけ」たという伝承がある点から、話題も俳諧に絡んだものであったことが窺えるのである。

事物をともなった俳諧説話については、本書でも芭蕉の古池や、秋色桜、其角の雨乞い句の短冊や小便無用の句の掛軸などに触れてきた。これらの逸話を世間話に配するか伝説に配するかは慎重な対応を要するが、かかる事物が俳諧の場における座興として珍重されたであろうことは想像に難くない。ただ、俳人にまつわる事物が話題にのぼる以前に、伝承上の歌人にまつわる事物が風流の話柄となっていたことにも、一通りの注意を払うべきである。そうした下地があって、はじめて俳人ゆかりの事物も世に現われたからである。

煙管筒といえば、『西鶴名残の友』（井原西鶴、元禄十二年＝一六九九）巻三の一「入日の鳴門浪の紅ゐ」には、西行の遺品の煙管筒を所持する法師の話がある。話の梗概は、鳴門見物に出かけた西鶴がその足で徳島の俳友を訪ね、俳諧興行をしたのち、西行の住んでいたという草庵で日々を送る僧侶に逢ったというもの。件の法師は、西行の覚書も持っていたという。どこまで信じてよいものか見当がつきかねるが、一応、西鶴の体験談となっている(22)。

西鶴の遺稿集とされる『西鶴名残の友』は、俳諧師の逸話集という形式をとっていて興味深い(23)。

例えば、巻二の二「神代の秤の家」には、かの蟬丸の琵琶を所持していたという安原正章なる俳人が登場する。この後の展開は、琵琶の何たるかを知らぬ田舎者たちが登場し、そのなかの一人がしたり顔でこれを「神代の秤」

と説明するのが落ちとなっている。笑話のうちでも最もポピュラーな、都鄙の文化差に基づいた話である。

蟬丸はおろか、琵琶すらも知らぬ者たちが相手では話にならないが、通例ならば、琵琶に相対した主人と客人が、優雅な古典世界に想いを馳せるという展開になったはずである。そこで交わされた話は、『小倉百人一首』で有名な「これやこの行くも帰るも別れては知るも知らぬも逢坂の関」の歌にまつわるものだったかもしれないし、彼が盲目であった点に関心の中心を置いた話がなされたかもしれない。そこから派生して、当代の琵琶法師たちについての見聞が示された可能性もある。あるいは興味本位に、蟬丸が天子様の御落胤であったとする噂が話されたことも想像に難くない。しかしながら、少々学のある人ならば、『江談抄』等に収載された、蟬丸の琵琶をめぐる話が話題にのぼったであろう。管弦の名手・源博雅が、三年間逢坂の関に通いつめた果てに、蟬丸から「流泉」と「啄木」という琵琶の秘曲を伝授されるという、あの話である。蟬丸ゆかりの琵琶が眼前にあるのならば、この話こそ、最もその場に合った話のはずであった。件の琵琶の持ち主もそれを期待したであろうし、読者もまたそのはずである。それを「神代の枰」との珍答ではぐらかしたあたりが、西鶴の西鶴たる所以であろう。

ところで、この正章なる人物は、どうやって蟬丸の琵琶を手に入れたのだろうか。一般に家系伝承の場合、その基となる事物は子々孫々にわたって受け継がれていることが多い。蟬丸の琵琶もその類であったと考えられなくもないが、源吾ゆかりの煙管筒がそうであったように、風流人をきどった文人仲間から入手したのではないか。源吾の煙管筒は金粉が施されていたそうであるが、ことによると、これらの品々は売買の対象であったのかもしれない。もしそうであるなら、これまた近世らしい特色といえよう。

他にも『西鶴名残の友』には、歌人ゆかりの事物がいくつか登場する。例えば、巻二の五「和七賢の遊興」は、竹林の七賢よろしく草庵で酒宴を楽しむ七人の俳人の話であるが、そのなかに、かの在原業平に詠まれた桜の根が現存するという話がある。

爾来、樹木はよく伝説を引き寄せる。そこから歌人伝承が惹起されるのも、しばしば起こり得ることで、第三章第五節で触れた小野小町ゆかりの芍薬などもその一例であった。そのおりに、小町伝説を伝えたのが当地の歌人であり、話の聞き手である菅江真澄も歌人であった点に言及したが、これはこの種の説話の伝承伝播を考えるうえで、興味深い問題を提起している。つまり歌人説話を好んだのが歌に造詣の深い人々であるならば、伝承母体としての歌人グループの存在が想定され得るからである。

そして俳諧の隆盛した近世には、俳人がこの種の歌人説話の管理者の役割を担っていた。各地にある西行の歌碑は、多く俳人によって建立されている(24)。西行説話を支えた人々の一角に俳人たちがいた点は、少しく強調しておく必要があろう。『西鶴名残の友』に登場する業平の桜も俳人仲間の話題の種であった。俳人グループは俳諧説話の伝承母体であったのと同時に、和歌説話の伝承母体でもあった。

事情は連歌師の場合でも同じであった。巻二の一「昔たづねて小皿」は、山崎宗鑑の庵の跡を訪ねる俳人仲間の話である。この後、俳人の一人が拾った瀬戸焼の小皿を、宗鑑の妻が化粧をするのに使った小皿と鑑定して大笑いになるのであるが、これまでの話を見る限り、この皿が宗鑑の遺品として俳席の座興となる可能性は少なからずあったといえよう。

現今でも、文学者にゆかりのある古跡の散策を楽しむ人は多いし、文学館などに行けば文豪愛用の品々が陳列されている。近世後期から近現代にかけて建てられた、夥しい数の歌碑や句碑は、文学のみならず、民俗学の立場から見ても興味深いテーマである。モノに付随した物語を求める心持ちは普遍的な感情であろうが、少なくとも文学者の遺品に心を動かされたのは、目に一丁字なき人々ではあり得なかったし、単に読み書きができるという程度の人々でもなかった。文字を操って自己の心情を遠近の友に伝え、文字を通して往昔の先達と親交を結んだ人々こそが、この種の遺品に感情移入し得た。文字を知る伝承者というより、文字を知らねば伝承に参加できなかった人々である。また、文字を知らねば伝承することのあたわぬ話もあった。それが識字率の上昇した近世期には、無視しえぬ数にのぼっていたのである。和歌説話が流布するには和歌の庶民層への浸透が条件であるが、その一翼を担ったのが俳人たちであった。

また、『西鶴名残の友』には俳諧説話の類型の枠内に収まる話も多い。例えば、巻四の四「乞食も橋のわたり初」には〈風流な乞食〉のモチーフが、巻三の二「元日の機嫌直し」には〈夢に発句を得た話〉と〈凶句を祝句にする話〉のモチーフが見られる。先学により、両話の典拠としていくつかの先行する文献が挙げられているが、巷間、この種の類型的な話が流布していたと見るのが妥当であろう。

なかでも、『西鶴名残の友』[25]巻五の一「宗祇の旅蚊帳」は、世間話について考えるのにヒントになる話なので、次に全文を引用する。

寺《てら》にかわれる猫《ねこ》に鰹節《かつほぶし》見すれば、身をちゞめてにげありき、諷《うたひ》うたひの軒《のき》の鶯《うぐひす》は、口笛《ふえ》の音《ね》を出しぬ。されば和歌《わか》に師匠《ししやう》なしとはいへど、連俳《れんぱい》も其巧者《こうしや》に付そひたる人は、心ざしなくても自然《しぜん》と道《みち》を覚へり。

有時、旅《たび》宿にて、山家《が》かよひの商人《あきんど》の集《あつま》りて、「今宵《こよひ》は七月七日、星《ほし》もあふ夜の天《あま》の野、かさゝぎのわたせるはしといふは、烏口箸《からすくちばし》をくわへあふて、其上を星《ほし》の渡る事ぞ」と、子細語《しさいかた》れば、いづれも手をうつて、「そなたは下《した》に置れぬ人、もしは公家《くげ》のおとし子か」といへば、「我はいやしき身なれど、一とせ連歌師《れんがし》の宗祇法《そうぎほう》師《し》、諸国《しよこく》を執行《しゆぎやう》し給ふ時、人の縁《えん》はしれぬものなり、東海道《とうかいどう》の岡部《をかべ》の宿《しゆく》にて相宿《あいやど》、同《おな》じ蚊《か》帳に寝《ね》た」といふ、むかし物語《がたり》おかし。
是を聞伝《つた》へて、ある俳諧師《はいかいし》、無筆無学《むひつむがく》にして、付合をする人有。「そなたは、いかなる事が種《たね》と成て、此作《さく》の出る事ぞ」と、たづねしに、「我等ぬけ参《まい》りいたせし時、伊勢《いせ》の望《も》一とひとつの紙帳《しちやう》に寝《ね》て、それよりおのづから身が俳諧《はいかい》になつた」といふ。おの〳〵おかしく、「扨は、連俳《れんぱい》の間《あいだ》は、薄紙《うすかみ》程の違《ちが》ひなり。宗祇《そうぎ》と同じ蚊《か》屋にねた人、連歌《れんが》をすれば、望《も》一と同じ紙帳《してやう》にねて、俳諧《はいかい》をせらるゝ事、是きどく也。迚《とて》も事に、望《も》一と同じ疳《かん》をやみ給はば、座頭《ざとう》に成給はん物を、目が見えて残念《ざんねん》」と笑《わら》ひける。

目録に載せられた副題には「望一が紙帳も有」とある。世にいう「宗祇の蚊帳」の話は、数多い宗祇の説話のなかでも著名なものであった。内容はいたって単純で、主人公が旅先で連歌師の飯尾宗祇と知り合い、同じ蚊帳の内に寝たというものである。右の話でいえば、前半のマクラの部分がそれに相当する。対して、後半の伊勢の望一の話は「宗祇の蚊帳」の話のパロディーで、こちらが一話の中心である。なお、「山家《が》かよひの商人《あきんど》」が集まる「旅《たび》宿」という設定は、世間話の場、ならびに世間話の伝播者の様子が垣間見られて興味深い。

「宗祇の蚊帳」の語は、一時、諺として定着していた。例えば『骨董集』（山東京伝、文化十年＝一八一三）には「今俗に見えをいふといふたぐひ、虚言して自誇事を、百七八十年前の諺に、宗祇法師とおなじ蚊帳に寝たりと、虚言して誇し者ありしより、世の諺になりしとなん」とある。ただ、京伝が「見栄を張る」の意でこの語を解釈しているのには異論がある。というのも、右の話の要点は、宗祇と一宿をともにした商人が「もしは公家《くげ》のおとし子か」と驚嘆されるほど、雅びな言葉遣いをするようになった点にあり、著名人との邂逅が主眼ではないからである。冒頭に「連俳《れんぱい》も其巧者《こうしゃ》に付そひたる人は、心ざしなくても自然《しぜん》と道《みち》を覚へり」という文言が置かれ、続けて「寺にかわれる猫」と「諷うたひの軒の鴬」の例を挙げていることからも、そのことが察せられる。今回の諺でいうと、「門前の小僧、習わぬ経を読む」が近い。そもそも商人仲間を相手に、宗祇との偶然の出会いを話したところで、さしたる自慢にはならぬのである。「見栄を張る」の意味は、二次的に生まれたものであろう。

「宗祇の蚊帳」の語の用例が多々載せられている『柳亭筆記』(柳亭種彦、天保十二年=一八四一以降)には、『舞正語磨』(万治元年=一六五八)の「紹巴と一つ蚊帳の内に寝たりといふとも連歌の下手はへたなるべし」という言葉が紹介されている。裏返せば、里村紹巴と同じ蚊帳に寝ると連歌が巧くなるという俗信が当時あったわけで、これが「宗祇の蚊帳」の話と位相を同じうするのは無論である。以上のことからも「宗祇の蚊帳」の話が〈連歌の徳〉を説く説話の一種であったと察せられる。

さて、この話の本義は体験談にあった。宗祇の在世中か、宗祇の死後、間もない頃でなければ成り立たない話であり、その点、第二章で触れた偽鬼貫の話と同じである。同時代の話という意味で、世間話として差支えあるまい。また、諺になるくらいであるから、相当流行した話であったと思われる。宗祇の代わりに紹巴を主人公とした話があるのは、単なる伝承の変容と捉えるよりも、話し手の〈世間〉が移ろうたために生じた人選であったとみるべきであろう。紹巴は宗祇より百年ほど後の時代を生きた人物である。宗祇ならぬ「紹巴の蚊帳」の話を今に伝えた『舞正語磨』の著されたのは、紹巴の没後五十年余。当時、宗祇はすでに歴史上の人物になっていたが、紹巴ならば、まだしも体験談として通用する時期である。

それを思えば、『西鶴名残の友』に載る「望一の紙帳」の話も、〈世間〉の移り変りに合わせた話の変容といえるかもしれない。伊勢の望一こと杉本望一は、伊勢山田の俳人で勾当の位にあり、寛永二十年(一六四三)に五十八歳で没した。『西鶴名残の友』の刊行される五十年ほど前で、一応〈世間〉は共有されているといえよう。『俳家奇人談』の「望一」の項には「その性十二律の調子《ちようし》を聴《き》いて、物の善悪《ぜんあく》を占ふ術を得たりといふ。わが朝の師曠《しこう》とも称しつべし」とある。「師曠」は春秋時代の晋の伝説的な楽師で、引き合いに出される以上、望一にもそれなりの風格のあったこと、のみならず、超人的な逸話のあったことが察せられる。けれども、望一と一夜をともにした俳諧師の扱いからも判るように、右の話のなかでは、宗祇や紹巴より格下に位置づけられている。加えて、「望一と同じ疳をやみ給はば、座頭に成給はん物を、目が見えて残念」と笑われるサゲには、座頭バナシの趣きもある。先の『柳亭筆記』ではこの話を「西鶴が滑稽」としているが、西鶴の創作であるか否かはべつにして、この話が当初、仲間内の世間話として流通していたのだけは確かであろう。

こうした話が流通する前提として、話し手も聞き手も、ともに俳諧という文芸に価値を見いだしていることが条件になる。つまりは、価値の共有が伝承母体を維持させているわけである。価値を共有せぬ者の立場から眺めてみると、同じ話でも異なる印象のものになる。説話について考える際、伝承母体の問題は常に念頭に置かねばならないが、とりわけ、話の主人公と話し手の属する集団の性質については気を配る必要がある。

その意味で、笑話集『いちのもり』（来風山人、安永四年＝一七七五）にある「俳人」という小咄は示唆的である。(26)

信濃者《しなのもの》、俳諧師の内へ奉公する。国者来て、「そちの内は、何商売だ」「されば、何だか知らぬが、旦那は至極結構な人だが、毎日余所《よそ》から人が来て、訳も知れぬことをいふては帳に付けるが、おれがことかと思ふ」。

この奉公人にとって、俳諧師とは「毎日余所《よそ》から」人の家を訪ねてきては「訳も知れぬことをいふ」得体の知れぬ連中であった。信濃出身の奉公人が郷里でどのような職掌にあったかは判らぬが、彼が仕える「旦那」のような身分に属していなかったのは確かである。彼にとっては、帳面に句を書きつけるのが仕事だというのは、想像の埒外であった。同郷の人に商売を訪ねられて返答に窮したのも無理はない。

この場合、笑われているのは田舎上りの奉公人ではなく、俳諧師のほうである。当人たちは脱俗の風流人を気取っていても、世俗にまみれながら日々を過ごす奉公人にとっては、俳諧など所詮「何だか知らぬ」無用の長物に過ぎなかった。価値の共有ができない以上、この奉公人には俳諧説話を語ることはできない。そして、俳諧説話の担い手となったのは、この奉公人が理解しかねた「旦那」の如き人々だったのである。

四　連句・雑俳をめぐる説話

とかく量の増加は質の低下をもたらす。当時の文人たちのなかにも、俗臭紛々たる当節の俳諧事情を苦々しく思っていた者もいた。「漁焉」「無腸」等の俳号をもつ上田秋成もその一人である。秋成の『癇癖談』（天明七年＝一七八七）にある次の話は、先の小咄と同じく俳諧仲間の外にいる者との対話で、より辛辣な扱いがなされている。(27)

むかし俳諧のすきびとありけり。芭蕉翁の奥のほそみちのあとなつかしく、はる〳〵みちのくにくだりけり。ある国のかみの御城下にて日くれなんとす。一夜あかすべき家もとむれどあらず。おもひつかれたるに、そこに門だちしたる翁のあるに、たちよりてねんごろに宿をもとむれば、おきなうち見て法師は達磨宗なるかと問ふ。いな、さる修業にあらず。ばせをの翁のながれをまなぶものなるが、松がうらしま、象《きさ》がたのながめせんとてはる〳〵と来れるなりといふ。おきな声あらゝかにて、何がしどの御下にははいかい師と博《ばく》奕うちのやどするものはなきぞといひけるとなり。いかなれば、おなじつらにうとまれけむ。いとあさましくなむ。

冒頭、「むかし……」とあるのは『伊勢物語』を模しているからで、舞台は現代である。右の話は創作であるが、これと同様に、けんもほろろの応対を受けた旅の俳人は多かったろう。「ばせをの翁のながれをまなぶものなるが……」と誇らしげに名乗りをあげた俳人に対し、土地の老人は「はいかい師と博奕うちのやどするものはなきぞ」と手厳しい言葉を浴びせる。仮に、この老人に俳諧趣味があれば喜んで彼を泊めたであろうし、囲炉裏を囲んで俳諧談義に花を咲かせることもあったろう。場合によっては、近隣の俳諧仲間も同席し句会を催したかもしれない。話の流れで、本書で扱っているような俳諧説話を話し合うこともあり得た。しかしながら、俳諧趣味のない者にとっては、文字どおり招かれざる客に過ぎない。近世に生まれた俳諧仲間という新たな伝承母体は、地縁血縁に根ざさぬために広がりをもっていたが、反面、それゆえの脆さがあったことも指摘しておかねばなるまい。

『癇癖談』（国会図書館所蔵）

　そんな芭蕉嫌いの秋成が、あろうことか、旅上で芭蕉を追慕する男と相宿をするはめになったことがある。『去年の枝折』（安永九年＝一七八〇）にある記事である。

　それによると、旅先で「修業者」風の男と隣り合わせの部屋になった秋成は、仕切りの障子を開けて四方山話をすることになった。秋成が「いづこへの修業ぞ」と問えば、その修業者風の男は「身は雲水にまかせたれど、仏菩さつに後の世の事のみ打頼めるにあらず。風月にふかく心をそみて、我翁の跡おちこち尋ねあるく」と答える。そこで、秋成が「翁とは何人」と問うと、男はいかにも心外といった面持ちで、「翁」が芭蕉を指すことを述べる。以下、この男による立て板に水の芭蕉の講釈が続くが、ここでは略す。ただし、芭蕉礼賛の弁が仏教哲理に結びつけられて説かれている点は留意すべきであろう。

この記事からも〈世間〉の内にいる者と外にいる者との相克が窺える。俳諧を嗜む秋成にしても、芭蕉を「我翁」と呼ぶような人物とは価値を共有しえなかった。この日の俳諧談義で芭蕉の逸話が話されたであろうことは想像に難くないが、秋成の反応は冷淡なものであったろう。しかし、私はむしろ、秋成の目に俗物と映ったこの修業者風の男のほうに興味を覚える。俳諧説話の担い手の平均的な姿がここに窺えるからである。

『去年の枝折』における秋成の批判を要約するとこうなる。乱世を生きた西行や宗祇の旅と、太平の世を生きた芭蕉の旅とではおのずから質が異なり、形だけ真似たところで、古人の詩境に近づくことはできない。その芭蕉の跡を求めて歩くなどというのはまったく無駄なことである――一理ある見解であろう。これは秋成の持論で、晩年の随筆『胆大小心録』でも「芭蕉などゝいふこしらへ者」云々という記述が見える。

ところで、秋成の『雨月物語』(安永五年＝一七六八)中の「仏法僧」は、太平の逸民というべき主人公が、思いがけなくも、夜の高野山で殺生関白・豊臣秀次一行の亡霊が催す宴を見てしまうという内容だが、これは伝統的な連歌説話を裏返したものであった。

「仏法僧」における怪異は、主人公の夢然が「鳥の音も秘密の山の茂みかな」と一句詠んだことにより、秀次たちの亡霊が現れることに始まる。そして闇の宴は、夢然の詠んだ「鳥の音も」の句に、亡霊の一人である山田三十郎が「芥子たき明すみじか夜の牀」と付けたところで、修羅の時を迎えた亡霊たちが異界へ去り、唐突に終わる。

亡者と生者の間でなされる句のやりとりが話の骨子となっている点が連歌説話の型を踏襲している。[28] しかし、通例の連歌説話では、亡霊の上の句（もしくは、下の句）に生者が下の句（同、上の句）を詠んで成仏させるのが常套であるが、「仏法僧」においては亡霊と生者の関係が逆転している。生者の句に亡霊が句を付け、異界へと連れ去ろうとしているのである。話型に則りつつも、そこから逸脱するのが、この話の趣向であった。

ただし、夢然が詠んだのは俳諧の発句であって、連歌の発句ではなかった。そのことは、紹巴の台詞に「こゝに旅人の通夜しけるが、今の世の俳諧風をまうして侍る」とあることからも知れる。長句と短句との間にある断絶こそが、異界と斯界の岐れ目でもあった。

さて、この話は秋成の創作であるが、近世においても連歌説話は同時代の話として生きていた。例を挙げだすと枚挙に暇がないが、世間話性の高い事例として『藤岡屋日記』（須藤由蔵）天保三年（一八三二）の条の話を引く。[29]

十一月十六日、江戸着之日大雪ニて、

一　品川御休ニ而薩州大守侯硯人と被仰けれバ、御側なる横井伝兵衛差上候処、御筆を取給ひ、

　　珍らしき異国の客ニミつの雪

と被遊けれバ、琉球人しば〳〵《じ》物あんじける景色ニて、フラフラ〳〵と伝けれバ、付添の球人紙を出しければ、ふところより物入出し、せき筆の如き三角なる物ニて、

　　花のお江戸の色ゑなりけり

右品川の御本陣近親の人、手伝旁見物ニ参り承り相咄候よし。

琉球人の江戸行きというタイムリーな話が、連歌説話として享受されているのである。そうした時代が、かつて間違いなくあった。右の話の話者は「品川の御本陣近親の人」とのことであるが、これとほぼ同じ話を松浦静山も『甲子夜話』に記しており、当時の巷説であったことが保証される。下の句の語句が若干異なるのも、この話の伝承性を示していよう。(30)

是はさしたることならねど、聞たれば記す。球人着の日、薩邸の人か、出迎に往たる者、其日は初て雪降たれば、かくと口占《クチズサミ》ける。

珍らしや異国人《コトクニ》に初み雪

球客これに次で、

東《アヅマ》男の膚《ハダヘ》なりけり

かゝれば球国も、八雲調のみならず、二神巡会の体も心得ゐると見へたり。

静山は「さしたること」ではないというが、一過性のものとして消え去っていく運命の世間話には後追い調査の難しいものが多く、後世の者にとっては有り難い。『甲子夜話』には他にも連歌説話が採録されているが、そこには、西行説話や宗祇説話と並んで同時代の話も載せられており、かかる話柄が世間話として流布していたことが偲ばれるのである。

さて、連歌説話という名称を用いているものの、二人唱和して一歌を詠ずるというモチーフの成立自体は、連歌発生の遥か以前に溯る。記紀神話にある日本武尊と火焚の翁の、いわゆる片歌問答が文献上の最古で、連歌を「筑波の道」と称するのもこれに由来する。もっとも、その名のとおり、片歌（五七七）のやりとりなので連歌とはい難い。二人唱和して三十一文字の歌を作った例としては『万葉集』に載る「尼」と大伴家持の連作が古いが、実作なのか伝承歌なのか判断がつきかねる。説話として記録されたものでは『伊勢物語』にある話が古く、また、『今昔物語集』にも類話がある。以後、中世以降の連歌流行の風潮のなかで連歌説話も数を増していく。「秋風の吹く度ごとに穴目〳〵」の悲しげな旋律が印象的な小町説話などは、殊のほか人口に膾炙していた。

ここまでは、夙に先学が指摘している。[31] 問題はこの後である。二人唱和の芸術の系譜は、近世以降も絶えることなく、受け継がれていた。連句や雑俳がそれである。そして、中世における連歌の隆盛があまたの連歌説話を生んだように、近世においては、連句説話とでも呼ぶべき話群がたしかに生まれつつあった。俳諧という文芸が、俳諧の連歌から生成していったのを思えば当然の事態であったろう。

次の『煙霞綺談』（西村白鳥、安永二年＝一七七三）の話もその一例である。[32]

> 関東《くわんとう》ある寺に夜々《よる〳〵》幽霊《ゆうれい》出て、
> 　墨染をあらへば波《なみ》もころも着《き》て
> といふ句を唱《とな》へて、しきりに涕泣《ていきう》す、此故《ゆへ》に住職《ぢうしよく》する僧なき所に、一僧あり行て見るに、果《はた》して怪《あや》しきもの出て、彼句《かのく》を吟《ぎん》ず。其あとへ、
> 　水は浮世《うきよ》をいとふものかは
> と付たれば、幽霊《ゆうれい》はつといふて消《きえ》うせたり。其後ふたゝび出ずとなり。
> ある人の元より、此一事を書《しよ》してをこせたりしが、其後近年出たる百人一首の頭書《かしらがき》を見れば、袖といふ女、

俳諧《はいかい》の付合に云し句《く》なりとある、波《なみ》の衣を着るとは難題《なんだい》なれば、此付合《つけあひ》おもしろし、是も彼奇怪《きくはい》を好むものゝ思ひ付たる附会《ふくわい》の説《せつ》ならん。

右の話《はなし》を思ふに、むかし宗祇《そうぎ》出羽の国に至《いたり》て、ある寺《てら》に宿《やど》あり。夜更《ふけ》てみれば、数輩《すはい》、連歌《れんが》をなせり。宗祇元より好めるの道なれば、首《かしら》を挙《あげ》て是を聞り。一人、声をあげて、

薄《すゝき》にまじる葦の一むら

と吟《ぎん》ず。各《おの〳〵》暫し案《あん》ずるのやう見へて、ハアといひしに忽《たちま》ち消《きへ》て物なし。翌日《よくじつ》寺僧《じそう》に問《とへ》ば、昔よりしかりと答《こた》ふ。是なん此句の附句《つけく》を不得者《ゑざるもの》の執《しふ》なりと思ひとり、其夜はいねずして、其時刻を待たるに、其時刻になれば前夜《ぜんや》のごとし。宗祇其句の言下《ごんか》に、

古沼《ふるぬま》の浅きかたより野となりて

如此附られければ、各感じ悦びて消滅《しやうめつ》し、夫より後、執客《しうかく》絶《たへ》たり、と洛陽《らくやう》清水に云伝ふ。清水風連歌、今に相続《さうぞく》するも是より始りしとなん。

二話から成っている。二つながら、無住の寺に出没する亡霊を、旅僧が詠歌で成仏させるという内容で、昔話の話型名でいうところの「幽霊の歌」（一名「灰の発句」）に相当する。口承書承ともに報告例は多い。(33)後のほうの宗祇説話にある付合「薄《すゝき》にまじる葦の一むら／古沼《ふるぬま》の浅《あさ》きかたより野となりて」は、一般的には室町期の大名・三好氏の伝承として知られ、『武将感状記』（熊沢正興、正徳六年＝一七一六）や『三好別記』（著者、年次不詳）等々に記載がある。

注目すべきは、最初の話の付合「墨染を洗えば波《なみ》もころも着《き》て／水は浮世《うきよ》をいとふものかは」で、「近年出たる

百人一首の頭書を見れば、袖といふ女俳諧師の付合に云し句なり」と種明かしされたのち、話自体も「奇怪を好むもの、思ひ付たる附会の説ならん」と注釈されている。残念ながら、根拠とされた「近年出たる百人一首」が何を指すのか確認できていないが(34)、件の句が「袖といふ女、俳諧師の付合に云し句」であるとするなら、この話は連句から生じた世間話であったということになる。ここから、かつての連歌説話の世間話性を類推することもできよう。

もっとも、本当にこの付合が「袖」という女性の手になるものかは判らない。これから紹介するように、これと同じ付合を載せた書物は他にも存在するのである。

『土佐の伝説』(松谷みよ子ほか編、昭和五十二年、角川書店)所収の雪渓寺の伝説もその一つで、やはり「幽霊の歌」の話型に則っている。舞台となった雪渓寺は四国八十八ヶ所の一つに数えられる古刹。口承資料ゆえ注意を要するが、それを承知のうえで先の話と比較してみよう。次に該当箇所のみ引用する。

三日目の晩、旅の坊さんは今日こそと思うて、ゆるりのそばで待っちょった。そうしていつものとおり赤い衣の老僧と、亡者どもが集まりよって沈んだ声で、

「墨染を洗うてみれば、波も衣きて……」

と、唱えたとたん、すかさず、

「なんの浮世をいとうものかは」

と、あとの句をつけたげな。

するど赤い衣の老僧は、こんどはうれし泣きに泣きよって、

「あとの句が出来んき、成仏がならなんだ。もう今からは出ん」

ちゅうたと。亡者どもも、もらい泣きしよって、うれしいうれしいちゅうて、みな消えたげな。
幽霊を退治してくれたありがたい坊さんちゅうことで、旅の坊さんは長浜の人にぜひにといわれ、雪渓寺の住職となったと。お遍路さんたちも無住の札所でのうなって、大よろこびしたそうな。

話のなかで詠まれた歌は『煙霞綺談』の付合と同案である。右の話では主人公に名前はないが、他の資料では月峰和尚とされている。(35) 史実においても、月峰は雪渓寺中興の祖であり、入り込むべくして入り込んだ伝承といえる。また、雪渓寺が四国八十八ヶ所には珍しい臨済宗の寺院であるのは看過できない。禅と俳諧と説話をめぐる深遠な伝承世界が仄見えるからである。

惜しむらくは、右の話が文献資料に見られない点と、雪渓寺に伝説の根拠になるような幽霊ゆかりの品が遺されていない点である。(36) そのため、近世以前の雪渓寺をめぐる伝承の様相は皆目判らぬが、次に紹介する『勧化一声電』(越中礪波、龍正述、近世後期)の記事から、同話が唱導の場で語られていたのは容易に想像がつく。(37)

難題ニ、水モ浮世ヲ厭ト云○墨染ヲ、洗バ波モ衣着テ、水モ浮世ヲ厭モノカハ、ト。此歌ヲヨミタル人、此難題ニ窘ハテヽ、数日案ズレドモヨミカネテ、ツヰニハ狂人トナリ、清水寺ニ詣デ、終日滝ニヒタリテハ、観音ニ参テ余言ナク、水モ浮世ヲ厭モノカハトノミ云テ、他愛ナカリシニ、哀トヤ思ケン、夢ニ告上ノ句ヲ授玉ヒシトナリ。

この話は「幽霊の歌」の型ではない。ではないが、神仏の夢告で「上ノ句」を授かるというのもまた典型的な連歌説話のモチーフである。そして、そこでなされる「難題」の文句「墨染ヲ、洗バ波モ衣着テ、水モ浮世ヲ厭モノカハ」は、従前の付合と同じであった。

諸々の事情から、『煙霞綺談』の付合も伝承歌であったことが推察されるが、事実はどうあれ、近世中期、この話が連句から生じたとする解釈が説得力を持っていた点には留意したい。文芸史の変遷にともない、連歌説話の後継たる連句説話が生まれていたのである。それはすなわち、俳諧説話でもあった。この延長線上には、雑俳説話の問題があるのだが、それはまた別の話になる。

示唆的な話が『赤星さうし』(秋里籬島、文化七年＝一八一〇、改題名『摂西奇遊談』『秋里随筆』)にある。「芭蕉翁霊」と題されたその話の梗概は、紀伊から都に帰る途上の商人「鯉屋伝吉」の乗った便船が暴風雨に遭い、風除けのために寄った孤島で知り合った老翁と会話を交わし、翁の発句に脇句を付けるというものである。その後、翁の句が芭蕉の作であったことに思い至り、翁が「芭蕉翁霊」であったのに気づくことになる。以下に引用するのは、主人公が芭蕉の霊と邂逅する場面からである。(38)

其人物《そのしんぶつ》を見るに、行年《よわひ》九十九《つくも》にも満《すき》たるとみへ、白髪《はくかつ》斑《またら》にのびて乱《みたれ》、身には生布《せうふ》を襲《かけね》たる如《こと》き薄布《はくい》をまとふ。其容《そのかたち》、実《またく》人界《かい》に遠《とほ》く仙家《せんか》に迫《せまり》たるべし事、再《かさねて》尋《とふ》、「そも翁《をきな》は齢《よわひ》何《なに》ほどをつみ給ふや」。翁いらへて「凡《およそ》百余歳《よさい》にてはおぼえはべれと、今はおぼへす」といふ。名を問《と》ふにこたへす、只管《ひたすら》茶《ちや》を煮《に》ながら「旅客《りよかく》、風流《ふうりう》は如何《いかん》」といふ。いらへて、漸々《やうやく》俳諧《はいかい》のみじかきに遊ふよしをいふ。時に翁、火《ひ》せせりを止《やめ》て、「こは旅客《りよかく》にはおもしろき事をいひたまふ。さして、このころの御《こ》風流《ふうりう》きこえさせたまへ」といふ事、折から句《く》なく昨今《きのふけふ》船中《せんちう》にあつて、寂寞《つれ〴〵》なるおもひを吐《のふる》。

『赤星さうし』（国会図書館所蔵）

きのふにも似て日くれたり秋の天

翁、且《しは》し沈吟《ちんきん》ありて賞《しやう》す事《こと》甚《はなはた》し事、再尋《またとふ》、「翁の御風流《こふうりう》如何《いかん》」といふ。翁、かふりして、「更《さら》に句《く》なし。時として思ひいづる事あつて吐《はく》といへとも、わするゝ事はやけれはかつて句《く》なし」と且々頭《しはらくかうへ》をたれ、ふたゝび面《おもて》をあげ、「過《すき》にしいつの秋《あき》なるや、かりそめに思ひいてし句《く》あり。ふしきにこれのみをわすれすありける」とて、一帋《いつし》を乞ひて竹火箸《たけひはし》の炭《すみ》をもて書《かき》しるす。手跡拙《しゆせきつたな》からすして、

しら露をこほさぬ萩のうねりかな

かくきこえけるにそ、感《かん》にたえてありける。翁いはく、「旅客《りよかく》、愚吟如何《くぎんいかん》きゝ給ふや。くるしからすはワキしてたまへ」といふ。「されと、其句《そのく》の高《たか》きに恥《はち》て辞《じす》る」といへども、翁ゆるさすせめけれは

しらつゆをこほさぬ萩のうねり哉

夜はうち明てのこる有明

かくつけて其席《そのば》をつくなひける。うちはや残暉《たそかれ》ちかくなれは、暇《いとま》を告《つけ》てふねにかへり、つく〳〵思ひけるに、かの翁のいひしは当《まさ》にはせを翁が高吟《かうきん》なること、やゝこころつき奇異《きゐ》のおもひ

をなしぬ。

その朝《あす》、かさねて草庵《さうあん》をとむらひはへらんとおもふにまかせす。暴風止《しけ》て出帆《しゅっはん》の時なりとふねさし出すに、ちからなく遂《ついに》に洛《らく》に帰りぬ。されど、かの翁か焼筆《やきふで》の跡《あと》は今に秘蔵《ひそう》する所なり。

右の話にある「しら露を」の句は実際に芭蕉の作で、真跡の自画賛も伝存する。なお、先に紹介した『いろは文庫』の「源吾煤竹売り」の話の後には、同句にまつわる逸話が載せられている。掛軸に記された芭蕉の句の上五「しら露を」を、其角が「月かげを」と添削するという内容で、小便無用の句の話を髣髴とさせる。掛軸を触媒とした俳人説話の存在を指摘できよう。

著者の秋里籬島は地誌を多く刊行したことで知られるが、俳書も多く著している。籬島の記した地誌には芭蕉を始めとした俳人にまつわる事跡も多々載せられ、それらのなかには、俳人説話の生成に関わったものもあろう。(39)

地誌と説話が馴染みやすかったことについては、第三章第四節で述べた。くり返すと、景観以外の要素で、その土地の特殊性を際立たせるには、土地の持っている物語、すなわち歴史を用いるのが常套だからである。そして、事物に即した叙述が宿命の地誌においては、過去を語る際にも、立脚点となる現在の事跡が必要になる。現在の事跡に結び付けて語られる歴史とは、すなわち伝説のことなのである。また、近過去を舞台とする世間話を記述する際にも、話の拠り所となる事物が必要とされ、この場合、世間話の伝説化を促す結果となった。

さらに重要なのは、近世地誌の記事が、現行の伝説の源となっている場合が少なくないという事実である。この点と、近世地誌の作者の多くが文人であった点、近代に伝説を発見した柳田國男が近世文人の系譜に連なる嗜好をもっていた点とを重ね合わせると、今日の伝説イメージの生成の理解と、その相対化が可能であろう。彼らの文人気質が伝説の取捨選択にどう影響したのかは、一考を要すべき問題である。
以上の事々を鑑みるに、籬島が芭蕉の話を筆録したのも、故なきことではなかった。

五　芭蕉、風月の額

孤島の廃屋に現れた芭蕉の霊は、竹火箸の炭でしたためられた筆跡を遺して姿を消した。幽霊が火箸で吟詠を書き留める辺りは、昔話「灰の発句」との関連が見いだせて興味深いが、一層の興味を惹くのは、末尾で「かの翁か焼筆の跡は、今に秘蔵する所なり」と、話の信憑性を裏付ける事物の現存することが示されて締め括られている点である。一話が事実性を保証する事物に収斂されてゆくのは伝説の基本的な展開である。本章でも再三触れてきたように、これは俳諧説話においても珍しいものではない。

この話が当時の世間話の偶然採録されたものであるのか、それとも秋里籬島が説話の手法に則って創作した短篇小説であるのかは、今となっては知る由はない。本話を載せた『赤星さうし』（文化七年＝一八一〇）自体、位置づけの難しい本で、『國書總目録』には「読本」と分類されているが、改題本の『秋里随筆』は書名どおり「随筆」に分類されている。端からどちらとも取れるように書かれたのであろう。

ただ、『赤星さうし』には、次に紹介する「芭蕉翁狂句」という話のように類話のみられる話もあるので、先に紹介した琵琶湖で芭蕉の霊と邂逅した話なども、伝承説話であったのかもしれない。(40)

ひと〻せ、はせを翁、西浜《さいひん》の吟行《ぎんかう》に、播《ばん》しう片上《かたかみ》といへる所を過給《すぎ》ふに、農具《のうぐ》を工《たく》みせる軒《のき》に、三尺《しやく》に過《すぎ》さる朽木《くちき》にあやしき白字《はくじ》を居《す》へてかけあり。翁、杖《つゑ》をとゞめ見たまふに、かゝるあやしき文字《もじ》なり。翁、且々眺《しばしながめ》ありけるか、から〳〵とうち笑《わら》ひてゆき給ふ。かの鍛冶《かぢ》の男《をとこ》、いとあやしみ、翁をよひかへし、「旅客《りよかく》には額《がく》の文字よみ得たまひてわらはせ給ふや。いかに」といふ。翁いらへて、「我《われ》、聊《いさゝか》文字よみ得ず」とありけるに、鍛冶《かぢ》再言《ふたゝびいふ》「しかあるを、なにかふとて笑《わら》はせ給ふや。そも此額《このかく》は、我先祖《わかせんそ》より持つたへけるといへとも、更に此文字《このもじ》よみゐ給ふ人なし。よつていまさら軒《のき》に出しおく事、もしやは是《これ》をよみゐたまふ人もやあらんと、かくはかりおきしなり。しかるに、旅客うちわらひ過《すぎ》たまふは、まさによみゐたまひしとそんじ侍る。ねかはくは、よみてたびてんや」といふ。翁かぶりして、「我とても此文字知る事不能《あたはず》、此《こゝ》にておもふことのありて、可笑《おかしく》それゆへにこそ笑ひはべりしなり。主人心にかけたまふな」とある。鍛冶、其言《こと》ば付ゆかしく、「旅客《りよかく》わらはせたまふいんゐし聞したまへ」といふ時に、翁のいはく、「さもあらば、以来《いらい》、額《がく》の文字明らかにいたしゐさすべし」と、筆《ふで》を乞ひて例の額に筆を添《そへ》、かくしるしたまひしとや。芸州広島《げいしうひろしま》、野老坊文合《ところぼうぶん》といへる俳士《はいし》秘蔵《ざう》せしを、我看《われみ》たるまゝをこゝに図《づ》するのみ。

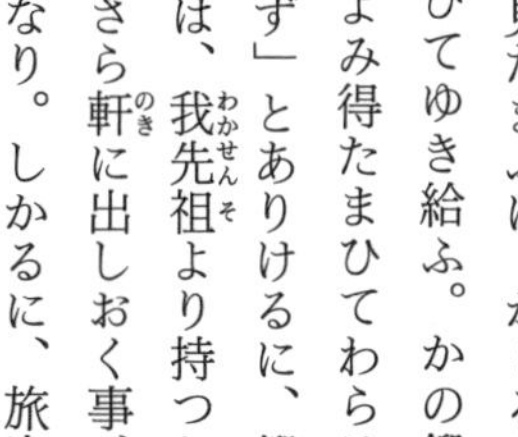
図1

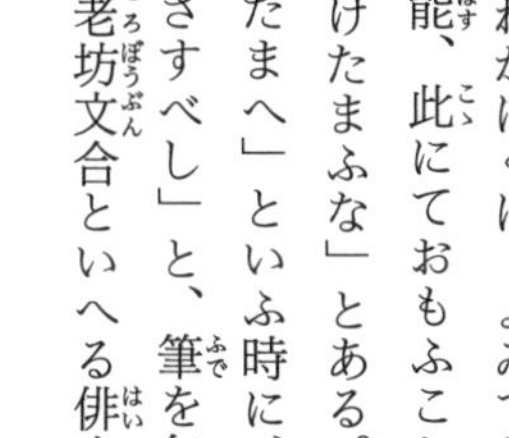
図2

冒頭に「播しう（播州）」とある点や、末尾に「芸州広島」の俳人の名前があがっている点から、舞台の「片上」が、旧・和気郡片上村（現・岡山県備前市）を指すことが判る。

話の主題は、鍛冶職の家に代々伝わっていたという朽木【図1】に記された意味不明の文字の解釈にある。本文に「あやしき白字《はくじ》」とあるように、かかる文字は唐土はもちろん、国字にも存在しない。一応文字としての体はなしているものの、意味内容はまったく不明で、この鍛冶屋ならずとも、誰かに訊ねてみたい気持ちになるのが人情であろう。鍛冶屋が朽木を軒にかけておいたのも、累代の謎を解いてくれる人の、いずこよりか現われ来たるのを期待してのことであった。

したがって、朽木を「且々眺」めたのち、「から〱とうち笑《わら》ひて」歩み去ろうとした芭蕉を鍛冶屋が呼び止めたのも宜なることである。そして、鍛冶屋の問いに答える代わりに、芭蕉が一筆書き添えたものが【図2】である。文字の右側には「西ハ風来人、東はかつら男」、左側には「月と風裸になつてすまふ哉」という発句が記されている。これに対する鍛冶屋の反応は記されていないが、察するところ、積年の謎は氷解したのであろう。なればこそ、額が伝存することをもって一話が結ばれているのである。

さて、この句の意味するところはお判りいただけたろうか。要するに「⿰冫虫」というありもせぬ文字は、「月」と「風」の中身の部分（「二」「虫」）を、それぞれ偏《へん》と旁《つくり》にして組み合わせたものなのである。そして芭蕉の「月と風裸になつてすまふ哉」の句は、この文字の姿を「月」と「風」の二字の外側の部位（「⺆」「几」）を衣服に、「⿰冫虫」の字を衣服を脱いだ男たちが相撲をとっているところに見立てたのである。「西ハ風来人、東はかつら男」という前書も、力士が東西に別れて取り組むことを比喩したものである。また、「風来」は飄然としたさまを形容するのに用いられる語で、「かつら男」は月に住むとされる想像上の人物、それぞれ「風」「月」の暗喩となっている。

「月」の中身（「二」）を二水《にすい》（「冫」）と見ることが出来るか否かが、この話の謎を解く鍵であるが、楷書の「月」の字からでは少々難しかろう。籬島も説明不足と思ったのか、話の末尾にもう一度この発句を記している【図3】。この字体なら一見して了解できよう。

この話、秀句譚としては中くらいの出来であろうが、むろん実話ではない。何しろ肝心の「月と風」の発句が芭蕉の作歴に見当らないのである。伝記研究の資料としては失格と言わざるをえない。それを思えば、この話に関する積極的な発言が今日までされてこなかったのも致し方のないところであった。

けれども、かつてはこの風月の句の話を芭蕉の逸話と信じて、膝を乗り出して耳を傾けた者も間違いなくいた。しかもそれは、無視しえぬほどの数にのぼっていたであろう。話し手と思われる「野老坊文合といへる俳士」が、自慢の芭蕉ゆかりの額を披露しつつ芭蕉の話をしたのが、ひとり秋里籬島のみであったとは到底考えられない。近世、俳諧の盛んであった山陽という土地柄を考えても、この文合なる人物から風月の額の話を聞かされた人は相当数いたと思われる。額が家宝として珍重され続けるためには、当の家系の人のみならず、その周囲の人々も価値を認めているのが条件であった。

世に芭蕉の偽筆が出回っていたことは夙に知られているが、それに付随して芭蕉の説話も流通していたであろうことは、もっと注目されてよいはずである。本話を筆録した籬島の所見は記されていないが、少なくとも文面からは話の事実性を疑った様子は読み取れない。あるいは半信半疑であったのかもしれないが、これが人気の地誌作家の興味を惹くのに充分な話であったことだけは確かである。

そして風月の讃句をめぐる話は、山陽の僻村にのみ伝承されていたわけではなかった。遠く北陸の古刹にも伝わり、雪深い土地に生きる人の風流の話柄となっていたのである。

次に紹介するのは、『赤星さうし』とほぼ同時期に刊行された

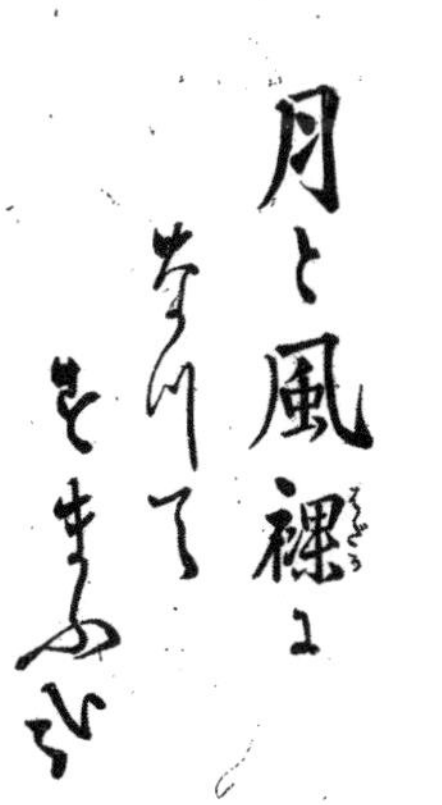

図3

『北国奇談巡杖記』（鳥翠台北茎、文化四年＝一八〇七）に載る話で、やはり芭蕉と風月の句をめぐる話である。(41)

同国永平禅寺《どうこくゑいへいぜんじ》は、開基道元和尚《かいきどうげんおしよう》にして、日本曹洞派《につほんそうとうは》の本山《ほんざん》なれば、今さらいふべくもあらず。元禄《げんろく》二年の葉月《はつき》、芭蕉翁《ばせをおう》、奥羽行脚《おううあんぎや》したまふ折から、此てらを尋《たづ》ねてまうでたまふに、方丈《はうじやう》に雲竹《うんちく》の書れし額《がく》あり。是《これ》に讃《さん》を残《のこ》したまへる。其句《そのく》を左《さ》にしるす。

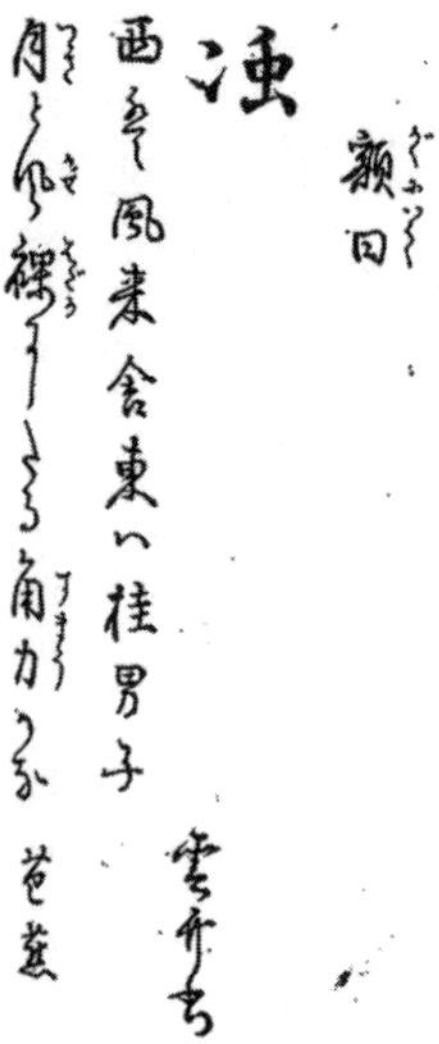
額曰
西ハ風来舎東ハ桂男子　雲竹書
月と風裸にしたる角力かな　芭蕉

右は風月《ふうげつ》といへる字《じ》の謎《なぞ》なりとぞ。今はいかゞなりしにや。不知《しれざる》よし沙汰《さた》せり。

題は「風月の額」という。先ほどの話と同様、「月」「風」の二字の中身の部位を取り出して、一つの謎としているのは、同じ趣向に基づくものであるし、謎に対して発句で答えているのも同じである。語句に相違があるとはいえ、「月と風裸にしたる角力かな」の発句も「月と風」の句と同案である。句の前に記された「西は風来舎」「東は桂男子」の語も意味するところは同じである。この一事をもってしても、風月の句の話が秋里籬島の創作ではなく、在地伝承の採録されたものであるのが窺えるのである。

この話を載せた『北国奇談巡杖記』は、『日本随筆大成』の解題の言葉を借りるなら、「加賀俳人の名家である希因の孫たる俳人北巠が、其の健脚にまかせて故郷の加賀国を初めとして、越前の国に至る北陸数ヶ国を遊歴して、其の地方地方の名勝旧蹟をたずね、其の見聞旧談伝説等を記し留めた案内書という感じのある随筆」である。本書の性質から鑑みるに、右の話も、偶然に採録された芭蕉の逸話と推察できる。おそらく『赤星さうし』と『北国奇談巡杖記』に載せられた二つの風月の句の話に、直接の伝承関係はなかろう。別個に伝承されていた話が、互いの存在を知らないまま筆録されたものと覚しいのである。

『北国奇談巡杖記』の話が『赤星さうし』の話と異なるのは、謎文字を書いた人物の名が「雲竹」と明記されていることとである。雲竹は京東寺感智院の僧侶で、元禄十六年（一七〇三）に七十二歳で没。当代随一の能書家として知られ、実際に晩年の芭蕉と交流があった。元禄年間、雲竹が芭蕉に画讃を求めたという記録もあり、右の話において、芭蕉が賛句を残したのが雲竹の額であったのには、相応のリアリティーがあったわけである。

この額を所持していたとされる永平寺は、本文にもあるように、曹洞宗の本山として知られる、あの永平寺である。寺社に関わる話というと、説法唱導の場と結びつけられがちであるが、この場合はそうではあるまい。肝心の「風月の額」が行方不明とあっては判断のしようもないが、永平寺ほど格式の高い寺院が、芭蕉の逸話を布教活動に利用していたとは考えにくいからである。説話は時として、誰人も意図せざるところで寺社と結びつくものである。とはいえ、元禄二年八月、『おくのほそ道』の旅の途上の芭蕉がこの名刹を参詣しているのは事実で、これが話に信憑性を持たせている。この点も、芭蕉の訪れなかった土地に伝わる『赤星さうし』の話との相違点である。

その意味で『俳諧歳時記』（曲亭馬琴、享和元年＝一八〇一）の「雑之部、画讃」にある次の記事は、風月の句をめ

ぐる話としては、より現実味のあるものとなっている。(42)

予《よ》総角《あげまき》のころ、奥州行脚《あんぎや》の僧あり。その人云、出羽の尾花沢の里正《むらおさ》の家にはせをの画讃一軸あり。その家相伝へていふ、むかし某《それ》の公卿、ゆゑありて当国に左遷《させん》せらる。里正の先祖よくこれに遇《ぐう》す。よりてそのこゝろさしを感《かん》じ給ひ、配所《はいしよ》のつれ〴〵に自画《じくわ》一帳《てう》を与《あた》へらる。乃《すなわち》家《いへ》に伝へてこれを蔵《かく》す。その画、相撲《すもふ》の画也といひ伝ふ。しかれども、その形《かたち》相撲の模様にあらず。右にξ此の如《ごと》きものあり。左リにξ此《かく》のごときものあり。既に数《す》百年を経《へ》て紙面も又あざやかならず。元禄のはじめ、はせを奥羽行脚《あんぎや》の日、此里正の家に寄宿《きしゆく》す。主人その古画をもてはせをに讃《さん》を請《こ》ふ。はせを便チ《すなは》これに讃す

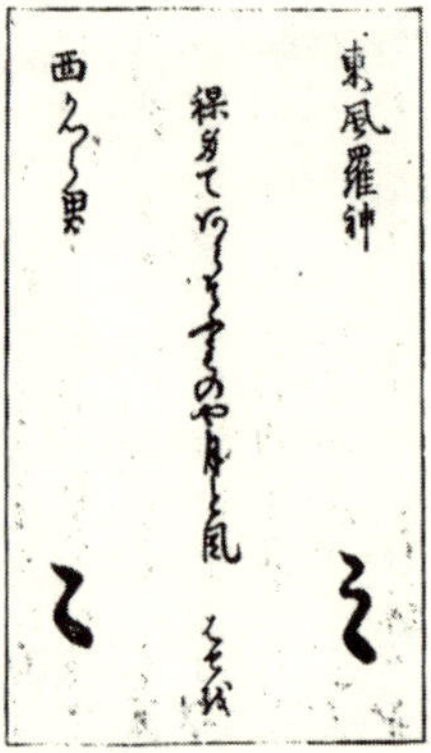

との画讃、実《じつ》に嘆美《たんび》するに堪《たへ》たり。ξに几を加ふれは風となりξに冂を加ふれは月となる。これ無《む》を以て有《う》とし、無名に名づくるもの也。この讃すべての俳書に見へず。故にこゝに載《の》するものは愚が古人を思ふ老婆心《ろうばしん》也。

この話を読む限り〈芭蕉〉は出羽の国・尾花沢にも、風月の讃句を遺していたようである。文中、「予《よ》総角《あげまき》のころ」（「総角」は子供の髪型）とあるので、馬琴の生年（明和四年＝一七六七）から、行脚僧がこの話をしたのがいつ頃であったのか、おおよその見当はつく。末尾に「この讃すべての俳書に見へず」とあるが、博引旁証をもって知られる希代の考証随筆家が、文献ではなく口頭の伝承に依拠しているのは興味深い。

さて、行脚僧の言によると、件の画讃は奥州尾花沢の「里正」（「村長」の意）の家が所有していたという。これが「その画、相撲の画也といひ伝ふ。しかれども、その形相撲の模様にあらず」と、もともと謎額であったと伝えられているのは看過できない。何故ならば、この謎を解くためには「はせを奥羽行脚の日……」以下の話と「裸身てあらそふものや月と風」の句の解釈をする必要があったからである。すなわち、この「風月の画讃」は、芭蕉にまつわる説話とともに伝来していた。そして行脚僧に話をするに際して、里正がこの画讃を傍らに置いていたことは疑いない。というよりも、この話は画讃が傍らになければ説明に窮する類のものであった。文字を知らねば理解できぬ口承説話が、近世も後期になると次第に現れるようになっていたのである。

その意味では、芭蕉の風月の句の話は、其角の小便無用の句の話（本章第一節）と通ずるものがある。もっとも、小便無用の句の掛軸が百万都市・江戸の遊里から離れ難かったのに対し、風月の句の額のほうは地方俳壇に馴染みやすかったようである。これはとりもなおさず、其角と芭蕉という二人の俳人の個性が互換不可能なものであり、伝承もそれを反映していたことを示していよう。瀟洒な性格の其角に風月の句は似合わないし、枯淡の境地を求めた芭蕉に小便無用の句は似合わない。史実とかけ離れた逸話といえども、信ずるに値する内容でなければ、けっして人々に受け入れられることはなかったのである。

この話には、もう一点、面白い記述がある。それは件の掛軸が里正の家に伝わるに至った由来である。家伝によると、この掛軸は往昔「ゆゑありて当国に左遷せら」れた「某の公卿」が、懇切に接してくれた礼に里正の先祖に授けたものという。貴種流離譚の典型である。振り返れば、『赤星さうし』の話でも、鍛冶屋の言葉に「此額は我先祖より持つたへける」とあった。鍛冶屋の家にも、風月の額に関する何らかの口伝があったのかもしれない。

さて、この話には二人の貴種がいる。一人は謎の掛軸を里正の家に遺した名も知れぬ公卿、いま一人は謎を解いて飄然と立ち去った松尾芭蕉である。都落ちした公卿はもとより、俳諧隆盛の時世にあって神格化の甚しかった芭蕉もまた、貴種と呼ぶのにふさわしい人物であった。ここでいう「神格化」は単なる比喩ではなく、近世後期、実際に芭蕉は神として祀られていた。

ただし、謎の掛軸を残した公卿の話とその謎を解いた芭蕉の話との間には、明確な質の相違がある。それは前者が貴種流離の伝説であったのに対し、後者はいくぶん伝説化の趣はあるものの、いまだ世間話と呼ぶべき同時代の話であったことである。行脚僧がこの話を耳にしたのは芭蕉の没後百年に満たない。貴種流離の世間話である。

興味深いのは、この話における伝説と世間話の関係である。里正の先祖と流浪の公卿の話は、その家柄の筋目正さを説いた立派な伝説である。にもかかわらず、僅か百年前に同地を通り過ぎた芭蕉の話を持ち出さないことには、この伝承は完結しなかった。つまり世間話が伝説に不随しているのではなく、世間話が伝説を支えているのである。奇異に思えるが、考えてみれば無理からぬ話である。名も明らかでない公卿に較べて、芭蕉の実在は確かなものであるし、奥羽行脚中の芭蕉が尾花沢を訪れたのも史実である。芭蕉の尾花沢滞在は比較的長く、この時代なら、まだそのときの記憶が残り、虚実ないまぜの芭蕉の逸話が話されていたであろう。その間隙に風月の句の話がすべりこんだ。世間話の持っている同時代性が、伝説とはまったく別の次元で話にリアリティーを与えたのである。件の画讃がその後どうなったか不明であるが、仮に伝存するのなら、俳人にまつわる世間話の伝説化した好例となっていよう。

鑑みれば、貴種流離譚とは、異郷への憧憬の念の顕れにほかならない。都に住まう人々の視点から捉えると鄙の地への憧れであり、鄙の地で暮す人々の視点から捉えると都への憧れである。それぞれ、自分たちの生活空間とは異なる土地に浪漫を求めたのが、この話型における語りの動機であった。中央と地方との相互補完によって成り立つ話型であるとして差し支えなかろう。

したがって、風月の句の話がいずれも地方に伝承されていたのは、けっして偶然ではない。流離する貴種を饗応することにより、地方の名家は中央との接点を持ち、家格を高めることができるのである。中央から地方へ下り、再び中央へと回帰する芭蕉に貴種性・異人性を見いだしたのも自然な成り行きであった。その際、地方と中央とをつなぐ蝶番の役割を担ったのが、他でもない風月の讃句を記した額や掛軸などの事物である。中央とのつながりを切に持ちたがった地方文人の心を理解せずに、この話を読み解くことはできないし、また、かかる話柄を喜ぶ中央文人の存在を想定せずには、この話が出版文化に取り込まれた理由を説明することはできない。

六　禅と俳諧と説話

ところで、『北国奇談巡杖記』の話の舞台は、「日本曹洞派の本山」永平寺であった。これも偶然ではなかろう。一連の風月の句の話の背景には、禅の影響が窺えるからである。

そもそも「風月」の語には、自然の風物に親しむこと、風流を愉しむこと、という意味がある。そこから転じて、自然の風物を詠んだ詩歌を指すこともあり、文芸用語として定着していた。「風月の友」といえば風流を解する友の謂で、「風月を友とする」といえば俗界を離れて風流な生活を送ることの謂である。また、詩歌や文章に熟練した人を指して「風月の本主」と言うこともある。そうしたことを鑑みれば、風月の句の話は芭蕉説話で詠まれるのにふさわしい話柄であったとしてよかろう。

「風月」の二字は禅でもよく用いられていた。試みに『茶席の禅語大辞典』（平成十四年、淡交社）で「風月」の項目を引くと、「月と風。大自然を代表するもの。禅では、皓々と照る明月は仏性の輝きや真如に比せられ、風はその徳や仏の説法などにたとえられることが多い」とある。また、同辞典には「風月ノ楽」「風月清シ」「風月相和シテ寂寥タリ」等々の熟語も載せられており、「風月」の語が禅語として定着していたのが判る。

元来、禅と書は馴染みが深く、額や掛軸に「風月」の二字を書するのも例が多い。先にも述べたように、この話は件の風月の句を記した額、もしくは、掛軸が傍らになければ説明に窮する類のものであるし、ましてや「風」「月」の二字を解するだけの教養がなければ理解することの能わぬものである。つけ加えると、禅は茶道とも縁が深い。茶室には禅に関連のある掛軸がよく掛けられていた。実証は難しいものの、茶室という空間での伝承も視野に入れるべきであろう。

さて、以上に述べきたったことを思えば、禅僧の逸話に風月の句の話があっても不思議ではない。次に紹介するのは、末期に及んで「死にとうない」の名言を遺した仙厓和尚の逸話である。

　和尚が、曾つて近江の石山寺に参詣された時、寺の住持が和尚に向つて『昔、一休禅師がこの寺にお出でになつた時、額を揮毫して下されと願ひました処が、『虫二』とおかきになられました。然るに其譯が一向に判りませぬので、これは何《ど》ういう意味で御座いますか、と尋ねました。禅師は「これか、衲《わし》が只今云ふて聴かせんでも、後年解する人があるワイ」といつて帰られたそうです。處で其後今日に至るも、未だ解く者が一人もありません。』と云つて、仙厓和尚を其篇額の下に案内した。和尚は一見して、直様一首を詠じて曰く

近江路や石山寺のながめこそ、風と月との裡にありけり

と。石山寺の住持も、始めて其意を悟り、三拝九拝したと云ふ事である。（博多古老談）

『仙厓和尚逸話』（倉光大愚、昭和十二年、柏林社）にある話である。末尾に「博多古老談」とあるように、同書に収められた話のほとんどは口碑を採録したものである。序文によると、当時の博多では、仙厓和尚の名は「三歳の童子すらも」知っていたとのこと。右の話をした老人の齢は不詳なるも、仮に同書が刊行された昭和十二年の段階で七十代であるとするならば、生年は幕末となる。対して、奇行で知られる仙厓義梵が八十八歳の高齢で没したのは天保八年（一八三七）、維新の三十年前である。逸話が醸成する期間としては適当な時間である。

この話では、額の謎文字を書いたのが一休、謎を解いたのが仙厓となっている。ともに禅の大家でありながらも、庶民に親しまれた人物で、やはり一話にふさわしい人選であった。すでに伝承上の人物であった一休に対して、仙厓が近過去の人物であったのも、世間話が伝説を支えていた尾花沢の芭蕉説話と同じ構図である。不可解なのは、舞台が禅寺ではなく、真言宗の古刹・石山寺とされている点であるが、「石山秋月」が近世後期、近江八景の一つに数えられていたからであろうか。

さて、和歌と俳諧という相違はあるものの、この話は従前紹介してきた話の類話である。下の句「風と月との裡にありけり」が「虱二」の謎文字を解いているのは言うまでもない。およそ実話とは思われないが、この風月の歌

は仙厓の遺稿集『ふで草』（年次不詳）にも載せられ、「石山寺の額字虫二を見て」と前書されている。[43] 後人の筆になるものであるので、仙厓が詠んだという証拠にはならないが、先の話が博多の古老の思いつきではなく、少なくとも幕末期の世間話であったことが窺えるのである。興味深いのは、この歌の隣に「又」として「近江越へ石山寺に来て見れば風と月とがまるはだかなり」という歌も併記されていることである。異伝の多さが知れると同時に、「風と月とがまるはだかなり」という下の句が、相撲に事寄せて謎を解いた『赤星さうし』等の風月の句「月と風裸になつてすまふ哉」と趣向を同じくしており、彼我の関連の深さが見て取れる。

仙厓の逸話には、他にも俳諧説話と関わりの見いだせるものがある。[44] 例えば、新築祝いの席で一句望まれた仙厓が、「ぐるっと家を取り巻く貧乏神」と詠んで歌人の不興を買うが、その後に「七福神は外へ出られず」と続けて喜ばれた話や、新婚祝いの席で書を望まれた仙厓が、「死ね死ね」と記して不興を買うが、やはりその後に「というまでいきよ花嫁子」と続けて一首の歌にして喜ばれた話などは、第二章第二節で触れた三日月の句の話と趣向が同じで、禅と俳諧と説話の関係を考えるのには示唆的な話である。

風月の謎を解く話が禅と関わりが深い点に留意すると、ある種の俳諧説話において、芭蕉が主人公とされていたのも偶然ではなかったことに気づかされる。史実の芭蕉と禅との関係については、従来から言及されてきているが、伝承上の人物としての〈芭蕉〉もまた、禅と馴染みが深かった。蕉門十哲の一人、内藤丈草は禅侶であったが、芭蕉の逸話の話し手には、少なからぬ割合で禅を修めた者がいたであろう。禅と俳諧と説話の三者は、三位一体で捉える必要がある。[45]

傍証というには有名すぎるが、一例を挙げると、芭蕉の代表作とされる「古池や蛙飛び込む水の音」の句を仏教哲理で解釈することも、近世には盛んだった。詳細は復本一郎の論考に譲るが、[46] そのなかには、臨済宗中興の祖である白陰慧鶴の逸話もある。「古池」を「古井戸」と書き誤った白陰が、この句の要は「古」の字であって、「池」と「井戸」との違いはさしたる問題ではないと返答したという内容で、『新雑談集』（几董、天明五年＝一七八六）にある話である。『新雑談集』は白陰の没年（明和五年＝一七六八）から程なく刊行されている。事実か否かはさておき、禅の大家の逸話に、古池句の解釈をめぐる話があるのは興味深い。

古池句を顕彰する時代の気運は、ついに『芭蕉翁古池真伝』（著者不詳、近世末期）のような奇書を生むに至った。同書はもともと三河の国に伝わっていた写本であったのを、橘田春湖という禅侶が、師の二十七回忌にあたる慶応四年（一八六八）に刊行したものである。内容は、芭蕉が古池句を詠むに至る経緯を禅の論理で説明したもので、伝記研究に身を置く方々が読むと、まず荒唐無稽の誹りは避けられまい。しかし、禅と俳諧と説話という三者の関係を念頭において考えると、けっして一笑に付されるべき書でないことが判る。

背景として、門人たちによる芭蕉神格化の問題が挙げられよう。これも例は多いが、ここでは奇行で知られる広瀬惟然の逸話を紹介する。その人となりを『近世畸人伝』（伴蒿蹊、寛政二年＝一七九〇）の言葉を借りて説明すると、「惟然坊は美濃国関の人にして、もと富家なりしが、後甚貧しくなれり。俳諧を好て芭蕉の門人なり。風狂して所定めずありく。発句もまた狂せり」云々。この一筆書きからも、惟然が流離する貴種や放浪詩人といった伝承上の人物としての属性を持っていたことが窺える。惟然の奇行については、第二章で紹介した『惟然坊句集』（秋挙、文化九年＝一八一二）等に見えるが、なかでも師である芭蕉が没したのち、「風羅念仏」なるものを作って諸国を廻り歩いたことは有名である。

では、具体的には「風羅念仏」とはどのようなものであったのか。再び『近世畸人伝』から引用すると、「師の発句どもをつゞりあはせて和讃に作りて常に諷ひありく。これを風羅念仏といふ」とのこと。むろん芭蕉の別号

「風羅坊」に拠った命名である。その文句は「まづたのむ〳〵、椎の木もあり夏木立、音はあられか桧木笠、南無あみだ〳〵」というもので「此例にて数種あり」という。『惟然坊句集』には「古池や〳〵蛙とびこむ水の音、南無アミダ〳〵」という例も載せている。いずれも著名な芭蕉の句をもとにしており、これを唱えながら「翁菩提の為とて古き瓢をうちならし、心の趣く所へはしり」歩いた。いわば、発句の徳の実践である。

この風羅念仏は一時途絶えていたものの、近年になって復活し、例年、義仲寺の法要で唱えられているという。放浪の念仏が一つ所に居を定めたわけで、今後の成り行きについては予断を許さないものの、寺院という場を得た以上、いわゆる伝統芸能と化して伝承されていく可能性はある。(46)

また、近世後期に各地で建立された芭蕉を祀った堂や庵の存在も留意して然るべきである。わけても、寛政八年（一七九六）に、築後の岡良山らが、久留米の高良大社内に建立した桃青霊神社はその代表である。この神社の由来は、寛政三年（一七九一）に、神祇伯白川家より芭蕉の神号「桃青霊神」が下ったことによる。文化三年（一八〇六）には、古池句に因んだ「飛音明神」の神号が同じく二条家より下されている。

わが国には人を神に祀る風習は古くからあり、人丸神社のように歌人を祀った例も少なくない。近世における俳人を祀った寺社は、その後裔に位置づけられる存在である。(48)

これに関連して思い起されるのは、隅田河畔の木母寺にあったという、芭蕉涅槃の碑である。文化十五年（一八一八）建立のその碑は今日に伝わらないが、遺された拓本から、終の芭蕉を釈迦に見立て、その様子を蕉門の弟子たちや、芭蕉の句にちなんだ動物たちが見守るという構図であったことが知れる。芭蕉の句にちなんだ動物とは、『猿蓑』の猿や「枯枝に」の句の烏、「古池や」の句の蛙、「道邊に」の句の馬……等々である。当時流行していた涅槃のパロディーであるが、女形の沢村田之助もこの涅槃を拓本にとって床の間に掛け、香を薫いて拝んでいたという。分野は違えど、美の道に精進した先達に対する敬意が、信仰心にまで昇華していたことが窺える。

芭蕉の涅槃図といえば、他に鈴木芙蓉という画家の描いた掛軸が伝存している。ここでも構図は同じく、臨終の芭蕉を弟子たちと句にちなんだ動物たちが見守るというもの。頭上には、娑羅双樹の葉に並んで芭蕉の葉も描かれているが、ともに南洋の植物なので、違和感はない。この掛軸を描いた鈴木芙蓉は寛延二年（一七四九）生、文化十三年（一八一六）没なので、おおよその成立時期は推測しうる。

芭蕉堂も諸国に例が多いが、ここでは『花洛名勝図会』（暁鐘成ほか画、元治元年＝一八六四）に載る京は東山の「芭蕉堂」の記事を紹介する。この芭蕉堂は、建立したのが、蕉風回帰を志して芭蕉関連の俳書を多々刊行した、半化房こと高桑闌更であった点で注目に値する。建立の時期は記されていないものの、闌更の没年が寛政十年（一七九八）、享年七十三歳であったことから、やはり、おおよその推定はできる。(49)

　右同所門南側《かは》にあり。藁葺《ふき》の小堂《せうたう》ありて、内《うち》に芭蕉翁《はせをおう》の八十許なる木像《もくさう》を安置《あんち》す。彼影像《えいさう》ははせを翁の常生《つね》く愛《あい》したまふ桜樹《おうしゆ》の有《あり》しを、没後《ほつこ》、門人《もんしん》五老井許六《ころうせいきよろく》、自ら彫刻《てうこくし》て大津なる智月尼《ちけつに》に与《あた》ふ事かの文《ふん》に見ゆ。それより智月の従者《しうしや》、宗寿尼といふか貰《もら》ひて、我故郷越路《こけうこしち》へ持返《もちかへ》り、越中国の農家《のうか》にふりて年久しく塵埃《しんあい》の中に黒《くろ》みたりしを、高岡金《かね》屋氏の手にわたり、其後《のち》、富山医生《とやまいせい》橘氏《たちはなうち》といふ人これを請得《こひえ》て文《ふみ》と共に持傳《もちつた》へたりしとなり。厥《その》後、加賀金沢《かなさわ》の吉良《きら》の方へ仕つかりける彼人は半化房《はんかほう》の門人なる故、亡命《ほうめい》の後、遺言《いけん》により半化房の許に遣《よこ》しける。しかあれは、芭蕉翁の発句《ほつく》を基《もと》にしてこゝにはせを堂《たう》をいとなみ、安置しけるなり。

この芭蕉堂も芭蕉像も現存しており、過日、拝見する機会を得た。件の芭蕉の木像が、実際に許六の作になるものか否か、いまとなっては証する術はない。ただ、『俳家奇人談』（竹内玄玄一、文化十三年＝一八一六）にも「師翁没後、その遺愛の桜樹を伐つて肖像を刻みこれを大津の智月尼に贈る」とあり、許六筆の書状（『花洛名勝図会』でいう「かの文」）も載せられていることから、当時、かかる説のあったことだけは確かである。むろん、この芭蕉像がそのときの作であるという証拠にはならないが。

さて、右の記事から伝許六作の芭蕉像の持ち主の移り変りを整理すると、智月尼→宗寿尼→某農家→金屋氏→橘氏→半化房……という順々になる。その間に芭蕉像は京を離れ、高岡、富山、金沢……と北陸地方を点々としている。持ち主となった人の素性は「富山医生橘氏」以外は不明であるが、芭蕉の木像に価値を見いだす人々、すなわち俳諧を嗜み、芭蕉を追慕する人々であったのは疑いない。価値観の共有によって生ずる〈世間〉で流通していたのである。俳諧の盛んな北陸という風土に芭蕉像が伝わったことには、それなりの必然性がある。

そのなかにあって、「越中国の農家」だけは俳諧に価値を見いださぬ、いわば〈世間〉の外にいる人物であった。だから、芭蕉像も「年久しく塵埃の中に」捨て置かれるはめになったのである。木像の変転とともに持ち主の間で交わされたであろう芭蕉の逸話も、おそらく、この農家では口にされなかったろう。

事物は、説話の伝承伝播を促し、再生産の契機になる触媒の役割を果たす。この芭蕉像も幾多の曲折を経たのち、北陸から京へと舞い戻り、東山に芭蕉庵を結ばせることになった。何故にこの地が選ばれたかというと、隣に西行を祀った「西行庵」があるからである。芭蕉庵と西行庵が並んでいるあたりに、時代の趨勢を見いだせよう。

註

（1）『俳家奇人談・続俳家奇人談』雲英末雄校注、昭和六十二年、岩波書店

（2）東洋文庫『甲子夜話』中野三敏校注、昭和五十二年、平凡社
（3）俳諧文庫20『俳諧逸話全集』明治三十三年、博文館
（4）『燕石十種』第五巻　昭和五十五年、中央公論社
（5）『日本随筆大成』第一期十九巻　昭和五十一年、吉川弘文館〈新装版〉
（6）『随筆百花苑』第七巻　昭和五十五年、中央公論社
（7）東洋文庫『耳嚢』鈴木棠三校注、昭和四十七年、平凡社
（8）宮田登『江戸の小さな神々』平成元年、青土社
（9）大島建彦編『遊歴雑記』平成七年、三弥井書店
（10）註（3）に同じ。
（11）この件について、過日、古河市の教育委員会に問い合わせてみたところ、応対した職員の方も、この『遊歴雑記』にある句碑を捜索したが、該当する句碑は見つからなかったという。
（12）『いろは文庫』明治四十四年、有朋堂書店
（13）宮元吉次『赤穂浪士の俗説を破る』（昭和十八年、大潮社）に詳細な考察がある。論中、「源吾煤竹売り」の逸話が題材の明治時代の小唄「奈良丸くづし」に言及していて興味深い。
（14）日本戯曲全集40『続赤穂義士劇集』昭和七年、春陽堂
（15）註（6）に同じ。
（16）この伝其角の書簡の来歴については、佐藤圓「苫小牧にある宝井其角の赤穂義士書簡について」（『苫小牧駒沢短期大学研究紀要』第九号　昭和五十二年）に詳しい。同書簡の存在は、佐藤論文によって知った。佐藤によると、書簡を書写したのは、太刀川翠湖という長岡藩士だという。以下、引用。
　翠湖は長岡藩士で、多分明治の初期と思える頃、東京日本橋の小林新兵衛という人が、秘蔵していたものを写したとあった。小林新兵衛は未詳であるが、翠湖の後裔は苫小牧の駅前に現住する、渡辺つね女である。つ

ね女は昭和五十一年現在八十七歳、旧姓太刀川氏で父と共に北海道に渡り、群馬県出身の故渡辺広次氏と結婚した。

　伝存の写本はつね女の実父が「大切なものだから」といって、娘に与えたものであるが、遺品を整理しているうち私蔵しても無意味と考え、苫小牧市の郷土研究会長門脇松次郎氏に贈ったという。門脇氏は更にこれを苫小牧市立図書館に贈ったのであるが、私が見たのはその直後である。

(17) 文鱗と其雫は明らかに別人であるが、この書簡のせいか、混同されることが多い。

(18) 註（2）に同じ。

(19) 網野義彦らの提唱した偽文書研究については、久野俊彦・時枝務編『偽文書学入門』（平成十六年、柏書房）に詳しい。同書の序文は、網野が執筆している。また、久野の「日本古典偽書・近代偽選史書・偽史関係文献目録」（『世間話研究』第十五号、平成十五年）は、この分野を概観するのに便利である。

もっとも、これらの文書に「偽」という語を冠することには抵抗を覚える。私も幾度かフィールドで同様の文書を目にする機会があったが、それを所持している方にとっては、まぎれもない真実である場合が多い。例えば、「伝承文書」といった表現のほうが適切であろう。

(20) 『日本随筆大成』第二期六巻　昭和四十九年、吉川弘文館〈新装版〉

(21) 泉岳寺境内の赤穂義士記念館の所蔵している義士ゆかりの事物にも、こうした伝承に彩られたものがある。それらは、かつては世間話とともにあったものと思われる。詳しくは『泉岳寺　赤穂浪士記念館収蔵品目録』（平成十四年、泉岳寺）参照。

(22) 西鶴の鳴門見物が事実であったことについては、野間光辰『増補西鶴年譜考證』（昭和五十八年、中央公論社）に考証がある。また、本話の後半に登場する「源氏祖母」なる乞食老女のことが、『二葉集』（延宝七年＝一六七九）の付合に見え、当時、有名であったことは、同じく野間光辰『西鶴新新攷』（昭和五十六年、岩波書店）でも指摘されている。

（23）『西鶴名残の友』所収話については、以前から複数の素材や典拠が指摘されていた。
　本書で紹介した話を例にとると、「昔をたづねて小皿」については、井上敏幸が謡曲「忠度」の俳諧化であると指摘し（「『西鶴名残の友』管見」『語文研究』第六十六・六十七合併号、平成元年）、「神代の秤の家」については、冨士昭雄が『杉楊枝』に（「西鶴の素材と方法」『駒澤大学文学部研究紀要』第二十七号、昭和四十四年）、岡雅彦が『百成瓢箪』（「西鶴名残の友と咄本」『近世文芸』第二十二号）に、それぞれ典拠を発見しているほか、「和七賢の遊興」については、落ちの部分が『蒙求』所収説話に通ずると早川光三郎が述べている（「西鶴文学と中国説話」『滋賀大学学芸学部紀要』第三号、昭和二十九年）。
　また、「乞食も橋のわたり初」について、野間光辰は、其角との談笑の風景に「はなしの姿勢」を見出し（『西鶴新新攷』前掲）、これを西鶴文芸の本質と喝破している。
　研究史を紐とけば、西鶴作品にハナシの側面からアプローチした論考は多く、その重厚な蓄積は口承文芸研究者にとっても資するところが大きい。近年の仕事としては、有働裕『西鶴はなしの想像力』（平成十年、翰林書房）があるほか、『西鶴名残の友』については、長谷あゆすの一連の研究が参考になる。
　長谷あゆす「『西鶴名残の友』の考察――座と癒しの文芸――」『国文学』第七十八号、平成十一年、関西大学国文学会
　同「「例の狂言」考――『西鶴名残の友』の事実と咄――」『近世文芸』第七十六号、平成十四年
　同「「幽霊の足弱車」考――『西鶴名残の友』咄の構想――」『文学』第六巻二号、平成十五年、岩波書店
　同「「何とも知れぬ京の杉重」考――『西鶴名残の友』巻四の五試論――」『国語国文』第七十五巻八号、平成十八年
（24）歌碑や句碑に関する本は多いが、説話研究の立場からのアプローチとして、岡田隆『歌碑が語る西行』（西澤美仁監修、平成十二年、三弥井書店）がある。同書によると、全国の西行歌碑のうち、西行の実作と確認できない伝

承歌を刻んだものが全体の三割を占めるといい、また、西行伝説のある地に歌碑が建てられていることが多いともいう。

(25) 日本古典文学大系77『西鶴名残の友』平成元年、岩波書店
(26)『日本小咄集成』昭和四十六年、筑摩書房
(27)『上田秋成全集』第八巻　平成五年、中央公論社
(28) 従来、この話群には伝承されていた当時の呼称である「連歌咄」という語が用いられることが多かったが、ここでは「和歌説話」と「俳諧説話」の中間に位置づけるため、「連歌説話」という呼称を用いる。
(29)『近世庶民生活史料』鈴木棠三・小池章五郎編　昭和六十二年、三一書房
(30) 註（2）に同じ。
(31) 鈴木棠三『俳諧の系譜』平成元年、中央公論社
(32)『日本随筆大成』第三期二十巻　昭和五十三年、吉川弘館〈新装版〉
(33) 同話型の名称は、『日本昔話大成』では「幽霊の歌」、『日本昔話通観』では「灰の発句」とされており、混乱が見られた。伝承の実態に即して考えたとき、「幽霊の歌」を同話型の総称として採択し、「灰の発句」は「月の発句」「藤の発句」とともに、「幽霊の歌」の下位分類と見做すのがよいと思い、以前、私案を提出したことがある。詳しくは、拙稿「昔話「幽霊の歌」にみる伝承の変容」（『口承文藝研究』第二十六号、平成十五年）参照。
なお、昔話における連歌説話を総括的に論じたものに、友久武文「連歌咄について」『昔話と文学』昭和五十八年、名著出版）があるほか、花部英雄『西行伝承の世界』（平成八年、岩田書院）でも、一部、触れられている。
(34) 湯澤賢之助『近世出版百人一首書目集成』（平成六年、新典社）によると、『煙霞綺談』成立の前年である安永元年に話を限っても、『俳諧百人一句』、『艶玉百人一首花結』、『女通宝百人一首大全』、『百人一首相生松』、『百人一首歌双六』、『百人一首女要訓』、『百題色紙紅葉織』、『百題拾葉百花撰』、『万歳百人一首宝鏡』、『明題百人一首国字引』、『八千代百人一首室海』、『和順百人一首小倉文庫』……等があり、しかも、そのほとんどが現在は所在不明で

ある。
(35)『吾南の名勝』(若宮八幡宮社務所)にある記事。同書は若宮八幡宮鎮座八百年を記念して出版され、のちに観光案内の類の引用元となった。
(36)この件について、雪渓寺に尋ねたところ、伝説の根拠になるような事物も、文書も残されていないとの返答であった。また、高知県の民俗学者・武田麟太郎氏にも尋ねてみたが、同様の返答であった。
(37)西田耕三校訂『近世仏教説話集成(一)』(叢書江戸文庫16)平成二年、図書刊行会。同資料は、花部英雄氏のご教示によって知った。
(38)国立国会図書館所蔵本に拠った。
(39)浅野三平「秋里籬島」(『近世中期小説の研究』昭和五十年、桜楓社)に、『赤星さうし』所収の二話の芭蕉説話に触れた箇所があるが、籬島の芭蕉敬慕の念の顕れと位置づけており、伝承資料としては扱っていない。また、藤川玲満「秋里籬島の俳諧活動」(『近世文芸』第七十八号、平成十五年)は、籬島の俳人としての活動を考察していて参考になる。
なお、『赤星さうし』の翻刻は、板坂耀子編『近世紀行集成』第二巻・九州篇(平成十四年、葦書房)にあるが、そこでは『摂西奇遊談』の書名で取られている。
(40)註(36)に同じ。
(41)『日本随筆大成』第一期十六巻　昭和五十七年、吉川弘文館〈新装版〉。解題の文責は、丸山季夫。
(42)国立国会図書館所蔵本に拠った。
(43)倉光大愚『仙厓和尚遺稿』(昭和六年、巧芸社)に拠った。
(44)『仙厓和尚逸話集』(平成十年、禅文化研究所)には、この種の逸話が多く載せられている。いわば仙厓バナシとでもいうべき話郡が形成されていたことが判る。
(45)金森比呂尾『布袋の袋――俳禅余話――』(平成七年、角川書店)は、いわゆる研究書ではないものの、古今の俳人や禅僧の逸話が蒐集されていて参考になる。

(46) 復本一郎『芭蕉古池伝説』昭和六十三年、大修館書店

(47) 沢木美子『風羅念仏にさすらう——口語俳句の祖　惟然坊評伝』平成十一年、翰林書房

(48) この方面に関する先行研究は多いが、その先駆的なものとして、柳田國男『人を神に祀る風習』がある。また、小松和彦『神になった人々』(平成十三年、淡江社)では、人を神に祀ることの現代的意味が説かれている。

(49) 国立日本文化研究センター所蔵本に拠った。

第五章　俳諧説話集の成立

一　芭蕉説話

後世、『おくのほそ道』の旅と称される芭蕉の奥州行脚は、史実でありながらも、口耳に懐かしい貴種流離譚の話型に則ったものであった。古人追慕の旅を志した芭蕉みずからが、時の流れとともに伝承上の人物としての風格を備えるに至ることを、当人は意図していたろうか。

風月の句の話を載せた『俳諧歳時記』（滝沢馬琴、享和元年＝一八〇一）では、先に紹介した文章に続けて『おくのほそ道』の一節を引き、「今の里正は、この清風が児孫にやあらむ、田舎にはかゝることも猶多かるべし」と述べている。次に馬琴が引用した『おくのほそ道』の尾花沢の条を紹介してみよう。(1)

尾花沢にて清風と云者を尋ぬ。かれは富めるものなれども志いやしからず。都にも折々かよひて、さすがに旅の情をも知たれば、日比とゞめて、長途のいたはり、さまぐ〵にもてなし侍る。

涼しさを我宿にしてねまる也

這出よかひやが下のひきの声

まゆはきを俤にして紅粉の花

蚕飼する人は古代のすがた哉　　曾良

簡素な文体で綴られているので右の文章だけでは判らないが、芭蕉が尾花沢に滞在した日数は十日にも及んだ。

たのであろう。

『おくのほそ道』の旅では、例外的な長期間である。文中、「長途のいたはり」とあるように、尿前の関から尾花沢へと越える途次にある山刀伐峠が嶮岨であったせいもあろうが、何よりも、当地の俳人・清風宅の居心地が良かったのであろう。

鈴木清風は紅花屋を営む富商で、芭蕉よりも七歳年下である。本文にあるとおり、商用で江戸や京阪を往来しており、各地の俳人と交流を持っていた。俳書も何冊か著している。『おくのほそ道』を読んでいると、しばしば、地方俳人の雄と芭蕉が俳席を設けている記述に行き当たるが、先に述べたように、鄙の地に下った都人が風流を解する人と邂逅するというのは、事実でありながらも話型に則ったものであった。『おくのほそ道』という作品に内在する説話性はこうした点にある。風月の句の話の背景として押さえておくべき事柄であろう。

また、当地には実際に芭蕉ゆかりの品も遺されていた。例えば、清風の鈴木家に相伝されている家史『尾花の系譜』(宝暦十年＝一七八〇)には、次のような記述がある。(2)

然るに十年以前未の年楯岡町大火の節に、尾形氏古筆品々蕉翁よりの感状ともに焼失せしなり、素英子は生得名利にかゝわらず、ものとして貯へなく、蕉翁の書残されしもの多数有しを、行脚の節にこり包の渋紙となして持、又江戸にて蕉翁喧されし事を俳人とも聞傳へ、素英子に逢ふて、芭蕉翁の筆を乞フ、此渋紙なりとあたふ、とりほごし、俳人共に配分す、今東湖、志成の家に有よし、又須賀川等躬所に蕉翁の発句、素英子の脇にて哥仙有なり、蕉翁素英子の二副對有り、

文中の「素英子」なる人物は清風の血縁の者である。この記事と、世上に出回っていた芭蕉の偽筆の存在とを考

え併せれば、風月の句の掛軸の存在も不自然ではない。
そうした事情を受けてか、山形には芭蕉にまつわる口碑がいくつかある。『小国郷夜話』（佐藤義則、昭和三十九年、山形県郷土文化研究所）の次の話もそのひとつである。題は「ばしょう翁・出羽勘七」。

有路家に二夜泊つた旅人は出立する時、一葉の短冊を残していつた。それが「蚤しらみ」の句で、今更にお江戸の人と知り粗末にあつかつた無礼を悔い、同家では後後どんな人でも軽やかにあつかつてはならないと言い伝えているとか。

広瀬惟然の逸話（第二章第二節）を思わせる話である。文中の「蚤しらみ」の句は芭蕉の「蚤虱馬も尿する枕もと」のことで、『おくのほそ道』では山形の尿前の関の条にある。右の話はそこから発生した話と覚しい。ここでは「粗末にあつかつた無礼を悔い」ただけで話が終っているが、『小国郷夜話』所収のもう一つの話では、長者没落譚となっている。異伝の多さが偲ばれると同時に、芭蕉のまれびと性が強く意識されていたことも窺える。前章第六節で触れたように、近世半ばの尾花沢では、芭蕉の逸話が貴種流離の世間話として話されていた。風月の画讃を記した掛軸がその後どうなったか不明であるが、仮に伝存するなら、これも俳人にまつわる世間話の伝説化した好例となっていよう。右の話なども、そうした例の一つである。
『小国郷夜話』から、芭蕉の逸話をもう一例、紹介する。

堺田の東隣にある陣ヶ森の有路家に、昔、芭蕉翁が世話になった記念として、桜とキャラの木を植えて行つたが、鉄道工事の時に移植したのが惜しくも枯らしてしまったと言い、翁の泊ったのは、陣ヶ森であるとも言われる。また、それは最上義光が領内を巡視した折に手植していった木であるとも言ったとか。陣ヶ森と堺田の有路家はともに一族である。

伝説と樹木は縁が深いが、それは芭蕉説話においても例外ではなかった。他に例を挙げると、品川・泊船寺の芭蕉像の話がある。『品川の口碑と伝説』（昭和三十三年、品川区教育委員会）によると、この像は芭蕉の死と時を同じうして枯死した芭蕉庵の柳を用いて、門人の石川積翠が彫ったものとのことで、これにまつわる怪談も伝えられている。この話がいつごろ生成したのかは知れないが、件の芭蕉像の存在は確かで、区の文化財に指定されている。なお、同書を再編した『しながわの昔ばなし』（平成五年、品川区教育委員会）には同じ話が「泊船寺の夜泣き芭蕉像」として載せられており、いっそう物語化が進んでいる。

『小国郷夜話』の芭蕉お手植えの桜と伽羅の話も、これに類したものであろう。異伝として紹介されている最上義光の植樹伝説のほうが由来は古そうであるが、太平安寧の世にあっては、世俗的権力に縁のない芭蕉の話のほうに重きをおくのも理解できよう。そして、こうした芭蕉説話を支えていたのが、『おくのほそ道』尾花沢の条であった。ごく短い記事ではあったが、その短さゆえに書かれざる部分を想像させるのである。

ところで、『小国郷夜話』を編述した佐藤義則は、一連の芭蕉説話を載せた章段の題を「ばしよう翁・出羽勘七」としている。芭蕉をわざわざ「ばしよう」と仮名書きにしているのは、これから紹介する話に登場するのが、史実の松尾芭蕉ではなく、伝承上の人物としての〈芭蕉〉であることを示したかったからではないか。ちょうど、伝承上の人物の〈西行〉を「サイギョウ」と表記するように。仮にそうであるならば、佐藤義則は芭蕉説話の存在に気

づいていた数少ない先達であったといえよう。(3)

繰り返し述べてきたように、伝承上の人物の系譜に名を連ねた以上、おのずから芭蕉の逸話も類型性を帯びることになる。次に紹介する『耳囊』（根岸鎮衛、近世後期）の例もその一つである。題は「宗祇宗長歌の事」という。(4)

宗祇、宗長連れ立ち行脚して、ある馬宿に宿もとめしに、若き女勝手において帯を解き、又は帯をしめ、風車を手に持ちて泣き、また捨てゝは泣けるゆえ、両人不審し、「これ全く乱心なるべし」といいしが、宗長詠める、

恋すれば身はやせにけり三重の帯廻してみればあじきなの世や

宗祇これを聞きて、「さにあるべからず」とて、

みどり子がなきがかたみの風車廻して見ればあじきなの世や

と詠ぜしとかや。

宗祇と弟子の宗長をめぐる連歌説話が、かつて人気を博していたことは『醒睡笑』を読むだけでも了解される。右の話などもその一種であるが、『耳囊』では、この後に「又」と題して次のような話が続けられており、興味を惹かれる。

右に同じき話なれど少し趣意も違い、いずれ後に付会せし事ならん。芭蕉翁と嵐雪行脚して、山の上に二人いこいいたりしが、右山の下にて、「たゞあじきなく廻しこそすれ」と口ずさみける女の声しけるを聞きて、

「いかなる事にや。あの句を下にして、前を付すべき」とて、嵐雪、

本復の憂き身に帯の長すぎて

といいけるを、芭蕉翁、「さにあるまじ。我付くべし」とて、

ひとり子のなき身の後の風ぐるま

といいて、両人山を下りて、かの泣ける女子にたずねしに、はたして芭蕉が付句の通り、子を失いし女の口ずさみなりとぞ。

話のなかでの句が、先の歌の本歌取りであるのは一目瞭然であるし、話の内容も類話と見做して差し支えない。両話を並記して今日に伝えた根岸鎮衛のセンスは、なかなかであろう。この話を校注した鈴木棠三は、次のような解説を施している。(5)

宗祇と門人の宗長とが連れ立って行き、その先々で頓才を発揮するというのは、古い笑話の一型であった。連歌の席で難しい付句をうまく切り抜けるという場合がしばしば実地上に起り、それが逸話になって伝わるうち、連歌師はすばらしい頓才の持主であり、言葉の魔術師であるというイメージが形づくられる。ましていわんや連歌史上の最高峯の宗祇ともなれば、どんな難題でも苦にしないだろうという一般的期待があったわけである。滑稽人はしばしば二人連れなのも笑話の型であった。

右の文中の「宗祇」を「芭蕉」に、「宗長」を「嵐雪」に、「連歌」を「俳諧」に替えると、そのまま芭蕉・嵐雪

の話の注釈になる。

示唆的なのは、最後に置かれた「滑稽人はしばしば二人連れなのも笑話の型であった」という一文である。第一章第六節で触れた『俳人百歌撰』所収の話で、芭蕉が桃隣と二人連れで旅をしていたのも同じ理屈で説明できるが、史実の芭蕉も『おくのほそ道』の旅では曽良と二人連れであった。はからずも、説話の法則に則って旅をしていたわけである。

それにしても、『耳嚢』の話で、芭蕉の連れが服部嵐雪であったのは絶妙の人選といえる。芭蕉の高弟といえば、其角の名がまず思い浮かぶが、対照的な性格のこの二人がともに旅をする姿を想像するのは難しい。宗長のように師に付き従って旅をするのは、温厚篤実な人柄で知られた嵐雪のほうがふさわしい。

伝説や世間話の人名は記号に過ぎず、入れ替え可能ではあるが、その際の人名の選択はけっして偶然に行なわれていなかった。人知れず人為が働き、万人が納得する人物が選ばれるのである。宗祇の役所に芭蕉が配されたのも、宗祇説話の後継者にふさわしいのは芭蕉であるという暗黙の了解があったからである。

そのためかどうか、近世の宗祇説話にはしばしば芭蕉が登場する。『我衣』（加藤曳尾庵、近世後期）に見える次の話などもそのひとつである。(6)

昔宗祇三河の國八ッ橋に至り、かきつばたといふ五文字を哥の下におきてよみけるとなん、

たづねしが花のむらさき今はさめつ其あと見ればみな麥のはた

是をとりて芭蕉翁の〳〵こゝは三河むらさき麥の杜若、むらさき麥とはいかゞ、麥むらさきのかきつばたにやといへり。又むらさき麥といふ物、一名高野麥といふと芭山は語れり。

一読して判るように、この話は『伊勢物語』の「室の八島」の段を下敷きにしている。在原業平と覚しい主人公が、杜若（かきつばた）の五文字を折句（句の頭に物名や地名を置く技法）にして詠んだ「からころもきつつなれにしつましあればはるばるきぬるたびをしぞおもふ」の歌は、古来、文人墨客の好んで話題としたところであった。右の話では、伝説の地「三河の國八ッ橋」を訪れた宗祇が、やはり杜若を折句にして一種詠んでいる。ただし、『伊勢物語』と異なり、各句の最初ではなく最後の文字に詠み込んでおり（「たづねしが花のむらさき今はさめつ其あと見ればみな麥のはた」）、いずれ実話ではないにせよ、このあたりに連歌師らしい捻りが見られようか。

さて、『我衣』を収録した『日本庶民生活資料集成』の注では、「たづねしが」の歌を作者不詳としているが、この歌は『東海道名所図会』（秋里籬島、寛政九年＝一七九七）の「八橋」の項の挿絵に記されたものである。歌の後に「籬島」と署名されているので、作者は秋里籬島である。もっとも、籬島はべつに宗祇に仮託したわけではないし、宗祇と芭蕉をからめた話を創作したわけでもない。これより百年前の『東海道名所記』（浅井了意、万治年間＝一六四八～一六五〇）にも、同じく八橋の項で『伊勢物語』の杜若の歌をもじった歌が載せられており、籬島の戯れ歌もこれに類したものである。かかる趣向が広く好まれたことは、少し遅れて刊行された『徳和歌後万載集』（四方赤良、天明五年＝一七八五）にも「折句歌」として鵜柄仙口なる人物の「からまでもきこえしものはつの国のはしばの官のたかい関白」という狂歌を載せていることからも窺える。この種の狂歌が、いつのまにか宗祇の歌として流布していたのである。

さらに右の話では、この宗祇の歌を本歌とした「こゝは三河むらさき麥のかきつばた」という芭蕉の発句も紹介されている。これは実際に芭蕉の句で、『伊良胡崎』（其節房子礼、宝暦九年＝一七五九）に「奚も三河むらさき麦のかきつばた」の句体で載せられている。[7]「むらさき麦」とは、この話の話者と覚しい「芭山」なる人物の言うとおり、高野麦（紺屋麦）の別名である。先述の『東海道名所記』には「宿を出れば、畠に高野麦とて、一種穂のむらさきなる麦のはへて見えければ」とあり、『東海道名所図会』にも、「藤川、この辺に紫麦を作る。これを高野麦といふ」とある。この話では、宗祇（実際は籬島）の歌に依拠した芭蕉が「むらさき麦」の句を詠んだことになっているが、実際の成立順序は逆であったろう。

芭蕉の「むらさき麦」の句は『羇旅漫録』（滝沢馬琴、享和二年＝一八〇二）にも、「藤川の駅西より入口南のかたに、今年新にばせをの発句塚を立てたり」云々として紹介されており、句碑まで建てられていたのが判る。余談になるが、この「むらさき麦」の句碑は現在も名鉄本線藤川駅の傍らにある。本山桂川によると「高さ三・三〇メートルの巨碑」で、寛政五年（一七九三）建立の由。馬琴の記事とは若干時期に齟齬があるが、同じ物であると見て間違いない。[8]

以上の事々から、『東海道名所図会』を目にした者が、籬島の狂歌に依拠して新たな宗祇の話を創り、それを芭蕉の発句に事寄せたものと推測される。しかし、この話を採録した『我衣』の編者は、その辺りの事情を知らなかった。創作された話といえども、一個の伝承説話として扱う必要があるのは、このような場合である。

『我衣』には、[9]他にもいくつかの芭蕉にまつわる話が載せられている。次に紹介する芭蕉の出奔に関する俗説もその一つである。

芭蕉翁の印三つ、三絃堀松村氏所蔵。自画の菅神の像、墨板なる物に押て銘す。則萬事葛籠の巻中に藏め入ぬ。芭蕉も少年の比至て美童也ければ、藩中皆懸想しぬ。ある時客來りて、主人藤堂新七殿、芭蕉に給仕をさせしに、袴のふくろびて見苦しかりしを、新七の愛妾縫てまゐらせんと己が部屋に入て是をつくろひ、芭蕉とゝもに部屋より出しを、諸人甚あやしみて咡きければ、其座より逐電して跡をかくせしとぞ。彼愛妾も是をふかく愁ひ井に投じて死す。三十年を經て、新七殿の怒り解て後、芭蕉に對面の時、

いろ〳〵の事思ひ出す櫻かな

と云發句をせしと。此事虚談なりと云人も有り。是か非か。

「是か非か」と問われれば「非」であろう。女性に袴のほころびを繕ってもらっていた男が、あらぬ疑いをかけられるというのも類型の一つで、近松の『女殺油地獄』（享保六年＝一七二一初演）にもこのモチーフがある。ただ、この話を真実と捉えていた人がいたのも確かであろう。「此事虚談なりと云人も有り」という言葉を裏返せばそうなる。

判りにくいのは、芭蕉ゆかりの品を有していた「松村」なる人物の記事で、後に続く話との関連が見いだせない。ことによると、これは風月の額のように、芭蕉の逸話の事実性を保証する事物であったのかもしれない。

近世の俳人の逸話に、少なからぬ割合で類型的な話が紛れこんでいた点については、すでに第二章で確認済みであるが、ここで改めて前章までで触れてきた芭蕉説話を振り返ると、名句を詠む乞食の話が『松亭漫筆』（第二章第二節）に、雨乞いの句の話が『怪談御伽猿』（第三章第五節）にある。第二章では盗人に遭う俳人の話もいくつか紹介したが、次の『随斎諧話』(10)（随斎成美、文政二年＝一八一九）の話などは、まさしくそうした話が芭蕉説話として取り込まれた例であろう。

芭蕉ある時許六を尋ねし折、彦根ちかくの野中にて、賊とおぼしき大男あとにしたがひ來る。芭蕉自若《ジジヤク》とし

『俳諧世説』（国会図書館所蔵）

て過ゆくに、賊せまりて衣を乞ふ。ばせをやがて布子《ぬのこ》ひとつをあたへ、とかくして許六亭に至る。そののちかの賊彦根の少年に言よせて、彼布子をかへし贈《ヲク》れり。はせを微《ビ》笑《シャウ》してその事を衆《シュ》にかたる。かの少年いはく、賊は犬神五郎といふ悪徒《アクト》なり、先に芭蕉の跡に付て野径《ヤケイ》にて只一討《ウチ》にせんとおもふに、いかにをくれけるにかうち得ず。いま許六亭にある芭蕉翁なる事をきゝ、あしう仕りて候ひけるかな、よく〳〵侘《ワビ》給れとて返し贈れりといふ。按るに昔文覺上人は西行を憎みて、あはゞかならずしや首打はらんなど常に云り。ある時西行高雄にのぼり文覺の室《シツ》をたづねしに、文覺よろこびさま〴〵いたはりて一宿せしむ。そののち弟子ども、平生のことばにたがひて西行を奔走《ホンソウ》せし事いかにと問ふ。文覺いはく、我西行を打得ん事かたし西行こそわれを打むずるものなれとまうされけるとかや。ばせをもまた西行の沈勇《チンエウ》ありけるならんと、そのころの人評せしとぞ。

話末評語にあるように、この話は、明らかに西行説話の跡を襲ったものである。右の話に限らない、先の宗祇説話と同様、西行説話は芭蕉説話の重要な源であった。

一方、共時的に見れば、右の話はあまたある俳人説話のなかでも、特に類型性の強い〈盗人に遭う俳人〉の話の範疇に入れられるものでもある。

これをさらに物語化したのが『俳諧世説』（半化房闌更、天明五年＝一七八五）所収の「芭蕉盗人に教化の説」という話である。梗概は『随斎諧話』の話と大差ないが、文章や登場人物の台詞に粉飾が施され、より小説的結構が整えられている。『俳諧世説』の著者、半化房闌更は、蕉風復興運動に尽力したことで知られる。闌更は芭蕉の逸話を、立花北枝の逸文や師である希因の伝聞から得たといい、比較的信憑性の高い話が多いが、それでもこの種の話がまぎれ込んでくるのである。

察するに、こうした説話のなかに描かれた芭蕉を喜ぶ話し手や聞き手は存外多かったし、また、それを文字に残す書き手や、読み手も多かったのであろう。

これから取り上げる『芭蕉翁行脚怪談袋』という書物も、そのようにして生れた。

二　『芭蕉翁行脚怪談袋』の諸本

近世に刊行された俳人の逸話集のなかには、伝記資料としての価値が高い話がある一方、到底、事実とは認証しがたい話も多くあった。その手の話には、自然発生的に生じたものもあれば、個人の創作もある。特に俳諧師という人種に対して、世の人々が共通認識を抱くようになって以降は、作家の側もそのイメージに準拠して、面白おかしい話を創作していった。しかし、享受者サイドに立てばそれも一個の説話である。俳諧説話のうちには、粋人の創作が自然と世に流伝し、一話の風格を備えたものもあったろう。先に紹介した「むらさき麦」の句の話なども、その一つである。

和歌説話を集めて一書になしたものを和歌説話集と呼ぶならば、これら俳諧説話を集めた逸話集などは〈俳諧説話集〉とでも言い得るものである。これを近世説話集の一領域として提唱してみたいところであるが、残念ながら、まとまった分野を形成するには至らなかったようである。ただ、萌芽を思わせる作品はいくつか存在する。これから論ずる『芭蕉翁行脚怪談袋』もその一つである。

『芭蕉翁行脚怪談袋』（以下『行脚怪談袋』）は、近世後期に成立した奇談集である。作者は不明で、写本として流通していた。各話の内容は、旅上で危難災厄に遭った松尾芭蕉、もしくはその門人が、発句を詠んで窮地を脱する、あるいは、窮地を脱した後で発句を詠むというのが基本で、良くいえば自由奔放、悪くいえば荒唐無稽、およそ伝記的な事実とはかけ離れたものである。作家論が主たる研究手法の俳文学の領域では、まったくもって扱い難い作品であった。研究史を振り返っても、積極的に本作品に触れた発言はない。俳人の逸話集に納められた話のなかには伝記資料として用いられるものもあるが、それらと較べても本作品はあまりに事実無根に過ぎたのだろう。

それでは、『行脚怪談袋』を文学史に位置づけると、どのようなことになろうか。

穏当な見解としては、本作品を近世に流行した諸国咄型奇談集の一つと見ることが挙げられる。つまり『西鶴諸国咄』や『諸国百物語』といった作品の親類と捉えるのである。

また、実在の人物に仮託した説話集の系譜に、本作品を位置づけることもできよう。遡れば『伊勢物語』や『選集抄』等が先例に挙げられるが、同時代の作品としては『宗祇諸国物語』や『一休関東咄』などがある。

奇人の逸話集の一類に本作品を入れるのも可能である。近世中期は奇人趣味の好まれた時代である。奇人の逸話

『芭蕉翁行脚怪談袋』（広野本）

を集めた書物も多く世に出た。就中、俳人の逸話集のなかには、本作品のような事実性の希薄なものも多い。あるいは右に述べた事々から、本作品を近世に流行した実録体小説の範疇に入れるのも首肯できる見解であろう。実際、この方面からの考察も必要かと思われる。[11]

いずれにせよ、『行脚怪談袋』という作品を読解するには、内容の真偽はひとまず括弧に括る必要がある。ここでは説話研究の視点から考察するが、どの立場をとろうと、従来の研究の文脈では無価値とされてきた同作品に、べつの輝きが見いだせよう。

さて、管見に入った限り、現在確認できる諸本は次の六部である。[12]

①鶴岡市郷土資料館所蔵『芭蕉翁行脚怪談袋』弘化三年写

②東京国立博物館所蔵『芭蕉翁行脚話談』弘化四年写

③柿衛文庫所蔵『芭蕉翁行脚怪談袋』明治九年写

④早稲田大学図書館所蔵『芭蕉翁行脚怪談』書写年不詳
⑤会津図書館所蔵『怪談大雙紙』書写年不詳
⑥藤沢毅氏所蔵『怪談行脚袋』書写年不詳

書名はすべて外題に拠った。会津図書館所蔵のみ書名が『怪談大雙紙』となっているが、早稲田大学図書館所蔵本、および藤沢毅氏所蔵本の尾題にも「怪談大雙紙」とあり、これが別称であったことが判る。いずれも写本で、東京国立博物館所蔵本は上巻のみの端本である。なお、藤沢毅氏所蔵本は、彩色された挿絵があるのが特色である。

次に現在は散逸してしまった諸本を紹介する。

⑦東京大学酒竹文庫旧蔵『芭蕉翁行脚怪談袋』明治十七年
⑧広野仲助　校訂『芭蕉翁行脚怪談袋』明治十九年
⑨鵜澤芳松　校訂『行脚怪談袋』(a)書写年不詳＊『俳諧逸話全集』明治三十三年　博文館
⑩　同　右　　『行脚怪談袋』(b)書写年不詳
⑪楽天居（巌谷小波）旧蔵『行脚怪談袋』＊『俳人逸話紀行集』大正四年　博文館

東京大学酒竹文庫旧蔵本は、関東大震災によって消失した。『連歌俳諧書目録』（昭和四十七年、東京大学出版会）から、その存在が知れるが、明治十七年というのが、刊行年を指したものか書写年を指したものかは不明である。

広野仲助の校訂になる明治十九年刊本は唯一の単行本で、本書の翻刻としては最も古い。底本は不明で、ふんだんに挟み込まれた挿絵も、原本にあったものか、刊行するにあたり新たに付け加えられたものか不明である。なお、同書は、明治二十四年に、今古堂から復刊されている。

⑨の鵜澤芳松校訂本は、俳諧文庫の第二十巻に収録されたもので、解題によると、ともに写本らしいが、底本は

不明である。⑩は⑨の不備を補うために、抄出のかたちで使用されており、全貌は不明である。

⑪は俳諧叢書の六巻に収録されたものである。解題によると、底本には楽天居こと巌谷小波の所蔵本を用いたとあり、これも写本であったという。しかし、現在、巌谷小波の蔵書を管理しておられる巌谷貞子氏に問い合わせたところ、同書は昭和十七年の時点ですでに所在が不明になっていたとのことである。

以上のことを整理すると、現在、確認できる諸本は十一種あることが判る。三一二頁に提示した表は、収録説話の状況から諸本を概観したものである。

各話の題は鶴岡本に拠って、便宜上の通し番号を付けた。その理由は、後述するように、話の収録状況から鑑みて、この系統の諸本が、別系統の諸本を包括するように存在するからである。ただし、鶴岡本にない二十五話のみは、会津本に拠った。

諸本の略称は、現存する六本については各諸本の所蔵機関の頭文字をとった。散逸した五本のうち、書名しか残らない酒竹文庫本は表に入れず、他は校訂者・旧蔵者の頭文字をとった。なお、俳諧文庫収録の鵜澤芳松校訂本は、鵜澤が底本とした本を「鵜a」、抄出した本を「鵜b」とした。

話の有無は「○」「×」で示した。端本の東博本は後半を欠いているが、それらは「-」と示した。また、抄出の鵜澤芳松校訂本bの不明部分は「?」と示して処理した。

各話の内容は省略したが、話のなかで詠まれる発句は、鶴岡本の表記に基づいて紹介した。句の下にはその話のなかの作者を示し、実際の作者が判明している句については、括弧で作者名を記した。また、話中の作者と実作者が一致する場合は「同」と記した。

以上で表の説明を終る。さて、完成した表から判るのは『行脚怪談袋』の諸本は、二系統に分けられるということとである。一つは収録説話の少ない会津本・早稲田本・藤沢本・広野本・楽天居本で、仮にこれを〈会津本系〉と呼ぶことにする。端本の東博本も、こちらのグループに入れられるだろう。いま一つは、収録説話の多い鶴岡本・柿衛本・鶮澤本aで、仮にこれを〈鶴岡本系〉と呼ぶ。先に述べたように、（二十五話を除いて）鶴岡本系の諸本にあって会津本系の諸本にない話はあるが、その反対はない。いわば、会津本系を内包するようにして鶴岡本系が存在しているのが判る。

鶴岡本系のみにある話は概して分量が短く、話の冒頭に置かれた旅の叙述も簡略になっている。また、会津本系に見られる各話間の繋がりも鶴岡本系では稀薄である。以上のことから会津本系が先行して存在し、そこに新たな話が加わって鶴岡本が成立したと推察される。もっとも、十八話のように両諸本に共通していながら、まったく内容の異なる話があったり、二十五話のように会津本系にしか存在せず、なおかつ内容に異同のある話があったりと、なかなか一筋縄ではいかない。

こうした性質の作品を考えるのに重要なのは、過去の一点に完全な形の作品を想定し、それを追い求めるという視点を捨て、諸本の異同をそのままに受けとめて考察をすることであろう。諸本が膨らんでいく様子を、動態的に捉えるのである。

『行脚怪談袋』所収の話のうち、本稿で触れてきた俳諧説話の類型に当てはまるものとしては、まず、前節で話題にした〈盗人に遭う俳人〉の話が通し番号で六話と七話、同じく〈禁裏に召される俳人〉の話が三話と十八話、〈名句を詠む乞食〉の話が十一話と十九話、〈夢に発句を得た話〉が二十一話などということになろうか。

くり返していうが、『行脚怪談袋』は諸国咄の型式に則っている。ただし、諸国咄型式の奇談集の場合、全編を通して登場する人物はいないのが普通であるが、『行脚怪談袋』には芭蕉という主人公がいる。これは本書の特徴

	題　※鶴岡本による（25話のみ会津本）	東	早	会	柿	広	a鵜	b鵜	楽	発句　※（　）内は実際の作者
1	はせお、みのゝ国江いたる事 付付あやしきものに逢ふ事	○	○	○	○	○	○	○	○	ものいへは唇寒し秋の風　芭蕉（同）
2	支考、四條川原に涼む事 付狸女にはけし事	○	○	○	○	○	○	?	○	生酔をねぢすくめたる涼かな　支考（雪之）
3	翁、大内江上ル事 附狂哥に得てし事	○	○	○	○	○	○	?	○	春もやゝ気色とゝのふ月と梅　芭蕉（同） 徳利の酢ついて半分のみにけり　芭蕉 ふふれいのおもわすらみる手水鉢　芭蕉 此ころの氷ふみわるわかれかな　杜国
4	去来、いせ参りと同道の事 付り白蛇龍となりし事	○	○	○	○	○	○	?	○	稲妻や雲にへりとる海の上　去来（宗比）
5	翁、備前もり山を超ル事 付り俳々の難に逢し事	○	○	○	○	○	○	?	○	咄さへ調子合けり春の雨　芭蕉（乃竜） 八九間空で雨ふる柳かな　芭蕉（同） 傘に押わけみたる柳かな　芭蕉（同） 千金の春も一両日に成にけり　荆口（同）
6	おきな、追剝のめくみにあいし事 付山戸次郎か事	×	×	×	○	×	○	?	×	まつ茸やしらぬ木の葉のへばりつく　芭蕉（同）
7	おきな、備前の阿川にて難義（ママ）にあいし事 付何となく仇をふくすはなし事	○	○	○	○	○	○	?	○	投入や梅の相手は蕗のたう　芭蕉（良品）
8	嵐雪、上州館林にいたる事 付僧狐にはかされし事	○	○	○	○	○	○	?	○	ぎぼうしの傍に経よむいとゞかな　嵐雪（可南）
9	其角、猫の恋の句の事 付多葉粉屋長兵衛のむくいうけし事	×	○	○	○	○	○	○	○	うき恋にたえでや猫の盗喰　其角（支考）
10	近江の千那か事附り次郎兵衛道心か事	×	×	×	○	×	○	?	×	追出しのうき音や花の時鳥　千那
11	おきなの石碑の事 付星崎松風のさと夜寒のさと等の事	×	×	×	○	×	○	?	×	星崎のやみを見よとや鳴千鳥　芭蕉（同）
12	おきな、筑前小佐かわを超ル事 付とつか夫婦霊魂の事	×	○	○	○	○	○	○	○	川上とこの川しもや月の友　芭蕉（同）
13	おきな、北陸行脚の事付下麾権六ヶ事	×	×	×	○	×	○	?	×	荒海や佐渡に横とふ天の川　芭蕉（同）
14	おきな、まよい子をしらせし事 付馬古ヶ原石碑の事	×	○	○	○	○	○	○	×	かつこ鳥板屋の背戸の一里塚　芭蕉（同）
15	許六、一句にて道を定むる事 付青野ヶ原狐の事	×	○	○	○	○	○	?	×	さまたける道もにくまし畔の稲　許六（如雪）

16	翁、吉六にたわむれて句作の事	×	×	×	○	×	○	?	×	いなづまや闇の方行五位の声　芭蕉（同）
17	支考、門人杜支か方江いたる事 附おそろしき夢を見る事	×	○	○	○	○	○	○	×	春雨や枕くづるゝうたひ本　支考（同）
18	芭蕉、いよのまつ山江越し事 附松平隠岐守殿へめさるゝ事	×	○	○	○	×	○	○	×	初雪や門に橋あり夕間暮　芭蕉（其角） 朝毎に月雪うすき酒のあじ　芭蕉（其角） 鵜鶘家ときるゝはつれゆき　芭蕉（裕甫） 雪板や知らぬ人には雪のたゞ　芭蕉 ふたつにも草鞋すや今日の雪　芭蕉 片壁や雪降かるゝすさ俵　芭蕉（圃吟） 虫はすの雪を同しく前後　芭蕉 髪剃は末に雪か比良の嶽　芭蕉（陽和） 伊勢大和重るやまや雪の花　芭蕉 初雪や最早雪駄の疵か付　芭蕉 行燈の煤けて寒き雪の暮　芭蕉（越人） 蚊はちすひ縄は火風に蚤は空　芭蕉 龍隣竹にて虎らん柿の梅　芭蕉
19	翁、木こりか秀句を感する事 付おきな狼に逢ふ事	×	×	×	○	×	○	?	×	行駒の麦になくさむやとり哉　芭蕉 蚊はちすひ縄は火風にのみはくふ　樵夫
20	其角、おきくかもの語りの事 付かきつはたの一句の事	×	○	○	○	○	○	?	×	山もえにのがれて咲やかきつばた　其角（尾頭） 辺鄙には八ッ橋もなし杜若　其角
21	其角、夢に句を得し事	×	×	×	○	×	×	?	×	松原にしるしをみするしくれ哉　其角
22	おきな、梅若の塚にまふつる事 付あやしき童子に逢ふ事	×	○	○	○	○	○	?	×	けつりかけにしてもやなきは乱れがみ　芭蕉
23	其角、目黒にての句の事 附千代ヶ橋由来の事	×	×	×	○	×	×	?	×	浮世木をふもとに咲ぬ山さくら　其角（芭蕉）
24	芭蕉翁略伝并終焉記	×	×	×	○	×	×	?	×	ともかくもならてや雪の枯尾花　芭蕉 芭蕉野分して盥に水をきく夜かな　芭蕉 やむ丁の堅田に下りて旅寝哉　芭蕉 さきたのむ捨船も有り夏木立　芭蕉 枯枝に烏とまりけり秋のくれ　芭蕉 ……他略（すべて芭蕉の句）
25	芭蕉、深川にて病死の事 附門人追善一句の咄し	×	○	○	×	○	○	?	×	旅に病んで夢は枯野をかけめぐる　芭蕉（同） 木曽殿と後ろ合せの寒さ哉　芭蕉（同）

と言ってよかろう。しかし、現実の芭蕉が旅に生きた人物であったため、設定に不自然さがなく、のみならず、作品に統一性が与えられている。すべての諸本が芭蕉の旅立ちから始まり、(楽天居本を除けば) 帰省して息を引き取る場面で終る。その途次、芭蕉がさまざまな奇禍に巻き込まれるのが本書の趣向で、各話ごとに異なる土地を主人公が訪れている必然性があるのである。このことは一方で、自分の手にした諸本に聞き知るところの芭蕉説話を新たに書き込む余地があったことを意味する。

推察するに、俳諧説話集『行脚怪談袋』は、巷間に流布する泡沫のごとき俳人伝承を飲み込みながら、話の数を増やしていったのだろう。それは、かつての和歌説話集の辿った道筋を思い起させるのに充分なものであった。

三　旅の〈芭蕉〉、〈芭蕉〉の旅

それでは『行脚怪談袋』において俳人たち——とりわけ、全編の主人公の役割を担っている松尾芭蕉は、どのように描かれているだろうか。以下、括弧付きの〈芭蕉〉像について見ていく。

冒頭話「芭蕉翁、美濃路に越事」は、次のように始まる。(13)

扨、芭蕉翁と申は日本に名を得し誹人にて、寛文より天和年中の人なり。此翁の句に、

物言へば唇寒し秋の風

是は芭蕉翁、延宝年中、我誹道を諸国にひろめんが為に、ひとゝせ行脚のことくにさまをかへて、日本六拾六ヶ国を廻国せり。右のうち、尾州より美濃路にかゝりて同国倉元山の麓に通りけるに (……以下略)。

芭蕉を「寛文より天和年中の人」とするのは誤りであるが、伝記研究ではないのでここでは問題にしない。留意すべきは「我誹道を諸国にひろめんが為」と、芭蕉の旅の目的が述べられている点と、その旅が「日本六拾六ヶ国」及ぶものであったと記されている点である。何故なら、この二点が作品の基調をなしているからである。『行脚怪談袋』の芭蕉は、第一に〈旅人〉である。世上の芭蕉のイメージに添った人物造形であり、今日の眼で見ると、あまりに陳腐な芭蕉像であるが、それが諸国咄の伝統と結びついている点を重視すべきである。試みに、各話のなかで芭蕉の旅程が記されている箇所を列挙する。

芭蕉廻国のみきり、美濃路を経て近江に入り義仲寺へ詣で、夫より草津大津を越へ京都へ入る。

（「芭蕉翁、大内へ上る事」）

ばせう京都をたつて播摩へ越へ、一国を修業なして美作を過、それより備前にかゝり、同国岡山にしるへの誹人有れは、是へ越んかために其道すから同所森山の麓を通りけるに（……以下略）。

（「芭蕉翁、備前の森山を越事」）

扨、芭蕉は岡山荆口か方をたち出て備後伯耆の方へといそきしに、備前岡山の先に丑窓といへる所あり。此うしまどを越れは、阿川といふ川あり。

（「芭蕉、備前阿川にて難儀の事」）

芭蕉、備前伯耆のかたより長門因幡を越へて中国を廻国なし、夫より長門の赤間ヶ関より船にのり肥前の小倉へ着に、夫より同国佐賀の城下に至つて宿評といへる儒者のかたに数日逗留なしける内、当所におひて誹道一流の名をあけ、其後当所出立し肥後の国を経て筑前に至り、同国元崎といへる村に昼休みなす。

（「芭蕉、筑前小佐川越す事」）

芭蕉は夫より筑前の秋月にいたりて、さるかたに逗留し其境の体をうかゞふに、当城下にては誹道一向にはやらされは、さて当所も立去り、其後、福岡東蓮寺をすきて筑後の国へ入り、同国久留米にいたる。此城下におひては誹道専らはやりければ、芭蕉、雨船といえる誹人のかたにしはらく逗留して、我か誹学のほとをあらわすに、当所の者、其道の文明発明発句誹かひにいたるまて、たぐひなきになつみ、芭蕉をながく留て、門人にならん事を大勢望むといへ共、ばせう兼て、とゞまるへきこゝろさしにあらす。漸く一ヶ月余り逗留なして雨船に一礼なし、其後、当城下をも立出て同国古馬ヶ原といへる野辺を通りしに(……以下略)。

（「芭蕉、怪者に逢ふ事」）

是とは品かはりたれ共、芭蕉も自らの誹句を世に知られんかため、且、畿内より中国江州を経て、其後四国へわたりて阿波を廻国し、それより伊予に入り、同国松山の城下へいたる。

（「芭蕉、伊予の松山に趣く事」）

さても芭蕉は四国をも経て、それより摂津国大坂に着し、其後、京都へ帰りてふたゝびまた、仲屋杜国か方へ至り逗留して疎遠を述て、また候、彼方に数日留りて、其後、東海道を経て、江戸深川八幡町へ帰る。

（「芭蕉、梅若塚へまふる事」）

以上の記述は概ね各話の冒頭にあり、それぞれ最後に記された地名が話の舞台であるが、芭蕉がその土地に至る前に、どこを訪れたかが克明に記述されている。通常の諸国咄型奇談集の場合、一話に対しては舞台となる土地も一箇所で、話に関係のない地名が長々と連ねられることはない。これはむしろ紀行文の文体である。既存の型式に則しながらも、そこから逸脱しているのが判る。

作中人物の芭蕉も、歴史上の人物の芭蕉と同様、旅そのものを目的としていた。それは何処かへ辿り着けば終るといった性質の旅とは異なる。作中で旅が強調されるのは、偏えに主人公の性格設定に因るものと言える。こうして付与された〈旅人〉のイメージは、史上実在した芭蕉に根ざしているにせよ、伝承上の人物の系譜に連なるものであった。

『行脚怪談袋』冒頭で、芭蕉は「行脚のことくにさまをかへて」俳道修行の旅に出たとされているが、その他の箇所でも、本書では随所で芭蕉が僧形であるのが強調されている。現実の芭蕉が僧形で旅をしたのが、すでに一般に知られていたのもその一因に挙げられるだろう。しかし、『行脚怪談袋』で僧形が強調されるのには、また別種の意味があったと考える必要がある。

例えば、冒頭話「芭蕉翁、美濃路に越事」は、美濃の山中を通りかかった芭蕉が、源義仲の家臣・今井四郎兼平の亡霊と逢う話である。芭蕉の前に姿を現した兼平の亡霊は「われ翁をみるに、一和の道にこゝろをよせ、春は花を賞し秋は月に心を寄せる。句愛にのみうみて、忿悪邪横をこゝろとせす。誠に仏法法力の手縄なり」と話しかける。注目すべきは、「句愛にのみ」精進する芭蕉の俳人としての求道が「誠に仏法法力の手縄なり」と仏教に結びつけられて評価されている点である。諸国を巡り歩いて俳道修行に励む芭蕉と、同様に仏道修行に励む僧侶とが、位相を同じうして解釈されているのである。

兼平の亡霊は、芭蕉に由緒ある矢の根を義仲寺に届けるよう頼み、姿を消す。その後、芭蕉は次のような行動をとる。

武者の立居たるかたをみやり、高々と知り得たる仏教を読誦し、追善として兼てうかみし道なれは一句つらね、其発句にこそ、ものいへば唇寒し秋の風と、どくしゆの唇へそよ吹風のしみしを、即座に吟ぜしとかや。

高名な「ものいへば」の発句は、話中では「武者の立居たるかたをみやり」つつ詠んだ追善の句とされている。しかしながら、芭蕉が「高々と知り得たる仏教を読誦し」たのち、「即座に吟」じたのは、追善の意味を超えて、発句に読経に比する効果を期待したのであろう。相手が『平家物語』の中でも、殊のほか凄絶な最期を遂げた兼平の亡霊であるだけに、そう解するのが妥当である。再三述べてきた〈発句の徳〉の発想である。(14)

「芭蕉、筑前小佐川越す事」では、より明瞭に〈発句の徳〉が描かれている。同話の梗概は、筑前の国を訪れた芭蕉が、小佐川という川で浮ばれずにいる男女の霊を成仏させるというものである。休息の場を提供した家の主人から、小佐川に夜な夜な亡霊が出て旅人を悩ませているという話を聞いた芭蕉は、次のように述べる。

右ものかたりのことくならば、つら〳〵かんかへ見るに化生のものなるへし。我、古人に及はされ共、定家の道をしたひ、誹道につうしければ、万一化生のためにあやしき事あらは、秀句をもつて是をさとさん。鬼神をも和らくる哥の道なり。いはんやこれらの変化にをひて何条の事あるへき。我、諸国を廻り誹道の一語を世上え知らせんためなり。しかし今宵、某、彼小佐川へいたりて訓覚し、誹道をもつて件の変化をさとすへし。

やはり発句の力で亡霊を成仏させようという発想が見られる。その際、「鬼神をも和らくる哥の道なり」と『古今和歌集』仮名序が引かれているのも、例の如くである。その後、小佐川を訪れた芭蕉が、亡霊自身の口から聞いた話によると、夜ごと彷徨い出るのは、密通の果てに駈け落ちし、やがて捕えられて川中に沈められた多吉なる男と、その相手の女性の魂魄であった。事の次第を聞いた芭蕉は、次のようにして二人の亡魂を成仏させる。

> 我数年功をつみし発句の利にて、ふたゝひ、なんしが執念と、女の執念と合集せしめんとて、芭蕉高らかに、
>
> 　川上と此川下や月の友
>
> と吟しければ、芭蕉か教訓にてその霊魂利にやふくしけん、且右の一句のいとくにやよりけん、男とみへしは、また一つの青玉と化して、はるかの川下へ至るとひとしく、また川下よりも青色の玉来りて、二つの玉合集して、また遠近にめくる事数度なりしが、ふたつの玉、もつれ合てはるかの空へ飛さりけり。
>
> 　芭蕉は奇異のおもひをなし、其後暫時伺ふといへ共、更に怪なし。夫より元崎へ立帰り、右の亭主へこま〳〵と語り、明夜よりは決して変化は出ましと申しければ、翌晩其時より彼所へ行見るに、なんの奇異もなきこそ不審なれ。

ここに描かれた芭蕉の言動は、諸々の説話に見いだせる高僧のそれに通ずる。『行脚怪談袋』の芭蕉の第二のイメージは〈高僧〉である。これは先ほどの〈旅人〉のイメージと不即不離の関係にある。芭蕉の敬慕した西行や宗祇も、説話におけるイメージは〈歌人〉であるのと同時に、〈旅をする高僧〉であった。[15]

その一方で『行脚怪談袋』の芭蕉像には、かような聖人君子めいた人物造形とは程遠い〈道化〉もしくは〈知恵

『芭蕉翁行脚怪談袋』（広野本）

者〉の要素もある。だがしかし、伝承上の西行や宗祇にも同様の人物造形がなされている例があることを思えば、さして不思議ではあるまい。

『行脚怪談袋』で〈知恵者〉としての芭蕉が登場するのは「芭蕉、大内へ上る事」が最初である。梗概は、京の俳人・杜国のもとを訪れた芭蕉が、宮中に召されて「春」「月」「梅」の三字を題に発句を詠むよう命じられ、「春もやゝ景色とゝのふ月と梅」と詠み、「翁」という官名を賜るというもの。「翁」を官名とするのは珍説であるが、有名な句に新たな解釈を施すのは『行脚怪談袋』全編に見られる手法である。

また、この話は第一章第三節で触れた〈禁裏に召される俳人〉の話型にも則っている。途中、この型の話の代表である不角の逸話（第一章第四節）が引かれており、先行する俳諧説話をふまえた話であるのが判る。

それから、「院をはしめ御側の殿上人」たちが、発句の内容ではなく、提出された題に応えて、芭蕉が間髪おかずに句を詠んだことに関心している点にも注意が必要である。登場人物の言葉を借りれば「実に即席の秀句」ということになるが、これは秀句譚の主人公にとって必要不可欠の条件である。

秀句譚の主人公は、時に〈知恵者〉となり、時に〈道化〉となる。右の挿話の後で、参内を終えて杜国のもとに帰った芭蕉が連歌の会に参加し、「僕が狂歌を手伝ふてやる」という句に「徳利の酢ついて半分呑にけり」という前句を「おどけまじりに」付ける挿話がある。これを聞いた一座の者は「みな打笑つて興に」感じたとあるが、言葉を自在に操って、人を感動させたり笑わせたりするのと、人を救済するのとは、同根の行為である。

本話にはもう一つ挿話がある。それは「下より上へつるしさけたり」という句の上の句を望まれた芭蕉が、「風鈴の思わすにみる手水鉢」と句を詠む話である。水面に映る風鈴のさまを詠むことによって、難題に答えるのがこの話の要点である。これと同じ事例は、霊験譚型の連歌説話にまま見られる。ただし「風鈴」ではなく「藤の花」が詠まれる例が多いが、いずれ類想であることに違いはない。相当広く流布された話柄なのだろう。(16)

他に〈知恵者〉としての芭蕉が登場する話に「芭蕉、伊予の松山に趣く事」がある。梗概は先の話と同じで、伊予を訪れた芭蕉が、藩主・松平兵部少輔に招かれて句を詠むというものである。三の話から成り立っており、最初の挿話は次のようなものである。

兵部少輔殿、御覧あつて芭蕉に宣ひけるは、其方には、生得此道にかしこき事なれは、今此雪けしきいとゞ興あり。其方、今我請けし盃一こんの内に、雪の句十二句をつらぬへけんや。尤、即席なりといへ共、汝し、またあぐむ事あるまじと仰に、芭蕉、これを請たまわり、案する気色もなく一はいの肴に雪の十二句をつらぬ。

（中略）

と即席の内に吟しけれは、兵部殿、甚たかんじ給ひ、猶また芭蕉をしたひ給ふとかや。

引用文中の「中略」の部分には「雪の十二句」が並べられている。ここでも重視されているのは、「即席の内に吟」ずる能力である。また、挑発的な兵部少輔の台詞には、先の「春もやゝ」の句の話や「風鈴」の句の話のような難題譚の趣きも窺える。提出された難題に秀句で答えればそれは秀句譚となるわけで、両者は通ずるものがある。

次の挿話は「地水火風空」という題を出された芭蕉が「蚊はちすひ蝿は火風に蚤は空」と句を詠む話で、その次は「龍虎梅竹」の題を出された芭蕉が「龍隣竹にて虎らん垣の梅」と句を詠む話である。ともに難題譚にして秀句譚である。こうした隠し題の話の背景に、近世後期に流行した雑俳の影響があるであろうことは想像に難くない。

一方で、秀句譚の主人公は頓智のきく〈道化〉でもある。本話は「芭蕉は誹諧の道のみにあらず、かゝる狂哥を面白くつらねしといへり」と締め括られるが、ここに〈道化〉としての芭蕉がいる。芭蕉の相手が「院」や「兵部少輔」であること自体、王と道化の図式に当てはまるのである。

芭蕉の道化性が示されている話としては、他に「芭蕉、備前阿川にて難儀の事」がある。梗概は、ならず者に脅された芭蕉が、機転をきかせて難を逃れるというものである。地の文の「流石、発句狂哥に名を得たる頓智才覚の芭蕉」あるいは「頓口のきてん也」という文言が、道化としての芭蕉像を端的に現している。こうした芭蕉像は、一休や曽呂利などのおどけ者の系譜に通ずる。彼らもまた伝承上の人物の一員であった。

ここまで『行脚怪談袋』に描かれた芭蕉を、〈旅人〉〈高僧〉〈知恵者〉〈道化〉の面から見てきた。では、芭蕉以外の俳人たちは、どのような人物造形がなされているだろうか。両者を比較すると『行脚怪談袋』の芭蕉像がより鮮明になろう。といっても、ほかの俳人たちの話に〈知恵者〉〈道化〉に相当するものはないので、前二者のみについて考えることにする。

『行脚怪談袋』の全諸本にある話で、芭蕉以外の俳人が主人公なのは次の七話である。

「支考、四条河原涼みの事附狸人に化る咄し」

「去来、伊勢参りと同道の事附白蛇龍と成はなし」

「嵐雪、上州館林に至事附僧狐に化さるゝ事」

「其角、猫の恋発句吟の事附たはこや長兵衛のむくひを請る咄し」

「許六、一句にて道を定る事附青野ヶ原狐の咄し」

「支考、門人杜支か方へ至る事附恐敷夢をみる咄し」

「其角、如菊か物語を聞事附杜若の一句の咄し」


まず〈旅人〉という側面について考える。このなかで主人公が旅をしているのは「去来、伊勢参りと同道の事」「嵐雪、上州館林に至事」「許六、一句にて道を定る事」「其角、如菊か物語を聞事」の四話である。いずれも旅先での奇事異聞がテーマとなっており、先に触れた芭蕉のそれと一見似通っている。しかし旅の動機の点において、芭蕉のそれとは大いに異なる。次に、各話の中で旅の目的を記してある部分を抜き出してみる。


去来一とせ用事有て紀州和歌山の城下へいたり、諸用を達し其後帰洛に及ひ、同国新宮の野辺を通りしとき（……以下略）。

（「去来、伊勢参りと同道の事」）


嵐雪あるとき古郷をしたひ、今は父母も古人となりしといへ共、猶、親類の者あれは、上州に至り、彼方を便り父母の石碑をも拝せんと、江戸下町を出て板橋道より上州へ越へ、同国衣でヶ里、玉川の上、館林にいたり（……以下略）。

（「嵐雪、上州館林に至事」）


許六、ひとゝせ、ゆへあつて奥州仙台へ越るとて、青野原へかゝりける。

（「許六、一句にて道を定る事」）

頃は夏の中なりしに、其角、知るへの有けるにより、仙台のかたへをもむきしに、奥州行方郡といへる所を通りすくるところ、道端に古池あり。（「其角、如菊か物語を聞事」）

一瞥して知れるように、彼らの旅は芭蕉のような「我誹道を諸国にひろめんが為」の修行の旅ではない。すべて遠方に用事が生じたための一過性の旅である。旅そのものを目的とする芭蕉とは異なる。この点からも『行脚怪談袋』の芭蕉の〈旅人〉性が際立ってくる。

次に〈高僧〉という点を見てみる。他の俳人が主人公の話で、僧形であることが記されている例はない。そこで少し範疇を広めて俳徳説話――すなわち、発句を詠むことにより状況が好転する話を対象とするなら「許六、一句にて道を定る事」がこれに当てはまるかにみえる。本話の梗概は、旅先（仙台）で狐に化かされた許六が、句を詠んで窮地を脱するというもので、該当箇所は次の通りである。

許六おもふやうは、此所は山際にして其うへは野辺なれは、狐狸の類ひにてもわれを化さんため、いまた日もくれぬに真の闇のことく、かゝる節にはうろたへさるがかんようなりとて、ある木の根のうゐへこしをかけ、更に事ともせず右の体おもしろく発句を仕立んと、さま〳〵工夫して、

妨る道もにくまし畔の稲

と一句を詠に、扨目をひらきみるに、四方あかるくして白昼明くかはりしかは、許六、大きによろこひて早速尋ねて本道に出たり。

日頃、母親の猫好きを「うるさき事におも」っていた長兵衛は、一匹の古猫を残して、あとの猫はみな他人へ譲ってしまう。さて、この古猫がある日、長兵衛秘蔵の塩辛を食べてしまう。これを知って逆上した長兵衛は、猫を棒で殴り殺す。翌日、ことのあらましを知った其角は、猫を哀れみ「うき恋にたへてや猫の盗み喰」と一句詠む。その後、猫の祟りにより長兵衛の右腕には痛みとともに猫の毛が生え、ついに殺した猫の一周忌の日に命を落とす。「うき恋に」の句は『行脚怪談袋』の諸本すべてに見られるが、其角の作ではない。『続猿蓑』の「猫恋」の項に所収された句で、作者は支考である。こうした句の借用は『行脚怪談袋』にはよく見られる。

一方、猫好きの老婆については、『江戸塵拾』（明和四年＝一七六七）に「猫老女」として記述があるほか、『武江年表』嘉永五年（一八五二）の条にも同様の記事があり、こちらは招き猫の由来譚となっている。猫好きの老母と猫嫌いの息子の取り合せも『事々録』（天保十五年＝一八四四）にあり、かかる巷説が話の背景にあるとみてよかろう。

不可解なのは、この話における其角の位置である。この話における其角は話のなかでまったく機能していない。登場すること自体、不自然な印象を受ける。そのためかどうか、鵜澤本aの同話にのみ、俳徳説話の要素が付与されていて、其角が句を詠んだことにより、この猫は盗み食いをやめ、長兵衛も怒りを解くという展開になっている。しかし、結局、この猫は瑣細な悪戯を咎められて長兵衛に殺され、かえって其角の存在が不自然に感ぜられる。

思うに、猫と其角の取り合せはパターンとして認識されていたのであろう。『近世江都著聞集』（馬場文耕、宝暦七年＝一七五七）所収の「三浦遊女薄雲が伝」では、冒頭に、其角の句「京町の猫通ひけり揚屋町」が載せられたのちに、「京町の猫とは、遊女を猫に見立たる姿也といふ」と注がつけられ、続けて「元禄の比、太夫、格子の京町三浦の傾城揚屋入の時は、禿に猫を抱させて、思ひ〳〵に首玉を付て、猫を寵愛しけり、すべての遊女猫をもて遊び、道中に持たせ、揚屋入をする」という風習のあったことを記している。

何故に、かかる風習が生じたのか。ここで一つの挿話が紹介される。要旨を示すと、この薄雲という遊女は、ひとかたならぬ猫好きであった。なかでもひときわ懐いた猫が一匹おり、相思相愛、薄雲のそばを片時も離れることなく、寝間から厠までついて歩くという有様であった。挙げ句、「薄雲は猫に見入られし」という噂までたつ始末で、ついに家内の者は、この猫を始末するに至った。猫が薄雲の後について厠に入ったところを、脇差で首を刎ねたのである。ところが、いくら捜してみても刎ねた首が見つからない。散々捜しまわった果てに見つかった猫の首は、物陰に潜んで薄雲を狙っていた蛇を嚙み殺していた。日頃、薄雲の身辺を離れなかったのも、彼女を蛇から護ろうとしたゆえであったのである。ことの次第を知った人々は悔恨の情にかられ、供養のために猫塚をつくった。遊女が猫を可愛がるのはこれに由来する――[17]。

以上が猫と遊女・薄雲の話の大要である。話の筋は『日本昔話大成』の「動物報恩」の項にある「忠義な犬」（大成番号二三五）そのままで、さして珍しくはない。忠犬ならぬ忠猫であるのが珍しいとする向きもあろうが、全国の報告例を見ると、あながちそうともいえず、猫塚も事例が多い。それが江戸では遊女・薄雲と結びつけられ、人口に膾炙していたのである。なお、「京町の」の句は実際に其角が詠んだもので、『焦尾琴』の「古麻恋句合」という猫に寄せた発句を並べた部にある。ただし、薄雲との関連は見いだせない。

『近世江都著聞集』の基本的な構成は、各話の冒頭に発句を提示し、それに因んだ話を載せるというものである。べつにその発句を詠んだ俳人を主人公としているわけではなく、また、句と話との間に直接の関わりがあるわけでもない。ほとんどの話は、著者の馬場文耕が恣意的に結びつけたと覚しいが、この遊女・薄雲と猫をめぐる話に関しては、少々事情が異なるようである。例えば、『青楼奇事烟花清談』（著者不詳、安永五年＝一七七六）には「三浦や薄雲愛子災を遁し事付たり其角発句」の題で同様の話が収められている。次に引用するのは、話の末尾にあたる部分である[18]。

薄雲か身を守護なしけるともしらすして、猫を殺しけるはいと不便なりとて、猫の亡骸は菩提所へ葬り遣しける。その頃、揚屋へ到る太夫格子、みな〳〵猫を禿に抱せて道中なしけるとなん。

京町の猫かよひけり揚屋町　宝晋斎其角

と云る句も、此心なるへし。

最後の「此心なるへし」が編者による解釈なのか否か判断できないが、『花柳古鑑』（十返舎一九、年次不詳）の次の記事を読む限り、かかる浮説が巷間に流布していたことは確かなようである。(19)

三浦の名妓《めいぎ》薄雲《うすぐも》は、常《つね》に猫を愛《あい》し、揚屋入なす時だにも、禿に猫をいだかせて道中せしかば、その猫、薄雲が身をよくまもりておそるゝ事なかりしが、終《つい》におのが命《めい》を捨《すて》て、薄雲《うすぐも》が災《わざわひ》を除《よけ》しなり、其角が句に「京町の猫かよひけり揚屋町」といひしも、猫のだかれて道中せし事をいへるなりとぞ、此事いつの頃よりか、かゝる附会《ふくわい》の説《せつ》をまうけしにや、今も猶この猫の句の事を記したる草紙まま見ゆ、皆とるべからず、偖《さて》其角が句は、薄雲にかゝらはざる恋猫の句なり。

右の文章では、一九は猫の句と薄雲をめぐる話を「附会の説」「皆とるべからず」と退け、「其角が句は、薄雲にかゝらはざる恋猫の句なり」としている。その後もこの俗説を否定する文章が続くが、裏を返せば、ことほどさように、其角の猫の発句が、遊女・薄雲の話を題材にしているとの説が流布していたといえよう。『行脚怪談袋』における猫の怪談に、其角が引っ張りだされるのも、こうした話が背景にあっての人選であった。

ここで、『行脚怪談袋』という作品の生成過程について考えてみる。

先ほど述べたように、『行脚怪談袋』には会津本系と鶴岡本系の二系統の諸本があり、後者のほうが話数が多く、かつ前者を包括するかたちで存在している。端本の東博本と全貌が不明の鵜澤本bを除くと、すべての諸本に共通するのは次の九話である。

第一話「はせを、みのゝ国江いたる事付あやしきものに逢ふ事」
第二話「支考、四條川原に涼む事付狸女にはけし事」
第三話「翁、大内江上ル事付狂哥に得手し事」
第四話「去来、いせ参りと同道の事付白蛇龍となりし事」
第五話「翁、備前もり山を越ル事付狒々の難に逢し事」
第七話「おきな、備前の阿川にて難義にあいし事付何となく仇をふくすはなしの事」
第八話「嵐雪、上州館林にいたる事付僧狐にはかされし事」
第九話「其角、猫の恋の句の事付多葉粉屋長兵衛のむくいをうけし事」
第十二話「おきな、筑前小佐かわを越ル事付とつか夫婦霊魂の事」

これに次の六話を含めると、会津本系諸本と等しくなる。この六話は楽天居本にはなく、その他の諸本すべてに載せられているものである。

第十四話「おきな、まよい子をしらせし事付馬古ヶ原石碑の事」
第十五話「許六、一句にて道を定むる事付青野ヶ原狐の事」
第十七話「支考、門人杜支か方江いたる事付おそろしき夢を見る事」

第十八話「芭蕉、いよのまつ山江越し事付松平隠岐守殿へめさるゝ事」

第二十話「其角、おきくかもの語りの事付かきつはたの一句の事」

第二十二話「おきな、梅若の塚にまふつる事付あやしき童子に逢ふ事」

表を見れば判るように、すべてが作品の後半部分に相当する話である。原本が散逸したいまでは知る由もないが、楽天居本も東博本と同じように後半を欠いた端本なのではなかろうか。結論を先取りすると、右に列挙した都合十五話より成る会津本系が古態の『行脚怪談袋』の姿で、そこへ新たな話が付加されていき、鶴岡本系の諸本が生じたと考えられる。

以上のことは各話の内容からも窺える。というのも、右に列挙した話のうちで、芭蕉が主人公の話には、各話の間につながりが見いだせるのである。統一した作品世界を有していると言ってもよい。それは話の舞台となる国の配列に顕著である。

先述したように、冒頭話「はせを、みのゝ国江いたる事」は、芭蕉が俳道修業のため、諸国行脚の旅に出立するところから始まる。その旅は第二十二話「おきな、梅若の塚にまふつる事」で、深川の芭蕉庵に戻ったところで終るのであるが、その間、舞台となる土地を順を追って記していくと、京（第三話）、備前（第五話・第七話）、筑前（第十二話）、筑後（第十四話）、伊予（第十八話）と、一筋のルートが見えてくる。

これに各話の冒頭に提示される、芭蕉の辿った道程の説明をしている部分を追加すると、各話の間により緊密な関係が保たれていることが判る。例えば、第五話の舞台は備前であるが、冒頭には「翁、京を立てはりま江越へ」と、この前に置かれた第三話の舞台が京であることを踏まえた記述がなされており、末尾には「岡山をいてゝ、備前伯耆江と心さし行れけり」と、次の話の舞台となる土地を示して結ばれている。そして次に芭蕉が登場する第七話は、備前を舞台としているが、本話の冒頭は「おきなは、備前岡山荊口か方を立出て、備後伯耆の方江といそくに」と、第五話で示された語の繰り返しで始まっている。

次に芭蕉が登場する第十二話でも、冒頭に「備後伯耆の方より長門いなはを越る」と、前話で示された旅程が繰り返され、さらに「夫より中国江まわらるゝに、長州赤間ヶせきよりぶせんの小倉江つく。夫より同国佐賀の城下にやとりて、宿評といへる儒生の方に数日逗留なしける頃、近辺の好士きたり集る。其後、当所もたち肥後のくにより筑前へいたる」と、芭蕉の歩んだ道程が綴られている。

以上は全諸本に共通する話であるが、以降の六話においても各話の間のつながりは見られる。

この次に芭蕉が登場する第十四話の舞台は筑後で、筑前を舞台にした第十二話と接点が見られる。次の第十八話は伊予が舞台で、いささか唐突な気もするが、後続の第二十二話の冒頭に「去程に、四国九州を経めくりて」とあるので、辻褄は合っている。

会津本系諸本における各話間の緊密性は、登場人物からも窺える。第五話には脇役として芭蕉門下の俳人・荊口が登場しているが、続く第七話は「おきなは、備前岡山荊口か方を立出て」と書き起こされている。また、第二十二話で、芭蕉が第三話に登場した京の杜国のもとを訪れていることなどは、作品全体を俯瞰する目がなければできない。実際の杜国は尾張名古屋の人で、壺屋という米穀商であったというが、作品のなかでは「京師にて四條の中屋何かしといへるは、当所にてかくれなき有徳人」(第三話)とされている。この設定は後に引き継がれ、第二十二話の冒頭でも「去程に、四国九州を経めくりて、また〳〵みやこ江出てかの中屋江逗留あり。夫より江戸江出て……」云々と記されている。わざわざ「中屋」という屋号(これも事実と異なる)の前に「かの」と断っているのは、第三話における杜国と芭蕉をめぐる挿話が、読者にとって既知のものだからである。

かくの如く、会津本系諸本においてはそれぞれの話につながりが見られ、統一された世界観を形づくっている。では、鶴岡本系の諸本においてはどうであろうか。次の九話は鶴岡本系にしかない話である。

第六話「おきな、追剝のめぐみにあいし事付山戸次郎か事」

第十話「近江の千那か事付次郎兵衛道心か事」

第十一話「おきなの石碑の事付星崎松風のさと夜寒のさと等の事」

第十三話「おきな、北国行脚の事付下靡権六ヶ事」

第十六話「翁、吉六にたわむれて句作の事」

第十九話「翁、木こりか秀句を感する事付おきな狼に逢ふ事」

第二十一話「其角、夢に句を得し事」

第二十三話「其角、目黒にての句の事付千代ヶ橋由来の事」

第二十四話「芭蕉、翁略伝并終焉記」

右の話を概観して気づくのは、第二十三話以外、すべて芭蕉が主人公、もしくは、主人公格の重要な登場人物として登場していることである。先に倣って芭蕉の登場する話の舞台を列挙していくと、第六話は「四国九州旅行のせつ」と具体的な地名が明示されていないが、続いて近江（第十話）、尾張（第十一話）、越後（第十三話）、三河（第十六話）、甲斐（第十九話）、水戸（第二十三話）と、まったくつながりが見られない。会津本系の諸本のように、冒頭と末尾に各話の間を取り持つ言葉が記されるわけでもない。これらの話が先刻の会津本系諸本の間に入ってくるのであるから、いっそう統一性のなさが目立つ。以上のことから、会津本系を原『行脚怪談袋』とする仮説が立てられるのである。

想像するに、これらの話は『行脚怪談袋』という既存のテキストに、新たに付帯された芭蕉説話なのではないか。そう考えると、会津本系諸本において完結していた作品世界が、鶴岡本系諸本において破綻していることや、鶴岡本系にのみ副題のない話がふたつあること（第十六話・第十九話）も説明がつく。

また、第十八話は、前述したように「火」「地」「水」「風」「空」の五文字を詠み込んだ「蚊はちすひ蠅は火風に蚤はくふ」という句を即座に作った芭蕉が、周囲の人々に感嘆される秀句譚であるが、鶴岡本系にしか見られない第十九話では、樵夫の子がこれとまったく同じ発句を詠んでおり、感嘆するのは芭蕉のほうである。同じ趣向の話が、主人公の名を替えて隣り合わせに並んでいるのは、会津本系が書承されるうちに、似た内容の話が付け加えられていったものとみるのが自然であろう。なお、第十八話は会津本系と鶴岡本系とで内容が大きく異なり、成立当初からあった話とは断じがたい。

また、「芭蕉深川にて病死の事付門人追善一句の咄し」のように、会津本系にしかない話もあり（この話は会津本系のなかでも異同が多い）、『行脚怪談袋』がいくつかの段階を経て生成していき、その途次に、種々の俳諧説話が取り込まれたことがわかるのである。

五　書き込みの中の伝承

このようにして、『行脚怪談袋』には俳諧師をめぐる噂話が流れ込み、新たな話を生ぜしめた。次に、噂話が書き込みのかたちで付け加わった例をみていきたい。

次に紹介するのは、早稲田本の第三話「翁、大内江上ル事」末尾に記された書き込みである。

傳に曰、翁参内の時、御庭前はせをの葉風にもまるゝを見、吟すへしとの命ゆへ、
　船となり帆となる風のはせを哉
と吟せし故、芭蕉の名を被下ると云。

前節で触れたように、本話の梗概は、内裏に招かれた芭蕉がやんごとなき方々を相手に即興の発句を詠み、感嘆されるというもので、〈禁裏に召される俳人〉（第一章第四節）の話型に則っている。本話における芭蕉は、秀句を詠んだ褒美に「翁」という官名を賜ったとされているが、右に紹介した書き込みにおいても、芭蕉は「参内の時」に即席の秀句を詠み「芭蕉」の名を賜っている。この書き込みは早稲田本にしかなく、書写を繰り返すうちに、話の内容に合わせて、芭蕉の逸話が入り込んだものと思われる。

さて、右の書き込みにある発句は芭蕉の作ではない。この句の作者は、芭蕉と同世代の俳人・芳賀一晶である。一晶は京で俳壇に登場し、江戸に下ったのちに芭蕉と交流、蕉風に傾き、元禄期には一目置かれる存在になっていたが、次第に時流に合わなくなっていったという。絵も能くし、有名な井原西鶴の肖像画は彼の作である。宝永四年（一七〇七）に六十余歳で没。件の「船となり」の句は『わたまし抄』（春色、元禄五年＝一六九二）にあり、一晶の代表作として知られる。これを芭蕉の作としているのは、句中に用いられた「芭蕉」の語の連想に相違ないが、自作をとられては一晶としても心中穏やかではあるまい。しかし、この句の作者を芭蕉とする俗説のあったことは、次に紹介する『名家談叢』の例から知れる[20]。

　芭蕉翁桃青は俗称松尾忠左衛門とて、伊賀国上野の藩士なり。若きより俳諧の道を好み、初の名は宗房と呼

ぶ。故ありて仕を辞し薙髪して、風羅房桃青と号す。江戸に下りては深川に住む。庵中に芭蕉を多く植えしよりはせを翁の名あり。其吟に、

舟となり帆となる風の芭蕉哉

秀吟あまたの中にも、古池やの句は世こぞつて知る所なり。末代不朽の正風一派を興し、凡元禄年間俳諧を以て、世に鳴者此人の門人ならぬは稀なり。元禄七年大坂の旅店に病みて、

旅にやんで夢は枯野をかけまはる

五十一才にて歿る。江州粟津義仲寺に葬りぬ。

題は「芭蕉翁桃青」という。二つの発句のうち、後の「旅にやんで」のほうは、あまりにも有名な芭蕉末期の句（辞世とされることもある）である。その前に置かれたのが「舟となり」の発句で、直前に「庵中に芭蕉を多く植えしよりはせを翁の名あり。其吟に……」とあることから、この句を高名な深川芭蕉庵の芭蕉を詠んだものと解釈しているのが見て取れる。もっとも、右の話では、芭蕉参内のおりに詠まれた句としているわけではなく、その点が先ほどの話との相違点ではある。

参考までに記すと、『墨水消夏録』には、芭蕉が故郷を出奔するに際して、「隣家の僚友」に「雲となり輪となる雁の行衛哉」の句を書き置きしていったという話が載せられている。『貞佐物語』なる書物に見える説とのことであるが、句体が「舟となり」とよく似ており、一種のバリエーションと見做せよう。

ともかくも、確かなのは、一晶の「舟となり」の句を芭蕉の作とする浮説が当時あり、それを耳にしていた早稲田本の書写者が、『行脚怪談袋』を書き写すに際して、書き留めたということである。

これと同様、話の末尾に俳人の逸話が書き込まれた例に、柿衛本と鵜澤本aの第十五話「許六、一句にて道を定むる事」がある。内容は、仙台旅行の途次に、狐に化かされそうになった芭蕉門下の俳人・許六が、発句を詠んで窮地を脱するというものであるが、書き込みでは、許六の身分から話の信憑性を疑っている。次に紹介するのは、柿衛本の書き込みである。

此段何とも心得かたし。五井老許六は彦根の家士、奥州行かるゝいわれなし。殊に録五百石也。たとへ行へきわけ在とも、供人少くとも十余人召連行くへき事なれは、中々野狐なとの及ふらかす。疑ふらくは余人ならん。許六は森川五介と云ひし今跡代にて、森川与惣門と云なりの喰違屋敷稲荷奉納の句、しかし是は伊勢にて唫したるともいふ。

西行の涙や花のますかゝみ

最後に、許六の詠んだ「喰違屋敷稲荷奉納の句」が紹介されている。これが実際に許六の作であるのかは不明であるが、「是は伊勢にて唫したるともいふ」と異伝を記しているので、当時、この句に関する俗説が流布していたと覚しい。「稲荷奉納の句」が引用された理由が、許六と狐をめぐる話からの連想によるのはいうまでもない。

ところで、これらの書き込みが話に及ぼす作用は、説話集における話末評語のそれと類似している。話末評語の主たる役割は、説話の抽象化と普遍化である。唱導に用いられた仏教説話においては特に顕著で、説話に提示された具体的な奇瑞を仏果として位置づけ、これが特殊なものではなく、仏法に帰依する者であるならば誰しもが体験できると説くのである。このとき、一話の中心は本体となる説話よりも話末評語のほうにある。場合によっては、説話本体よりも長い話末評語が付せられることもあるのである。

和歌説話の場合は、仏教説話ほど強力な語りの動機を持ち得なかったが、それでも、個々の説話中の和歌による奇蹟が、歌の徳という概念に抽象化され、さらに先例が引かれることによって普遍化されるのは、まま見られる。仏道と歌道を通ずるものと見做す発想は古くからあるが、西行のような歌人僧が伝承上の人物になるにつれ、この傾向に拍車がかかった。和歌説話の跡を承けた俳諧説話においても、評語部分に先達である歌人や連歌師を持ち出すことによる普遍化は行なわれた。また、俳人の行跡が、歌徳ならぬ俳徳という概念によって抽象化される発想も、追い追い生まれてきた。和歌説話の後裔たる俳諧説話において、話末評語の言説も伝承されていったのは注目されてしかるべきである。

もっとも、いま述べたのは一般論として言えることであって、許六の俗伝に関する書き込みにそれほどの意味を見いだすことはない。書写者の見解が書き込まれてゆくのは写本に珍しい現象ではない。ただ、こうした書き込みに『行脚怪談袋』という作品を享受していた読者層の片鱗が窺えるのは興味深い。

例えば、楽天居本の第七話「おきな、備前の阿川にて難義にあいし事」の末尾には、次のような書き込みがある。この書き込みは他の諸本に例がなく、楽天居本の書写者の個人的見解と思われる。


扨々此物語り、ばかく敷き事どもなり。ばせををこけにしたる噺しなり

本話は、旅先で無頼の輩に脅された芭蕉が、頓智をきかせて難を逃れるという内容で、芭蕉の信奉者が詠めば「ばせををこけにしたる噺し」と感ずるのも無理はない。身も蓋もない見解であるが、この人物などは　比較的真

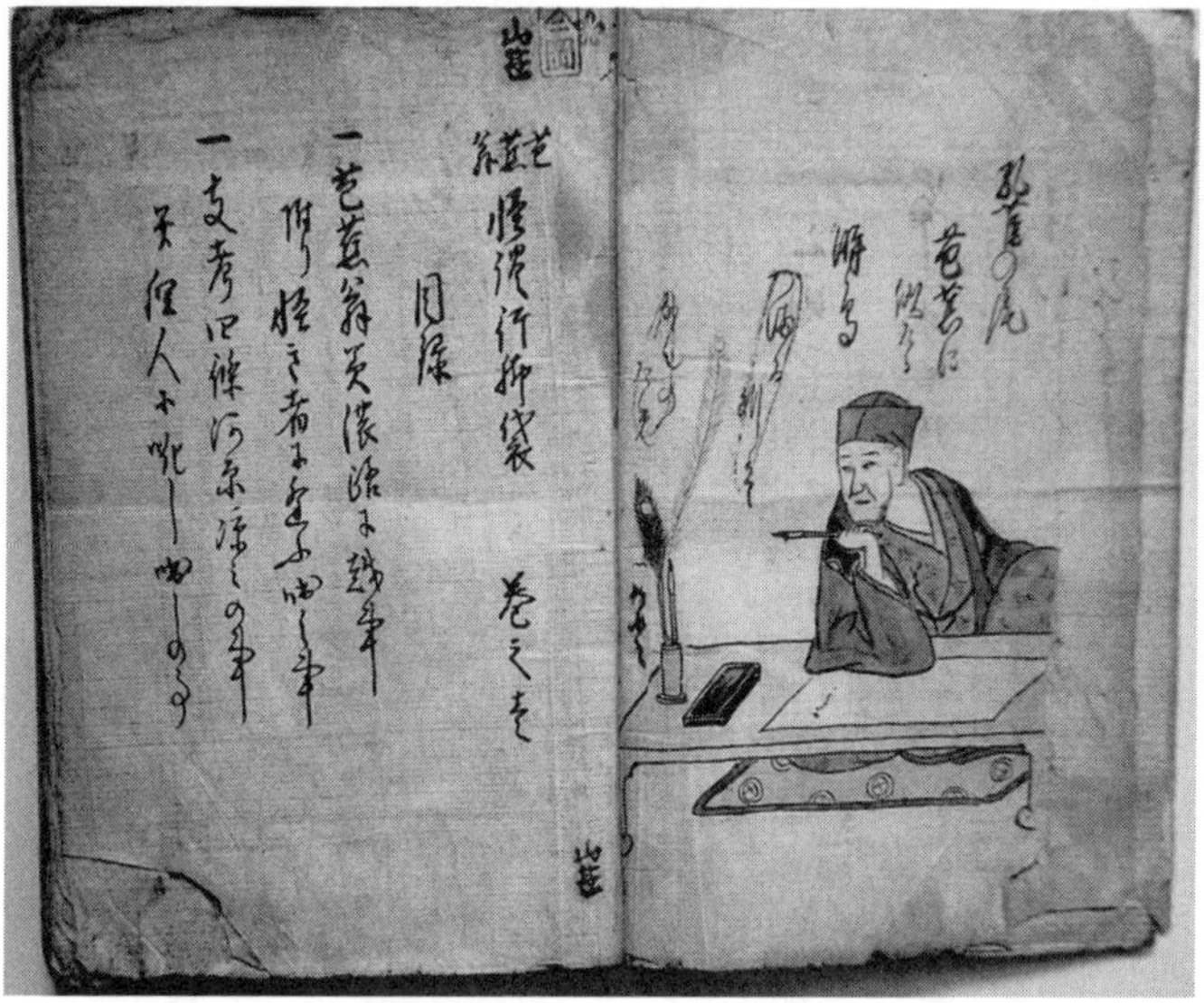

『行脚怪談袋』（藤沢毅氏所蔵本）

面目に話に対応しているほうであろう。その他の話に書き込みをしたのは、先刻来の例を見れば判るように、専門的な知識は有していないものの、著名な俳人の人となりには興味を示し、『行脚怪談袋』を書写しながら自身の知るところの逸話を披瀝せずにはいられないような人物たちである。彼らの関心は高度な俳論などにはなく、今日でいうところのゴシップ（噂）にあった。

　そうした事情は、会津本・広野本・藤沢本に共通して見られる第十二話「おきな筑前小佐かわを越る事」末尾の書き込みからも見て取れる。本章第三節で詳述したが、この話の内容は、旅上の芭蕉が心中した男女の亡霊を成仏させるというもので、典型的な俳徳説話といえる。次に紹介するのは会津本の書き込みである。

　ある人の曰「芭蕉いかに其道にかしこきとて、発句にて男女の念を合せし事、外に見たるものなし。自分の話しなれは心得す」といふ。其とき、一人のいわく「其事、虚言とも申されまし。其翌ばんより怪出さる事、是何れにしても芭蕉の働らき」と申せし。

問答形式で話の事実性に疑義が唱えられているものの、最終的には芭蕉の功績を認めているようである。会津本・広野本の書き込みは右に引用した文章だけで終っているが、藤沢本ではこれに続けて、次のような一文が添えられている。

扨々りちぎなる論する人にては有べし。もとより金と化物はない世の中に、なんの夕礼が出る物だ。はせをの名句を聞ニ付ても出ぬが誠さ。

古池や蛙飛込む水の音

「夕礼」は「幽霊」のことであろう。書承されるうちに加えられた書き込みを享けて、新たな書き込みがなされたことが判る。文脈から慮るに、古池の句を「幽霊の正体見たり枯尾花」の意で解釈しているようである。古池の句に関する俗解の多さについては夙に先学が論じているが（第一章第五節）、芭蕉の名句に新釈を加えるのは『行脚怪談袋』全編に共通する話の形成手法でもある。面白いことに、藤沢本では右の文章の後にさらに新しい見解が書き込まれているので、次に引用する。

又云、此諍、甚面白し。人間いまわにいたりての念、残るましきにはあらじ。けやう来躰の事、定難し。既に語れは、本来、空迷か故に幽霊ともなり、此世の鬼とも成るへくなり。日本の歌は目に見へぬ鬼神おも感せしむるは顕給なり。されこそ、有るを有るとも、なきを無きとも定め難し。去れとも言葉をかわし論をなせし妙は、文の艶ともいふへきか。又の評をまたける已。

「此諍、甚面白し」と高見の見物をしているこの書写者は、最後の最後で論を決するのを避けているが、中途で展開される論によると、芭蕉の幽霊話を真に受けているようである。意を留むべきは「日本の歌は目に見へぬ鬼神おも感せしむる」という『古今和歌集』の仮名序以来の思考が生きている点であろう。

整理すると、藤沢本では三段階にわたって書き込みがされていることになる。そのうち、最初の書き込み（問答体のもの）は本文と同じ筆跡であるし、他の諸本にも見られることを考えても、藤沢本が書写される以前からあったものと覚しい。それに対して、後二者はそれぞれ筆跡も異なり、所蔵者が移る度に付与されていったものとも思われるが、近世後期という時代を考えると、貸本屋で流通していた本に書き込まれた落書と見做したほうが当っているかもしれない。

以上の事々から浮かび上がってくるのは、『行脚怪談袋』と向き合った読者が、書き込みというかたちで自説を開陳し、折に触れては、みずから知るところの俳人の逸話を挿入していった事実である。著者と読者の分かちが現在よりも曖昧であった当時、こうしたことは珍しいことではないが、『行脚怪談袋』の場合は、作品そのものの成立に関わる問題でもあった。鶴岡本系諸本のみに見られる話が、後から付け加えられた可能性が高いことについては先述したとおりであるが、それらの話が書き込みの延長線上にあるのは明らかである。

さて、あまたある書き込みのなかには、単なる俗伝の流入というだけでは済まされないものもある。次に紹介する例などは、『行脚怪談袋』という作品の性質を考えるうえで興味深い。鶴岡本、および柿衛本の第二十三話「其角、目黒にての句の事附千代ヶ崎由来の事」の末尾にある書き込みである。

此墓の事を山光講述の席に言しは「まさしく元禄の頃、一件有りて、因州鳥取の士・平井権八郎、遊女・こむらさきか塚ならん。近来まて此うしろに古来の桜有りし也」と語る。尤、平井か塚は目黒東昌寺といへる。其節の趣、永峯の様に文法みゆる故、正しく是か猶よく知る人に尋ね度事也。平井か事、此所ニいふへきニもあらす。事長けれは畧す。是此事によりての夜話也。本書ニはなしと、禅宗の文喬書くわへたり。

引用は柿衛本に拠った。末尾に「本書ニはなし」とあることから、書き込みをしたと覚しい「禅宗の文喬」が目にした『行脚怪談袋』にはなかった話を、冒頭に名が挙げられている「山光」なる人物が「講述の席」で話したということになろう。この「山光」は鶴岡本系諸本に存在する序文を記した「古学誹道人　銀山光」だと思われる。といっても、彼が作品の成立に関係していないのは、序文の最後に置かれた次の文章からわかる。

時に、書林津氏、一書をたつさへて予か草扉をたゝき「汝か誹祖のくわいたん袋これに序せよ」といふ。是を見るに、誠に幻有り、怪有り、喜有り、驚有り。天地の不測寸智にあたわつといへとも、たゝその袋の口を錠をやめて禿筆をめくらすのみ。

この「書林津氏」がどこの書肆であるのか手がかりはないが、右の文章を読む限りでは、刊行の予定もあったらしい。それでは、書肆が序文を依頼した銀山光とは、いったい何者であろうか。残念ながら彼の素性は不明であるが、先の書き込みから、講釈師めいたことをしていたのが窺える。書き込みにいう「講述」が俳諧の作法に関連したものでないのは、話の内容が、浄瑠璃や歌舞伎などで知られた、権八小紫の悲恋物語（いわゆる「鈴ヶ森」の話）であったことから判る。同話の内容は俳人・牧童宅の松と、付近の池の由来を説いたもので、権八も小紫も名前すら登場しない。にもかかわらず、銀山光が「鈴ヶ森」の話を披露したのは、同話の末尾――つまり書き込みの直前に置かれた、次の一文に触発されたからである。

又、此むかふ山に二ッの石塔有り。銘もなく、いにしゑより夫婦つかたゝり有りとて、近辺江もよる事なし。いつれか其由来をしらす。

書き込みにある「此墓の事」が、右に引用した文章で紹介されている「夫婦つか」と呼ばれる「二ッの石塔」を指しているのは間違いない。題名にもあるように、本話の舞台は目黒である。そして、権八と小紫が葬られた比翼塚も目黒にある。本文の「夫婦つか」がその比翼塚を指しているのか否かは判らないが、銀山光が由来不詳の二つの石塔を「鈴ヶ森」の伝奇と結びつけた何よりの理由は、舞台となる土地との縁が深かったからであろう。

鳥取藩士・平井権八が辻斬りを繰り返した果てに刑死し、遊女・小紫が彼の後を追って自害したのは延宝七年（一六九七）。この事件は江戸の人々の関心を呼び、やがて幡随院長兵衛をもからめて文芸に昇華されてゆく。歌舞伎化の最初は『江戸名所緑曽我』（初世河竹新七）、浄瑠璃化の最初は『驪山《めぐろ》比翼塚《ひよくづか》』（源平藤橘ほか）、ともに安永八年（一七七九）の作で、この両作品が〈権八小紫もの〉の嚆矢である。一方、銀山光が『行脚怪談袋』に序文を付したのは安永六年（一七七七）のことで、おそらくは権八小紫の話を俳諧講談の場で附会させたのもこの頃であろう。

歌舞伎や浄瑠璃で取り上げられる直前の、タイムリーな話を盛り込んで聴衆を沸かせていたのが目に見えるようである。察するに、銀山光なる人物はこの手の舌耕芸を披露して身過ぎをしていたのであろう。

六　俳諧講談の種本

銀山光のように、俳諧にからめた講談をして世を渡っていた輩は、存外、多かったようである。例えば、『左比志遠理』（二音、安永五年刊＝一七七六）という俳書には、次のような記述がある。[21]

> 近来ある行脚の俳諧講談をきくに、明ても暮ても、翁の句の評のみに事をよせて、蛙飛こむ水の音、木槿は馬に喰れたりけりにて、夜をあかしぬ。
>
> 此句講ずるに、世人の身上にかけて、出る杭うたるゝといふに、或は松のうえならぬ花の香にとよめる野路の梅まで引出て句解せしを、其庵にある禅僧の在て笑曰、「僧はそれのみにて其句は信ぜず。ある語《し》に『槿花今朝猿摘去』といふあり。翁の意は是によるにあらすや」といふ。講師赤面せしとぞ。
>
> 剰、古池の句の深意なるは、いま四五年もはいかい執行なくては、説とも聞得しなと売僧の譏言にひとしく説きかすあり。

いかに芭蕉の「古池や蛙飛込む水の音」と「道のべの木槿は馬に喰はれけり」の両句が有名だとて、「明ても暮ても、翁の句の評のみに事をよせて」「夜を明しぬ」というのでは、聴いているほうは退屈きわまりなかったろう。

挙げ句に、もう四五年、俳諧修行をしなくては「古池の句の深意」は理解できまいなどと言い放つのでは、何のための講談か判らない。

右の記事を記した一音は、この人物の所業を「売僧の讒言にひとし」いと非難している。ずいぶんと手厳しいが、一音は『芭蕉翁頭陀物語』の著者・建部綾足（涼袋）の門人で、諸国行脚の生活を経験しており、安永二年（一七七三）には、芭蕉が葬られた義仲寺境内にある幻住庵で暮らしたこともある。その一音にしてみれば、かかる手合の跋扈するのは許し難いことであったのだろう。

同じ思いを抱いていたのか、その場に居合せた禅僧は、木槿の句の典拠に「槿花今朝猿摘去」という漢詩の一節を指摘して、講釈師を赤面させている。もっとも、この禅僧の言うことも誤っており、正しくは「金果早朝猿摘去」、宋代の『五燈会元』の一節である。国立国会図書館所蔵『左比志遠理』の旧蔵者の書き込みでは、以上の指摘をしたうえで「僧モ講師モ不知、又此書ヲ書シ人モ不知」と皮肉られている。一音もとばっちりを受けた格好であるが、思うに、この禅僧は、白楽天の「放言詩」にある「槿花一日栄」の譬えと取り違えたものと思われる。

さて、『左比志遠理』が刊行された安永五年は、銀山光が『行脚怪談袋』に序文を付する一年前、同時期といって良かろう。察するに、銀山光もまた「行脚の俳諧講談」をして諸国を巡っていたのではなかろうか。ただし、銀山光の俳諧講談は一音が聞いたような、ひねもす芭蕉の句解を繰り返す単調なものではなく、『行脚怪談袋』を片手に、得意の講談を織りまぜつつ俳人の逸話を次々に語る、バラエティーに富んだものであったと推察される。

ところで、一音の聞いた俳諧講談とはどのようなものであったろうか。芭蕉の句の評に事寄せていたというから、句意を解釈しつつ何がしかの話を講じていたと覚しいが、具体的な話の内容を知る術はない。

しかし、古池の句の俗解の多さはよく知られているし、前節で扱った藤沢本『行脚怪談袋』の書き込みにもあったので（ここでは「幽霊の正体見たり枯尾花」の謂で用いられていた）、おおよその見当はつく。

一方、木槿の句のほうは、文中に「出る杭うたるゝ」の諺と同じ意味で解釈されていたことが明示されている。牽強付会の説であるが、近世においては珍しい解釈ではなかった。しかし、「俳諧講談」というからには、句意の講義のみをしていたわけではあるまい。やはり相応の筋のある話を、聴衆に向って講釈していたはずである。この日、一音が聞いたのは、次のような話ではなかったろうか。(22)

道邊の木槿は馬に喰はれけり

是は中興《ちゆうこう》の俳祖ばせを翁の句なり。江州粟津の義仲寺にはかあり。其の外諸国《しよこく》に門人《もんじん》の建てたる石碑《せきひ》百七十余所に及べり。此句は翁一年《ひとゝせ》行脚《あんぎや》の折り、越後の柿崎《かきざき》といふ村にて、ある百姓の世悴《せがれ》十次郎といふもの、生《しやう》得出《とくで》過者《すぎもの》にて、不断喧嘩口論《ふだんけんくわこうろん》せしを、両親殊の外歎き、芭蕉翁に咄せしに、其のせがれへ教訓《けうくん》の為めにやられし発句なり。委しくは予が著せし俳哲妙談集にあり。爰に略してしるす。是は教訓《けうくん》にはよき句なり。木槿《むくげ》も山中か深谷に咲きたらば、人に手折れもせず馬にも喰はれまじ、いらざる道端《みちばた》に出ばりて咲きたる故、馬の為めに喰はれたる也。人も十が九つ物毎にひかへめにして、引込んでゐれば障りなし。口利先《くちきゝさき》立ち人をおしのけても出たがる故、口利著《くちりこう》にとられて喧嘩口論の相手となり、しなによつては切刃つくも出来る也。されば不滅《ふめつ》の貝《かい》といふものは潮《うしほ》を食《じき》として、更に磯辺《いそべ》へも出ず、只海《うみ》の底《そこ》に潜《くゞ》り居る故、綱にもかゝらす、釣の恐れもなく命長し。人たま〳〵是を得たる時は其の貝のぬけがら迄重宝《ちようほう》とせり。又風鳥《ふうてう》は風を食として更に求《もと》めもなければ里近くは出す、高山にかけり遊べば、弓鉄炮にかゝる愁《うれ》ひもなし。人稀れに是を得れば羽迄も宝とす。人もかくこそあらまほし。或は芸能《げいのう》にからまされては、市中《しちゆう》に引出され、道徳知識《だうとくちしき》といはるゝ身《み》も都会《とくわい》に交りては、道のべの木槿同前に、果《はて》は喰はるゝぞかし。往昔《むかし》は徳を隠《かく》し、態《わざ》と難《なん》をこらへし人も有り。天台《てんだい》大師は徳を縮《ちぢ》め疵《きず》を顕はせとて教へ給へり。世俗《せぞく》にいふ出る杭打たるゝの場をのかれたし。

『歌俳百人撰』（石雲居海寿、安永四年＝一七七五）所収の話である。これによると、この句は北国行脚中の芭蕉が、越後柿崎にて「生得出過者」で「喧嘩口論」の絶えぬ百姓の倅を諫めるために詠んだものという。具体的な挿話はこれだけで、あとは「教訓にはよき句なり」と称された木槿の句の寓意が解説されている。その心は「木槿も山中か深谷に咲きたらば、人に手折れもせず馬にも喰はれまじ、いらざる道端に出ばりて咲きたる故、馬の為めに喰はれたる」という一文に尽きるが、その後も贅言を弄し、果ては天台大師まで持ち出している。編者によると、この句の要点は「世俗にいふ出る杭打たるゝの場をのかれたし」の諺と同じであるという。ここから察するに、『左比志遠理』を編した一音が聞いた「行脚の俳諧講談」が夜もすがら繰り返していたのも、おそらくこの種の教訓譚だったのではなかろうか。

『歌俳百人撰』の序文には、藤原定家の『小倉百人一首』を気取って本書を編んだ旨が記されている。同序文には「此外にも秀逸名句あまたあれども、教訓ともなるべき計を選出して書記しぬ」とも記されており、右の話に教訓臭が強いのは、そうした編集方針のなせる業であったろう。しかし、一書を通読して慮るに、話を選択する段階での恣意性はさておき、話の内容そのものには、さほど編者の創意は加わっていないように思われる。右の話を例にすると、教訓を垂れる後半部分はともかく、柿崎の「百姓の倅与次郎」をめぐる挿話は、編者である海寿がどこからか仕入れてきたものであろう。先ほど紹介した文章によると、詳細は同じ著者の『俳哲妙談集』なる本に記されているとのことであるが、残念ながら、この本は現在に伝わらないようである。ただ『我衣』に見える右の記事

から『俳哲妙談集』に木槿の句の逸話が載るのが事実であるということが判る。(23)

道ばたの木槿は馬に喰はれけり　翁

此句よく人の知る所也。はせを翁一とせ越後行脚の比、柿崎宿の百姓の倅十次郎といへるもの、とかく喧嘩口論好にて折々疵なども受てやかましき事絶ざるゆへ、この句にていましめられたり。『俳哲妙談』にもみへたり。此句人々口にはいへど何の時なるといふ事を辨へざるもの多し。やはり唇寒し秋の風と申されし教訓の心なり。

登場人物の名前に相違はあるものの、「越後行脚」中の芭蕉が「柿崎宿の百姓の倅」の行状を諫めるため、木槿の句を詠んだという筋書はまったく同じである。少々気をつける必要があるのは、文中に「俳哲妙談にもみへたり」とあることで、ことによると編者は別経路からこの話を聞いていたのかもしれない。

もう一つ押さえておくべきは、末尾の一文「やはり唇寒し秋の風と申さけし教訓の心なり」である。文脈から考えて、この有名な句も木槿の句と同様、教訓の句と捉えられていたことが窺える。もっとも、古池の句や木槿の句と異なり、この「ものいへば唇寒し秋の風」の句には、もともと訓戒の意が込められていた。『芭蕉庵小文庫』（史邦、元禄九年＝一六九六）では、この句の前書に「座右の銘／人の短をいふ事なかれ／己が長をとく事なかれ」とある。また、「続蕉影余韻」でも、この句の前書に「ものいはでたゞ花をみる友もがな　といふは、何がし鶴亀が句なり。わが草庵の座右にかきつけゝることをおもひいでゝ」と記されているのである。(24)

ここで思い起されるのは、『行脚怪談袋』の冒頭話「はせをみのゝくに江いたる事」において、今井四郎兼平の霊を成仏させるために芭蕉が詠んだのが「ものいへば」の句であったことである。本話は『行脚怪談袋』の諸本すべての冒頭に置かれている。銀山光が種本として使う以前から、『行脚怪談袋』には俳諧講談と結びつく要素があったといえよう。

そうはいうものの、これまでの論で想定していたのは〈俳諧講談〉といっても、あくまでも重点は〈俳諧〉のほうにあった。一音が接した人物も「翁の句の評のみに事をよせて」とあるように、講釈師というよりは旅の俗宗匠と呼ぶべき人物である。それに引きかえ、『行脚怪談袋』の書き込みから窺える銀山光の俳諧講談は、当節流行の「鈴ヶ森」の話を題材にしており、俳諧より講談のほうにウエイトを置いていたことが知れる。想像するに、彼の本分は講釈師であったのではないか。

ここに講釈師が俳諧にまつわる話をした例がある。『耳嚢』（根岸鎮衛、近世後期）にある話で、題は「その職に随い奇夢を見し事(25)」。

軍事講釈をなして諸家の夜閑を慰する栗原何某、寛政三年三月三日に不思議の夢を見しは、たれとも名前顔色をも覚えざりしが、「御身は軍書など講ずるなれば相応の掛け物を与うべし」とて、中は桜、右は侍、左は傾城《けいせい》をえがきし三幅対《さんぷくつい》なれば、「かたじけなし」とうけてこれを見るに、桜の上に、

誤って改められし花の垣

又右の侍の讃《さん》には、

色にかえぬ松にも花の手がらかな

又左の傾城のうえには、

世の色にさかぬ操《みさお》や女郎花《おみなえし》
かくありしゆえ、これは仙台萩の、桜は陸奥守綱宗、侍は松前鉄之助か、傾城は高尾にもあるらんと、夢驚きて枕の元を捜せど、かつて一物もなし。さるにても俳諧発句などを常に心に留めし事もなきに、三句ともしかと覚えけるゆえ、宗匠などに、「この句はいかゞ」とたずね問うに、つたなき句ともいわざれば、さっそく蘭香を頼みて夢の通りの絵をしたゝめ貰い、寝惚《ねぼけ》先生とてそのころ狂歌など詠じて名高き者に、右の讃をしたゝめ貰いしと、右掛け物を携え来りて見せしなり。

冒頭、編者の根岸鎮衛が講釈師からこの話を聞いたことが記されている。この「栗原何某」は『耳嚢』に幾度か登場し、興味深い話を提供しているが、そのなかに「軍書を読て世の中を咄し歩行栗原幸十郎と云る浪人の語りけるが……」という文言があり、彼が浪人であったことが知れる。公務に忙しい根岸鎮衛にとって、軍事講釈をして糊口をしのぐ浪人・栗原幸十郎は、世間の奇事異聞をもたらす貴重な友人であったのだろう。

さて、これと同じ話が『古今雑談思出草紙』（東随舎、年次不詳）に見える。第二章第四節で紹介したので、両話を比較すると一目瞭然であるが、発句や語句に若干の相違があるものの、かなりの細部にいたるまで一致している。それもそのはずで、『思出草紙』の編者・東随舎は、栗原幸十郎と同一人物である。この点については、夙に近藤瑞木に考察がある。(26) 両話の相違点は、『耳嚢』の話が他人の体験を三人称で記したものであるのに対し、『思出草紙』の話は筆者の体験談となっている点である。

右の記事によると、栗原は夢の発句を記した掛物を手にしながら、話をしたという。相手が顔馴染みの根岸鎮衛であったがゆえの行動なのか、それとも常日頃、掛物を片手にこの手の話をして歩いたのかは確認する術もないが、座持ちには丁度よい話柄であった。文中の「仙台萩」は伊達騒動を題材にした『伽羅先代萩』を指し、続く「陸奥守綱宗」「松前鉄之助」「高尾」は、その登場人物たちである。夢を見た当人は「俳諧発句などを常に心に留めし事もなき」と言い、話を聞いたほうは、講釈師という「職に随い奇夢を見」たと解している。両者ともに、かかる夢を見たこと自体は前提として認めているのである。霊夢の発想が生きていた近世において〈夢に発句を得た話〉は、珍しくなかった。世上に流布した俳諧説話に、当節流行の「軍事講釈」を巧みに取り入れて、一座の興をつなぐのは、先刻の書き込みから窺える銀山光の手法と同じである。これもまた俳諧という文芸の貴賤上下に浸透するにしたがって生じた現象であった。

このように近世も後期になると、書承口承の世間話であった俳諧説話は、講釈師というプロの語り手によって、広く供されるようになっていた。

それではこの『行脚怪談袋』が、俳諧講談の種本に用いられていたものとして、彼らはどのような人々を相手にしていたのか。前章で紹介した例から推察してみよう。まず『左比志遠理』の例に「行脚の俳諧講談」と呼んでいたことから、彼らが諸国を経巡っていたことが判る。彼らを講釈師の一類とするなら、旅を棲家とするのも不思議ではない。もちろん、講釈師のなかには居を構えていた者もいるので、『行脚怪談袋』を手に話を振りまいて歩いた銀山光が、漂泊・定住のいずれを主にしていたのかは判断しかねるが。

次に『耳嚢』の栗原幸十郎の例では「軍事講釈をなして諸家の夜閑を慰する」とあることを考えあわせても、相応の階層の人々を相手にしていたのが窺える。『耳嚢』の編者・根岸鎮衛も代官職を勤めた人物である。

また、『行脚怪談袋』の書き込みが、禅僧によって記された点も忘れてはなるまい。『左比志遠理』の例で、講釈師の珍解釈を看破したのも禅僧である。近世において、禅宗の布教活動が、説話の伝承伝播に深く関与していたことも先学によって証されたところであった。講釈師と説教僧は、説話の管理者という見地に立てば、親類縁者のような関係にある。俳諧講談のなされた場に禅僧が居合わせたのも、偶然ではあるまい。『行脚怪談袋』に窺える俳諧講談の様相は、俳諧説話を立体的に考えるのに有効といえよう。

では、具体的には『行脚怪談袋』を享受したのは、どのような人々であったのだろう。示唆的な例として、鶴岡本を書写した斎藤三郎右衛門なる人物の存在である。もちろん「山光講述の席に言し」云々の書き込みは、斎藤三郎右衛門が『行脚怪談袋』を書写する遥か以前にあったものであり、彼と是とを単純に結びつけることはできない。けれども、現存する諸本のうちで最も古い鶴岡本が、どのような人物によって書写されたのかを把握することに何がしか参考になる点もあろうと思い、知り得たことを記そうと思う。

手掛かりになるのは、鶴岡本の奥付に記された「羽州東田川郡渡前村／齋藤三郎右衛門／福美主」という文言である。以下、これに依拠しつつ考察してみたい。

まず「羽州田川郡東渡前村」であるが、これは現在の行政単位でいえば、山形県鶴岡市に相当する。もっとも、私が調査で同地を訪れたときは、まだ東田川郡藤島町であった。当時、藤島町は鶴岡市の隣町で人口は一万人強。町政が敷かれたのは昭和二十九年で、渡前村が合併されたのは翌昭和三十年である。

次に「齋藤三郎右衛門」について述べる。斎藤家は『藤島町史』にも登場する名家で、「三郎右衛門」は、その斎藤家の長が代々襲名した名前である。斎藤家の家史『斎三史』(明治三十三年筆)に載せられた家系図によると、(27)初代の「久宝」が没したのが安永元年(一七七二)、以降、累代にわたって藤島町に素封家として栄え、近代に入っても衆議院議員を生むなど名家としての地位を保った。近世の藤島における斎藤家の位置は、次に引用する『藤島町史』上巻(昭和四十年)の第二章「町の歴史の概要」の一項、「素封家斎藤三郎ェ門の慈善」から窺える。

御料東渡前村の富豪斎藤三郎右エ門は、江戸中期以降に於ける近郷においても有数の勢家であつたが、一面慈善、奉公の志が厚く酒井氏より度々褒賞を受け苗字御免となつた。その業績は枚挙にいとまないが、元治元年に於ける御料御蔵の保管米の空減事件に当り大枚七十五両を補塡弁償して近郷農民を救済するなど其の業績の一端を窺うことができる。

『藤島町史』では、右の引用の後、斎藤家の慈善事業を証する書状をいくつか紹介している。それらのなかには、安政の大地震の際に、百両もの大金を用立てた旨も記されており、斎藤家がいかに力を持っていたかが偲ばれる。では、鶴岡本『行脚怪談袋』を書写したのは、何代目の斎藤三郎右衛門であったろうか。

『斎三史』によると、明治九年に七十四歳で没した四代目斎藤三郎右衛門に「福美」なる人物がおり、彼が奥付にいう「福美主」であることが判る。福美は俗名を「岩五郎」といい、享和三年（一八〇三）に生を受けている。『行脚怪談袋』が書写された弘化三年（一八四六）は、福美四十四の年に当る。しかし鶴岡本『行脚怪談袋』には、他に「斎藤三郎右衛門内／登美味津」とも署名されており、あるいは、本書を書写したのは四代岩五郎ではなく、その息子の五代目斎藤三郎右衛門・貞七（福実）ではないかとも思われる。『斎三史』に記されている人柄からも、貞七のほうが文人気質が強かったことが判る。五代貞七こと福実は、文政七年（一八二四）生。没年は明治三十年（一八九七）であるので、行年は父・岩五郎と同じ七十四歳である。『斎三史』には「年十五ニシテ片目ヲ失フ」とあるが、残ったもう片方の目でよく書物を読み、学問を修めた。その人となりの偲ばれる箇所を次に引用する。

貞七ハ岩五郎ノ子ニシテ、幼ヨリ孝養ノ志篤ク文台ニ農予ニ勉励シ、故ヲ以テ時ノ藩主ヨリ米二百俵ヲ以テ賞セラレシ事アリキ。又、甚夕学問ヲ好ミ、暇アレバ師ニ就キテ聞キ、又習フ。而シテ意ノ最モ用ヰシ所ハ、書籍写シナリ。状蓋シ他日暇ヲ得ルニ及ビテ状ヲ見シト欲セシナルベシ。人トナリ質朴ニシテ謹倹篤ク信シ又神ヲ敬シ（……以下略）。

藩主から褒賞を授かるというのだから、その学識の度合いがよく判る。別の箇所には、貞七の蔵書は数千冊に及んだともある。有資産階級の家に生まれ、文化面にも理解のあった五代目斎藤三郎右衛門・貞七のような人物が、パトロンの役割を担ったのは想像に難くない。右に引用したプロフィールからも、貞七は俳諧も嗜んでいたであろうことが察せられる。近世末期、『行脚怪談袋』のような作品は、彼のような人々の間で流通していたと考えられるのである。

註

（1）荻原恭男校注『おくのほそ道』昭和五十七年、岩波書店
（2）星川茂平治『尾花沢の俳人・鈴木清風』昭和六十一年、尾花沢市地域文化振興会
（3）近世文芸の研究者には馴染みがないかと思われるので註釈すると、佐藤義則は昭和四十年代を代表するフィールドワーカーの一人である。著作には、『羽前小国郷の寺社縁起集』（昭和四十一年、私家版）、『羽前小国郷昔話集』（昭和四十七年、岩崎美術社）等々がある。
（4）東洋文庫『耳袋』鈴木棠三校注、昭和四十七年、平凡社
（5）註（4）に同じ。
（6）『日本庶民生活資料集成』第15巻、昭和四十七年、三一書房

(7) もっとも、現在刊行されている芭蕉発句索引の類に、この句は挙げられていない。同句を載せる唯一の句集『伊良胡崎』の刊行時期が、芭蕉の没後、半世紀以上経っていることを考えると、その信憑性に疑問は残る。

(8) 本山桂川『芭蕉名碑』昭和四十八年、弥生書房

(9) 註(6)に同じ。

(10) 『古俳書文庫』第十一巻　大正十四年、天青堂

(11) 藤沢毅は、『文学・語学』第一七八号(平成十六年、全国大学国語国文学会)の「国語国文学会の動向・近世」の「小説(後期)」で拙稿を紹介したおり、『芭蕉翁行脚怪談袋』を「その成長の形は(あるいは享受の形も)、実録や通俗軍書のそれと共通点が多い」と指摘している。今回の論考では説話性に着目したが、今後はこの方面からの考察も必要になるだろう。

(12) 二系統の諸本のうち、代表的な会津本、鶴岡本については、次の雑誌に翻刻を載せた。興味のある方は、そちらを参照されたい。

「翻刻会津図書館所蔵『怪談大雙紙』」『文学研究科論集』第28号　平成十三年、國學院大學大学院文学研究科

「翻刻鶴岡市立郷土資料館所蔵『芭蕉翁行脚怪談袋』(前)」『國學院大學近世文学会会報』平成十四年

「翻刻鶴岡市立郷土資料館所蔵『芭蕉翁行脚怪談袋』(後)」『國學院大學近世文学会会報』平成十五年

(13) 以下、『芭蕉翁行脚怪談袋』の引用は、会津若松市立会津図書館所蔵本に拠る。各話の題については、全諸本に共通してある話については会津本に、鶴岡本系統にのみ見られる話については、鶴岡本に拠った。

(14) 発句の徳を仏徳と結びつけて解釈する点については、当時の釈教俳諧との関連を指摘できる。山本唯一「釈教俳諧」(『大谷学報』第四十五巻三号、昭和四十年)では、釈教連歌の流れをくむ釈教俳諧を、「非宗教的な諧謔性・滑稽性根本とする俳諧で真面目に釈教をよもうとする」矛盾した概念と位置づけ、この分野が「さほど盛行しなかった」ことの理由づけとしている。

他に、釈教俳諧を取り上げたものに、次の諸論考がある。

上田本昌「俳諧文学」『仏教文学講座』第九巻　平成六年、勉誠出版
山本唯一「俳論と仏教思想」『仏教文学講座』第四巻　平成七年、勉誠出版

(15) 説話に登場する芭蕉が類型性を帯びていることについては、本書で紹介した各話で指摘し得るが、特に本章第一節の『俳諧世説』の図版は、旅僧としての側面が強調されている。
なお、図像化された芭蕉のイメージの類型性に関しては、横浜文孝「芭蕉の肖像――その類型とデフォルメの過程について――」(『江東区文化財研究紀要』第七号　平成八年、江東区教育委員会) に詳しい。同論考では、芭蕉の図像をいくつかの系統に分けたうえで、「芭蕉像は、いくつかのモチーフからまとめあげることができ、その後多くの作品が生み出されていくのである」と結論づけている。横浜のいう「いくつかのモチーフ」とは、頭巾や笠、杖、頭陀袋……等々のアイテムであり、それは本書で紹介してきた図版の芭蕉像とも通ずる。

(16) 昔話「幽霊の歌」として報告されている話例のなかには、「下より上へつるしさげたり」という難題を含むものがある。ただ、これらの話例では、「風鈴」ではなく、「藤の花」が詠まれている場合が多い。それゆえ、私は以前、この話型に「藤の発句」という名称を与えたことがあるが、上方から吊り下がるもの (風鈴・藤の花) を水面に映すことによって難題に答える点は同案である。詳しくは、拙稿「昔話「幽霊の歌」にみる伝承の変容」(『口承文藝研究』第二十六号、平成十五年) 参照。ちなみに、『新編ことば遊び辞典』(昭和五十六年、東京堂出版) にも「下から上へぶら下がるもの　圏水にうつる藤の花〈信濃〉」とあり、この難題が謎として流通していたのが判る。
なお、『列国奇談聞書帖』(十返舎一九、享和二年＝一八〇二) 所収の「黒河の怪異」という話では、同じ難題に「峯越へて都へいそぐ九折」と答えている。

(17) 小島瓔禮『猫の王』(小学館、昭和十一年) によると、現在の西方寺に猫塚はないが、薄雲を助けた猫を祀った招き猫の石像はあるといい、写真も載せられている。

(18) 国立国会図書館所蔵本に拠った。

(19) 『未刊随筆百種』第十巻　三田村鳶魚編、昭和五十二年、中央公論社

(20) 俳諧文庫20『俳諧逸話全集』明治三十三年、博文館
(21) 国立国会図書館所蔵本に拠った。
(22) 俳諧叢書6『俳人逸話紀行集』大正四年、博文館
(23) 註（6）に同じ。
(24) 同句が格言として定着していく過程については、金田房子「「ものいへば唇寒し秋の風」について」（『大阪俳文学研究会会報』第三十四号、平成十二年）に詳しい。
(25) 註（4）に同じ。
(26) 東随舎こと栗原幸十郎については、近藤瑞木「講釈師の読本——東随舎こと栗原幸十郎の活動——」（『人文学報』第三〇一号、東京都立大学人文学部、平成十一年）に詳しい。近藤は、「近世中期以降、江戸では談義僧や通俗神道家、講釈師など、聴衆に対し指導的立場にある舌耕家たちが、大衆の道徳的、かつ実践的な教化啓蒙の活動を担ってきた側面がある」とし、栗原幸十郎にも「啓蒙家的資質」があったことを指摘している。
(27) 同書を閲覧する機会を与えてくださった斎藤彰氏に謝意を表する。

終章　――言霊の行方――

最後に、その後の俳諧説話の辿った道程について少々考えてみたい。

維新後、新たな文芸の思潮が興ると、和歌は近代文学としての装いをまとい、衰退著しかった連歌はついに消滅、俳諧は俳句へと変貌して今日に至る。この文芸史上の大転換を端的にまとめるなら、〈座の文芸〉から〈個の文芸〉への移行という点に収斂されようか。「発句は文学なり、連俳は文学に非ず」という正岡子規の言葉の示すとおり(1)、芸術とは個人による創作との西欧式の観念が有利になった近代において、座の文芸は著しく軽んじられた。そして、その状況は今日に至るまで変らない。和歌説話といい、連歌説話といい、俳諧説話といい、いずれも当代の文芸と深く関わった話群である。文芸史の変遷は、そのまま各々の説話の有り様にも影響を与えた。文芸の座の消失が、伝承の場の消失をも意味していたであろうことは容易に想像がつく。

さて、座の文芸の後継といえば、近世後期に流行した雑俳である。もともと、庶民の間で俳諧の稽古として流行していた雑俳は、やがて別の道を歩むようになって以降も、俳諧とは不即不離の関係にあった。雑俳が学史の上で冷遇されていたのは、偏えに近代以降の文学観によるものとみて過つまい(2)。

それでは、俳諧が俳諧説話を生んだように、雑俳は雑俳説話を生んだであろうか。

次に紹介する『翁草』（神沢杜口、安永五年＝一七七六）の話は、如上の問題を考える際に示唆的な話である。(3)

伊勢の神官の慶徳藤太夫女、名は倉子《クラ》とかや、或年元日の夜の夢に「匂ふ言葉の色香哉、と云ふ句を感得せり。覚ての後、父にかたりしに、父曰、古より夢想の句は文字たらぬも余れるも、いくらも例有事なり、心にかくべからずといひしかど、女此事をいたう心にかけしに、又二日の夜の夢に、此女の枕上に立る人有て女の名を呼り。驚てみれば、衣冠正しき白髪の老翁立給ひぬ。夢心に驚畏《カシコマ》りて、我を召るゝは何事に候と申しければ、彼翁の曰、汝前夜の夢想に初句の足らざるを深く歎く、我汝が為に此初句を置べし、「幾春に、置よと宣ひしに、女かしこまりて、斯宣ふはいか成御方ぞと尋ね奉れば、神人我は津の国住吉に住むなりと宣ひて、夢は覚けるとぞ。

話のなかでは明かされていないが、「我は津の国住吉に住むなり」という言葉から、この老人が和歌の神・住吉明神であったことが暗示されている。

このような夢想の歌をめぐる説話、とりわけ神仏の顕れる霊夢にまつわる説話は類例が多い。しかし、主人公の娘が最初に夢で得たのが中七と下五にあたる「匂ふ言葉の色香哉」で、そこに再び夢で得た上五にあたる「幾春に」を付け、「幾春に匂ふ言葉の色香哉」の十七字とした点には留意したい。何故なら、連歌もしくは俳諧の発句を完成させる話とも、近世に流行した雑俳をめぐる話ともとれるからである。どちらの解釈を採るかは聴き手や読み手の素地によるだろう。連歌や連句を嗜む人が耳にすれば連歌説話、もしくは俳諧説話ととるであろうし、雑俳に興ずる人が耳にすれば、雑俳を題材とした説話――すなわち、雑俳説話と受けとるであろう。

雑俳自体がこれからの研究が俟たれる分野である以上、雑俳説話の研究も（果して、雑俳説話と名づけるに足る話群が形成されていたのか否かという点も含めて）未明の問題といわざるを得ない。ここでは、可能性の一つとして指摘するにとどめる。

ここに雑俳と説話の関わりを考えるうえで、興味深い資料がある。埼玉県比企郡都幾川村在住の森下伊一氏（大正十二年生）の話である。(4)

講釈師てのが来って、話もあるんだな。それで、昔は囲炉裏というものがあって、四角い中に灰があって、真ん中に火を燃やすわけだ。その囲炉裏を講釈師が火箸で掻き回すんだと。そして、

〈掻き回す灰を浜辺の潮とみて〉

と詠んでから、さあ皆さん下の句を詠んでくださいって言うんです。

〈囲炉裏は海か沖が見ゆる〉

というのが下の句です。そんなことを言う講釈師が来っていう話があるね。

右の資料が実際にあったことなのか、話の世界の出来事なのか判然としないが、禁令が出されるほどに流行した雑俳の隆盛ぶりを考えると、案外、近代以降もこの手の輩が村々を訪れていたのかもしれない。旅の俳諧師と講釈師が、思いのほか近しい存在であったことについては第五章で述べたとおりである。日々を旅に暮らす講釈師が、身過ぎ世過ぎのために雑俳に手を染めていた可能性は多分にある。

そして、右の資料において講釈師が詠んだ付合「掻き回す灰を浜辺の潮とみて／囲炉裏は海か沖が見ゆる」は、

昔話「幽霊の歌」における幽霊と主人公のそれと同じであった。(5) さらに言えば、講釈師の囲炉裏を火箸で掻き回すという所作も、話のなかの幽霊と共通している。しかとは言えないものの、説話の管理者としての講釈師／雑俳師の存在が浮かび上がってくるのである。

「幽霊の歌」は、地方に報告例が多い。在地伝承として報告された「幽霊の歌」のなかには、旅の雑俳師が持ち伝えた話もあったのではないか。附会させるつもりはないが、「幽霊の歌」のなかで詠まれる歌には、雑俳の形式をとっている例も見られる。

次に紹介するのは、『新庄のむかしばなし』（大友儀助、昭和四十六年、新庄市教育委員会）にある話である。長い話なので幽霊が成仏させられる部分のみ引用する。

ほんで、和尚様ぁ、

「ははぁ、この幽霊ぁ、きっと、後の文句わがんなくて、泣えで居《え》んなだぁ、これぁ、きっと、後の文句、わがんなくて、浮ばんなくて、居《え》んだな。」

て、まだぁ、見っだれば、ほの幽霊ぁ、まぁだ、一生懸命、字書えでえんなだげんども、やっぱす、

灰《あぐ》は千万の舟どなり

てすか、書がんなくて、あどぁ、「めそめそ」て、泣えでえんなだけど。

ほうすっど、和尚様ぁ、戸棚がら出はて来て、火箸もて、

灰《あぐ》は千万の舟どなり

て書えだ後《あど》さ、

おぎぁ　港
て書えでけだど。
ほうしたれば、幽霊ぁ、「すうっ」て、消えで、居《え》ねぐなたけど。

幽霊が詠んだのは中七と下五に相当する「灰ぁ千万の舟どなり」、それに対して、和尚が付けたのは上五に相当する「おぎぁ港」で、「おぎぁ港灰ぁ千万の舟どなり」の十七音となった。「沖」に「燠《おき》」(炭火)を懸けるのは和歌の伝統である。なお、「幽霊の歌」の話型はとっていないが、この付合にまつわる話は『ミナエ婆の「村むがす」――山形県口承文芸資料集――』(鈴木久子・野村敬子編、平成十一年、岩田書院)にもある。(6)報告された地域が近いことから、共通した言語伝承の世界を背景に想定できよう。

さて、話のなかでは明示されていないが、この付合は雑俳の「笠附《かきづけ》」に類似している。右の話の幾代か前の語り手が、これを雑俳にまつわる話と捉えたであろうことは容易に想像がつく。

では、視点を変えて、右の話の聴き手となった世代にとってはどうであったろうかというと、おそらく、幽霊は俳句(近世の俳諧ではなく、近代の俳句)を詠み切れずに彷徨っていたと考えたであろう。その時代には、雑俳はもちろん、俳諧も連歌もすでに忘れ去られていた。聞き手の子供が既存の知識で理解しようとするなら、俳句以外に相当する文芸形式はない。

日本の昔話は、近世に生成し、近代に発見された。先に紹介した『新庄のむかしばなし』の話も、話者が明治二十九年生まれであるのを考えると(祖父母からの伝承であると仮定した場合)、少なくとも、近世末期までは遡れる。この時点での同話は近世説話であったと捉えて差し支えあるまい。それが近代を迎えて、いくつかの条件が揃っていたため、昔話化した。昔話とは、近世と近代の狭間に生じた文芸なのである。近代人である話者が、近世の話を語るのであるから、そこには当然、相克が生まれる。昔話「幽霊の歌」もそうした話型のひとつであった。

次に紹介するのは『鯖江市史』第一巻（民俗編、昭和四十八年）所収の話で、題には「幽霊に上の句を教えた侍の話」とあるが、実際には教えたのは、上の句ではなく上五である。

ひとりの侍が諸国漫遊中のこと、とある村里に着いた時は、日はとっぷりと暮れていた。何軒かの家を回って一夜の宿を乞うたが、どこの家でも理由をのべて断った。

侍が困り果てていると、ある家の主人が「この里に一軒の空家がある。しかし、そこには毎晩幽霊が出るというのでだれもはいる者がない。そこでもよろしかったら案内しよう」といった。侍は頼んでそこへ案内してもらった。

空家なので遠慮なく中にはいって持参の食事をし、やがてごろりと横になった。昼の疲れが出ていつの間にか眠ってしまった。

ふと人の気配がするので眼をさますと、いろり端にやつれ果てたひとりの武士がいて、何か口でもぐもぐいっている様子。よく聞いていると、繰り返し繰り返し、「ぬれもせず、ぬれもせず」と言っているらしい。これがあの百姓の言った幽霊か。よし、そばへ行って話してみようとおくせず近寄って行った。

「あなたはどうして、ぬれもせず、ぬれもせずと同じことを言っているのか。その訳を話してください」というと、くだんの幽霊は「よく聞いてくださった。実は生前『ぬれもせず』という下の句に対する上の句を詠《よ》むことを頼まれたが、どうしてもよい句が思い浮かばないままでこの世を去った。何とかして上の句を詠み出したく、それができなくては安心して成仏ができないので、このとおり、この家にあらわれては想をねっている」という。それを聞いた侍は「それなら及ばずながら私がお力を貸しましょう」といって、次のような句を詠んだ。

水引きで　紙をくくれど　濡れもせず

これを読み聞かされた武士の幽霊は大変に喜んで、「これはまことに千万かたじけない。これで心おきなく往生ができます」と言ったかと思うと、パッと、その姿を消してしまった。それからはこの家に幽霊は出なくなったという。

この話で幽霊が詠んだのは、やはり雑俳でいう「沓附《くつづけ》」にあたるものである。話のなかでは何とも記されていないが、話の聴き手、もしくは、読み手であった近現代の享受者ならば、俳句を詠む幽霊の話と認識されていたろう。右の資料とほぼ同時期に刊行された『肥後昔話集』（木村裕章、昭和四十九年）には、「濡れもせん」の題で次のような話を載せている。

昔、あっとこれ、とても俳句に凝った人んおったげな。親もおらず、子もおらず、数寄者ば集めち、俳句ば作って楽しみよったが、だんだん上手になり、都の方にも評判して、いろいろと題ば出して来るが、この人が送ると、きっと褒められよったてったい。

ところが、あっ時、都から、「濡れもせん」ちう題で二句作って送れ、ちうて来た。そん人は、いざ作ろうてしたが、今度の題は難しうして、どうしても出来ん。こるが本当の難題じゃろたい。夜も昼も、飯の咽喉ば通らんごつ考えち、「濡れもせん、ああ、濡れもせん」ていいよったが、一句も浮ばず、とうとう死んでしもうた。そしてその晩かる幽霊になって毎晩出るげな。そって、その家は住む者もおらんし、荒れ果ててしもた。そして、或る年、旅の俳諧師が、その村に来て、この話ば聞き、哀れな幽霊ば慰めてやろうと思うち、荒れた家に行て泊ったてったい。そしたら夜中になって、「濡れもせん」ていいながる幽霊の出て来たけん、俳諧師はすかさず、「水鏡、写して見れど、濡れもせん」て一句作ったてったい。そしたら、また「濡れもせん」て詠うだら、幽霊は「あーら、うれしや、有難や。お蔭で極楽に行けますする」ていうち、すーっと消えち、そるかるは音んことんなかった（全く音もしなくなった）げな。

「水引き」と「水鏡」の違いはあるが、水に関係のある語を詠んで難題に答えている点で、先の話と同案と見做せる。(7) この話には難題譚、謎話としての側面がある。この点、三日月の句の話（第二章第三節）や、墨染の句の話（第四章第四節）、風月の句の話（第四章第五節）、風鈴の句の話（第五章第三節）などと通ずるが、そもそも連歌説話にはこうした要素は強い。

話の途中、〈禁裏に召される俳人〉のモチーフが窺えるのも興味深いが、右の話における幽霊が「俳句に凝った人」であり、その幽霊を成仏させたのが「旅の俳諧師」であった点は見逃せない。明らかに、この幽霊は俳句を詠んでいるのである。俳句を完成させて昇天する幽霊の姿には、和歌説話から連歌説話、俳諧説話と続いた〈歌の徳〉をめぐる説話の系譜の一つの帰結を見いだせよう。

また、「旅の俳諧師」という存在が、伝説でも世間話でもなく、昔話の主人公とされている点にも留意したい。歴史時間からも生活時間からも遊離した昔話には、時世を感じさせる人物はなかなか馴染まない。にもかかわらず、右の話では、俳諧師が時代を超越した普遍的な存在として認められているのである。もちろん、西行法師のような先達とは較べるべくもないし、俳諧師が昔話の主人公として定着する以前に近代を迎えたのであるが、現在報告されている資料に、その萌芽と見做せる話が見いだせるのも事実である。

『筑後ン昔話』（松谷みよ子、平成十年、松谷みよ子民話研究）の「鼓峠」もその一つである。第一章第一節で述べたように、近世以前、「鼓峠」の話型は相応の伝承圏をもっていたと思われるが、昔話としても報告例がある。次に冒頭部分を引用する。

鼓峠ちゅうとこのあったげな。

でん、俳諧、歌ば詠ます俳諧師さんがこらしたげなりゃ、ほーれ、いっちょ美しゅうたんぽぽの花が咲いとったげな。そりっから、その俳諧師のかかさんが、

鼓峠にきてみれば　美しきや　たんぽぽの花

いうて詠ましたりゃ、七つか八つの娘が、

「ははは」

ち、笑うたげな（……以下略）。

以下の展開は省略するが、秀句を操るこの少女は、後に「全国津々浦々にまわって、俳諧を」することになる。その噂は「天子様の耳に」まで及び、ついに「天子様のお側つきの俳諧師になった」ところで大団円となる。この話の興味は、鄙の地に住む少女が秀句を詠むことにあった。まさに〈風流な田舎人〉や〈禁裏に召される俳人〉等

の話型に則っているわけであるが、それが昔話として語られている点が面白い

右の話は昔話に俳諧が取り込まれた例であるが、昔話資料集を繰っていると、語りのなかで「俳句」という語が使われている例にもしばしば出くわす。管見に入ったものだけでも、「俳句の話」「車夫の俳句」「俳諧師」「俳句修業」……等々の諸話がある。[8] ただ、俳句の詠まれる昔話はどれも短く、一口話、笑話の域を出ないものがほとんどで、「鼓峠」のような本格的な昔話は滅多にない。なかには「古屋の漏」に俳句の要素が加わったような例もあるが、それはあくまでも例外であった。

そうしたなかにあって、俳句にまつわる話は、主として強烈な個性を持った俳人の逸話というかたちで話されている。とりわけ、種田山頭火や尾崎放哉のような、遁世譚の類型に収まる人生を送った人物の逸話や、最近では、住宅顕信のような〈夭折の天才〉の話型に当てはまる人物の逸話が好まれる傾向にある。これらの俳人の逸話と、それをめぐる言説群は、作家論の織り成す虚構が最も美しいかたちで結実した例であろう。

近現代の俳句説話には、近世の俳諧説話と通ずる面も多いが、説話の基盤となっている文芸の社会的位置が異なる以上、けっして同じではあり得ない。思いつくままに相違点を列挙しても、事実性の保証されない話は歓迎されない傾向があること、固有名を持たない無名の俳人は主人公になりにくいこと、発句の徳のような言葉の神秘性が語られないこと……等々が、近世の俳諧説話とは異なる。

その一方で、近代以降も、近世俳人の逸話が語られている点も押さえておかねばなるまい。例えば、『おくのほそ道』に代表される松尾芭蕉の旅を辿る営みが、今日に至るまで繰り返され、新たな句碑が建てられているのは、現在進行形の伝承の例として興味深い。というのも、現代の芭蕉説話を支えているのは、一説には数百万ともいわれる俳句愛好者たちだからである。彼らの営為は、近世におけるそれと本質的に変わりはない。[9]

近現代における説話伝承の研究は、とかく近世説話と切り離されて論じられがちだが、これは奇妙な事態である。近世説話が中世説話の跡を襲って現れたように、近代説話や現代説話のなかには、近世説話と関連の深いものも少なくない。近世と近現代とを一続きの説話史の流れのなかで考察することが、今後の課題であろう。殊に、近代説話については、語り手・話し手の多くが維新以前に生を享けていることを考えても、近世説話との有機的なつながりが想定されて然るべきである。そして、そうした作業を通じて、文学史における時代区分の壁を溶解させることも可能である。

この問題については、また、別に一書を要するテーマである。

註

（1）「芭蕉雑談」（『日本』明治二十六年十二月二十二日付）にある有名な言葉だが、この後に続く一節「連俳固より文学の分子を有せざるに非ずといへども、文学以外の分子をも併有する」にも留意したい。子規のいう「文学以外の分子」には、本書で述べてきた問題点も含まれていよう。

（2）渡邊信一郎『江戸の粋・短詩型文学・前句附け』（平成六年、三樹書房）では、「連歌の様式を踏まえながらも、時代の要請とともに新たなエネルギーを注入して、別の様式へと変貌」した雑俳（筆者の術語では「前句附け」）の実相に迫っている。

（3）『日本随筆大成』第三期十九巻、平成八年、吉川弘文館〈新装版〉

（4）小堀光夫氏のご教示による。引用のテープ抜き資料も小堀氏による。調査時期は、平成五年三月二十五日。

（5）昔話「幽霊の歌」については、第四章第四節、第五章第三節参照。

（6）飯倉義之氏のご教示による。

（7）同話については、花部英雄『西行伝承の世界』（平成八年、岩田書院）に言及がある。

（8）ここで挙げた話の出典は、左記の通り。

「車夫の俳句」『飽海郡昔話集』野村純一編　昭和五十三年、荻野書房

「古屋の漏」『さかうちの昔話――岐阜県揖斐郡坂内村――』昭和五十八年、立命館大学古代文学研究会

「俳諧師」『梁川町史』第十二巻　昭和五十九年、同編集委員会

「俳句修業」『砂鉄の村の民話　岡山県美甘村の採訪記録』立石憲利編　昭和六十年、手帖舎

「俳句の話」『羽茂の人たちが語ってくれた昔ばなし百話』平成三年、関東羽茂会

（9）この点に関しては、野村典彦の論考に啓発されるところが多い。

野村典彦「史実と伝説とのなだらかな地続き――たしかめる・つくる・ただす――」『世間話研究』第十三号、平成十五年

同「旅と蒐集と伝説――一九三〇年前後、伝説趣味の周辺――」『日本学報』第二十五号、平成十八年

後書

台湾北部は沖縄と同じ亜熱帯、嘉義（中部の都市）の辺りで北回帰線が横切っているので、私の住んでいる台南は熱帯に属する。季節感の豊かな列島の住人から見ると、常夏という形容がふさわしいように思えるこの南国にも、やはり四季はある。

先年、正岡子規国際俳句賞を受賞した黄霊芝氏の『台湾俳句歳時記』（平成十五年、言叢社）は、異国における「季語」が一覧できて愉しい。同書では、日本風の春夏秋冬ではなく、「暖かい頃」「暑い頃」「涼しい頃」「寒い頃」と分類されているが、「年末年始」が立項されているのは日本の多くの歳時記と同じである。

『台湾俳句歳時記』で「年末年始」の季語として採られている「春聯」は、縁起の良い字や文句が書かれた紅く細長い紙で、門の左右に貼る。台湾に限らず、中華圏では一般的な習俗である。正月が終わっても剝がさずにいることが多いので、目にする機会は多い。以下、同書からの引用。

旧正月の俗で、新春を迎えるべく貼付する門聯のこと。紅い紙に吉祥の対句を墨書し、門の両側に貼るが、他に「春」「福」などの単字や吉祥の短句または「福禄寿」「黄金万両」などを一字にまとめて書き、扉の真ん中や門頭、家具に貼ったりする。

（中略）

年末になると、廟前の市や小港で能筆者が紅紙を広げ揮毫している光景に出会う。文士くずれや村夫子が少婦や街娼の見守る前で男前を上げ、家では宿六が佳句を前に唸ったりする。すずろにも、さやぎ止まぬ町騒の中を、こうして刻一刻と初春の跫音が近づいてくるのである。

前半は、簡にして要を得た語句の解説。後半は、台湾の正月の風景を描いて余すところがない。若干、補足させていただくと、「春」や「福」などの吉字は、逆さまに貼る慣わしがある。その理由は、中国語の「倒」が「到」と同音になり、「春が来る」「福が来る」の謂になるから。一種の言葉遊びであるが、素朴な言霊信仰ともいえる。この他にも、中華圏では、同音の語を掛詞にして縁起物とする風がある。例えば、「魚」と「餘」、「蝠（こうもり）」と「福」、「鳳梨（パイナップル）」と「旺来（大勢、来る）」……等々。なお、「鳳梨」については、北京語での発音では掛詞は成立しないが、台湾語での発音ならば同音になる。

本書でも触れたように、日本にも、虫除けの呪歌や呪句、もしくは「虫」の字を逆さまに貼る習慣があった（第一章第六節）。何故に逆さまに貼るのか、先人は理由を説明していないが、右に挙げた中華圏の習俗を念頭に置けば、おのずと察しはつこう。もっとも、「虫」の字を逆さまに貼ったのでは「虫が来る」の意になるので、これでは逆効果である。本来の意味が忘れられ、逆さまに貼るという形式のみが日本に伝来したものとみえる。

先の引用でいうと、年末年始に「佳句」を詠む風習も、日本の正月の呪句（第一章第三節）に重なる。同じく『台湾俳句歳時記』に季語として採られている「年画」（正月に飾る縁起物の版画）も、宝船の歌の習俗（第一章第三節）と同根の発想にもとづいている。異国にあって、祖国と通ずる文化事象を発見するのは愉快なものである。

それにしても、植民地時代に日本語（当時は「国語」）の教育を受けたという背景があるとはいえ、台湾の四季に季語を見いだした黄霊芝氏の感受性の豊かさには、ただただ感服するばかりである。俳句が世界文芸になった現在、国ごとの歳時記が作られれば、一端の比較文化論の種になろう。

昨年暮れ、思いがけなくも、その黄霊芝氏にお会いする機会を得た。同僚の阮文雅さんに誘われて、台北で催された黄氏主催の俳句会に出席させていただいたのである。阮さん自身、日本留学中に「草枕」俳句大賞を受賞した才媛である。会の中心は黄氏と同じく植民地時代に日本語の教育を受けたご老人たちであるが、ちらほらと阮さんのような若い人の姿も見える。

私も台南の歌会には毎月参加しているが、彼ら彼女らの流暢な日本語の調べを聴いていると、あらためて定型のもつ力を思わざるを得ない。それは説話を生み出す力でもあったろう。

本書は、平成十五年に國學院大學に提出した学位論文「近世俳諧説話の研究」（主査・野村純一、副査・須藤豊彦、堤邦彦）に訂正を加えたものである。

学生時代の私は、伝承文学を専攻し、口承文芸の研究会に所属して各地をフィールドワークするかたわら、近世文芸の研究会にも顔を出していた。自然、対象は近世説話に絞られていくく。俳句創作は趣味でやっていたが、いつの間にか研究に取り込まれていた。「学問の迷ひにも似て蟻の道」（野村研三）――とにもかくにも、ここに一書としてまとめられたのは幸いであるが、しかし、「後書」を異国の地で書くことになろうとは思いもよらなかった。縁は異なもの、水面に浮かぶ瓢のように、風に吹かれるまま西に東にたゆたっているうち、南の島国に辿り着いた。月並みな物言いになるが、人生こそ旅、そんな気がしてならない。

思い起こせば、この間、いろいろな方から学恩を授かった。学会や研究会、ゼミなどで知遇を得た友人や諸先輩・後輩はもとより、一面識もない方や、故人のなかにも師はいる。序章に書いたように、世の中に、人と人との邂逅ほど不思議なものはない。お世話になった方一人一人のお名前を記すことはできないが、別して、学部生時代以来、移り気な私に根気強くおつき合いいただいた野村純一先生と、陰ながら息子を支えてくれた両親に、感謝の意を表したい。

平成十八年（中華民國九十五年）秋

台南の寓居にて　　著者　識す

初出・関連論文一覧

〈其角〉雨乞説話考	『國學院大學大学院紀要』第三十二輯	平成十三年
猫と其角とふたりのおんな	『國學院大學文学会会報』第四十六号	平成十三年
奇談集『行脚怪談袋』に描かれた〈芭蕉〉	『藝能文化史』第十九号	平成十三年
近世俳人の逸話と世間話	『世間話研究』第十一号	平成十三年
三囲神社の杵——雨乞其角の証拠品——	『國學院大學近世文学会会報』第七号	平成十四年
『芭蕉翁行脚怪談袋』と近世の説話	『説話・伝承学』第十号	平成十四年
近世の俳徳説話	『昔話伝説研究』第二十二号	平成十四年
芭蕉、風月の額——貴種流離の世間話——	『世間話研究』第十二号	平成十四年
後水尾院とお夏清十郎	『國學院大學近世文学会会報』第八号	平成十四年
田中みめぐりの稲荷の社	『昔話伝説研究』第二十三号	平成十五年
昔話「幽霊の歌」にみる伝承の変容	『口承文藝研究』第二十六号	平成十五年
其角バナシの諸相——掛軸をめぐる説話伝承——	『國學院雜誌』第百五巻二号	平成十六年
辞世を詠む乞食——西行伝承を支えた話群——	『西行伝説の説話・伝承学的研究』第二輯	平成十六年
世間話と仏教説話	『國文學—解釈と教材の研究—』第四十九巻五号	平成十六年
連句・雑俳・俳句をめぐる伝承とその変容	『日本文学論究』第六十四冊	平成十六年
大鯰に遭った俳人の話——『雪窓夜話』冒頭話をめぐって——	『國學院大學近世文学会会報』第十号	平成十六年
『西鶴名残の友』の俳人伝承	『南台應用日語學報』第四号	平成十六年
秋色桜伝承をめぐるコトとコトバ	『伝承文化研究』第四号	平成十七年

関連資料紹介

翻刻 会津図書館所蔵『怪談大雙紙』	『文学研究科論集』第二十八号	平成十三年
翻刻 鶴岡市立郷土資料館所蔵『芭蕉翁行脚怪談袋』(上)	『國學院大學近世文学会会報』第八号	平成十四年
翻刻 鶴岡市立郷土資料館所蔵『芭蕉翁行脚怪談袋』(下)	『國學院大學近世文学会会報』第九号	平成十五年

索引

人名

書名

和歌・発句等

※索引の作成にあたっては、台湾・南台科技大学四年生の林佩親さんの協力を得た。

【著者略歴】
伊藤龍平（いとう・りょうへい）
昭和47年(1972) 北海道生
平成15年(2003) 國學院大學大学院修了 博士（文学）
同年 台湾・南台科技大學助理教授

江戸の俳諧説話

発行日	2007年 6月 15日 初版第一刷
著 者	伊藤龍平
発行人	今井 肇
発行所	翰林書房
	〒101-0051 東京都千代田区神田神保町 1-14
	電 話 (03)3294-0588
	FAX (03)3294-0278
	http://www.kanrin.co.jp
	Eメール● Kanrin@mb.infoweb.ne.jp
印刷・製本	シ ナ ノ

落丁・乱丁本はお取替えいたします

ISBN978-4-87737-246-0